Feindfahrt

ECON Unterhaltung

Jack Higgins

Feindfahrt

ECON Taschenbuch Verlag

Die Deutsche Bibliothek – CIP-Einheitsaufnahme
Higgins, Jack:
Feindfahrt : [Thriller] / Jack Higgins. [Einzig berechtigte Übers. aus dem Engl. von Gisela Stege]. – Düsseldorf ; Wien : ECON-Taschenbuch-Verl., 1992
(ETB ; 27002 : ECON-Unterhaltung)
ISBN 3-612-27002-8
NE: GT

Lizenzausgabe mit Genehmigung des Scherz Verlag, Bern und München
ECON Taschenbuch Verlag GmbH, Düsseldorf und Wien
Oktober 1992
Titel des englischen Originals: »Stormwarning«

Einzig berechtigte Übersetzung aus dem Englischen von Gisela Stege

Umschlaggestaltung: Molesch/Niedertubbesing
Druck und Bindearbeiten: Ebner Ulm
Printed in Germany
ISBN 3-612-27002-8

Aus dem Tagebuch des Konteradmiral Carey Reeve, United States Navy

... und das ist für mich das größte Mysterium: die Bereitschaft des Menschen, sich aufzuopfern, auf daß andere überleben. Doch Tapferkeit kommt nie aus der Mode, und das beste Beispiel für diese Tatsache sind die Geschehnisse um die Deutschland. *Mitten im schwersten Krieg aller Zeiten haben sich Menschen, die eigentlich auf gegnerischen Seiten standen, kurzerhand zusammengetan und alles riskiert, ja, sogar ihr eigenes Leben aufs Spiel gesetzt, um dem ältesten und unerbittlichsten Erzfeind der Menschheit, der See, eine Handvoll Schiffbrüchiger zu entreißen. Nie hat sich mir die tragische Sinnlosigkeit des Krieges eindringlicher dargestellt als bei diesem Ereignis, und nie bin ich stolzer auf meine Mitmenschen gewesen ...*

Im August 1944, als der Krieg in Europa ins Endstadium eintritt und Deutschland vor der Niederlage steht, beschließt Kapitän Berger, der mit dem deutschen Frachter *Deutschland* friedlich die brasilianische Küste hinauf- und hinabsegelt, mit seiner uralten Schonerbark die Heimreise nach Kiel zu wagen: fünftausend Meilen quer über einen von den alliierten Seestreitkräften beherrschten Ozean.

Feindfahrt ist der Bericht über diese wagemutige Heldentat. Und während Berger sich wider besseres Wissen überreden läßt, eine Gruppe Ordensfrauen mitzunehmen – sie gelten traditionell als Unglücksbringer an Bord eines Schiffes –, und heldenhaft die lange Heimfahrt antritt, bewegt das Schicksal andere Menschen wie Schachfiguren auf dem Spielbrett Europa, führt sie mit sicherer Hand auf den Höhepunkt der Handlung zu, der sich einen Monat später vor der Hebrideninsel Fhada abspielt.

Mitten in einem der wildesten Orkane des Jahrhunderts tun Amerikaner, Deutsche, Engländer, Schotten, Kriegsgefangene, Fischerfrauen und Admirale sich zusammen im verzweifelten Kampf gegen den ältesten und unerbittlichsten Feind des Menschen: die See. Doch was, so fragt eine der Hauptpersonen bezeichnenderweise am Schluß dieser außergewöhnlichen Geschichte, haben sie letztlich damit erreicht?

1

Schonerbark DEUTSCHLAND, *26. August 1944. Elf Tage hinter Rio de Janeiro. Ankern vor Belém. Anfangs heiß. Mäßige Passatwinde. Letzte Kohle gelöscht. Keine Ladung aufzutreiben. In Ballast mit Sand für Rückfahrt nach Rio. Luken geschalkt und segelklar. Gegen Abend Regen.*

Als Prager um die Ecke bog, rollte weit draußen auf See dumpfer Donner, und die Blitze, die über den Himmel zuckten, ließen sekundenlang klar und deutlich den Hafen erkennen. An der Hauptmole lag das übliche Sammelsurium von kleineren Schiffen sowie drei bis vier Küstenfahrer. Die *Deutschland* ankerte in der Strommitte, auffällig nur dadurch, daß sie das einzige Segelschiff im Hafen war.

Der Regen kam plötzlich, warm und schwer, durchdrungen vom Geruch der modrigen Vegetation im Dschungel am anderen Flußufer. Prager schlug seinen Jackenkragen hoch und eilte, die alte Lederaktentasche unter dem Arm, den Hafenkai entlang bis zum Ende der Fischereipier. Sein Ziel war eine kleine Kneipe mit dem Namen *Lichter von Lissabon.*

Schon von draußen hörte er Musik – gedämpft, aber deutlich: eine langsame, melancholische Samba, die etwas von der Stimmung dieser Nacht hatte. Als er die Stufen zur Veranda hinaufstieg, nahm er die regennasse Brille ab und trocknete sie mit seinem Taschentuch. Dann setzte er sie sorgfältig wieder auf und warf einen vorsichtigen Blick ins Lokal.

Der Raum war leer bis auf den Barkeeper und Helmut Richter, den Bootsmann der *Deutschland*, der mit einer Flasche und einem Glas am äußersten Ende der Bartheke hockte. Richter war ein großer, kräftiger Mann in Seemannsjacke und Drillichmütze, mit langen, hellblonden Haaren und einem Bart, der ihn wesentlich älter machte als seine achtundzwanzig Jahre.

Prager trat ein. Der Barkeeper, mit dem Polieren eines Glases beschäftigt, hob den Blick. Prager beachtete ihn nicht, sondern ging, den Regen von seinem Panamahut schüttelnd, die Theke entlang bis ganz ans Ende. Die Aktentasche stellte er neben sich auf den Fußboden.

«Das richtige Wetter, was, Helmut?»

Helmut Richter nickte ernst und griff bedächtig nach der Flasche. «Auch einen, Herr Prager?»

«Nein, danke. Lieber nicht.»

«Ein weiser Entschluß.» Richter schenkte sich selber ein. «*Cachaca*. Gift fürs Gehirn *und* für die Leber, heißt es. Schlechter Ersatz für guten Schnaps, aber davon haben die hier seit neununddreißig nichts mehr zu sehen gekriegt.»

«Ist Kapitän Berger auch hier?»

«Erwartet Sie bereits an Bord.»

Prager griff wieder nach der Aktentasche. «Dann schlage ich vor, daß wir gleich aufbrechen. Wir haben nicht mehr viel Zeit. Hat übrigens jemand nach mir gefragt?»

Doch ehe Richter antworten konnte, sagte eine Stimme auf portugiesisch: «Ah, Senhor Prager! Welch angenehme Überraschung!»

Prager, der sich hastig umwandte, sah, daß der Vorhang einer kleinen Nische hinter ihm beiseite gezogen wurde. Der Mann, der dort bei einer Flasche Wein saß, wirkte wie eine einzige, ungeheure Fleischmasse, seine zerknitterte Khaki-Uniform war schweißfleckig und platzte überall aus den Nähten.

Prager zwang sich zu einem Lächeln. «Capitán Mendoza! Gehen Sie eigentlich nie schlafen?»

«Selten. Was führt Sie denn diesmal her – der Beruf oder das Vergnügen?»

«Ein bißchen von beidem. Wie Sie wissen, ist die Lage der deutschen Staatsangehörigen heutzutage recht schwierig.

Ihre Regierung besteht energischer denn je auf regelmäßigen Berichten.»

«Stimmt, aber ist es unbedingt notwendig, daß Sie Berger und seine Leute persönlich aufsuchen?»

«Am ersten Tag der letzten Woche jedes Monats. Ihre Leute in Rio nehmen es damit sehr genau.»

«Und die liebe Senhora Prager? Wie ich hörte, hat sie Sie diesmal hierher begleitet.»

«Ich hatte noch ein paar Tage Urlaub gut, und sie kannte diesen Landesteil noch nicht. Wir hielten es für eine gute Gelegenheit.»

Richter drückte sich still hinaus. Mendoza sah ihm lange nach. «Netter Kerl», stellte er fest. «Was war er doch noch? Obersteuermann auf einem U-Boot, nicht wahr?»

«Ja, ich glaube.»

«Trinken Sie ein Glas mit mir?»

Prager zögerte. «Ein ganz kleines, wenn Sie gestatten. Ich habe noch eine Verabredung.»

«Mit Kapitän Berger?» Mendoza nickte dem Barkeeper zu, der schweigend Brandy in zwei Gläser füllte. «Wann kehrt er nach Rio zurück? Morgen früh?»

«Das nehme ich an.» Prager war sich bewußt, daß er sich auf gefährlichem Terrain befand; vorsichtig trank er einen Schluck Brandy. Er war fünfundsechzig und, bis die durch die Torpedierung mehrerer ihrer Frachter durch deutsche U-Boote aufgebrachten Brasilianer im August 1942 in den Krieg eintraten, Vizekonsul an der deutschen Botschaft in Rio gewesen. Diese Kriegserklärung Brasiliens war kaum mehr als eine Geste, gewiß, doch sie hatte immerhin genügt, um die Frage aufzuwerfen, was man mit den deutschen Staatsangehörigen anfangen sollte, vor allem mit der ständig zunehmenden Zahl von Angehörigen der Kriegsmarine, die an der brasilianischen Küste strandeten.

Man hatte Prager, seit zwanzig Jahren im Land und höheren Orts wohlgelitten, in Brasilien zurückgelassen und beauftragt, sich mit diesem Problem herumzuschlagen – völlig auf sich allein gestellt. Doch schließlich lagen fünftausend Meilen Ozean zwischen Südamerika und Deutschland; es bestand also keine Notwendigkeit, kostspielige Internierungslager einzurichten. Die brasilianischen Behörden gaben sich mit den monatlichen Berichten zufrieden, die er über seine Landsleute lieferte, und solange sie sich ihren Lebensunterhalt selbst verdienten, anstatt dem Staat zur Last zu fallen, war man allerseits zufrieden.

«Ich bin jetzt zwei Jahre Hafenmeister hier», sagte Mendoza, «und die *Deutschland* ist während dieser Zeit stets in regelmäßigen Abständen gekommen. Ungefähr alle zwei Monate.»

«Und?»

«Ein Schiff dieser Größenordnung kommt für gewöhnlich mit einem Kapitän, einem Ersten Offizier, einem Bootsmann, etwa sechs Matrosen und einem Koch aus.»

«Das ist richtig.»

Mendoza trank nachdenklich einen Schluck. «Meinen Informationen zufolge hat Berger auf dieser Fahrt aber eine Besatzung von etwa zwanzig Mann an Bord.»

Er lächelte gutmütig, doch seine Augen in dem feisten Gesicht blickten messerscharf. Prager entgegnete behutsam: «Es gibt viele deutsche Seeleute in Rio.»

«Und es werden täglich mehr. Der Krieg, mein Freund, läuft nicht gerade zu euren Gunsten.»

«Berger will wahrscheinlich möglichst viele beschäftigen.»

Mendoza lächelte freundlich. «Gewiß. Der Gedanke ist mir auch gekommen. Aber ich möchte Sie nicht aufhalten. Vielleicht haben wir morgen noch ein bißchen Zeit für einen Drink, nicht wahr?»

«Das hoffe ich.»

Prager ging mit raschen Schritten hinaus. Auf der Veranda wartete Richter. Hinter ihm trommelte der Regen auf den Boden. «Alles in Ordnung?» fragte er.

«Nein, nicht ganz», antwortete Prager. «Er weiß, daß was im Busch ist. Aber er kann unmöglich die Wahrheit ahnen.

Denn die würde niemand glauben, der seine fünf Sinne beisammen hat.» Er schlug Richter auf die Schulter. «Gehen wir.»

Doch der Bootsmann hielt ihn höflich zurück: «Ich hatte drinnen keine Gelegenheit, es Ihnen zu sagen, aber es hat doch jemand nach Ihnen gefragt.»

Prager hörte hinter sich ein Geräusch, und als er sich umdrehte, trat eine Nonne in weißem Tropenhabit ins Licht. Sie war klein, kaum über einen Meter fünfzig groß, mit klaren, ruhigen Augen und gelassenem, faltenlosem Gesicht.

«Schwester Angela», erklärte Richter.

«... von der Missionsstation der Barmherzigen Schwestern am Rio Negro. Sie brauchen uns nicht vorzustellen, Helmut. Schwester Angela und ich sind alte Bekannte.»

Er nahm den Panamahut ab und gab ihr die Hand, die sie mit überraschend kräftigem Druck ergriff.

«Ich freue mich, Sie wiederzusehen, Schwester.»

«Ich freue mich auch, Herr Prager. Und ich glaube, Sie wissen, warum ich hier bin.»

«Aber sicher, Schwester Angela.» Otto Prager lächelte herzlich. «Selbstverständlich weiß ich, warum.»

Am Fockstag der *Deutschland* hing, der internationalen Seestraßenordnung entsprechend, ein Ankerlicht, und dieser Lichtpunkt war das erste, was sie von der *Deutschland* sahen, als Richter das Beiboot durch den Hafen ruderte. Wenig später lag das Schiff direkt vor ihnen, Masten und Rahen tiefschwarz vor dem dunklen Nachthimmel.

Prager genoß dieses Bild ganz bewußt, als er die Jakobsleiter hinaufkletterte. Die *Deutschland* war eine Dreimast-Schonerbark, 1881 von Hamish Campbell auf dem Clyde konstruiert – mit Liebe und viel Sinn für Schönheit gebaut, mit elegantem Klipperbug und weit hinausreichendem Klüverbaum.

Sie war ein Leben lang in der Handelsmarine gefahren: von Newcastle-on-Tyne mit Kohle nach Valparaiso; mit chilenischem Salpeter nach Amerikas Westküste; mit Bauholz nach Australien; mit Wolle nach Großbritannien – ein endloser Kreislauf, während die Segel im Konkurrenzkampf mit dem Dampf allmählich unterlagen, ein Eigner den anderen ablöste und die Bark dreimal ihren Namen änderte, bis sie zuletzt bei der brasilianischen Firma Gebrüder Mayer landete, einer Familie deutscher Herkunft, von der sie *Deutschland* getauft und im Küstenhandel eingesetzt wurde. Immer von Rio nach Belém an der Amazonasmündung und zurück: mit ihrem Tiefgang von nur acht Fuß bei voller Ladung genau das richtige Fahrzeug für diese seichten Gewässer.

Prager stieg über das Schanzkleid und reichte Schwester Angela die Hand. Richter folgte ihr auf der Leiter. Drei Matrosen, die am Großmast standen, rissen erstaunt die Augen auf, als sie die kleine Nonne erblickten; einer von ihnen eilte herzu, um hilfsbereit ihre andere Hand zu ergreifen.

Sie bedankte sich bei ihm, und Prager meinte: «Ich halte es für sehr viel besser, wenn ich erst mal allein mit dem Kapitän spreche.»

«Wie Sie meinen, Herr Prager», antwortete die Schwester ruhig.

Er wandte sich an Helmut Richter. «Führen Sie Schwester Angela in den Salon hinunter und warten Sie auf mich vor der Kapitänskajüte.»

Richter half Schwester Angela den Niedergang hinab, während Prager nach hinten zum Achterdeck ging. Bergers Kajüte lag direkt darunter. Prager zögerte; dann gab er sich einen Ruck, klopfte entschlossen an und trat ein.

Die Kajüte war klein und ziemlich spartanisch eingerichtet: eine sehr schmale Koje und drei Schränke, davon abgesehen praktisch nur noch der Schreibtisch, an dem Berger auf einer Seekarte, die er vor sich ausgebreitet hatte, mit dem Parallellineal arbeitete.

Er blickte auf; seine Miene verriet Erleichterung. «Ich

hatte mir schon Sorgen um Sie gemacht.»

Berger war achtundvierzig, mittelgroß, mit kraftvollen Schultern; das drahtige, dunkle Haar und der Bart graumeliert, das Gesicht von Sonne und Meer wettergegerbt.

«Das tut mir leid», gab Prager zurück. «Aber wir gerieten auf dem Flug von Rio hierher in einen Gewittersturm. Der Pilot wollte unbedingt in Carolina runtergehen, bis es wieder aufklarte. Vier Stunden haben wir warten müssen.»

Berger öffnete eine Sandelholzkiste und bot ihm eine Zigarre an. «Wie lauten die letzten Kriegsnachrichten?»

«Gar nicht gut.» Prager setzte sich auf den Stuhl dem Kapitän gegenüber und ließ sich von Berger Feuer geben. «Gerade sind alliierte Streitkräfte an der Mittelmeerküste gelandet. Vor zwei Tagen sind französische Panzer in Paris eingerollt.»

Berger stieß einen leisen Pfiff aus. «Dann heißt die nächste Station der Rhein.»

«Höchstwahrscheinlich.»

«Und anschließend Deutschland.» Er stand auf, trat an einen Schrank und holte eine Flasche Rum mit zwei Gläsern heraus. «Was machen die Russen?»

«Die Rote Armee steht an der ostpreußischen Grenze.»

Berger goß Rum in die beiden Gläser und schob eines davon über den Schreibtisch. «Wissen Sie, Otto, wir Deutschen haben den Boden unseres Vaterlandes seit Napoleon nicht mehr verteidigen müssen. Es dürfte eine interessante Erfahrung werden.»

«Für die nächsten ein bis zwei Jahre ist Brasilien wahrscheinlich der beste Zufluchtsort», entgegnete Prager. «Ein sehr ungünstiger Zeitpunkt für die Heimkehr.»

«Oder der einzig richtige», widersprach Berger. «Je nachdem, wie man es ansieht. Haben Sie die Papiere mitgebracht?»

Prager legte die Aktentasche auf den Tisch. «Alles da, was erforderlich ist. Außerdem habe ich noch einmal Ermittlungen über die Schonerbark angestellt, die Sie erwähnten, als Sie mir das erstemal von Ihrem verrückten Plan erzählten. Die *Gudrid Andersen*, meine ich. Sie liegt immer noch im Hafen von Göteborg und ist seit dem ersten Kriegsjahr nicht mehr ausgelaufen.»

«Fabelhaft», stellte Berger befriedigt fest. «Dann haben wir also freie Fahrt.»

«Sind Ihre Vorbereitungen abgeschlossen?»

Berger öffnete einen anderen Schrank, nahm eine Schwimmweste heraus und legte sie ebenfalls auf den Schreibtisch. Auf ihrem Rücken stand *Gudrid Andersen – Göteborg.*

«Und dann natürlich noch das hier.» Er legte eine schwedische Nationalflagge dazu. «Ein überaus wichtiges Requisit, wie Sie mir sicherlich bestätigen werden.» Er lächelte. «Alles bereit, glauben Sie mir. Den offiziellen Namenstausch werden wir vornehmen, sobald wir die Routen der Küstenschiffahrt hinter uns haben.»

«Und das Logbuch?»

«Ich habe schon ein gefälschtes auf den Namen *Gudrid Andersen* angefertigt – für den Fall, daß wir unseren Freunden von der anderen Seite begegnen sollten. Das echte Logbuch der *Deutschland* werde ich heimlich weiterführen. Anders wäre es nicht korrekt.» Er packte Schwimmweste und die schwedische Nationalflagge in den Schrank. «Und Ihnen, mein alter Freund – was kann ich Ihnen in diesem Augenblick sagen? Ohne Ihre intensive Mitarbeit in den letzten Monaten, ohne die Informationen, die Sie für uns gesammelt haben, ohne die gefälschten Papiere hätten wir nicht mal im Traum an ein derartiges Unternehmen denken können.»

«Da ist aber noch etwas, worüber ich mit Ihnen sprechen möchte, Erich», sagte Prager vorsichtig.

«Und das wäre?»

Prager zögerte. «Sieben Passagiere.»

Berger stieß ein hartes Lachen aus. «Das soll wohl ein Witz sein!»

«Nein, ich meine es durchaus ernst. Sie haben doch schon öfter Passagiere an Bord gehabt, nicht wahr, Erich?»

«Das wissen Sie verdammt genau.» Bergers Ton verriet einen Anflug von Ärger. «Ich habe Platz für acht Passagiere. Je zwei Kabinen auf jeder Seite des Salons mit je zwei Kojen. Aber ich möchte Sie darauf hinweisen, daß normalerweise eine Besatzung von zehn Mann, mich selbst mitgerechnet, für dieses Schiff absolut ausreicht. Wir haben aber schon, wie Sie wissen, zweiundzwanzig Mann an Bord. Weitere sieben Passagiere, das würde bedeuten, daß die überzähligen Besatzungsmitglieder anderswo untergebracht werden müßten. Nein, nein, unmöglich!»

«Aber Sie fahren Ballast», wandte Prager ein. «Sie haben keine Ladung, und Passagiere würden Ihre Schutzbehauptung doch zweifellos untermauern, nicht wahr?»

«Wer sind diese Passagiere?»

«Deutsche, die nach Hause wollen. Genau wie Sie und Ihre Männer.» Prager holte tief Luft, bevor er weitersprach. «Na schön, am besten sage ich's Ihnen gleich. Es sind Nonnen. Barmherzige Schwestern von einer Missionsstation am Rio Negro. Ich habe sie, genau wie die anderen Deutschen auf meiner Liste, in den letzten zwei Jahren regelmäßig besucht. Allerdings nur alle drei Monate – mit Sondererlaubnis der Behörden, da die Station so schwer zu erreichen ist.»

Berger starrte ihn sprachlos an. «Großer Gott, Otto – bin ich verrückt oder Sie?»

Wortlos stand Otto Prager auf und öffnete die Kajütentür. Draußen stand Helmut Richter, der gelassen ein Zigarillo rauchte. Prager nickte ihm kurz zu, und der Bootsmann ging mit schnellen Schritten davon.

«Und nun?»

«Ich habe eine der Schwestern mitgebracht. Die übrigen warten drüben an Land. Sie sollten sich wenigstens anhören, was sie Ihnen zu sagen hat.»

«Sie müssen komplett wahnsinnig sein! Eine andere Erklärung gibt es nicht.»

Es klopfte. Prager ging öffnen und ließ Schwester Angela ein. «Schwester», sagte er zuvorkommend, «ich möchte Sie mit Fregattenkapitän Erich Berger bekanntmachen. Erich, dies ist Schwester Angela von den Barmherzigen Schwestern.»

«Guten Abend, Herr Kapitän», sagte sie.

Berger musterte die kleine Nonne sekundenlang, unterdrückte mit Mühe die Verwunderung in seiner Miene, packte dann Otto Prager am Arm und schob ihn, die Kajütentür hinter sich zuziehend, energisch hinaus.

«Verdammt noch mal, Otto, was soll ich tun? Was soll ich bloß zu der Frau sagen?»

«Sie sind der Kapitän des Schiffes», entgegnete Prager. «Sie allein müssen die Entscheidung treffen. Ich werde solange hier draußen warten.»

Er ging zu den Backbord-Besanwanten hinüber. Berger fluchte vor sich hin und kehrte nach einigem Zögern in seine Kajüte zurück.

Schwester Angela stand am Schreibtisch, interessiert über den Kasten mit dem Chronometer gebeugt. Jetzt blickte sie auf. «Wunderschön, Herr Kapitän. Wunderschön. Was ist das?»

«Das Gerät, mit dem die Seefahrer den Himmel messen, Schwester. Zusammen mit einem Sextanten, natürlich. Wenn ich die Position von Sonne, Mond und Sternen feststellen kann, dann kann ich meine genaue Position auf der Erde berechnen. Zur Erleichterung gibt es dafür aber Tabellen.»

Sie wandte sich wieder dem Schreibtisch zu. «Eine Seekarte der britischen Admiralität. Warum das?»

«Weil die am besten sind», antwortete Berger, der sich unerklärlicherweise erschreckend hilflos vorkam.

«Aha.» Und im selben ruhigen Ton fragte sie: «Werden Sie uns mitnehmen?»

«Hören Sie, Schwester», begann er unsicher. «Nehmen Sie Platz, ich werde Ihnen alles erklären.» Er zog eine andere Seekarte heran. «Hier sind wir, in der Amazonasmündung;

und dies ist unsere Route nach Hause.» Er fuhr mit dem Finger an den Azoren und dann westlich an Irland vorbei. Und wenn wir überhaupt so weit kommen, warten noch viel größere Gefahren auf uns.» Er tippte nachdrücklich auf die Karte. «Wir müssen dicht an den Äußeren Hebriden bei Schottland vorbei, einem wahren Schiffsfriedhof, vor allem bei widrigem Wetter. Und da oben ist es an sechs von sieben Tagen schlecht. Selbst wenn wir das glücklich überleben, haben wir ‹bloß noch› die Orkney-Passage, die Strecke bis Norwegen und anschließend durchs Kattegat nach Kiel vor uns», fügte er ironisch hinzu. «Fünftausend Meilen – ein Kinderspiel.»

«Wie lange werden wir dazu brauchen?»

Er wußte selbst nicht, warum er ihr antwortete. «Schwer zu sagen. Vierzig Tage, vielleicht auch fünfzig. Alles hängt vom Wetter ab.»

«Das scheint mir unter den gegebenen Umständen nicht zuviel.»

«Eine Frage, Schwester», sagte Berger. «Als Sie hierherkamen, wie sind Sie da eigentlich gereist?»

«Mit einem Passagierdampfer, der *Bremen*. Natürlich war das vor dem Krieg.»

«Ein sehr schönes Schiff. Bequeme Kabinen, fließend heißes und kaltes Wasser, Küche wie in einem Hotel erster Klasse, Stewards, die die Passagiere bedienen ...»

«Was wollen Sie damit sagen, Herr Kapitän?»

«Daß das Leben auf diesem Schiff völlig anders aussehen würde. Schlechtes Essen, enge Quartiere. Ein Toilette-Eimer, der jeden Tag geleert werden muß. Zum Waschen ausschließlich Salzwasser. Und ein Sturm – ein richtiger Sturm – kann auf einem Segelschiff ein lebensgefährliches Abenteuer sein. Bei widrigem Wetter kommt es vor, daß wir vierzehn Tage lang keinen trockenen Fleck haben, vom Bug bis zum Heck. Haben Sie jemals, in nasse Decken gewickelt, angeschnallt in einer Koje gelegen, während oben über Ihrem Kopf ein Orkan die Planken aus dem Deck zu reißen droht?» Er rollte die Seekarte auf und sagte energisch: «Tut mir leid, aber ich halte es für sinnlos, diese Diskussion fortzusetzen.»

Sie nickte nachdenklich. «Sagen Sie mir, Herr Kapitän – wie kommt es, daß ein deutscher Marineoffizier ein brasilianisches Handelsschiff befehligt?»

«Ich war Kapitän eines U-Boot-Versorgungsschiffes, der *Essen*, getarnt als US-Tankschiff *George Grant*. Auf unserer dritten Fahrt wurden wir im Südatlantik von einem britischen U-Boot torpediert, das sich von unserer Tarnung nicht täuschen ließ. Angesichts der Tatsache, daß ich beabsichtige, die *Deutschland* als Schiff unter schwedischer Flagge zu tarnen, könnte man das als Herausforderung des Schicksals bezeichnen.»

«Und wie sind Sie nach Brasilien gelangt?»

«Aufgefischt von einem portugiesischen Frachter und, als wir in Rio eintrafen, den brasilianischen Behörden übergeben. Die Brasilianer haben so eine Art Haftaussetzung für diejenigen von uns genehmigt, die Arbeit finden. Die Gebrüder Mayer, Eigner der *Deutschland*, sind Küstenhändler, brasilianische Staatsbürger deutscher Abstammung, die vielen von uns geholfen haben. Einmal im Monat fahren wir von Rio nach Belém und wieder zurück.»

«Und Sie vergelten ihnen das, indem Sie ihnen ihr Schiff stehlen?»

«Wie man's nimmt. Ich kann nur hoffen, daß sie mir verzeihen, wenn sie alle Fakten kennen. Aber uns bleibt im Grunde gar keine Wahl.»

«Wieso?»

«Weil die Brasilianer allmählich anfangen, eine aktivere Rolle im Krieg zu spielen. Im letzten Monat haben sie Truppen nach Italien geschickt. Daher glaube ich, daß die Lage für uns hier bald weitaus schwieriger werden wird als bisher.»

«Und der andere Grund?»

«Wie kommen Sie darauf, daß ich einen habe?»

Sie wartete schweigend, mit gefalteten Händen. Achselzuckend öffnete Berger seine Schreibtischschublade und holte eine Brieftasche heraus, der er ein kleines Foto entnahm. Er reichte es über die Tischplatte. Es war ziemlich zerknittert und von Salzwasser gebleicht, das Lächeln auf den Gesichtern der drei kleinen Mädchen war aber noch deutlich zu erkennen.

«Ihre Kinder?»

«Ja, 1941. Heidi, links, ist jetzt zehn. Eva ist acht, und Else wird im Oktober sechs.»

«Und die Mutter?»

«Vor drei Monaten bei einem Bombenangriff auf Hamburg umgekommen.»

Wie in einem Reflex bekreuzigte sie sich. «Was geschah mit den drei Kindern?»

«Herr Prager hat über unsere Botschaft in Argentinien Auskunft für mich eingeholt. Sie befinden sich bei meiner Mutter in Bayern.»

«Danken Sie Gott für seine unendliche Gnade.»

«Finden Sie, daß ich Veranlassung dazu habe?» Berger war sehr bleich geworden; seine Kinnbackenmuskeln spielten. «Deutschland geht unter, Schwester Angela; es kann sich nur noch um Monate handeln. Haben Sie eine Vorstellung davon, wie schlimm es wird, wenn alles endet? Und meine Mutter ist ziemlich alt. Wenn ihr etwas zustößt . . .» Ein Schauer überlief ihn, er stützte sich schwer auf die Schreibtischplatte. «Ich will bei ihnen sein, denn dort werde ich gebraucht – nicht hier, am Ende der Welt, so weit von Deutschland entfernt, daß der Krieg praktisch aufgehört hat zu existieren.»

«Und dafür nehmen Sie jedes Risiko auf sich?»

«Unter anderem fünftausend Meilen quer über einen von den englischen und amerikanischen Streitkräften beherrschten Ozean – in einem uralten Pott, der seit zwanzig Jahren oder mehr nicht mehr außerhalb der Küstengewässer gefahren ist. In einem uralten Kahn, der so lange nicht mehr überholt worden ist, daß ich gar nicht daran zu denken wage. Eine absolut unmögliche Fahrt.»

«Welche Herr Richter, Ihr Bootsmann, ja offenbar bereit ist mitzumachen.»

«Helmut ist ein Sonderfall. Der beste Seemann, den ich kenne. Besitzt unbezahlbare Erfahrung mit Segelschiffen. Hat als Junge auf finnischen Windjammern die chilenische Salpeterroute befahren. Das mag Ihnen zwar nicht viel sagen, einem Seemann jedoch . . .»

«Aber wie Herr Prager mir sagte, gehen noch weitere zwanzig Mann mit Ihnen auf diese angeblich unmögliche Fahrt.»

«Ja, und nahezu alle aus ähnlichen Gründen wie ich. Außerdem kenne ich mindestens siebzig Männer in Rio, die mit Freuden an ihre Stelle treten würden. Die letzten zehn Plätze wurden vor vierzehn Tagen in einer deutschen Bar im Hafen von Rio verlost.» Er schüttelte den Kopf. «Die Männer wollen nach Hause, Schwester, begreifen Sie das nicht? Und dafür würden sie, um es mit Ihren eigenen Worten auszudrücken, jedes Risiko auf sich nehmen.»

«Während meine Mitschwestern und ich anders sind – wollten Sie das sagen? Aber auch wir haben Familie, Herr Kapitän, Menschen, die uns ebenso am Herzen liegen wie Ihnen Ihre drei Kinder. Und mehr noch: Gerade wegen dem, was uns bevorsteht, werden wir zu Hause jetzt dringender gebraucht denn je.»

Berger stand einen Augenblick da und starrte sie an; dann schüttelte er heftig den Kopf. «Nein! Außerdem wäre es ohnehin zu spät. Sie würden schwedische Papiere brauchen, das ist ein sehr wichtiges Detail des Plans. Unsere hat uns Herr Prager besorgt.»

Sie stand auf, öffnete die Kajütentür und rief: «Herr Prager!»

Der Vizekonsul kam herein. «Was ist denn?»

«Meine Papiere. Würden Sie sie mir bitte jetzt geben?»

Prager öffnete die Aktentasche. Er suchte kurz, dann holte

er einen Paß heraus, den er vor Berger auf den Schreibtisch legte.

Berger betrachtete ihn stirnrunzelnd. «Aber das *ist* ja ein schwedischer Paß!» Er schlug ihn auf; vom Paßfoto blickte ihm Schwester Angela entgegen. Er hob den Kopf. «Würden Sie bitte so freundlich sein und uns einen Augenblick allein lassen, Schwester? Ich möchte mit meinem alten Freund hier ein Wörtchen reden.»

Schwester Angela zögerte, warf Prager einen flüchtigen Blick zu und ging.

«Hören Sie zu, Erich, ich werde Ihnen alles erklären», begann Prager.

Berger hielt den Paß hoch. «So was bekommt man nicht von heute auf morgen. Sie müssen also schon seit einiger Zeit davon gewußt haben. Warum, zum Teufel, haben Sie mir kein Wort gesagt?»

«Weil ich wußte, wie Sie reagieren würden.»

«Sie wollten die Dinge also laufen lassen, bis es zu spät für mich war, nein zu sagen, wie? Nun, da haben Sie sich getäuscht. Ich mache nicht mit. Übrigens, was soll denn aus der Missionsstation werden? Ist die plötzlich unwichtig geworden?»

«Das brasilianische Innenministerium hat seine Politik bezüglich der Indios in jener Region revidiert; die Leute werden ausgesiedelt und an ihre Stelle kommen weiße Farmer. Die Station sollte ohnehin geschlossen werden.»

«Diese Barmherzigen Schwestern sind doch ein Pflegeorden, nicht wahr? Also muß es da oben ja wohl noch ein anderes Betätigungsfeld für sie geben.»

«Sie sind aber auch Deutsche, Erich. Was glauben Sie, was hier los sein wird, wenn die ersten Verlustziffern der Brasilianer in Italien durchsickern?»

Eine lange Pause entstand. Berger griff nach dem schwedischen Paß, schlug ihn auf und studierte noch einmal das Foto. «Sie sieht aus, als würde sie uns Ärger machen. Sie hat zu lange ihren eigenen Willen durchsetzen können.»

«Unsinn!» widersprach Prager entschieden. «Ich kenne ihre Familie von früher. Guter, alter preußischer Schlag. Der Vater war Infanteriegeneral. Sie selbst war 1918 Krankenschwester an der Westfront.»

Man sah Berger die Verwunderung deutlich an. «Verdammt sonderbare Herkunft für eine Barmherzige Schwester. Was ist passiert? Ein Skandal?»

«Ganz und gar nicht. Allerdings gab es da einen jungen Mann, glaube ich. Einen Flieger.»

«... der eines schönen Tages nicht mehr zurückkam, und so suchte sie Zuflucht in einem Leben voll guter Werke.» Berger schüttelte den Kopf. «Das klingt mir zu sehr nach schlechtem Roman.»

«Sie haben mich falsch verstanden, Erich! Nach allem, was ich hörte, ließ er sie nur in dem Glauben, daß er gefallen sei. Sie bekam einen Nervenzusammenbruch, der sie beinahe das Leben gekostet hätte, und als es ihr gerade wieder ein bißchen besser ging, traf sie ihn eines Tages Unter den Linden mit einem anderen Mädchen am Arm.»

Berger hob kapitulierend die Hände. «Hören Sie auf! Ich weiß, wann ich geschlagen bin. Holen Sie sie herein.»

Mit raschen Schritten ging Prager zur Tür. Draußen unterhielt sich Schwester Angela mit dem Bootsmann.

«Sie haben gewonnen, Schwester!» verkündete Berger. «Richter soll Sie sofort an Land bringen, damit Sie Ihre Freundinnen abholen können. Aber seien Sie Punkt zwei Uhr nachts wieder an Bord, denn dann laufen wir aus. Und wenn Sie nicht da sind, fahren wir ohne Sie.»

«Gott segne Sie, Herr Kapitän.»

«Ich glaube, er hat auch so reichlich zu tun.» Als sie zur Tür wollte, fügte er hinzu: «Nur eines noch. Verraten Sie möglichst der Besatzung nichts von Ihrer Anwesenheit, ehe es gar nicht mehr anders geht.»

«Würde die sich denn an uns stören?»

«Das würde sie allerdings. Matrosen sind von Natur aus abergläubisch. Unter anderem ist es ein schlechtes Omen, wenn man an einem Freitag ausläuft. Ein Geistlicher an Bord bringt ebenfalls Unglück. Und mit gleich sieben Nonnen als Passagiere würden wir uns unweigerlich dem Allerschlimmsten ausliefern.»

«Fünf, Herr Kapitän. Wir sind nur fünf Nonnen.» Damit ging Schwester Angela hinaus.

Stirnrunzelnd wandte sich Berger an Otto Prager. «Aber Sie sprachen doch von sieben Passagieren, nicht wahr?»

«Ganz recht.» Prager kramte in seiner Aktentasche und holte zwei weitere schwedische Pässe hervor, die er Berger über den Schreibtisch hinschob. «Einer für Gertrud, der andere für mich. Auch sie wartet an Land mit unserem Gepäck, zu dem, wie ich hinzufügen möchte, das Funkgerät gehört, das ich Ihnen besorgen sollte.»

Berger starrte ihn sprachlos an. «Sie und Ihre Frau?» fragte er endlich heiser. «Großer Gott, Otto, Sie sind mindestens fünfundsechzig! Und was werden Ihre Vorgesetzten in Berlin dazu sagen?»

«Nach allem, was ich gehört habe, werden die Russen weit eher dort sein als ich, also spielt es keine Rolle.» Prager lächelte ein wenig. «Denn sehen Sie, lieber Erich, auch wir möchten gern wieder in die Heimat.»

Als Berger kurz vor zwei aufs Achterdeck stieg, war der Regen noch stärker geworden. Die gesamte Besatzung hatte sich auf Deck versammelt; die Gesichter der Männer waren bleich, das Ölzeug glänzte im schwachen Schein der Deckslaternen.

Er packte die Reling, beugte sich vor und begann mit gedämpfter Stimme zu sprechen. «Ich werde nicht viel sagen, Leute. Ihr wißt alle, worum es geht. Es wird eine verdammt gefährliche Fahrt, ich will euch da nichts vormachen. Doch wenn ihr meine Befehle befolgt, werden wir's schaffen, ihr und ich und die alte *Deutschland*.»

Unter den Männern erhob sich Gemurmel, mehr nicht, und er fuhr fort, diesmal mit einer Andeutung von Härte in der Stimme: «Eines noch. Wie ihr alle bemerkt haben werdet, nehmen wir Passagiere mit. Herrn Prager, den ehemaligen Vizekonsul unserer Botschaft in Rio, mit seiner Frau und außerdem fünf Nonnen von einer Missionsstation am Rio Negro.»

Er hielt inne. Während alle gespannt warteten, war nur das Rauschen des Regens zu hören. «Nonnen», wiederholte er, «aber vor allem Frauen. Unsere Heimfahrt ist lang, also werde ich mich klar und unmißverständlich ausdrücken. Jeden, der die gebotene Grenze überschreitet, werde ich höchstpersönlich erschießen und den entsprechenden Eintrag ins Logbuch machen.» Er straffte sich. «Und jetzt jeder Mann an seinen Platz.»

Als er sich von der Reling abwandte, trat sein Erster Offizier zu ihm. Leutnant zur See Johann Sturm, ein großer, blonder Junge aus Minden in Westfalen, hatte erst drei Tage zuvor seinen zwanzigsten Geburtstag gefeiert. Auch er war, wie Helmut Richter, U-Bootfahrer gewesen und hatte als Zweiter Wachoffizier gedient.

«Alles klar, Sturm?» erkundigte sich Berger leise.

«Ich glaube schon, Käpt'n.» Sturms Ton war überraschend ruhig. «Das Funkgerät, das uns Herr Prager aus Rio mitgebracht hat, habe ich, wie befohlen, in meiner Kabine verstaut. Großartig ist es ja nicht gerade. Es hat nur eine begrenzte Reichweite.»

«Besser als nichts», antwortete Berger. «Und die Passagiere? Sind die auch sicher untergebracht?»

«Aber ja, Käpt'n.» Im Ton des Jungen lag ein winziges Lachen. «Das kann man wohl sagen.»

Eine weiße Gestalt tauchte aus der Dunkelheit auf und entpuppte sich gleich darauf als Schwester Angela. Berger schluckte; leise, aber nichtsdestoweniger drohend sagte er: «Kann man das wirklich, Herr Leutnant Sturm?»

Schwester Angela fragte munter: «Legen wir ab, Herr Kapitän? Darf ich zusehen?»

Berger, dem das Wasser von der Mütze troff, funkelte sie

hilflos wütend an; dann wandte er sich an Leutnant Sturm und befahl: «Nur Besan und Klüver setzen, Sturm. Und lassen Sie den Anker lichten.»

Als Leutnant Sturm den Befehl wiederholte und weitergab, setzte eifrige Geschäftigkeit ein. Vorn ließ ein Matrose das Vorluk fallen, vier weitere zogen kräftig an der Fallleine, und langsam ging der Besan hoch. Sekunden später ertönte ein lautes Rasseln: Die Ankerkette glitt über das Deck. Gleich darauf hörte man ein Klatschen.

Richter stand bereits am Ruder, vorderhand schien jedoch nichts zu geschehen. Dann sah Schwester Angela, emporblickend, durch eine Lücke in den Wolken helle Sterne am Klüver vorbeiziehen.

«Wir fahren, Herr Kapitän! Wir fahren!» rief sie, glücklich wie ein Kind.

«Ich hab's bemerkt», antwortete Berger trocken. «Würden Sie sich jetzt freundlichst unter Deck bemühen?»

Sie gehorchte widerwillig. Seufzend wandte sich Berger an den Bootsmann. «Kurs halten, Richter. Sie übernehmen.»

Richter steuerte die *Deutschland* durch die Hafeneinfahrt. Sie glitt dahin wie ein bleiches Gespenst, langsam und lautlos, ein leicht phosphoreszierendes Kielwasser hinter sich herziehend.

Fünf Minuten darauf, als Capitán Mendoza in seiner Nische im *Lichter von Lissabon* mit einer jungen Dame aus dem benachbarten Etablissement eine Partie Whist spielte, kam der Mann, den er zur Beobachtung der Fischereipier abgestellt hatte, hereingeplatzt.

«Was ist?» erkundigte sich Mendoza freundlich.

«Die *Deutschland*, Senhor Capitán», flüsterte der Posten. «Sie ist verschwunden.»

«Na also!» Mendoza legte sein Blatt verdeckt auf den Tisch und erhob sich. «Laß die Karten nicht aus den Augen, José», rief er dem Barkeeper zu. Dann nahm er Mütze und Ölmantel und ging hinaus.

Als er das Ende der Fischereipier erreichte, fiel der Regen wie ein undurchdringlicher Vorhang. Mit schützend um die Flamme gelegten Händen steckte er sich trotzdem eine Zigarre an und blickte in die Nacht hinaus.

«Werden Sie die Behörden informieren, Senhor?» fragte der Wachtposten.

Mendoza zuckte gleichgültig die Achseln. «Was gibt es da zu informieren? Capitán Berger wollte zweifellos ein wenig früher als sonst nach Rio aufbrechen. Er wird dort heute in acht Tagen erwartet, obwohl es bei ihm nicht selten vorkommt, daß er eine Woche länger braucht, weil das Wetter um diese Jahreszeit unberechenbar ist. Dann ist immer noch Zeit für eine offizielle Untersuchung.»

Der Posten musterte ihn zweifelnd, nickte aber zustimmend. «Wie Sie meinen, Senhor Capitán.»

Der Mann entfernte sich, und Mendoza blickte über das Wasser zur Mündung des Amazonas und zum Atlantik hinüber. Wie weit bis Deutschland? Nahezu fünftausend Meilen über einen Ozean, der sich unwiderruflich in der Hand der amerikanischen und britischen Kriegsmarine befand. Und womit? Mit einer Dreimast-Schonerbark, die ihre Blütezeit längst hinter sich hatte.

«Toren», sagte er sehr leise. «Arme, dumme, bewundernswerte Toren!» Dann drehte er sich um und ging im Regen zu der Kneipe zurück.

2

Schonerbark DEUTSCHLAND, *9. September 1944. 25° 01' nördl. Breite, 30° 46' westl. Länge. Vierzehn Tage hinter Belém. Wind NW 6–8. Nach dem Log machen wir zwölf Knoten. In den letzten vierundzwanzig Stunden zweihundertachtundzwanzig Meilen zurückgelegt. Frau Prager noch immer seekrank in ihrer Koje – seit dem Auslaufen aus Belém. Wird zunehmend schwächer, macht uns große Sorgen. Gegen Abend heftiger Regen.*

Die Frühwettervorhersage für das Seegebiet um die Hebriden war alles andere als günstig: Windstärke fünf bis sechs mit starken Schauern. Vor der Nordwestküste von Skye waren die Wetterbedingungen so schlecht, daß es kaum noch schlimmer ging: Am Horizont stiegen schwere, dunkle, prall mit Regen gefüllte Wolkenberge auf.

Abgesehen von einem Seevogel war nur ein einsames Wasserfahrzeug draußen, ein Kanonenbooot mit Kurs Südwest auf die Insel Barra, die Stars-and-Stripes-Flagge der einzige Farbtupfer im Grau dieses Morgens.

Sonnenaufgang war um sechs Uhr fünfzehn, um neun Uhr dreißig war die Sicht jedoch noch immer so schlecht, daß die Royal Air Force nicht aufsteigen konnte. Daher war es keinem Besatzungsmitglied an Bord des Bootes zu verübeln, daß die einsame Ju 88 S, die dicht über dem Wasser von achtern herankam, unentdeckt blieb. Die erste Salve ließ backbords in zehn bis fünfzehn Meter Entfernung riesige Wasserfontänen aufsteigen. Beim zweiten Anflug zerfetzte ein Feuerstoß aus dem 13-mm-MG des Flugzeugs die Decksplanken hinter dem Ruderhaus.

Harry Jago, der in seiner Koje lag und eine Mütze voll

Schlaf zu finden suchte, war augenblicklich hellwach und rannte Hals über Kopf zum Niedergang. Als er an Deck kam, hastete gerade die Geschützbedienung zu ihrer 22-mm-Zwillingsflak, doch Jago war noch vor ihnen auf Gefechtsstation, beide Hände um die Abzugsgriffe gekrampft.

Plötzlich, als die Junkers zum nächsten Anflug ansetzte, quoll träge schwarzer Rauch über das Deck. Jago eröffnete das Feuer, während Geschosse die Decksplanken dicht neben ihm durchsiebten.

Die Ju flog ihren Angriff mit etwa knapp vierhundert Meilen pro Stunde. Jago folgte ihr mit dem Geschützrohr und registrierte gleichzeitig, daß Jansen über ihm auf der Brücke das Browning-MG bediente. Aber es war alles vergebens: Die Ju jagte an Backbord zwischen schwarzen Rauchwölkchen hindurch und floh in den grauen Morgen hinein.

Einen Augenblick blieb Jago, die Hände noch an den Griffen, regungslos an seinem Platz. Dann stieg er langsam vom Geschütz und wandte sich an den Matrosen Harvey Gould, dem die Geschützbedienung unterstand.

«Sie sind um fünf Sekunden zu spät gekommen, Sie und Ihre Jungens», sagte er.

Die Männer der Geschützbedienung scharrten verlegen mit den Füßen. «Wird nicht wieder vorkommen, Lieutenant», versicherte Gould.

«Möchte ich mir auch ausgebeten haben.» Jago zog ein zerdrücktes Zigarettenpäckchen aus der Hemdtasche und schob sich einen Glimmstengel in den Mund. «Nachdem wir die Salomonen, die Invasion und die Schnellboot-Flottillen im Kanal überlebt haben, wäre es wohl ziemlich albern, wenn wir jetzt bei den Hebriden dran glauben müßten.»

Hauptmann Horst Necker, Flugzeugführer der Ju 88 S, trug die Zeit seines Angriffs mit Punkt 09.35 Uhr ins Bordbuch ein. Für ihn war der Zwischenfall praktisch nebensächlich, ohne die geringste Bedeutung, lediglich Auflockerung eines ansonsten stinklangweiligen Patrouillenflugs; nicht der Rede wert für einen Flugzeugführer, der im Frühling dieses Jahres, während der wiederaufgenommenen Nachtangriffe auf London, als Angehöriger der Pfadfinder-Gruppe I des Kampfgeschwaders 66 so erfolgreiche Einsätze geflogen hatte, daß sie ihm zwei Monate zuvor das Ritterkreuz verliehen.

Die Versetzung zum KG 40 nach Trondheim, einer auf Konvoi- und Wetteraufklärung spezialisierten Einheit, kam ihm wie ein Abstieg vor, obwohl die Ju 88 S, die man ihm gegeben hatte, weiß Gott eine fabelhafte Maschine war: ein Allwetterflugzeug mit einer Spitzengeschwindigkeit von gut vierhundert Meilen oder sechshundertvierzig Kilometern pro Stunde.

Sein Routineflug an jenem Morgen diente einem bestimmten Zweck: Er sollte Ausschau halten nach einem Konvoi, von dem man wußte, daß er in dieser Woche von Liverpool nach Rußland auslaufen würde, dessen genaues Auslaufdatum aber bisher unbekannt war. Er hatte Schottland in dreißigtausend Fuß Höhe überflogen und dann zwei völlig unergiebige Stunden westlich der Äußeren Hebriden patrouilliert.

Daß sie dieses Schnellboot sichteten, war reiner Zufall gewesen; er hatte nur sehen wollen, wie tief die Wolkendecke eigentlich hing. Einmal entdeckt, war das Objekt jedoch viel zu verlockend gewesen, um es ungeschoren davonkommen zu lassen.

Während er die Maschine nach dem letzten Angriff steil hochzog, lachte sein Beobachter Rudi Hübner vor lauter Aufregung nervös auf. «Ich glaub', den haben wir, Herr Hauptmann. Dicker Qualm.»

«Was meinen Sie dazu, Kranz?» rief Necker seinem Heckschützen zu.

«Sieht eher aus, als hätten die das selbst gemacht, Herr Hauptmann», erwiderte Kranz. «Der da unten ist anscheinend mit allen Wassern gewaschen, und außerdem, Tommys waren das bestimmt nicht. Beim zweiten Anflug hab' ich die amerikanische Flagge gesehen. Wahrscheinlich mein Bruder Ernst», ergänzte er düster. «Der ist in der amerikanischen Kriegsmarine. Hab' ich Ihnen das schon erzählt?»

Schmidt, der Bordfunker, lachte. «Zum erstenmal über London, als die Backbordmotoren brannten, und seitdem mindestens noch siebenundfünfzigmal. Daß der bei der anderen Feldpostnummer ist, dürfte eindeutig ein Beweis dafür sein, daß wenigstens einer in Eurer Familie Köpfchen hat.»

Hübner ignorierte den Spott. «Ein wahrscheinlicher Treffer also, Herr Hauptmann?» fragte er eifrig.

Necker wollte erst nein sagen, dann aber sah er die Hoffnung im Blick des Jungen und revidierte seinen Entschluß. «Warum nicht? Und jetzt machen wir endlich, daß wir hier rauskommen.»

Als Jago auf die Brücke kam, war Jansen dort nirgends zu sehen. Er lehnte sich an das Browning-MG und blickte aufs Deck hinab. Der schwarze Qualm hatte sich fast verzogen; Gould trat gerade die ausgebrannte Signalrakete unter der Reling hindurch ins Wasser. Das Deck an der Backbordreling neben dem Flakgeschütz war ein Trümmerfeld, doch ansonsten schien der Schaden nicht allzu groß zu sein.

Jetzt kam Jansen die Leiter hoch: ein großer, kräftig gebauter Mann, der trotz seiner verfilzten, schwarzen Seemannskrause, der Strickmütze und der verschossenen Seemannsjacke ohne jegliches Rangabzeichen Oberbootsmann war. Vor dem Krieg Dozent für Moralphilosophie in Harvard sowie fanatischer Freizeitsegler, hatte er sich strikt geweigert, im Krieg Offizier zu werden.

«Anscheinend ein Einzelgänger, Lieutenant.»

«Kann man wohl sagen», antwortete Jago. «Eine Ju 88 bei den Hebriden!»

«Und nach der Geschwindigkeit zu urteilen, eins von Görings allerneuesten Modellen.»

«Verdammt, aber was wollte die hier?»

«Ja, ja, ich weiß, Lieutenant», tröstete ihn Jansen spöttisch. «In letzter Zeit kann man sich auf überhaupt nichts mehr verlassen. Ich habe übrigens unten nachgesehen. Nur geringfügiger Sachschaden. Keine Ausfälle.»

«Danke», sagte Lieutenant Jago. «Und diese Rauchrakete – das war wirklich eine Blitzreaktion.»

Er merkte, daß seine rechte Hand zitterte, und streckte sie waagerecht aus. «Sehen Sie sich das mal an! Hab' ich mich nicht erst gestern beschwert, daß wir hier oben höchstens gegen das Wetter zu kämpfen haben?»

«Tja, was Heidegger zu diesem Thema gesagt hat, werden Sie ja wohl wissen, Lieutenant.»

«Das weiß ich nicht, Jansen. Aber Sie werden's mir sicher sofort erzählen.»

«Er war der Ansicht, um wirklich zu leben, sei die totale Konfrontation mit dem Tod notwendig.»

«Die ich inzwischen seit zwei Jahren übe, und Sie waren dabei jedesmal höchstens einen Meter hinter mir», gab Jago mit Engelsgeduld zurück. «Übrigens, was Sie mit Ihrem Heidegger tun können, will ich Ihnen sagen, Jansen: Den können Sie sich dahin stecken, wo Ihre Großmutter Hämorrhoiden hatte. Und jetzt besorgen Sie uns bitte Kaffee; ich werde mich inzwischen um den Kurs kümmern.»

«Wie der Lieutenant befehlen.»

Jago ging ins Ruderhaus und warf sich in den Stuhl vor dem Kartentisch. Ruderwache hatte im Augenblick Petersen, ein Seemann mit zehn Jahren Erfahrung bei der Handelsmarine, außerdem zwei große Walfangfahrten in die Antarktis.

«Alles okay?» fragte Jago.

«Bestens, Lieutenant.»

Jago nahm die Karte 1796 der Britischen Admiralität heraus. *Barra Head bis Skye*. South Uist, Barra und ein paar einzelne Inselchen südlich davon, mit Fhada, ihrem Bestimmungsort, am äußersten Südzipfel der Inselkette. Jetzt wurde die Tür von außen aufgetreten, und Jansen kam mit einem Becher Kaffee herein, den er vor Jago auf den Tisch stellte.

«Scheißgegend», schimpfte Jago, indem er auf die Karte tippte. «Magnetische Anomalien im gesamten Gebiet.»

«Ist ja 'ne gewaltige Hilfe», antwortete Jansen. «Genau das Richtige, wenn man bei Schlechtwetter den Kurs absetzen will.»

«Diese Inseln südlich von Uist sind ein einziger großer Schiffsfriedhof», fuhr Jago wenig begeistert fort. «Wo man hinsieht auf dieser verdammten Karte, heißt es ‹schwere Brecher› oder ‹gefährliche See›. Ein Risiko nach dem anderen.»

Jansen öffnete den Tabaksbeutel aus gelber Ölhaut, holte seine Pfeife hervor und begann sie gemächlich zu stopfen. «Ich hab' da mit ein paar Fischern gesprochen, bevor wir von Mallaig ausliefen. Die haben gesagt, da draußen wäre das Wetter manchmal so schlecht, daß Fhada wochenlang abgeschnitten ist.»

«Das schlimmste Wetter, das man sich denken kann, sobald die Atlantikstürme aufkommen», antwortete Jago. «Weiß der Teufel, wie es erst im Winter aussieht.»

«Und was hat dann Admiral Reeve auf so einer gottverlassenen Insel zu suchen?»

«Keine Ahnung. Ich wußte nicht mal, daß er dort ist, bis ich Befehl erhielt, in Mallaig eine Depesche für ihn abzuholen und sie ihm zu überbringen. Das letztemal hab' ich am Invasionstag von ihm gehört. Da war er Stellvertretender Operationschef des Marine-Nachrichtendienstes und ließ sich von dem norwegischen Zerstörer *Svenner* mitnehmen, der von drei Torpedobooten der Möwe-Klasse versenkt wurde. Dabei verlor er das rechte Auge, und sein linker Arm soll auch nicht mehr zu gebrauchen sein.»

«Ein Teufelskerl!» sagte Jansen bewundernd. «Hat sich aus Corregidor verdrückt, nachdem MacArthur schon abgezogen war. Dann ist er mit einem Logger beinahe sechshundert Meilen bis Cagayan gesegelt und wurde mit einer der letzten Maschinen ausgeflogen. Wenn ich mich recht erinnere, war er bei Midway einer der wenigen Überlebenden eines versenkten Zerstörers, wurde von der *Yorktown* an Bord genommen und landete prompt ein zweites Mal im Bach.»

«Vorsicht, Jansen! Ihre Begeisterung geht mit Ihnen durch! Und ich dachte immer, das gäbe es bei Ihnen nicht, wenn von hohen Tieren die Rede ist.»

«Aber Reeve ist nicht bloß ein Admiral, Lieutenant, er ist auch der Kopf, der hinter einer ganz ausgezeichneten Seekriegsgeschichte steckt. Mein Gott, Sir, dieser Mann kann tatsächlich richtig lesen und schreiben!» Jansen hielt ein Streichholz an seine Pfeife und sagte aus dem Mundwinkel: «Eine ganz hübsche Leistung für einen Marineoffizier, wie der Lieutenant zweifellos zugeben wird.»

«Jansen», gab Jago zurück, «machen Sie, daß Sie rauskommen!»

Jansen verschwand, doch als Jago sich umdrehte, mußte er feststellen, daß Matrose Petersen ebenfalls grinste. «Sie auch, Mann – sofort raus! Ich übernehme.»

«Na klar, Lieutenant.»

Petersen ging hinaus, und Jago griff nach einer weiteren Zigarette. Jetzt zitterten seine Finger nicht mehr. Draußen trommelte der Regen gegen die Scheiben. Das Kanonenboot wurde von einer Woge hochgehoben, und Jago stellte zu seinem Erstaunen fest, daß ihm dies alles tatsächlich Spaß machte – trotz des ewig schmerzenden Rückens und der ständigen Müdigkeit, die ihn vermutlich Jahre des Lebens kosten würde.

Harry Jago war fünfundzwanzig und wirkte sogar an einem guten Tag um reichlich zehn Jahre älter, was allerdings kaum verwunderlich war, wenn man seine Kriegslaufbahn betrachtete.

Er war im März 1941, als er sich zur Navy gemeldet hatte, in Yale ausgeschieden und der 2. Schnellboot-Flottille, der Squadron Two, gerade rechtzeitig für die Kämpfe um die Salomoninseln zugeteilt worden. Die Schlacht um Guadalcanal dauerte sechs Monate. Als sie begann, war Jago ein frischgebackener, adretter Leutnant gewesen, als sie endete, ein Oberleutnant zur See, dem man das Navy Cross verpaßt und zwei Schiffe unterm Hintern weggeschossen hatte.

Anschließend erhielt die Squadron Two einen neuen Einsatzbefehl und wurde auf dringendes Ersuchen des OSS (Office of Strategic Services) nach England geschickt, um an der französischen Küste amerikanische Agenten aufzunehmen. Abermals überlebte Harry Jago, dieses Mal im Kanal, die ständigen Zusammenstöße mit deutschen Schnellbooten vor Cherbourg. Er überlebte sogar die Hölle des Strandabschnitts *Omaha* bei der Invasion.

Das Glück verließ ihn erst am 28. Juni, als ein paar Schnellboote einen Konvoi amerikanischer Landungsfahrzeuge angriffen, die in der Lyme Bay lagen und darauf warteten, daß sie den Kanal überqueren konnten. Jago traf mit Depeschen aus Portsmouth ein und sah sich plötzlich sechs der gefährlichsten Kriegsschiffe gegenüber, die die deutsche Kriegsmarine aufbringen konnte. In einem wahnwitzigen Zehnminutengefecht versenkte er eines, beschädigte ein zweites, verlor fünf Mann von seiner Besatzung und fand sich schließlich im Wasser wieder, mit einem Granatsplitter in der linken Hüfte und einer bis auf den Knochen aufgerissenen rechten Wange.

Als er schließlich im August aus dem Lazarett entlassen wurde, gab man ihm die Überlebenden seiner alten Besatzung – neun Mann – sowie einen neuen Einsatzbefehl, der ihm die so dringend benötigte Erholung verschaffen sollte: als «Postbote» für die verschiedenen amerikanischen und britischen Seewetterstationen und ähnlichen Einrichtungen auf den Hebriden, und zwar mit einem Vorkriegs-Kanonenboot, das von der Royal Navy zur Verfügung gestellt wurde und sicher auseinanderbrechen würde, sobald er versuchen sollte, es auf mehr als zwanzig Knoten zu bringen. Einer seiner früheren Besitzer hatte den Namen *Dead End* am Bug anbringen lassen – eine Bezeichnung, die verschiedene Deutungen zuließ.

Höchstens ein bis zwei Monate, hatte ihm der Flottillenchef gesagt. *Betrachten Sie es als eine Art Urlaub. Ich meine, da oben passiert doch wirklich nie was, Harry.*

Wider Willen mußte Jago grinsen, und als eine Regenbö gegen die Scheiben schlug, steigerte er die Geschwindigkeit, obwohl das Ruder in seinen Händen bockte. Die See war zu seinem Lebensinhalt geworden, war Brot und Salz für ihn, wichtiger als jede Frau. Das war eine Folge des Krieges, aber der Krieg würde nicht ewig dauern.

«Was soll ich bloß machen, wenn alles vorbei ist?» sagte er leise vor sich hin.

Es gab Zeiten, da überlegte Konteradmiral Carey Reeve ernsthaft, ob sich das Leben überhaupt lohnte; da ihm die Leere der endlosen Tage unerträglich und die Insel, die er mit einer so tiefen und unwandelbaren Leidenschaft liebte, wie ein trostloses Gefängnis vorkam.

In solchen Augenblicken zog es ihn eigentlich immer an denselben Ort, zu einem Hügel, der auf Gälisch *Dun Bhuide* hieß, «Gelbes Fort», und der oberhalb der Telegraph Bay an der Südwestspitze von Fhada lag. Die Bucht trug diesen seltsamen Namen, seit man um die Jahrhundertwende vergeblich versucht hatte, dort eine Marconi-Station zu errichten, und sie lag am Fuß eines hundertzwanzig Meter hohen Klippenrings: ein schmaler, weißer Sandstreifen, der sich im grauen Wasser verlor. Von hier aus waren es 4827,90 Kilometer bis Labrador im Westen, und dazwischen lag nichts als Wasser.

Der Pfad hinunter war nichts für ängstliche Gemüter; er zog sich im Zickzack die Klippenwand entlang, umkreist von kreischenden, in dichten Wolken aufstiebenden Seevögeln – von Tordalken, Krähenscharben, Möwen, Sturmtauchern und Tölpeln, vor allem Tölpeln. Admiral Reeve betrachtete das alles eine Zeitlang finster mit seinem gesunden Auge, dann machte er kehrt und musterte den Rest der Insel.

Nach Südwesten fiel das Gelände ziemlich steil ab. Hinter der anderen Spitze der Telegraph Bay lagen das South Inlet und die Seerettungsstation: das Bootshaus, die Helling und Murdoch Macleods kleine Hütte – sonst nichts. Zu seiner Linken erstreckte sich der übrige Teil der Insel, vereinzelte Anwesen mit zumeist verfallenen Gebäuden, Torfmoor und Schafen, die auf mageren Weiden grasten, das Ganze durchschnitten von den Gleisen einer Schmalspurbahn, die in nordwestlicher Richtung nach Mary's Town führte.

Reeve zog ein altes Messingteleskop aus der Tasche und richtete es auf die Rettungsstation. Kein Lebenszeichen. Murdoch arbeitete wahrscheinlich an seinem verdammten Boot. Im Kamin über dem Torffeuer jedoch würde der Wasserkessel vor sich hindampfen, und an so einem Morgen wie diesem war ein Becher heißer Tee, großzügig mit Murdochs schwarzgebranntem Whisky versetzt, durchaus willkommen.

Der Admiral schob das Teleskop wieder in die Tasche und machte sich auf den Weg die Anhöhe hinab, während der Regen als grauer Vorhang quer über die Insel trieb.

Als er das Bootshaus durch die kleine Hintertür betrat, war aber auch hier nichts von Murdoch zu sehen. Die *Morag Sinclair*, das einundvierzig Fuß große Motorrettungsboot vom Typ Watson, lag auf ihrem Bootswagen. Das Boot wirkte schmuck und schön mit seinem blau-weißen Anstrich; es verriet deutlich die sorgfältige Pflege, die der alte Macleod ihm angedeihen ließ. Beeindruckt strich Reeve mit der Hand über die Gilling.

Hinter ihm flog, einen Schwall Regenwasser hereinlassend, die Tür auf, und eine weiche Hochlandstimme sagte: «Ich war im Schuppen, Torf stapeln.»

Als Reeve sich umdrehte, um Murdoch, der in der Türöffnung stand, zu begrüßen, drängte sich ein riesiger irischer

Wolfshund an dem Alten vorbei und stürzte sich freudig auf den Admiral.

Reeve griff in das gelbbraune Fell des Tieres. «Rory, du alter Teufel!» Er blickte zu Murdoch auf. «Mrs. Sinclair hat ihn schon heute morgen gesucht. Er war seit gestern abend verschwunden.»

«Ich wollte ihn später selber zurückbringen», erklärte Murdoch. «Sind Sie wohlauf, Admiral?»

Murdoch war siebzig Jahre alt, von beeindruckender Gestalt, bekleidet mit hüfthohen Stiefeln und dickem Wolljumper, die Augen grau wie Wasser über Gestein, das Gesicht von einem Menschenleben auf See gefurcht und geformt.

«Murdoch», fragte Admiral Reeve, «ist Ihnen jemals der Gedanke gekommen, daß das Leben eine von einem Idioten erfundene Story ist, voll Lärm und Leidenschaft, doch ohne jegliche Bedeutung?»

«Aha, so ist die Stimmung also heute!» Murdoch wischte sich die torfbeschmutzten Hände an der Hose ab und zog einen Tabaksbeutel heraus. «Würden Sie eine Tasse Tee mit mir trinken, Admiral?» erkundigte er sich mit schwerfälligem Hochlandcharme.

«Mit einem kleinen Zusatz?» fragte Reeve hoffnungsvoll zurück.

«Uisgebeatha?» entgegnete Murdoch auf gälisch. «Lebenswasser. Ja, warum nicht. Denn Leben brauchen Sie, glaube ich, heute morgen besonders dringend.» Er lächelte bedächtig. «In zehn Minuten. Sie könnten inzwischen ja mit dem Hund ein bißchen am Strand spazierengehn, sich die Grillen aus dem Kopf blasen lassen.»

Die Öffnung der kleinen Bucht glich einem Mahlstrom aus weißschäumendem Wasser; über das dahinter liegende Riff brachen mit tosendem Donnern die Wogen herein, schleuderten die Gischt dreißig Meter hoch in die Luft.

Reeve trottete hinter dem Wolfshund her am Wasser entlang und dachte an Murdoch Macleod. Zweiunddreißig

Jahre lang Bootsführer des Rettungsbootes von Fhada, schon bei Lebzeiten Legende, ausgezeichnet mit der British Empire Medal vom alten König George persönlich, sowie mit fünf Silber- und zwei Goldmedaillen der Seerettungsgesellschaft für Tapferkeit bei der Rettung Schiffbrüchiger. Im Jahre 1938, als sein Sohn Donald den Posten des Bootsführers übernahm, hatte er sich zur Ruhe gesetzt, nur um ein Jahr darauf den Dienst wieder aufzunehmen, weil Donald als Angehöriger der Royal Naval Reserve eingezogen wurde. Ein bewundernswerter Mann!

Der Wolfshund begann wütend zu bellen. Reeve spähte über den weiten Sandstreifen hin, der *Traig Mhoire*, «Marys Strand», genannt wurde. Ungefähr zwanzig Meter von ihm entfernt lag ein Mann mit gelber Schwimmweste, immer wieder von Wellen überspült, mit dem Gesicht nach unten im Sand.

Der Admiral setzte sich in Trab; er ließ sich neben der Gestalt auf ein Knie nieder und drehte sie auf den Rücken – mit einiger Mühe, denn sein linker Arm war seit der Verwundung kaum noch zu gebrauchen. Es war ein Junge von ungefähr achtzehn Jahren in Drillichzeug; die Augen geschlossen, als schlafe er, das blonde Haar naß an den Schädel geklebt; ohne sichtbare Zeichen einer Verwundung.

Reeve begann den Toten zu durchsuchen. In der linken Brusttasche steckte eine Brieftasche aus Leder. Als er sie eben öffnen wollte, kam Murdoch über den Strand gelaufen und ging neben ihm auf die Knie.

«Mußte doch sehen, wo Sie stecken.» Mit dem Handrücken berührte er das bleiche Gesicht.

«Wie lange?» erkundigte sich Reeves.

«Zehn bis zwölf Stunden höchstens. Was für einer ist es diesmal?»

«Nach dem Drillichzeug zu urteilen, stammt er von einem deutschen U-Boot.» Reeve klappte die Brieftasche auf und untersuchte ihren Inhalt. Er fand das Foto eines jungen Mädchens, ein paar Briefe und einen derart vom Salzwasser durchtränkten Urlaubsschein, daß er zu zerfallen drohte, als er ihn vorsichtig entfaltete.

«Ist ja noch 'n richtiges Kind!» stellte Murdoch verwundert fest. «Müssen die denn nun schon Schuljungen nehmen?»

«Sind wahrscheinlich ebenso knapp an Männern wie wir», gab Reeve zurück. «Sein Name war Hans Bleichrodt; er hat vor drei Wochen während seines Urlaubs in Braunschweig seinen achtzehnten Geburtstag gefeiert und war Funkgefreiter auf U-743.»

Er schob die Papiere in die Brieftasche zurück. «Wenn es das Boot heute morgen erwischt hat, werden wir in den nächsten Tagen wohl noch mehr finden.»

Murdoch bückte sich und lud sich den Toten mit jener mühelosen Kraft, die Reeve immer wieder frappierte, auf die Schulter. «Dann woll'n wir ihn mal nach Mary's Town bringen, Admiral.»

Reeve nickte. «Ja, am besten zu mir ins Haus. Mrs. Sinclair kann ihn sich heute nachmittag ansehen und den Totenschein für ihn ausstellen, und morgen können wir ihn beerdigen.»

«Die Kirche wäre ein angemessenerer Platz für ihn, finde ich.»

«Ich weiß nicht, ob das so ratsam ist», antwortete Reeve. «In diesem Krieg sind elf Männer der Insel im Kampf gegen den Feind auf See geblieben. Ihre Familien würden bestimmt nicht allzu glücklich darüber sein, daß ein Deutscher in ihrem Gotteshaus aufgebahrt liegt.»

Die Augen des Alten funkelten zornig. «Und Sie sind derselben Meinung?»

«Aber nein!» entgegnete Reeve rasch. «Lassen Sie mich bitte aus dem Spiel! Von mir aus bringen Sie den Jungen hin, wohin Sie wollen. Ich glaube kaum, daß es ihm allzuviel ausmachen wird.»

«Aber dem Herrgott macht es vielleicht etwas aus», meinte Murdoch mit leiser Stimme. In seinem Ton lag keine

Spur Vorwurf, obwohl er Laienprediger der Kirche von Schottland und damit fast so etwas wie Geistlicher auf der Insel war.

Zu diesem Punkt der Insel führte kein Weg, denn es war niemals einer notwendig gewesen. Doch in den zwei Jahren, als die Marconi-Station dort bestand, hatte die Telegrafengesellschaft das Gleis für eine Schmalspurbahn legen lassen. Die Besatzung des Rettungsbootes, größtenteils Fischer aus Mary's Town, benutzte die Strecke, wenn sie zum Einsatz gerufen wurde. Sie fuhren mit einer Draisine, die die Männer von Hand bewegten, oder, sobald der Wind günstig stand, indem sie einfach ein Segel setzten.

An diesem Morgen stand der Wind günstig, also rollten Murdoch und der Admiral mit etwa fünf Knoten Geschwindigkeit dahin, während sich über ihnen das Dreieckssegel blähte. Den Toten hatten sie in die Mitte der Draisine gebettet, neben ihm hielt Rory, der irische Wolfshund, Wache.

Zwei Meilen, dann drei, die Schienen führten allmählich bergab. Und dann konnten sie durch ein Loch, das der Wind in den Regenvorhang riß, ein paar Kilometer weiter in der Nordwestecke der Insel Mary's Town liegen sehen, eine Ansammlung von Häusern aus Granitsteinen, vier oder fünf Straßen, die alle zum Hafen hinunterführten. Auf der Leeseite des Wellenbrechers lagen einige Fischerboote vertäut.

Murdoch stand, eine Hand am Mast, auf der Draisine und spähte aufs Hafenwasser hinaus. «Würden Sie sich das mal ansehen, Admiral? Da läuft ein Schiff in den Hafen ein, und ich könnte schwören, daß es die Stars and Stripes als Flagge führt. Anscheinend werde ich langsam alt.»

Reeve zog sofort sein Teleskop aus der Tasche und richtete es auf das Hafenbecken. «Verdammt, Sie haben tatsächlich recht», sagte er, als er die *Dead End* mit Harry Jago auf der Brücke ins Okular bekam.

Mit zitternden Fingern steckte er das Fernrohr ein. «Wissen Sie was, Murdoch? Vielleicht wird das heute doch noch ein guter Tag für mich.»

Das Kanonenboot legte an der Landungsbrücke an. Auf dem oberen Teil der Mole saß eine Frau unter einem Regenschirm vor einer Staffelei und malte. Sie mochte etwa Anfang Vierzig sein und hatte ruhige, blaue Augen in ihrem kraftvollen, angenehmen Gesicht. Sie trug ein Kopftuch, einen alten Marineoffiziersmantel mit Kapitänsstreifen auf den Schulterstücken und dazu eine lange Hose.

Interessiert stand sie auf, kam mit dem Schirm in der Hand ans Ende der Mole und blickte lächelnd auf das Boot hinab. «Hallo, Amerika! Endlich mal eine Abwechslung!»

Jago stieg rasch über die Reling und die Treppe zur Mole hinauf. «Harry Jago, Ma'am», stellte er sich vor.

«Jean Sinclair.» Sie gab ihm die Hand. «Ich bin der Amtmann hier, Lieutenant, wenn ich also was für Sie tun kann . . .»

«Amtmann?» fragte Jago verwirrt.

«Das, was Sie etwa Magistrat nennen würden.»

Jago grinste. «Ach so, Sie vertreten hier das Gesetz, oder?»

«Und ich bin außerdem Leichenbeschauer und Hafenmeister. Unsere Insel ist sehr klein. Wir müssen uns einrichten; so gut es geht.»

«Ich bringe Depeschen für Konteradmiral Reeve, Ma'am. Haben Sie eine Ahnung, wo ich ihn finden kann?»

Sie lachte. «Hier auf den Inseln, Lieutenant, gibt es ein Sprichwort. ‹Wenn man vom Teufel spricht, dann kommt er›.»

Jago drehte sich rasch um, und ihn traf ein ziemlicher Schock. Als Admiral Nimitz ihn in Pearl Harbour mit dem Navy Cross dekorierte, da stand unter anderem auch Konteradmiral Reeve auf dem Podium, prächtig anzuschauen in der Galauniform mit den drei Reihen Ordensschnallen. In diesem dunklen, kleinen Mann mit der schwarzen Augenklappe jedoch, der jetzt in einer uralten Seemannsjacke und hohen Seestiefeln auf ihn zugeeilt kam, war nicht mal mehr eine Spur davon zu erkennen. Erst als er zu sprechen begann, wußte Jago mit Bestimmtheit, wen er vor sich hatte.

«Sie wollen zu mir, Lieutenant?»

«Admiral Reeve?» Jago nahm Haltung an und grüßte respektvoll. «Ich habe Depeschen für Sie, Sir. Vom befehlshabenden Offizier der Royal Navy in Mallaig. Würden Sie bitte mit an Bord kommen?»

«Gehen Sie vor, Lieutenant», erwiderte der Admiral. Dann hielt er inne und wandte sich an Jean Sinclair. «Ich habe übrigens Rory gefunden. Er war bei Murdoch in der Rettungsstation.»

Ihre Augen blitzten auf. «Nanu, Carey, ich dachte schon, Sie würden mich ganz übersehen.»

Ernst erwiderte der Admiral: «Ich habe noch etwas anderes auf *Traig Mhoire* gefunden, einen Toten. Einen Deutschen von einem U-Boot.»

Jean Sinclair wurde ernst. «Wo ist er jetzt?»

«Ich habe ihn bei Murdoch in der Kirche gelassen.»

«Dann werde ich lieber auch hingehen. Und unterwegs ein paar Frauen mitnehmen, damit der Junge ordentlich aufgebahrt wird.»

«Ich komme nach.»

Jean Sinclair ging, den Schirm schräg gegen den Regen gerichtet, mit energischen Schritten davon. «Eine fabelhafte Frau», bemerkte Jago.

Der Admiral nickte. «Bewundernswert. Übrigens, falls es Sie interessiert: Die ganze Insel hier ist ihr Eigentum. Sie hat sie von ihrem Vater geerbt, der so eine Art Feudalherr war.»

«Und woher der Marinemantel, Sir?» erkundigte sich Jago, als sie die Treppe hinunterstiegen.

«Von ihrem Mann. Einundvierzig mit der *Prince of Wales* untergegangen. War auch ein Sinclair, genau wie sie. Vetter zweiten Grades, wenn ich mich nicht irre.» Er lachte. «Ist ein alter Inselbrauch, den Namen in der Familie zu lassen.»

Die Besatzung war an Deck angetreten, und als der Admiral über die Reling kam, gab Jansen das Pfeifsignal. Reeve musterte ihn verblüfft und fragte Jago: «Wo kommt denn der her? Von einem Bananendampfer?»

«Oberbootsmann Jansen, Sir», erklärte Jago ein wenig schwach.

Reeve ließ den Blick über Jansen wandern, über die Seemannsjacke, den verfilzten Bart und die alte Strickmütze. Dann wandte er sich schaudernd ab. «Danke, ich habe genug gesehen. Übergeben Sie mir jetzt meine Depeschen.»

«Wenn Sie mir bitte folgen würden, Admiral.»

Jago führte ihn den Niedergang hinab in seine Kajüte. Er holte einen Aktenkoffer unter der Matratze seiner Koje hervor, schloß ihn auf und nahm einen braunen Umschlag mit unversehrten Siegeln heraus, den er dem Admiral überreichte. Als Reeve ihn entgegennahm, klopfte es an der Tür, und Jansen trug ein Tablett herein.

«Kaffee, Sir?»

Reeve unterdrückte den Impuls, den Umschlag sofort aufzureißen, und fragte Jago, während er seine Tasse nahm: «Na, wie läuft der Krieg?»

Die Antwort kam von Jansen. «Die Totengräber haben Hochkonjunktur, Sir.»

Reeve drehte sich um und starrte ihn fasziniert an. «Haben Sie Oberbootsmann gesagt?»

«Der allerbeste, Sir», antwortete Jago tapfer.

«Und wo haben Sie ihn aufgetrieben, wenn ich fragen darf?»

«In Harvard, Sir», antwortete Jansen höflich und zog sich zurück.

Reeve sagte verwundert: «Das soll wohl ein Witz sein, oder?»

«Keineswegs, Admiral.»

«Dann ist es kein Wunder, daß der Krieg Weihnachten nicht schon beendet war.»

Reeve saß auf der Kojenkante, riß den Umschlag auf und entnahm ihm zwei Kuverts. Das kleinere öffnete er zuerst.

Es enthielt ein Foto und einen Brief, den er schnell mit einem glücklichen Lächeln überflog. Das Foto gab er an Jago weiter.

«Meine Nichte Janet. Sie ist Ärztin am Guy's Hospital in London. Schon seit neunzehnhundertvierzig. Hat während der ganzen V-Waffenangriffe gearbeitet.»

Janet hatte ernste, ruhige Augen, hohe Wangenknochen und einen etwas zu breiten Mund. In ihrem Ausdruck lag etwas, das Jago irgendwie zutiefst berührte.

Widerwillig gab er das Foto zurück. «Sehr hübsch, Sir.»

«Das ist die Untertreibung des Jahres.»

Reeve öffnete den zweiten Umschlag und las interessiert. Nach und nach jedoch wurde sein Blick finster, der Mund verkniffen. Er faltete den Brief zusammen und steckte ihn in die Tasche.

«Schlechte Nachrichten, Sir?»

«Nun ja, mein Sohn, kommt darauf an, wie man's betrachtet. Die Mächtigen oben sind der Meinung, daß sie den Krieg auch ohne mich weiterführen können. Daß ich, um eine Lieblingsformulierung unserer britischen Verbündeten zu gebrauchen, meine Schuldigkeit getan habe.»

Jago öffnete einen Schrank und holte eine Flasche Scotch mit einem Glas heraus, das er dem Admiral reichte. «Den meisten Leuten, die ich kenne, würde das ganz und gar nicht zu Herzen gehen, Sir, im Gegenteil.»

Er goß eine dicke Portion Whisky ins Glas. Reeve sagte: «Schon wieder ein Verstoß gegen die Vorschriften, Lieutenant.» Er krauste die Stirn. «Wie ist übrigens Ihr Name?»

«Jago, Sir. Harry Jago.»

Reeve trank einen Schluck Whisky. «Und was für eine Art Einsatz fahren Sie hier? Der alte Kasten sieht ja aus, als wäre er noch vom Krimkrieg übriggeblieben.»

«Nicht ganz, Sir. Zur Verfügung gestellt von der Royal Navy. Sehen Sie, wir spielen hier nur den Briefträger. Vermutlich fanden die dort oben, dieser Einsatz sei nicht mehr wert.»

«Und was haben Sie vorher gemacht?»

«Schnellboote, Sir. Squadron Two, im Kanal.»

«Jago?» Reeve überlegte, dann schien es ihm einzufallen. «Sie haben in der Lyme Bay ein Boot verloren.»

«Ja, so könnte man es nennen, Sir.»

Reeve reichte ihm lächelnd die Hand. «Freut mich, Sie kennenzulernen, mein Sohn. Und die Jungens oben? Ist das Ihre ursprüngliche Besatzung?»

«Das, was davon übrig ist.»

«Nun, da ich mal hier bin, könnten Sie mir eigentlich das ganze Schiff zeigen.»

Und das tat Jago, vom Bug bis zum Heck. Schließlich landeten sie im Ruderhaus, wo Jansen am Kartentisch hockte.

«Was machen Sie da?» wollte Reeve wissen.

«Unser nächstes Ziel ist eine Seewetterstation an der Südwestecke von Harris, Sir. Ich wollte gerade den Kurs absetzen.»

«Zeigen Sie mal.» Jansen fuhr mit dem Finger durch den Sund bis in den Atlantik hinauf, und Reeve sagte: «Hier müssen Sie aufpassen, vor allem, wenn die Sicht auch nur im geringsten behindert ist. Hier, drei Meilen nordwestlich.» Er tippte auf die Seekarte. «Washington Reef. Klingt das nicht wunderschön heimatlich für Sie?»

«Ist es aber wohl anscheinend nicht, Sir, oder?» fragte Jago.

«Es ist die reinste Todesfalle. Die größte Gefahr für die Schiffahrt an der gesamten Westküste von Schottland. Dort sind vor vierhundert Jahren zwei Galeonen der spanischen Armada gesunken und holen seit damals immer wieder neue Schiffe auf den Meeresgrund. Einer der Hauptgründe dafür, daß es auf Fhada eine Seenotstation gibt.»

«Vielleicht sollten wir lieber die Außenroute durch den Little Minch nehmen, Sir.»

Reeve lächelte. «Ich weiß, es ist ein teuflischer Krieg, Lieutenant, aber es ist der einzige, den wir haben.»

Jansen erklärte feierlich: «Solange ein Krieg als böse gilt, wird er stets Faszination ausüben. Hält man ihn jedoch für vulgär, ist er sofort nicht mehr populär. Das hat Oscar Wilde gesagt, Sir», erläuterte er zuvorkommend.

«Großer Gott, erhalte mir meinen Verstand!» Reeve schüttelte den Kopf und wandte sich an Jago. «Bringen Sie mich hier raus, Lieutenant, sonst drehe ich noch völlig durch.»

«Nur eins noch, Sir. Kennen Sie einen Mr. Murdoch Macleod?»

«Er ist der Bootsführer unseres Rettungsbootes und ein guter Freund von mir. Warum fragen Sie?»

Jago knöpfte seine Hemdtasche auf und zog einen orangefarbenen Umschlag heraus. «Der befehlshabende Offizier der Royal Navy in Mallaig bat mich, ihm dieses Telegramm zu übergeben, Sir, da es hier auf der Insel, wie ich hörte, weder ein Telefon noch einen Telegrafendienst gibt.»

«Ja, das stimmt», bestätigte Reeve. «Das Kabel ist im letzten Monat bei einem Unwetter gerissen und konnte bis jetzt noch nicht wieder geflickt werden. Die einzige Verbindung mit der Außenwelt ist im Augenblick mein kleines privates Funkgerät.»

Er streckte die Hand nach dem Umschlag aus, der unverschlossen war. «Von der Admiralität, Sir.»

«Schlechte Nachrichten?»

«Er hat einen Sohn, Sir, nicht wahr? Lieutenant Donald Macleod.»

«Ganz recht. Kommandant eines bewaffneten Trawlers, der an der Ostküste Konvois in die Nordsee lotst. Von Newcastle nach London.»

«Das Schiff wurde gestern vor der Humbermündung torpediert. Mit der gesamten Besatzung gesunken.»

Reeves Stimme war nur noch ein Flüstern. «Ist wirklich niemand gerettet worden? Sind Sie ganz sicher?»

«Leider ja, Admiral.»

Reeve schien vor seinen Augen zu altern. «Eines hat man Ihnen offenbar nicht gesagt, Lieutenant. Daß außer Donald

Macleod noch vier andere Männer von Fhada zur Besatzung gehörten.» Er gab Jago den Umschlag zurück. «Ich glaube, wir sollten das möglichst rasch hinter uns bringen.»

Die Kirche St. Mungo war ein winziges, verwittertes Bauwerk mit einem breiten, gedrungenen Turm; sie stand, aus wuchtigen Granitblöcken erbaut, auf einem Hügel über dem Dorf.

Reeve, Jago und Frank Jansen passierten das Friedhofstor und folgten dem Pfad zwischen den Grabsteinen hindurch zum Portal an der Westseite der Kirche. Reeve öffnete die schwere Eichentür, und sie traten ein.

Der Tote lag in einer winzigen Kapelle neben dem Altar auf einem Schragen. Zwei Frauen mittleren Alters richteten den Leichnam her, während Macleod mit Jean Sinclair daneben stand und sich gedämpft mit ihr unterhielt. Als die Kirchentür aufging, drehten sich die beiden um. Die drei Männer kamen, die Mützen in der Hand, auf die Gruppe zu. Sie blieben stehen, und Reeve reichte Jean Sinclair den orangefarbenen Umschlag.

«Ich glaube, das sollten lieber Sie zuerst lesen.»

Sie nahm den Umschlag und öffnete ihn. Als sie das Telegramm las, wurde sie aschfahl und brachte keinen Ton heraus. Intuitiv erkannte Reeve, daß sie ihren eigenen Schicksalsschlag nacherlebte. Schließlich wandte sie sich an Murdoch, doch der Admiral trat rasch dazwischen und wollte sie zurückhalten.

Murdoch sagte indessen ganz ruhig: «Ich glaube, Sie haben da schlechte Nachrichten für mich, Carey Reeve.»

«Donalds Schiff wurde gestern vor der Humbermündung torpediert», antwortete Reeve. «Es ist mit der gesamten Besatzung gesunken.»

Ein Zittern durchlief den Körper des alten Mannes. Sekundenlang wankte er, dann atmete er tief ein und straffte sich. «Gott lenkt.»

Die beiden Frauen, die den Leichnam herrichteten, hielten

abrupt bei ihrer Arbeit inne und sahen ihn mit entsetzten Gesichtern an. Sie hatten, wie Reeve schon wußte, Ehemann und Bruder verloren. Murdoch ging an ihnen vorbei und blieb vor dem jungen Deutschen stehen, dessen Gesicht sehr friedvoll wirkte.

Er nahm eine der kalten Hände. «Armer Kerl!» sagte er mitleidig. «Arme Jungens!» Seine Schultern begannen zu zucken, dann brach er lautlos in Tränen aus.

3

Schonerbark DEUTSCHLAND, *12. September 1944. 26° 11' nördl. Breite, 30° 26' westl. Länge. Wind NW 2–3. Bedeckt. Schlechte Sicht. Heftige Sturmbö in der vergangenen Nacht während der Mittelwache. Außenklüver gerissen.*

Etwa 500 Meilen südlich der Azoren saß Erich Berger in seiner Kajüte am Schreibtisch und machte Eintragungen in sein persönliches Tagebuch.

... sind wir natürlich im großen ganzen weit besser vorangekommen, als ich es je zu hoffen gewagt hätte, dennoch empfinden unsere Passagiere die Reise als überaus langwierig und anstrengend. Aufgrund des schlechten Wetters müssen sie die meiste Zeit unter Deck verbringen; das Oberlicht ist undicht und der Salon ständig feucht.

Der Verlust der Hühner und der zwei Milchziegen, die drei Tage hinter Belém allesamt in einer heftigen Sturmbö über Bord gespült wurden, hat sich sehr ungünstig auf unseren Speisezettel ausgewirkt. Meine größte Sorge gilt noch immer Frau Pragers Zustand, der sich, soweit ich es beurteilen kann, ständig verschlechtert.

Was die mögliche Begegnung mit einem feindlichen Schiff betrifft, so sind wir darauf so gut wie nur möglich vorbereitet. Die *Deutschland* ist nunmehr bis in die kleinste Einzelheit die *Gudrid Andersen*, bis zu der kleinen Bibliothek schwedischer Bücher in meiner Kajüte. Unser Schlachtplan ist denkbar einfach, falls jemand an Bord kommen sollte. Die über die normale Besatzung hinaus an Bord befindlichen Männer werden sich in den Bilgen verstecken. Zugegeben, eine primitive Maßnahme, die bei einer gründlichen Durchsuchung sofort entdeckt werden würde. Aber uns bleibt unter den gegebenen Umständen kaum eine andere Wahl.

Die *Deutschland* hält bis jetzt allem, was uns der Atlantik zu bieten hat, wacker stand, obwohl kaum ein Tag vergeht, ohne daß Wanten oder Segel reißen. Und heute morgen meldete Sturm einen Fuß Wasser in den Bilgen. Noch aber haben wir keinen Grund zur Besorgnis. Wir werden alle einmal alt, und die *Deutschland* ist älter als die meisten . . .

Das ganze Schiff schlingerte wie betrunken, der Kajütboden sackte weg, und Berger wurde vom Stuhl geschleudert. Er rappelte sich hastig hoch, riß die Tür auf und lief an Deck.

Die *Deutschland* rollte durch schwere Seen, die Decksplanken waren von Gischt überschäumt. Leutnant Sturm und Vollmatrose Kluth, die gemeinsam am Ruder standen, brauchten ihre ganze Kraft, um das Schiff auf Kurs zu halten.

Hoch oben flatterte das Gaffeltoppsegel frei im Wind. Der Krach, den es machte, war ohrenbetäubend, übertönte sogar das Brüllen des Sturms, und die Besanstange wippte wild hin und her. Sie konnte jeden Augenblick brechen. Aber schon war Richter an der Reling und zerrte, während die Seen über ihn hinwegspülten, mit voller Kraft am Niederholer, damit das Segel kollabieren konnte.

Berger, der ihm zu Hilfe eilen wollte, verlor, als eine weitere schwere See über das Deck hereinbrach, den Halt und wurde ins Speigatt geschleudert. Irgendwie kam er dann wieder auf die Füße und hängte sich, mit Richter zusammen, an den Niederholer.

Das Segel kam nieder, die *Deutschland* richtete sich spürbar auf, das unaufhörliche Knattern brach ab. Richter schrie laut: «Ich geh wohl am besten da rauf und kümmere mich um einen neuen Ausholer.»

Berger brüllte gegen den Wind zurück: «Bei diesem Wetter könnten Sie sich keine Minute da oben auf der Gaffel halten.»

«Aber das Segel wird in Fetzen gerissen, Käpt'n.»

«Vorerst reicht eine Beschlagleine. Ich werde das selbst übernehmen.»

Berger sprang in die Webeleinen und begann zu klettern, während der Wind mit aller Kraft an seinem schutzlosen Körper zerrte. Als er in fünfzehn Meter Höhe innehielt und hinabblickte, sah er, daß Richter unmittelbar hinter ihm war.

Im Salon, wo eine See das Oberlicht zerschlagen hatte, stand das Wasser mehr als einen Fuß hoch. Schwester Angela ging von einer Kabine zur anderen und tat ihr möglichstes, um die ängstlichen Passagiere zu beruhigen.

Als sie zu den Pragers kam, kniete der alte Konsul an der Koje seiner Frau. Frau Prager lag leichenblaß, mit geschlossenen Augen und fast ohne Lebenszeichen in den feuchten Kissen.

«Was ist geschehen?» erkundigte sich Prager beunruhigt.

Schwester Angela beachtete ihn vorerst nicht, sondern fühlte seiner Frau den Puls: Er war noch spürbar, schlug aber sehr unregelmäßig.

Otto Prager zupfte sie am Ärmel. «Was ist passiert?»

«Das werde ich gleich feststellen», antwortete sie ruhig. «Bleiben Sie inzwischen bei Ihrer Frau.»

Sie eilte an Deck und stellte fest, daß die *Deutschland* mit vollen Vor- und Achtersegeln, Rahen gebraßt, durch die hoch gehende See nach Norden pflügte. Sturm und Kluth hatten noch immer das Ruder. Der junge Leutnant rief ihr etwas zu, aber der Wind trug seine Worte davon.

Sie arbeitete sich bis zu den Backbord-Besanwanten vor, dann blieb sie stehen und blickte, während der Wind an ihrem schwarzen Habit zerrte, zu den geblähten Segeln empor. Der Himmel zeigte ein einförmiges Grau, die ganze Welt bestand aus den Geräuschen des Schiffes, seinem tausendfachen Ächzen und Stöhnen. Und dann sah sie über sich, in etwa dreißig Meter Höhe, Berger und Richter auf der schwankenden Gaffel stehen, wo sie die Leine zu befestigen suchten.

Dieser Anblick war wohl das Erstaunlichste, was sie jemals in ihrem Leben gesehen hatte; sie wurde von einer seltsam freudigen Erregung gepackt. Eine See schlug wie eine grüne Wand über die Reling herein, warf sie um und trieb sie auf Händen und Knien quer über das Deck.

Sie kauerte sich in den Windschatten des Schanzkleids, und als sie versuchte, sich aufzurichten, landete Berger mit einem Sprung aus den Wanten neben ihr, ergriff sie mit kräftiger Hand unter dem Arm und half ihr hoch.

«Sie sind wohl wahnsinnig!» schrie er sie an. «Können Sie nicht unten bleiben?»

Ehe sie jedoch antworten konnte, zog er sie übers Deck in seine Kajüte. Erschöpft sank sie in den Stuhl hinter dem Schreibtisch, während Berger die Tür ins Schloß drückte und sich mit dem Rücken dagegenlehnte. «Verdammt, was mache ich bloß mit Ihnen?»

«Es tut mir sehr leid», sagte sie leise, «aber unten herrschte Panik, und ich wollte wissen, was passiert war.»

Er nahm ein Handtuch von seiner Koje und warf es ihr zu. «Eine Leine ist gerissen, ein Segel kam frei. Es hätte den Besan wie ein Streichholz knicken können, aber Richter war Gott sei Dank schneller.» Er öffnete den Schrank und nahm die Flasche heraus. «Einen Schnaps, Schwester? Natürlich nur aus medizinischen Gründen. Allerdings kann ich Ihnen leider nur Rum anbieten.»

«Nein, vielen Dank.» Berger schenkte sich selbst reichlich ein. Sie trocknete sich das Gesicht und musterte ihn neugierig. «Das war unglaublich mutig, was Sie da draußen getan haben, Sie und Herr Richter. So hoch oben – bei diesem Wetter!»

«Halb so schlimm», erwiderte er gleichgültig. «Jedenfalls für einen Mann, der im Sturm bei Kap Hoorn schon so manches Großsegel auf einem voll getakelten Clipper gerefft hat.»

Sie nickte langsam. «Sagen Sie, glauben Sie immer noch, daß wir Ihnen Unglück bringen? Daß wir sozusagen die volle Garantie für widrige Winde sind – war das nicht der Ausdruck, den Sie bei unserer ersten Begegnung gebrauchten? Aber trotzdem haben wir gute Fahrt gemacht, finden Sie nicht?»

«O ja, gute Fahrt machen wir», mußte Berger einräumen. «Obwohl die alte Dame immer klappriger wird.»

«Sie sprechen von der *Deutschland*, als wäre sie ein Mensch. Als hätte sie ein Eigenleben.»

«Das möchte ich keineswegs von der Hand weisen. Obwohl Ihre Kirche das vermutlich tun würde. Ein Schiff hat nicht nur eine Stimme, es hat viele. Man kann hören, wie sie dort draußen einander rufen, vor allem bei Nacht.»

«Der Wind in der Takelage?» In ihrem Ton lag beinahe so etwas wie Spott.

«Es gibt andere Erklärungen. Alte Fahrensleute werden Ihnen erzählen, daß die Geister der Seeleute, die aus der Takelage gestürzt und dabei umgekommen sind, auf dem Schiff bleiben.»

«Und daran glauben Sie?»

«Das ist Pflicht in der Kriegsmarine.» Jetzt lag um seinen Mund ein ironisches Lächeln. «Stellen Sie sich die vielen Schatten der Toten vor, die dieses alte Schiff bevölkern. Wenn das nächstemal im Niedergang bei Dunkelheit etwas an Ihnen vorüberstreicht, wissen Sie, was das ist. Ein ‹Vaterunser› und zwei ‹Gegrüßt seist du, Maria› werden Sie sicher vor allem Übel bewahren.»

Ihre Wangen röteten sich, doch ehe sie etwas antworten konnte, wurde die Tür aufgestoßen, und Schwester Elisabeth platzte herein. «Bitte, Schwester, kommen Sie schnell! Frau Prager scheint es schlechter zu gehen.»

Schwester Angela sprang auf und ging mit Schwester Elisabeth hinaus. Berger drückte die Tür ins Schloß; dann hob er das Handtuch auf, das sie fallen lassen hatte, und trocknete sich ebenfalls das Gesicht. Merkwürdig, wie sie es immer wieder fertigbrachte, seine schlechtesten Eigenschaften zu provozieren. Eine ständige Quelle des Ärgers; vielleicht kam es einfach daher, daß sie alle schon zu lange auf so engem Raum zusammenlebten. Aber dennoch . . .

Während des Frühnachmittags war die HMS *Guardian*, ein U-Boot der T-Klasse der britischen Home Fleet mit Sonderauftrag nach Trinidad, ständig unter Wasser gefahren; erst um 16.00 Uhr tauchte sie auf.

Das Stampfen der Diesel weckte den Kapitän, Lieutenant-Commander George Harvey. Er blieb einen Moment in der Koje liegen und starrte, einen schalen Geschmack im Mund und den Geruch des U-Boots in der Nase, auf das stählerne Schott. Dann wurde der grüne Vorhang beiseite gezogen, und Oberbootsmann Swallow kam mit einem abgestoßenen Emaillebecher voll Tee herein.

«Soeben aufgetaucht, Sir.»

Der Tee schmeckte nicht, aber es war wenigstens echter Zucker drin, und das war schon etwas.

«Wie ist es oben?»

«Bedeckt. Wind Nordwest, zwei bis drei. Schlechte Sicht, Sir. Leichter Nebel und Nieselregen.»

«Exakt und präzise wie immer, Oberbootsmann», stellte Harvey trocken fest.

«Wie bitte, Sir?»

«Ach, nichts. Sagen Sie Mr. Edge, daß ich in fünf Minuten bei ihm auf der Brücke bin.»

«Sir.»

Swallow verschwand. Harvey schwang die Beine aus der Koje und blieb gähnend auf der Kante sitzen. Dann trat er an den mit dem Schott verschraubten Schreibtisch, schlug das Logbuch der *Guardian* auf und trug in den nüchternen Formulierungen der Marine die bisherigen Tagesereignisse ein.

Auf der Brücke standen drei Mann. Der wachhabende Offizier, Leutnant zur See Edge, ein Signalgast und ein Matrose als Ausguckposten. Die See war überraschend still; nicht einmal das übliche Schlingern und Stampfen war zu spüren, unter dem ein U-Boot bei jedem Wetter leidet, solange es aufgetaucht fährt.

Edge genoß das in vollen Zügen. Der Regen, der ihm ins

Gesicht schlug, war erfrischend, die Salzluft nach dem stundenlangen Eingesperrtsein herrlich in seinen Lungen.

Swallow kam mit einem Becher Tee die Leiter herauf. «Dachte, Sie können 'nen Schluck gebrauchen, Sir. Der Käpt'n läßt ausrichten, er ist in fünf Minuten bei Ihnen auf der Brücke.»

«Sehr gut», antwortete Edge fröhlich. «Obwohl es nichts zu melden gibt.»

Swallow wollte etwas erwidern, dann wurden seine Augen groß, und ein ungläubiger Ausdruck trat auf sein Gesicht. «Heiliger Gott im Himmel!» sagte er. «Nicht zu fassen!»

Im selben Moment stieß der Ausguckposten einen Ruf aus, zeigte in eine bestimmte Richtung, und als Edge sich umdrehte, sah er eine Schonerbark unter vollen Segeln aus der Nebelbank eine Viertelmeile querab backbords auftauchen.

An Bord der *Deutschland* entstand keine Panik, denn das, was in einem solchen Fall zu geschehen hatte, war so oft durchgesprochen worden, daß jeder auswendig wußte, was man von ihm erwartete.

Berger stand auf dem Achterdeck, Sturm und Richter neben ihm an der Reling. Der Bootsmann hielt eine Signallampe. Der Kapitän sagte, ohne das Glas von den Augen zu nehmen: «Britisches U-Boot, T-Klasse.»

«Sind wir jetzt dran, Sir?» fragte Sturm. «Ist es jetzt aus?»

«Kann schon sein.»

Die Geschützbedienung der *Guardian* kam aus dem Kommandoturm und besetzte ihre Stationen. Minutenlang herrschte hektische Aktivität, dann blitzte eine Signallampe auf.

«Beidrehen, oder ich schieße», buchstabierte Richter.

«Läßt an Deutlichkeit nichts zu wünschen übrig. Antworten Sie: ‹Als neutrales Schiff gehorche ich nur unter Protest.›»

Der Schieber der Signallampe in den Händen des Bootsmanns klapperte. Kurz darauf kam die Antwort. «Komme an Bord. Bleiben Sie auf Position.»

Berger nahm das Glas von den Augen. «Gut, meine Herren. Auf Gefechtsstation. Holen Sie alle Leinwand ein, Sturm. Sie, Richter, gehen mit den überzähligen Männern in die Bilgen, und ich kümmere mich um die Passagiere.»

Als Sturm sich umdrehte und der Deckswache seine Befehle zurief, geriet sofort alles in Bewegung. Richter hastete die Leiter zum Achterdeck hinab. Berger folgte ihm und lief dann zum Niedergang.

Als er den Salon betrat, saßen vier der fünf Nonnen um den Tisch und lauschten Schwester Maria, die ihnen aus der Bibel vorlas.

«Wo ist Schwester Angela?» erkundigte sich Berger.

Schwester Maria unterbrach ihre Lesung. «Bei Frau Prager.»

Die Tür zur Kabine des Ehepaars ging auf, und der Konsul kam heraus. Er wirkte hager und verhärmt und war seit jener ersten Nacht in Belém so sehr abgemagert, daß ihm der weiße Leinenanzug um Nummern zu groß zu sein schien.

«Nun, wie steht's?» fragte Kapitän Berger.

«Schlecht», antwortete Otto Prager. «Sie wird von Stunde zu Stunde schwächer.»

«Das tut mir leid.» Dann wandte sich Berger an alle Anwesenden. «Ungefähr eine Viertelmeile entfernt ist ein britisches U-Boot aufgetaucht, das sich uns nähert. Sie wollen zu uns an Bord kommen.»

Schwester Regina bekreuzigte sich hastig. Gleich darauf kam Schwester Angela aus der Kabine der Pragers, in der Hand einen Emaille-Eimer, die sonst so schneeweiße Schürze verschmutzt.

Als Berger weitersprach, galt seine Frage ausschließlich ihr. «Haben Sie gehört, was ich eben sagte?»

«Ja.»

«Wir hatten eine schlimme Nacht, Schwester – eine verdammt schlimme Nacht. Haben Sie mich richtig verstanden?»

«Ich habe Sie sehr gut verstanden, Herr Kapitän.» Sie war leichenblaß, doch ihre Augen blitzten energisch. «Wir werden Sie nicht im Stich lassen.»

Berger griff sich einen Besen, der an einem Schott lehnte, hob den Arm und rammte den Stiel immer wieder gegen das Oberlicht, bis die Glassplitter auf den Tisch prasselten und die Nonnen ängstliche Schreie ausstießen.

Dann warf er den Besen beiseite. «Hoffentlich kann ich mich darauf verlassen», sagte er knapp und wandte sich wieder zum Niedergang.

Eine Weile herrschte lautlose Stille, während die Nonnen erwartungsvoll Schwester Angela ansahen. Mit einer entschlossenen Bewegung hob sie den Eimer, den sie immer noch in der Hand hatte, und kippte den Inhalt auf den Boden. Sofort stieg der durchdringende Gestank von Erbrochenem auf, und Schwester Brigitte wandte sich würgend ab.

«Ausgezeichnet», befand Schwester Angela. «Und jetzt, Schwester Maria, holen Sie einen Eimer Schmutzwasser aus der Toilette. Es muß hier unten so ekelerregend aussehen und riechen, daß die Tommys den Niedergang nicht schnell genug wieder hinaufklettern können.»

Sie hatte sich total verändert; ihr Ton war knapp, scharf, selbstbewußt. «Und ihr anderen schafft möglichst viel Unordnung in den Kabinen. Tränkt das Bettzeug gründlich mit Seewasser.»

Prager zupfte sie am Ärmel. «Was soll denn ich tun, Schwester Angela?»

«Knien Sie nieder, Herr Prager», antwortete sie ihm. «Knien Sie am Bett Ihrer Frau nieder und beten Sie.»

Als die *Guardian* näherkam, beobachtete Harvey die Aktivität an Deck der *Deutschland* durch sein Glas.

Hinter ihm kam Edge die Leiter herauf. «Ich habe im Lloyd-Register nachgeschlagen, Sir. Scheint wirklich die *Gu-*

drid Andersen zu sein, eine Dreimast-Schonerbark, registriert in Göteborg.»

«Aber was, zum Teufel, hat die hier zu suchen?»

Harvey überlegte stirnrunzelnd, wie er die Situation am besten meistern konnte. Gregson, sein Erster Offizier, lag mit gebrochenem Knöchel in der Koje. Die *Guardian* selbst zu verlassen, und sei es nur für kurze Zeit, war unter diesen Umständen unmöglich. Blieb nur noch Edge, ein Neunzehnjähriger auf der ersten Feindfahrt – also wohl kaum der ideale Mann.

Andererseits war da aber noch Swallow. Sein Blick traf sich kurz mit dem des Oberbootsmanns. Kein einziges Wort fiel zwischen den beiden, und trotzdem wußte er, daß Swallow ihn verstanden hatte.

«Sagen Sie, Bootsmann, spricht irgend jemand an Bord ein bißchen Schwedisch?»

«Nicht daß ich wüßte, Sir.»

«Na, hoffentlich verstehen die da drüben wenigstens ein paar Worte Englisch. Lieutenant Edge wird das Prisenkommando befehligen. Suchen Sie ihm zwei gute Männer aus – nur Seitenwaffen, sonst nichts. Und Sie selbst fahren am besten auch mit, Swallow.»

«Sir.»

Swallow machte kehrt. Dann wurde auf sein Kommando das vordere Luk geöffnet und ein Gummi-Beiboot ausgebracht. Edge ging eilig unter Deck; als er gleich darauf wieder erschien, schnallte er sich ein Koppel um, an dem eine Pistolentasche mit einem Webley-Revolver hing. Er war aufgeregt und ließ es sich anmerken.

«Glauben Sie, daß Sie es schaffen?» fragte ihn Harvey.

«Bestimmt, Sir.»

«Gut. Kontrollieren Sie die Schiffspapiere sowie die Personalpapiere aller an Bord befindlichen Personen. Aber genau.»

«Soll ich auf irgendwas Besonderes achten, Sir?»

«Ist wohl kaum nötig», gab Harvey trocken zurück.

«Wenn ich mich recht erinnere, haben die Deutschen zum letztenmal neunzehnhundertsiebzehn ein Segelschiff im Kampf eingesetzt, und seitdem haben sich die Zeiten geändert. Nein, wir üben lediglich das Recht aus, die Papiere zu kontrollieren. Außerdem bin ich wirklich neugierig, was die hier in diesen Gewässern wollen. Also los!»

Als das Beiboot längsseits kam, stand Leutnant Sturm wartend an der Reling. Als erster erklomm Edge die Jakobsleiter, dicht gefolgt von einem der beiden Matrosen und von Swallow, der eine Thompson-Maschinenpistole trug. Der zweite Matrose blieb im Beiboot. Von Berger war an Deck nichts zu sehen.

Sturm, der ausgezeichnet Englisch sprach, deutete auf die Nationalflagge an der Mastspitze. «Ich muß protestieren, Sir. Dies ist ein schwedisches Schiff, wie Sie eindeutig sehen können.»

«Ah, gut, daß Sie Englisch sprechen», sagte Edge mit einer gewissen Erleichterung. «Lieutenant Philip Edge von Seiner Britischen Majestät U-Boot *Guardian*. Sind Sie der Kapitän dieses Schiffes?»

«Nein. Mein Name ist Larsen. Erster Offizier. Kapitän Nielsen sucht in seiner Kajüte die Schiffspapiere für Sie heraus. Leider herrscht hier ein ziemliches Chaos. Wir hatten eine schlimme Nacht. Wären beinahe gekentert, als uns während der Mittelwache eine Sturmbö traf. Hat eine Menge Schaden angerichtet.»

Edge wandte sich an Bootsmann Swallow. «Sie übernehmen hier, Bootsmann. Ich unterhalte mich inzwischen mit dem Kapitän.»

«Sollen wir auch unter Deck nachsehen, Sir?» erkundigte sich Swallow.

Edge drehte sich um und warf einen Blick auf die das Schiff aufmerksam beobachtende Geschützmannschaft der *Guardian* und auf das Browning-MG, das neben Harvey auf die Reling montiert worden war.

«Ja, warum nicht», antwortete er und folgte Sturm zum Achterdeck.

Der junge Deutsche öffnete ihm die Tür zur Kapitänskajüte und trat anschließend höflich zur Seite. Edge blieb auf der Schwelle stehen und betrachtete das Durcheinander, das sich seinen Blicken bot. Ein Bullauge war eingedrückt, der Teppich durchweicht, der Fußboden mit Büchern und persönlichen Gegenständen übersät.

Berger stand mit steinerner Miene hinter dem Schreibtisch, vor sich das Logbuch und die übrigen Schiffspapiere.

«Kapitän Nielsen spricht leider nicht Englisch, daher werde ich für Sie dolmetschen müssen.» Was keineswegs der Wahrheit entsprach; Bergers Englisch war zwar bescheiden, reichte aber immerhin aus. «Der Kapitän», ergänzte Sturm, «ist alles andere als erfreut über die Tatsache, daß Sie sich den Zutritt zu einem neutralen Schiff erzwungen haben, das mit absolut legalem Auftrag unterwegs ist.»

«Es tut mir leid», erwiderte Edge, durch Bergers finstere Miene ziemlich eingeschüchtert, «aber ich muß darauf bestehen, daß Sie mir Logbuch, Schiffspapiere und Ladungsmanifest vorweisen.»

Berger wandte sich ab, als sei er wütend, während Sturm sagte: «Aber wir führen keine Ladung, Lieutenant. Nur Passagiere.» Er nahm das völlig von Salzwasser durchnäßte Logbuch, dessen Seiten miteinander verklebt waren. «Vielleicht möchten Sie das Logbuch prüfen? Aber Sie finden hier auch alle anderen Schiffspapiere.»

Edge nahm ihm das Buch aus der Hand, setzte sich auf Bergers Stuhl und versuchte die ersten beiden klatschnassen Seiten voneinander zu lösen. Prompt zerrissen sie ihm unter den Fingern. Unten im Schiff lagen Richter und elf weitere Männer im stinkenden Bilgenwasser und lauschten auf Swallows schwere Schritte im Laderaum.

Fünf Minuten darauf verließ Edge die Kapitänskajüte wieder; er hatte eine ganze Sammlung von Papieren geprüft, so gut er es vermochte, und hielt die schwedischen Pässe in der Hand, die man ihm zur Kontrolle überreicht hatte.

Aus dem Niedergang tauchte Swallow auf; er wirkte elend. Edge fragte ihn: «Sind dort unten Passagiere, Bootsmann?»

«Jawohl, Sir.» In tiefen Zügen sog Swallow die frische Seeluft ein. «Fünf Nonnen, Sir, und ein alter Herr mit seiner Frau, die sehr schwer krank zu sein scheint, Sir.»

Edge wollte zum Niedergang, doch Swallow sagte hastig zu ihm: «Ich würd's lieber nicht tun, Sir. Es sei denn, Sie halten's für Ihre Pflicht. Die Leute haben eine schlimme Sturmnacht hinter sich. Sie sind noch immer dabei, Klarschiff zu machen.»

Edge zögerte, wandte sich um, warf Sturm einen Blick zu, sah, daß Berger ihn aufgebracht anfunkelte, und stieg hinunter.

Der Gestank war unerträglich, die Ausdünstungen von menschlichen Exkrementen und Erbrochenem drehten ihm den Magen um. Das erste, was ihm im Chaos des Salons auffiel, waren vier Nonnen, die mit Eimern und Bürsten mitten im Unrat knieten und eifrig den Fußboden scheuerten. Edge hielt sich ein Taschentuch vor Mund und Nase, als Schwester Angela an der Kabinentür der Pragers erschien.

«Kann ich Ihnen helfen?» fragte sie in gutem Englisch.

«Tut mir leid, Sie belästigen zu müssen, Ma'am. Aber es ist meine Pflicht, verstehen Sie?» Er hielt den Stapel Pässe empor. «Internationales Recht in Kriegszeiten. Ich bin berechtigt, die Passagierliste zu überprüfen.»

Er sah an ihr vorbei zu Prager hinüber, der an der Koje seiner Frau kniete. Ihr schneeweißes Gesicht glänzte vor Schweiß, ihr Atem ging unendlich langsam.

«Und diese Herrschaften?» Er blätterte in den Pässen.

«Mr. Ternström und seine Frau. Wie Sie sehen, ist Frau Ternström schwer krank.»

Prager drehte sich zu ihm um; der Schmerz, der ihm im Gesicht geschrieben stand, war zweifellos echt, und Edge wich unwillkürlich einen Schritt zurück. Genau diesen Moment suchte sich Schwester Maria aus, um sich heftig zu erbrechen; wie ein krankes Tier kauerte sie auf dem Boden. Das reichte.

Edge machte auf dem Absatz kehrt, drängte sich an Sturm vorbei und stieg eilig den Niedergang hinauf. An die Steuerbordreling gelehnt, atmete er tief durch. Gleich darauf trat Swallow zu ihm.

«Alles in Ordnung, Sir?»

«Mein Gott, was für eine Pesthöhle. Diese Frauen – sie müssen die Hölle durchgemacht haben.» Er riß sich zusammen. «Haben Sie die Laderäume gründlich durchsucht, Bootsmann?»

«Einwandfrei, Sir. Sie führt nur Sand. Ballast.»

Edge wandte sich an Sturm, der, Kapitän Berger hinter sich, ein paar Schritte entfernt stand und wartete. «Das begreife ich nicht ganz.»

«Wir sind viele Monate lang vor Brasilien im Küstenhandel gefahren», erklärte ihm Sturm. «Dann wollten wir endlich nach Hause. Und wie Sie sich vorstellen können, hatte niemand große Lust, uns unter diesen Umständen eine Ladung anzuvertrauen.»

«Und die Passagiere?»

«Die Schwestern saßen seit über einem Jahr in Brasilien fest. Wir waren das erste schwedische Schiff, das aus Brasilien absegelte. Sie waren dankbar für die Gelegenheit zur Heimkehr, wie primitiv sie auch sein mochte.»

«Aber die alte Dame», wandte Edge ein. «Mrs. Ternström. Sie macht den Eindruck, daß es ihr sehr schlecht geht.»

«Sie will unbedingt ihre Familie wiedersehen, solange es noch möglich ist.» Sturm lächelte voll Bitterkeit. «Der Krieg macht es uns Neutralen sehr schwer, von einem Punkt der Erde zum anderen zu gelangen.»

Edge faßte einen Entschluß und händigte ihm die Pässe aus. «Bitte sehr. Drücken Sie dem Kapitän mein Bedauern aus. Ich muß es nur noch von meinem Vorgesetzten bestätigen lassen, aber ich sehe keinen Grund, warum wir Sie nicht weiterfahren lassen sollten.» Er trat an die Jakobsleiter, blieb aber noch einmal stehen. «Die Damen unten . . .»

«Werden's schon schaffen, Lieutenant. Bald ist wieder alles blitzblank.»

«Falls wir noch irgend etwas für Sie tun können . . .»

Leutnant Sturm lächelte. «Sagen Sie uns, wie der Krieg steht. Was ist inzwischen alles passiert?»

«Er steht eindeutig zu unseren Gunsten», antwortete Edge. «Obwohl es in Europa jetzt doch ein bißchen langsamer vorangeht. Ich glaube kaum, daß wir zu Weihnachten in Berlin sein werden. Die Deutschen leisten verdammt zähen Widerstand in den Niederlanden.»

Rasch stieg er die Jakobsleiter hinab; Swallow und der Matrose folgten ihm, dann warfen sie los. «Nun, Bootsmann?» fragte Edge, als sie davonpullten.

«Eines weiß ich ganz bestimmt, Sir. Ich werde mich nie wieder darüber beklagen, daß ich U-Bootfahrer bin.»

Berger stand auf dem Achterdeck, rauchte eine Zigarre und wartete. Leutnant Sturm war an seiner Seite.

«Was meinen Sie, Käpt'n?» fragte ihn Sturm. «Ob es geklappt hat?»

Im selben Augenblick begann die Signallampe auf der Brücke der *Guardian* zu blitzen.

«Sie können weiterfahren», buchstabierte Berger. «Gute Fahrt und viel Glück.» Mit gelassener Miene wandte er sich an Sturm. «Meine Großmutter mütterlicherseits war Engländerin. Habe ich Ihnen das je erzählt?»

«Nein, Käpt'n.»

Berger warf seine Zigarre über Bord. «Sie übernehmen, Sturm. Wir fahren so schnell wie möglich weiter.»

«Aye, aye, Käpt'n.»

Sturm machte kehrt und rief den Männern unten seine Befehle zu, während Berger aufs Deck hinunterstieg. Als er den Niedergang erreichte, bemerkte er den fürchterlichen Gestank und sah Schwester Angelas bleiches Gesicht, das von unten zu ihm heraufblickte.

«Hat es geklappt?» fragte sie leise.

«Erinnern Sie mich daran, Ihnen, wenn ich mal Zeit habe, zu erklären, was für eine bemerkenswerte Frau Sie sind, Schwester.»

«Das werde ich, darauf können Sie sich verlassen, Herr Kapitän», sagte sie ruhig.

Berger wandte sich ab. Die *Guardian* entfernte sich bereits Richtung Südwest. Er blickte ihr nach. Hinter ihm tauchte aus der vorderen Ladeluke Helmut Richter auf und kam nach achtern. Er war von oben bis unten verdreckt, grinste aber über das ganze Gesicht.

«Können die Jungens jetzt an Deck kommen und sich unter der Pumpe waschen? Sie riechen alle ein bißchen streng, nach dem Erholungsaufenthalt in den Bilgen.»

«Das merke ich.» Berger rümpfte angewidert die Nase. «Warten Sie noch ungefähr zwanzig Minuten, bis unsere britischen Freunde wirklich weg sind, Helmut. Dann können Sie sie heraufkommen lassen».

Er verschwand in seiner Kajüte, während Richter sich das Hemd auszog, mit einer Hand den Schwengel der Deckspumpe bediente und den Schlauch auf seinen Körper richtete. Im selben Moment kam Schwester Maria an Deck, sie schleppte mit beiden Händen einen randvollen Eimer. Sie wankte zur Steuerbordreling hinüber und wollte ihn ausleeren, als Richter schon neben ihr war und sie daran hinderte.

«Niemals gegen den Wind!» warnte er sie. «Sonst kriegen Sie alles ins Gesicht.» Voll Ekel musterte er den Eimerinhalt. «Und darauf können Sie sicher verzichten.»

Er trug den Eimer zur Backbordreling, leerte ihn in die See und spülte ihn unter der Pumpe aus. Sie beobachtete ihn schweigend.

Schwester Maria, klein und zierlich, war die Tochter eines Münchner Anwalts und sah jünger aus als dreiundzwanzig.

Im Gegensatz zu den anderen Nonnen war sie noch Novizin und im vorangegangenen Jahr nur deswegen über Portugal nach Brasilien geschickt worden, weil sie gelernte Krankenschwester war und qualifizierte Pflegerinnen dringend gebraucht wurden.

Sie hob sein Hemd auf. «Ich werde es Ihnen waschen.»

«Danke, nicht nötig.»

«Die Naht an der Schulter ist auch geplatzt. Ich werde es reparieren.» Als sie zu ihm aufblickte, sah er, daß ihre Augen von einem erstaunlichen Kornblumenblau waren. «Es muß schrecklich gewesen sein, da unten.»

«Für Sie aber auch.»

Er reichte ihr den leeren Eimer, sie griff nach dem Henkel, und sekundenlang hielten sie ihn gemeinsam. Dann ertönte Schwester Angelas ruhige Stimme: «Schwester Maria, ich brauche Sie.»

Schwester Angela stand am Niedergang; ihre Miene war, wie immer, gelassen. Als sie jedoch den Bootsmann ansah, fand er eine ganz neue Wachsamkeit in ihren Augen. Die junge Nonne lächelte flüchtig, dann gehorchte sie Schwester Angela und ging mit ihr hinunter. Energisch pumpte sich Richter Salzwasser über den Kopf.

Berger saß an seinem Schreibtisch und begutachtete den Schaden in seiner Kajüte. Er war wirklich nicht erheblich und konnte schnell wieder in Ordnung gebracht werden. Eine ungeheure, freudige Erregung packte Berger, als er sein persönliches Tagebuch aufschlug. Er nahm den Füllhalter, überlegte einen Moment und schrieb dann: *«Ich bin jetzt fester denn je überzeugt, daß wir Kiel heil und sicher erreichen werden . . .»*

4

Schonerbark DEUTSCHLAND, *14. September 1944. 28° 16' nördl. Breite, 30° 50' westl. Länge. Um drei Glasen der Mittelwache Frau Prager gestorben. Kurz nach Sonnenaufgang übergaben wir ihren Leichnam der See. Schwester Angela hielt die Andacht. Die Leute sind tief erschüttert. Während der Nachmittagswache leichte Brise aufgesprungen, die allmählich zu Sturmböen auffrischte. Meine Berechnungen ergeben, daß wir heute 1170 Meilen von Cobh in Irland entfernt sein müssen.*

Als Lieutenant Jago und Bootsmann Jansen den Hügel nach St. Mungo hinaufstiegen, wurde es Abend. Sie fanden die Teilnehmer an der Beerdigung auf dem Friedhof hinter der Kirche. Es waren etwa zwanzig Inselbewohner; Jean Sinclair und Admiral Reeve standen nebeneinander, der Admiral in Paradeuniform. Murdoch Macleod, in seinem besten blauen Anzug, hatte sich, das Gebetbuch in der Hand, an das Kopfende des offenen Grabes gestellt.

Die beiden Amerikaner machten in einiger Entfernung halt und nahmen ihre Mützen ab. Alles war still, bis auf das unablässige Rufen der Vögel. Jago blickte hinab, über Mary's Town hinweg zum Hufeisen des Hafens hinüber, wo das Kanonenboot an der Mole festgemacht hatte.

Die Sonne stand tief am messingfarbenen, scharlachrot gestreiften und mit Schäfchenwolken getupften Himmel. Hinter Barra Head zogen sich die Inseln nordwärts hin: Barra, Mingulay, Pabbay, Sandray – alle lagen auf einer vollkommen glatten See, tiefschwarz vor dem flammenden Rot.

Reeve warf einen Blick über die Schulter, sagte leise etwas

zu Jean Sinclair, und kam dann zwischen den Grabsteinen hindurch auf die beiden Männer zu. «Danke, daß Sie gleich gekommen sind, Lieutenant.»

«Nichts zu danken, Sir. Wir waren unterwegs von Stornoway nach Mallaig, als uns Ihre Nachricht erreichte.» Jago nickte zu dem Grab hinüber, in das sechs Fischer gerade den Sarg hinabsenkten. «Wieder einer von U-743?»

Reeve nickte. «Insgesamt acht in den letzten drei Tagen.» Er zögerte. «Als Sie das letztemal hier waren, sagten Sie, daß Sie diese Woche in London Urlaub machen wollten.»

«Ganz recht, Admiral. Wenn ich rechtzeitig in Mallaig bin, möchte ich den Nachtzug nach Glasgow nehmen. Kann ich etwas für Sie tun, Sir?»

«Das können Sie allerdings.» Reeve zog zwei Briefe aus der Tasche. «Der erste hier ist für meine Nichte. Sie wohnt in Westminster, nicht weit vom Parlamentsgebäude.»

«Und der andere, Sir?»

Reeve reichte ihm den Umschlag. «Wenn Sie bitte persönlich dafür sorgen würden, daß er ins SHAEF-Hauptquartier gelangt. Das würde Zeit sparen.»

Jago las die Adresse auf dem Kuvert und schluckte. «Großer Gott!»

Reeve lächelte. «Sehen Sie zu, daß er einem seiner Adjutanten persönlich übergeben wird – und keinem anderen.»

«Jawohl, Sir.»

«Na, dann machen Sie sich mal auf den Weg. Melden Sie sich gleich, sobald Sie zurück sind. Wie gesagt, ich habe ein Funkgerät in meinem Haus, eine der wenigen Gefälligkeiten, die die Navy mir noch erweist. In Mallaig wird man Ihnen mitteilen, wann genau ich tagsüber an diesem verdammten Kasten sitze und hoffe, daß jemand von mir Notiz nimmt.»

Jago grüßte, nickte Jansen zu, und dann gingen sie beide davon. Als der Admiral wieder ans Grab trat, las Murdoch Macleod mit lauter und klarer Stimme: «Der Mensch, von seiner Mutter geboren, hat nur eine kurze Lebensfrist, und er lebt in Sorge. Er wächst auf und wird geschnitten wie eine Blume . . .»

Unvermittelt wurde es dunkel, und als die beiden Amerikaner durchs Friedhofstor schritten, glühte nur noch das ausgebrannte Feuer des Tages am Horizont.

«Für wen ist der Brief, Lieutenant?» fragte Jansen.

«Für General Eisenhower», antwortete Jago.

In Brest wurde wieder am Fluß geschossen, als Paul Gericke um die Ecke bog; er hörte das Rattern von Kleinfeuerwaffen, das über das Wasser herüberklang. Am Horizont zogen V-2 ihre Bahn durch die Nacht, große Teile der Stadt standen in Flammen. Die meisten Lagerhäuser, die früher die Straße gesäumt hatten, waren durch die Bomben zerstört worden, das Pflaster war mit Trümmern und Glasscherben übersät, aber das kleine Hotel an der Ecke, das als Marinehauptquartier diente, schien noch intakt zu sein. Gericke lief rasch die Treppe hinauf, zeigte dem Wachtposten an der Tür seinen Ausweis und trat ein.

Gericke war klein für einen Mann, nicht größer als einsfünfundsechzig; sein Haar war blond und sein blasses Gesicht schien niemals Wind und Wetter gespürt zu haben. Er hatte sehr dunkle Augen ohne den kleinsten Lichtfunken darin: ein seltsamer Kontrast zu dem gutmütigen, ein wenig trägen Lächeln, das ständig um seinen Mund zu spielen schien.

Seine weiße Marinemütze hatte so manches Dienstjahr hinter sich, und er wirkte in seiner alten Lederjacke, der ledernen Hose und den Seemannsstiefeln keineswegs besonders eindrucksvoll. Aber der junge Leutnant an seinem Schreibtisch im Foyer sah nur das Ritterkreuz mit Eichenlaub an seinem Hals und sprang sofort diensteifrig von seinem Stuhl auf.

«Ich wurde gebeten, mich nach meiner Ankunft unverzüglich beim Kommodore der U-Boote zu melden», erklärte Gericke. «Korvettenkapitän Gericke. U-235.»

Sie stiegen die geschwungene Treppe empor. Ein Maat, Pistole am Gürtel, stand Wache vor einem der Zimmer. Eine handgeschriebene Notiz an der Tür lautete: *Kapitän z. S. Otto Friemel, Führer der Unterseeboote West.*

Der Leutnant klopfte und öffnete die Tür. «Korvettenkapitän Gericke, Herr Kapitän.»

Das Zimmer lag im Halbdunkel; die einzige Lichtquelle war die Leselampe auf Friemels Schreibtisch. Er arbeitete in Hemdsärmeln, die Stahlbrille war auf der Nase nach unten gerutscht, im linken Mundwinkel hing eine Zigarettenspitze aus Elfenbein. Vor ihm lag ein Stoß Korrespondenz.

Er kam lächelnd, mit ausgestreckter Hand, um seinen großen Schreibtisch herum. «Mein lieber Paul! Wie schön, Sie wiederzusehen. Wie war es in Westindien?»

«Ziemlich weit weg von der Heimat», antwortete Gericke. «Vor allem, als wir uns auf die Rückfahrt machten.»

Friemel holte eine Flasche Schnaps und zwei Gläser heraus. «Der Champagner ist uns leider ausgegangen. Tja, hat sich alles ziemlich verändert.»

«Nicht mal Blumen für mich am Kai», gab Gericke zurück. «Sagen Sie bloß, wir verlieren den Krieg!»

«Mein lieber Paul, in ganz Brest gibt es nicht einmal mehr einen Kai. Wenn Sie bei Tag gekommen wären, hätten Sie den beklagenswerten Zustand unserer ‹unzerstörbaren› U-Bootbunker erkennen können. Fünf Meter Stahlbeton, pulverisiert von einem kleinen Ding, das die RAF Erdbebenbombe nennt.» Er hob sein Glas. «Auf Sie, Paul. Es war eine erfolgreiche Feindfahrt, wie ich hörte.»

«Ja, nicht schlecht.»

«Na, hören Sie! Eine kanadische Korvette, ein Tanker und drei Handelsschiffe, insgesamt dreißigtausend Tonnen – und das nennen Sie nicht schlecht? Ich würde es als ziemlich großes Wunder bezeichnen. Heutzutage kommen zwei von drei U-Booten überhaupt nicht mehr zurück.» Er schüttelte den Kopf. «Wir haben nicht mehr neunzehnhundertvierzig. Keinen fröhlichen Krieg mehr. Heutzutage schicken sie uns halb ausgebildete Kinder. Sie, Paul, sind einer von den wenigen Alten, die es noch gibt.»

Gericke nahm eine Zigarette aus dem Kasten auf dem Tisch. Es war eine französische Sorte, eine der billigsten; als er sie ansteckte und inhalierte, brannte ihm der Rauch in der Kehle und löste einen Hustenanfall aus.

«Großer Gott! Jetzt ist mir klar, daß es wirklich schlecht um uns stehen muß!»

«Sie ahnen ja nicht, wie schlecht», gab Friemel zurück. «Brest wird seit dem neunten August vom Achten Amerikanischen Armeekorps belagert. Daß wir noch hier sind, haben wir lediglich den unerhört zähen Abwehrkämpfen General Ramckes und seiner Zweiten Luftlandedivision zu verdanken. Seine Fallschirmjäger sind eindeutig die besten Soldaten, die ich jemals im Krieg erlebt habe, besser als die Waffen-SS.» Er griff wieder nach der Schnapsflasche. «Die wurden natürlich aus der Ukraine abgezogen. Vielleicht sind sie noch ein bißchen euphorisch vor Freude darüber, daß man sie hierhergeschickt hat. Schließlich ist ein amerikanisches Kriegsgefangenenlager einem russischen bei weitem vorzuziehen.»

«Und wie ist die Lage bei den U-Booten?»

«Es gibt keine Lage. Die Neunte Flottille existiert nicht mehr. Als letztes ist U-256 ausgelaufen. Das war vor elf Tagen. Unser Befehl lautet, nach Bergen zu verlegen.»

«Was soll ich dann aber noch hier?» fragte Gericke verwundert. «Ich hätte durch die Irische See und den nördlichen Kanal nach Norwegen fahren können.»

«Sie, Paul, haben den ausdrücklichen Befehl, genau wie der Rest der Flottille durch den englischen Kanal nach Bergen zu fahren. Nur hat das Oberkommando in Ihrem Fall einen ... na ja, man könnte sagen, einen kleinen Umweg eingeplant.»

Gericke, den schon lange nichts mehr überraschen konnte, lächelte. «Und wohin?»

«Ganz einfach.» Friemel drehte sich zu einem Tisch um,

suchte in einem Stapel Seekarten, fand die, die er brauchte, und breitete sie auf seinem Schreibtisch aus.

Gericke beugte sich neugierig vor. «Falmouth?»

«Ganz recht. Die Fünfzehnte Kanonenboot-Flottille der Royal Navy, die von Falmouth aus operiert, hat in der letzten Zeit hier an der französischen Küste immensen Schaden angerichtet. Um ehrlich zu sein, sie hat uns jegliche Seetätigkeit unmöglich gemacht.»

«Und was soll ich dagegen tun?»

«Nach Falmouth hineinfahren und Minen legen.»

«Das ist nicht Ihr Ernst!»

Friemel hielt den schriftlichen Befehl empor. «Von Dönitz persönlich.»

Gericke lachte laut auf. «Das ist ja 'n dicker Hund, Otto! Einfach überwältigend schön in seiner Idiotie, selbst für diese Schreibtischhengste in Kiel. Was erwarten die eigentlich von mir – daß ich ihnen den Krieg mit einem einzigen Handstreich gewinne?» Er schüttelte den Kopf. «Die glauben wohl an den Weihnachtsmann. Jemand sollte denen mal klarmachen, daß der Schneider Fliegen auf seinem Marmeladenbrot meinte, als er damit prahlte, er hätte sieben auf einen Streich geschafft.»

«Ach, ich weiß nicht», entgegnete Friemel. «So schlimm ist es nun auch wieder nicht. Hier, zwischen Pendennis Point und Black Rock liegt zwar ein Minengürtel und ein Blockadeschiff, aber zwischen Black Rock und St. Anthony's Head ist nur zeitweilig ein Netz gespannt. Das soll übrigens streng geheim sein, anscheinend hat die Abwehr aber doch noch einen aktiven Agenten in der Gegend von Falmouth.»

«Der muß sich ziemlich einsam vorkommen.»

«Da fahren ständig Schiffe hinein und hinaus. Sie schließen sich einer Gruppe an, für die das Netz geöffnet wird. Sie legen Ihre Eier hier oben in Carrick Roads und quer durch den inneren Hafen und verschwinden.»

Gericke schüttelte den Kopf. «Unmöglich.»

«Warum?»

«Rein werden wir möglicherweise kommen, raus aber auf keinen Fall.»

«Das ist bedauerlich, denn ich werde mit Ihnen fahren. Keineswegs aus Abenteuerlust, das kann ich Ihnen versichern. Aber ich habe den Befehl, mich oben in Kiel zu melden, und da die Landwege nach Deutschland abgeschnitten sind, bleibt mir nur noch die Möglichkeit, mit Ihnen nach Bergen zu fahren.»

Gericke zuckte die Achseln. «Letzten Endes führen doch alle Wege in den Orkus.»

Friemel nahm sich eine von den französischen Zigaretten und schob sie in seine Spitze. «In welchem Zustand ist Ihr Boot?»

«In der Biskaya wurden wir von einer Liberator beharkt. Der Schaden ist nur oberflächlich, doch meine Maschinen müssen dringend überholt werden. Vor allem brauchen sie neue Kugellager.»

«Unmöglich. Ich kann Ihnen vier bis fünf Tage geben, mehr nicht. Am neunzehnten müssen wir auslaufen. Ramcke sagt, er kann höchstens noch eine Woche halten.»

Die Tür ging auf, und der junge Leutnant trat ein. «Funkspruch von Kiel, Herr Kapitän. Äußerst dringend.»

Friemel nahm ihm das Blatt aus der Hand und rückte seine Brille zurecht. Ein kleines, ironisches Lächeln zuckte um seine Mundwinkel. «Sie werden's nicht glauben, Paul, aber dies ist die Bestätigung meiner Beförderung zum Konteradmiral mit Befehlsgewalt über sämtliche Marineeinheiten der Region Brest. Man kann nur annehmen, daß sie auf dem Dienstweg verzögert wurde.»

Der Leutnant reichte ihm ein weiteres Fernschreiben. Friemel las es mit ernster Miene und reichte es dann Gericke. Es lautete: GRATULIERE VON GANZEM HERZEN ZUR BEFÖRDERUNG UND BIN SICHER, DASS SIE UND IHRE MÄNNER LIEBER STERBEN, ALS DEM FEIND EINEN ZENTIMETER BODEN ÜBERLASSEN WERDEN. ADOLF HITLER.

Gericke gab das Blatt zurück. «Herzlichen Glückwunsch,

Herr Konteradmiral», sagte er förmlich.

Ohne jede Gefühlsäußerung wandte sich Friemel an den Leutnant. «Schicken Sie folgende Nachricht nach Berlin: ‹Werde kämpfen bis zum letzten Mann. Lang lebe der Führer.› Das ist alles. Wegtreten.»

Der junge Leutnant zog sich zurück. «Einverstanden?» erkundigte sich Friemel.

«War das nicht Lütjens letzter Funkspruch, als die *Bismarck* unterging?»

«Genau», bestätigte Konteradmiral Otto Friemel. «Noch einen Schnaps, mein Freund?» Er griff zur Flasche, dann seufzte er. «Schade! Das war der letzte.»

Um 8.30 Uhr am folgenden Abend regnete es in London immer noch stark, als die Ju 88 Pfadfinder der Gruppe I des KG 66, stationiert in Chartres und Rennes, zum erstenmal zuschlugen. Um 9.15 Uhr gab es in der Unfallstation des Guy's Hospital alle Hände voll zu tun.

Janet Munro stand bei zugezogenem Vorhang in der letzten Kabine und machte einem jungen Hilfsfeuerwehrmann siebenundzwanzig Stiche in den rechten Oberschenkel. Er wirkte benommen und starrte regungslos, eine kalte Zigarette im Mundwinkel, zur Decke.

Janets Assistent war ein Pfleger namens Callaghan, ein weißhaariger Mann Ende Fünfzig, der im Ersten Weltkrieg an der Westfront bei der Sanitätstruppe gedient hatte. Er fand die junge amerikanische Ärztin in jeder Hinsicht großartig und kümmerte sich rührend um ihr Wohlergehen, wozu sie selbst offenbar nicht imstande war. Eben jetzt machte er sich große Sorgen, weil sie seit zwölf Stunden ununterbrochen im Dienst war und die Folgen sich allmählich zeigten.

«Werden Sie nach dem hier Schluß machen, Miss?»

«Wie kann ich, Joey?» antwortete sie. «Sie werden die ganze Nacht kommen.»

Die Bomben waren zunächst auf dem anderen Themse-

Ufer gefallen, jetzt aber lag eine ganz in der Nähe. Das Haus bebte unter der Druckwelle, und irgendwo klirrte splitterndes Glas. Sekundenlang wurde das Licht schwächer; ein Kind begann zu weinen.

«Mein Gott, der Jerry versteht es wirklich, sich den richtigen Zeitpunkt für seine Angriffe auszusuchen», sagte Callaghan.

«Wie meinen Sie das?» fragte sie ihn, ganz auf ihre Tätigkeit konzentriert.

Er war erstaunt. «Ja, wissen Sie denn nicht, wer heute nacht hier ist, Miss? General Eisenhower persönlich. Genau eine Stunde vor dem Bombenangriff eingetroffen.»

Sie hielt inne und starrte ihn verwirrt an. «General Eisenhower? Hier in London?»

«Besucht die Yankee-Fallschirmjäger auf Station dreiundsiebzig. Die Jungens, die letzte Woche von Paris gekommen sind. Verpaßt ihnen Orden, wie ich gehört habe.»

Sie war gar nicht in der Lage, die Tragweite der Neuigkeit zu erfassen, so übermüdet war sie plötzlich. Stumm wandte sie sich ihrem Patienten zu und machte sorgfältig die letzten Stiche.

«Das Verbinden übernehme ich», erklärte Callaghan. «Gehen Sie sich jetzt erst mal einen Tee holen.»

Als sie die Gummihandschuhe abstreifte, drehte der junge Feuerwehrmann den Kopf und sah sie an. «Sind Sie ein Yank, Doktor?»

«Ja, das bin ich.»

«Haben Sie vielleicht 'n Kaugummi?»

Lächelnd holte sie ein Feuerzeug aus ihrer Tasche. «Nein, aber Feuer.»

Sie nahm ihm die Zigarette aus dem Mund, setzte sie in Brand und reichte sie ihm zurück. «Sie werden sich bald besser fühlen.»

Er grinste. «Sind Sie im Kochen auch so gut, Doc?»

«Nur wenn ich genug Zeit habe.»

Plötzlich wurde ihr die Anstrengung, ständig lächeln zu

müssen, einfach zuviel; sie drehte sich um und trat in den Korridor hinaus. Callaghan hatte recht: Sie brauchte dringend eine Tasse Tee. Und anschließend ungefähr fünfzehn Stunden Schlaf – aber das war ausgeschlossen.

Als sie den Korridor hinunterging, wurde der Vorhang einer anderen Kabine aufgerissen, und eine junge Krankenschwester stürzte heraus. Sie hatte offenbar panische Angst, ihre Hände waren blutig. In hektischer Erregung sah sie sich um, entdeckte Janet und rief ihr etwas zu – unhörbar, weil im selben Augenblick eine schwere Bombe ganz nahe beim Krankenhaus fiel; die Wände wackelten, und der Putz rieselte von der Decke.

Janet packte sie bei den Schultern. «Was ist los?»

Das junge Mädchen versuchte zu sprechen, deutete auf die Kabine, während abermals eine Bombe fiel. Janet schob sie kurzerhand beiseite und trat ein. Die Frau, die mit einem Laken bedeckt auf dem gepolsterten Behandlungstisch lag, befand sich eindeutig hoch in den Wehen. Der junge Mann, der sich über sie beugte, war Corporal bei den Commandos, seine Uniform zerrissen und staubbedeckt.

«Wer sind Sie?» Ihre Müdigkeit war mit einem Schlag verflogen.

«Der Ehemann, Miss. Sie bekommt ein Baby.» Er zupfte sie verzweifelt am Ärmel. «Tun Sie doch was, um Gottes willen!»

Janet schlug das Laken zurück. «Wann hat es angefangen?»

«Ungefähr vor 'ner halben Stunde, vielleicht auch ein bißchen eher. Wir waren in der High Street, als die Sirene losging, darum bin ich mit ihr in die U-Bahn gelaufen. Borough Station. Als sie Schmerzen bekam, dachte ich, es wäre besser, wenn ich sie ins Krankenhaus bringe, aber da draußen war die Hölle los. Bomben – überall, wo man hinsah, Bomben.»

Wieder landete eine ganz in der Nähe, dicht gefolgt von einer zweiten. Sekundenlang gingen die Lichter aus. Die

Frau auf dem Tisch begann vor Angst und Schmerzen zu schreien. Als das Licht wieder aufflammte, schienen ihr die Augen aus dem Kopf zu quellen, und sie machte Miene, sich aufzurichten.

Janet drückte sie zurück und wandte sich an die Schwester. «Wissen Sie eigentlich, was hier passiert?»

«Nicht genau», antwortete das junge Mädchen. «Ich bin erst Lehrschwester.» Sie betrachtete ihre Hände. «Da war soviel Blut.»

Der junge Corporal zupfte Janet am Ärmel. «Was ist mit ihr? Was hat sie denn?»

«Ein Kind kommt normalerweise mit dem Kopf voran zur Welt», erklärte ihm Janet ruhig. «Dies ist eine sogenannte Steißlage. Das bedeutet, daß es uns die Kehrseite zeigt.»

«Werden Sie das hinkriegen?»

«Ich glaube schon, aber wir haben nicht viel Zeit. Bitte, stellen Sie sich neben Ihre Frau, nehmen Sie ihre Hand und sprechen Sie auf sie ein. Reden Sie irgendwas, nur hören Sie unter keinen Umständen auf.»

«Soll ich Schwester Johnson holen?» erkundigte sich die junge Schwester.

«Keine Zeit», antwortete Janet. «Ich brauche Sie hier.»

Die Bomben fielen jetzt ununterbrochen. Nach dem Geschrei in den Gängen zu urteilen, war unter den vielen Menschen, die in der Allgemeinen Unfallstation auf Behandlung warteten, Panik ausgebrochen. Janet atmete tief durch, versuchte den Alptraum da draußen zu ignorieren und konzentrierte sich auf ihre Aufgabe.

Zuerst mußte sie an die Beine des Kindes kommen. Vorsichtig tastete sie im Leib der Frau umher, bis es ihr gelang, den Finger hinter ein Knie des Kindes zu schieben. Sofort gab das kleine Bein nach. Das gleiche geschah mit dem anderen Bein, als sie die Prozedur wiederholte.

Die Frau schrie auf. «Sagen Sie ihr, daß sie pressen soll. Ganz fest pressen», rief Janet dem Ehemann zu.

Sekunden später waren die Beine zu sehen. Sie streckte

die Hände aus, damit die junge Krankenschwester das Blut abwischen konnte, dann griff sie die Beinchen, Finger unter den Oberschenkeln, und zog kräftig, bis die Ansätze der winzigen Ärmchen in Sicht kamen.

Nun waren die Arme an der Reihe. Sie drehte das Kind nach links, bis sich die Schulter bog, hakte einen Finger unter den Ellbogen und brachte den linken Arm ans Licht. Draußen fielen noch immer Bomben, jetzt allerdings wieder in größerer Entfernung. Sie holte auch den rechten Arm.

Im Haus herrschte schrecklicher Tumult, Menschen rannten den Korridor auf und ab, es roch nach Rauch. Janet flüsterte der Schwester zu: «Bis jetzt ist alles gutgegangen. Nun kommt der Kopf.»

Sie schob den rechten Arm unter das Kind und griff mit dem Zeigefinger in den Mund; dann suchte sie mit der Linken den richtigen Schultergriff und begann zu ziehen. Langsam, ganz langsam bewegte es sich, aber die Kraft, die Janet bei diesem Griff anwenden mußte, war so groß, daß ihr dicke Schweißtropfen auf die Stirn traten.

Gleich darauf aber war's geschafft, und das Kind lag in ihren Händen. Doch sie merkte sofort, daß es nicht atmete; das ganze Körperchen war blau.

«Watte, rasch!» Die Schwester reichte ihr einen Bausch, und Janet säuberte dem Kind Mund und Nase. «Jetzt können Sie Schwester Johnson holen, wenn Sie Zeit hat. Oder Callaghan. Irgend jemanden, aber schnell.»

Das junge Mädchen lief hinaus. Janet blies kräftig in den winzigen Mund, und auf einmal durchlief ein Zittern den kleinen Körper, das Kind holte hörbar Luft und begann laut zu schreien.

Als Janet aufblickte, sah sie, daß der junge Corporal sie verzweifelt anstarrte. «Eine Tochter», sagte sie. «Falls es Sie interessiert.»

Die Frau stöhnte erstickt und wurde ohnmächtig. In diesem Augenblick wurde der Vorhang aufgerissen, und Schwester Johnson eilte herein. Janet reichte ihr das Baby.

«Machen Sie weiter, Schwester», sagte sie. «Ich werde mich um die Mutter kümmern.» Sie schob den Corporal beiseite und beugte sich über die junge Frau.

Erst einige Zeit später, als der Bombenangriff vorüber war und sie auf der Veranda stand, um in Ruhe eine Zigarette zu rauchen, spürte sie wieder die Müdigkeit.

«O Gott», sagte sie leise, «wird er denn niemals aufhören, dieser Krieg?»

Auf dem anderen Themse-Ufer bei Westminster loderten die Flammen, scharfer Brandgeruch hing in der Luft. Hinter ihr wurde ganz kurz der Verdunkelungsvorhang geteilt, und Callaghan trat rasch hindurch. Er brachte einen amerikanischen Offizier mit.

«Da sind Sie ja, Doktor!» sagte der Pfleger. «Hab' Sie schon überall gesucht. Dieser Gentleman hier fragt nach Ihnen.»

«Colonel Brisingham, Ma'am.» Er salutierte vorschriftsmäßig.

Callaghan zog sich zurück und ließ sie auf der schwach beleuchteten Veranda allein. «Was kann ich für Sie tun, Colonel?» erkundigte sich Janet.

«General Eisenhower möchte Sie sprechen, Ma'am. Wenn Sie ein paar Minuten Zeit für ihn hätten.»

Er brachte seine Einladung ruhig und sehr höflich vor, Janet hatte jedoch plötzlich das Gefühl, als bewegten sich die Wände der Veranda ganz langsam zuerst nach innen und dann wieder nach außen. Sie taumelte gegen den Colonel, der beunruhigt ihre Arme ergriff.

«Ist Ihnen nicht wohl?»

«Es war ein ziemlich langer Tag für mich.» Sie atmete tief durch. «Wo ist der General?»

«Drüben im Hof, Ma'am, in seinem Stabswagen. Wenn Sie mir bitte folgen würden. Leider haben wir nur sehr wenig Zeit. Er muß morgen früh wieder in Paris sein.»

Der Wagen stand in einer Ecke neben dem Haupttor. Sie

registrierte die Jeeps, die ihn umgaben, die Helme der Militärpolizei. Brisingham öffnete den hinteren Schlag.

«Doktor Munro, General.»

Janet zögerte; dann stieg sie ein, und Brisingham schloß die Wagentür. Im schwachen Schein der Armaturenbeleuchtung konnte sie nur sehr wenig erkennen. Eisenhower trug Trenchcoat und Käppi, soviel sah sie gerade noch, sein Gesicht aber lag ganz im Dunkeln, und nur die weißen Zähne schimmerten, wenn er sein unnachahmliches Lächeln zeigte.

«Würden Sie sich sehr wundern, wenn ich Ihnen sage, daß ich das Gefühl habe, Sie schon sehr lange zu kennen?» fragte der General.

Janet runzelte verblüfft die Stirn, dann fiel es ihr auf einmal ein. «Onkel Carey?»

Er lachte leise. «Sie waren sein einziges Gesprächsthema, wenn wir vom SHAEF beim Kaffee saßen und die Pläne für ‹Overlord› entwarfen. Aber ich kannte ihn schon lange vorher. Panama, neunzehnhundertzweiundzwanzig, -dreiundzwanzig. Ich war Major und er, wie ich mich noch gut erinnere, ein berüchtigter Korvettenkapitän. Berüchtigt deshalb, weil man so schwer mit ihm fertig wurde.»

«Darin hat er sich nicht geändert.»

«Nein, nicht im geringsten.» Er zögerte. «Zum Beispiel damals, als am Invasionstag dieser norwegische Zerstörer sank. Er hätte überhaupt nicht an Bord sein dürfen. Eine glatte Befehlsverweigerung.»

«Die ihn ein Auge und fast einen Arm kostete.»

«Ich weiß. Sagen Sie mal, dieses Fhada, die schottische Insel, auf der er sich im Augenblick aufhält – was macht er eigentlich da?»

«Die Familie seiner Mutter stammt von Fhada. Und ein Vetter hat ihm kurz vor dem Krieg ein Haus auf der Insel hinterlassen. Er wollte sich irgendwo eine Weile verkriechen, und ich vermute, daß er sich dort gut aufgehoben fühlte. Ein wirklich absonderliches Fleckchen Erde.»

«Glauben Sie, daß er vielleicht etwas sucht?»

«Ja, vielleicht.»

Der General nickte. «Wußten Sie, daß er wieder Frontdienst machen will?»

«Nein, aber es überrascht mich nicht.»

«Mich auch nicht. Er ist zu alt, um sich zu ändern, nur muß ich leider sagen, daß es nicht geht. Das sehen Sie doch sicher ein: mit nur einem Auge und einem fast unbrauchbaren Arm . . . Nein, nein, er hat wahrhaftig genug geopfert!»

«Nur nicht sein Leben.»

«Verdammt noch mal!» schimpfte Eisenhower. «Das Marineministerium bleibt stur. Sie wollen ihn unbedingt auf die Pensionierungsliste setzen.»

«Und Sie?»

Er stieß einen schweren Seufzer aus. «Er hat mir durch einen jungen Marineoffizier einen handgeschriebenen Brief geschickt. Zum Glück war ich zufällig heute hier.»

«Er hat Sie um Hilfe gebeten? Carey Reeve?» Janet lächelte. «Also das ist wirklich mal was Neues, General.»

«Der Gedanke kam mir auch», entgegnete Eisenhower.

«Und werden Sie ihm helfen können?»

«Ich habe in Paris einen Posten für ihn, ab ersten Oktober. Als Stellvertretender Koordinationschef für Nachschub und Personal.»

«Einen Schreibtischposten?» Janet schüttelte den Kopf. «Er will an die Front.»

«Die Zeiten sind endgültig vorbei. Wenn er einen Posten will – bitte sehr, da ist einer für ihn. Andernfalls kommt er aufs Abstellgleis. Das muß er einsehen.»

«Aber wird er das?» entgegnete sie leise.

«Hören Sie», fragte Eisenhower, «besteht die Möglichkeit, daß Sie sich ein paar Tage frei nehmen und ihn besuchen?»

Sie zögerte. «Ich glaube schon. In den letzten sechs Monaten habe ich höchstens ein freies Wochenende gehabt.»

«Großartig!» sagte er zufrieden. «Die notwendigen Reisedispositionen werden selbstverständlich von meinem Stab erledigt. Ich werde Ihnen einen Brief mitgeben, in dem ich die Bedingungen meines Angebots eindeutig klarlege. Aber den eigentlichen Druck müssen Sie ausüben.»

Es klopfte ans Fenster. Eisenhower kurbelte die Scheibe herunter, und Brisingham beugte sich herein. «Wenn Sie die Maschine erreichen wollen, müssen wir los, General.»

Eisenhower nickte ungeduldig und drehte das Fenster wieder herauf. «Nicht eine Minute können die einen in Ruhe lassen. Ein schlimmer Krieg, sogar für einen General.»

Weit draußen im Atlantik zuckte Wetterleuchten am Horizont. Es regnete stark. Der Wind blies mit Stärke acht, die See ging haushoch, und die *Deutschland* fuhr nur unter Stagsegeln. Richter und Sturm standen am Ruder.

Bei vier Glasen der ersten Wache schlug plötzlich aus Südost eine besonders tückische Sturmbö mit unerhörter Kraft zu; sie trieb Hagelkörner wie Bleigeschosse vor sich her. Die *Deutschland* bekam Schlagseite und geriet ungefähr fünf Strich vom Kurs ab. Sturm verlor das Gleichgewicht und wurde vom einbrechenden Wasser ins Speigatt geschleudert, so daß Helmut Richter allein mit dem wild wirbelnden Ruder kämpfen mußte. Die *Deutschland* schlingerte unter einem zweiten, schweren Anprall des Orkans und legte sich noch weiter über.

Berger, der nicht einschlafen konnte, lag seit nahezu einer Stunde in seiner Koje, rauchte eine Zigarre und lauschte dem Getöse des Unwetters. Das Schiff knarrte und stöhnte vom Bug bis zum Heck, der Wind heulte mit hundert Stimmen in der Takelage. Berger trug Seestiefel und Ölzeug; er war auf jeden Notfall vorbereitet.

Die Krise kam jedoch so unerwartet, daß er, ehe er wußte, wie ihm geschah, aus seiner Koje geschleudert wurde, quer durch die Kajüte rutschte und an der Wand seines Schreibtischs landete.

Während er sich aufzurichten versuchte, neigte sich der Boden immer mehr. «O Gott, sie kentert!» rief er laut. Dann hörte das Krängen plötzlich auf. Mühsam kämpfte er sich zur Tür, öffnete sie und taumelte an Deck.

Die Blitze, die unablässig über den Himmel zuckten, beleuchteten eine gespenstische Szene. Die *Deutschland* lag fast ganz auf der Seite, die Leereling war von Wasser überspült, die untere Rahnock hing im Meer.

Richter und Sturm stemmten sich gegen das Ruder, mehrere Männer rutschten und stolperten in panischer Angst über das schräg liegende Deck.

«Wir sinken! Wir sinken!» schrie ein Mann kopflos. Berger versetzte ihm einen Kinnhaken, daß er auf dem Rücken landete.

«Bringt sie herum, um Gottes willen! Bringt sie herum!»

Ganz allmählich drehte sich die *Deutschland* ächzend und stampfend in den Wind, aber das Deck lag immer noch so schräg, daß niemand stehen konnte, ohne sich irgendwo festzuhalten.

Berger schrie den beiden nächststehenden Männern zu: «Ihr übernehmt das Ruder. Sagt Richter und Sturm, daß sie sofort zu mir kommen sollen.»

Auf Händen und Knien arbeitete er sich zur achteren Ladeluke vor. Als Richter und Sturm kamen, kämpfte er mit der Vertäuung der Lukenabdeckung. «Wie steht's?» rief ihm Sturm durch das Brüllen der See zu.

«Der Ballast verrutscht», antwortete ihm Berger. «Aber wie sehr, das ist die Frage. Wir müssen die Lukenabdeckung runternehmen, dann werden wir sehen, wie unsere Chancen stehen.»

Unten bei den Passagieren herrschte das totale Chaos. Als die Sturmbö zuschlug, hatten Schwester Angela und Schwester Elisabeth nebeneinander auf der unteren Koje ihrer Kabine gesessen und über eine Bibelstelle gesprochen, wie es vor dem Schlafengehen Pflicht war. Sie wurden beide zu Boden geschleudert, während sich die Öllampe von ihrem Haken an der Decke löste und direkt neben ihnen zu Bruch ging. Die Ölpfütze flammte zwar ein wenig auf, wurde aber sofort wieder gelöscht, als sich der Kajütboden neigte, die Tür aufsprang und ein Wasserschwall hereinbrach.

Schwester Angela kroch zur Tür und rief Schwester Elisabeth zu, ihr zu folgen. Der Salon lag in tiefer Finsternis; durch das zerschmetterte Oberlicht schoß Wasser herein. Es war ein Alptraum. Hysterische Stimmen schrien. Irgend jemand stieß gegen sie, sie streckte die Hand aus und berührte ein Gesicht, während ein Arm sie in panischer Angst umklammerte. Dann ging eine Kabinentür auf, und es wurde hell: Otto Prager stand mit einer Laterne in der Öffnung.

Der Fußboden des Salons neigte sich in einem Winkel von fünfundvierzig Grad, Tisch und Stühle, alle fest angeschraubt, standen noch auf ihren Plätzen, an Backbord jedoch, am Fuß der Neigung, hatte sich etwa ein Meter hoch Wasser gesammelt. Und jedesmal, wenn die *Deutschland* rollte, kam mehr Wasser durch das zerbrochene Oberlicht herein, das erst nach dem Zwischenfall mit der *Guardian* am Vortag repariert worden war.

Jetzt sah Schwester Angela, daß es Schwester Maria, die jüngste der Nonnen war, die sich so krampfhaft an sie klammerte. Das junge Mädchen war außer sich vor Angst, und Schwester Angela mußte sich mit Gewalt von ihr lösen.

Sie schüttelte die Jüngere und versetzte ihr eine schallende Ohrfeige. «Reißen Sie sich zusammen, Schwester! Vergessen Sie nicht, wer Sie sind!»

Neben ihr kämpfte sich Schwester Elisabeth hoch; das Wasser reichte ihr bis zur Taille, so daß sich der Rock ihrer schwarzen Kutte bauschte. Nun öffnete sich auch die Kabinentür neben Prager, Schwester Regina und Schwester Brigitte spähten heraus.

Prager, der erstaunlich gelassen wirkte, sagte beruhigend: «Es wird nichts passieren, Schwestern. Kein Grund zur Aufregung. Begeben Sie sich zum Niedergang.»

Schwester Angela erreichte die Treppe als erste, einen Arm um Schwester Maria gelegt. Prager reichte ihr die Laterne, dann half er den übrigen, einer nach der anderen, bis alle in dem schräg geneigten Niedergang versammelt waren.

Als er sich zu Schwester Angela durchschob, wurde oben die Niedergangsluke geöffnet. Es war Berger, in einer Hand eine Sturmlaterne. «Alles in Ordnung?»

«Ich glaube schon», antwortete Schwester Angela.

Er hockte sich nieder und sagte zu ihr: «In die Boote zu gehen, hat keinen Zweck. Die würden sich in dieser See keine fünf Minuten halten. Verstehen Sie mich, Schwester?»

«Was sollen wir also tun, Kapitän?»

«Bleiben Sie vorläufig hier.»

«Was ist passiert, Erich?» wollte Prager wissen.

«Der Ballast ist in den Leebug gerutscht. Der größte Teil der Besatzung ist jetzt unten und versucht, etwas dagegen zu unternehmen. Sie werden ebenfalls gebraucht, Otto. Wenn uns eine weitere Bö trifft, solange wir in diesem Zustand sind, werden wir kentern.»

Wortlos hievte sich Prager ins Dunkel hinaus. Schwester Angela fragte: «Können wir denn nicht irgendwas tun, Kapitän?»

«Beten», erwiderte Erich Berger. «Inständig.» Dann warf er die Tür ins Schloß.

Als Otto Prager die Leiter in den Laderaum hinabkletterte, war es wie ein Abstieg in die Hölle. Die Besatzung schaufelte im Schein einiger Sturmlaternen blindwütig Sand nach Luv. Jedesmal, wenn das Schiff rollte, stürzten die Männer zu Boden.

Prager stieg von der Leiter und fiel sofort auf die Knie. Irgend jemand schrie angstvoll auf, die anderen schaufelten mit grimmiger Verbissenheit weiter. Die einzigen Geräusche waren das Knarren der Schiffsplanken und das Heulen des Sturms draußen.

Ein starker Arm half Prager auf: Helmut Richter sah grinsend auf ihn herab. «Nun stellen Sie sich bloß mal vor, Herr Prager: Sie könnten jetzt heil und sicher in Rio sitzen, vor dem Dinner einen Cocktail trinken und von einer Terrasse der Copacabana auf die Lichter der Bucht hinausblicken . . .»

«Dem ist aber nicht so, also geben Sie mir endlich eine Schaufel, damit ich mich an die Arbeit machen kann», entgegnete Prager.

Eine Weile schon war deutlich zu spüren, daß sich die *Deutschland* ganz allmählich aufrichtete. Im Halbdunkel des Niedergangs jedoch schien es eine Ewigkeit, bis sich die Tür wieder öffnete und Kapitän Berger hereinsah. Er brachte ein leichtes Lächeln zustande, aber es kostete ihn Mühe.

«Haben Sie gebetet, Schwester?»

«Das haben wir.»

«Nun, Ihre Gebete wurden anscheinend erhört. Irgend jemand auf diesem Kahn ist offenbar ein guter Mensch. Ich bin es bestimmt nicht, also werden Sie es vermutlich sein.»

«Das halte ich nicht für ausgeschlossen, Herr Kapitän.»

«Ausgezeichnet. Wir werden so schnell wie möglich die Pumpen in Gang setzen, aber Feuer in der Kombüse gibt es erst morgen früh wieder. Ich fürchte, Sie werden es für den Rest der Nacht recht ungemütlich hier unten haben.»

«Wir werden's schon überleben.»

In einem plötzlichen Anfall von Ärger fuhr er dann ziemlich unwirsch fort: «Verdammt noch mal, Schwester, Sie waren es doch, die unbedingt mitwollte. Ich habe Sie rechtzeitig gewarnt.»

«Ja, Kapitän, das haben Sie wohl», antwortete Schwester Angela. «Und dafür bin ich Ihnen sehr dankbar – unter anderem.» Sie blickte auf die Gesichter der anderen Nonnen, die im schwachen Schein der Laterne zu ihr aufschauten. «Wollen wir beten, meine geliebten Schwestern?»

Laut begann sie ein Gebet nach dem Sturm vorzusprechen. «Sie riefen zum Herrn in ihrer Not; und er erlöste sie von ihrem Unglück . . .»

Berger schloß die Niedergangstür und wandte sich an Otto Prager, der erschöpft neben ihm lehnte. «Welch eine

Frau!» sagte er bewundernd. «Welch eine verdammt enervierende . . .»

«. . . wunderbare Frau», beendete Prager den Satz für ihn.

Berger lachte; dann ging er zum Achterdeck, wo Richter jetzt allein am Ruder stand, denn der Wind hatte ein bißchen nachgelassen, obwohl die See immer noch schwer ging.

Sturm kam die Leiter herab. «Ich habe ein paar Mann an die Pumpe gestellt, Käpt'n. Weitere Befehle?»

»Ja», antwortete Berger. «Holz, Sturm, holen Sie jede Planke, die Sie finden. Schlachten Sie das Schiff aus, wenn's nicht anders geht. Jede Koje und jeden Schrank, falls notwendig, aber ich will, daß der Sand innerhalb von vierundzwanzig Stunden abgedeckt ist, damit er auf keinen Fall mehr verrutschen kann. Egal, was passiert.»

«Aye, aye, Käpt'n.» Sturm zögerte. «Das war knapp, nicht wahr, Käpt'n?»

«Zu knapp, Sturm», gab Berger zurück. «Wir müssen dafür sorgen, daß so was nicht zur Gewohnheit wird.» Er drehte sich um und ging auf seine Kajüte zu.

5

Schonerbark DEUTSCHLAND, *17. September 1944. 38° 56' nördl. Breite, 30° 50' westl. Länge. Wind während der Mittelwache nach West umgesprungen. Wir machen zehn Knoten. Wolkendecke löste sich kurz vor Mittag auf, und die Sonne brach durch; Wind legte sich vollständig.*

Die *Deutschland* schien im leeren Raum zu treiben; sie lag vollkommen still, alle Segel gesetzt, Rahen gebraßt, ihr Spiegelbild glasklar auf dem grünen Wasser.

Es war heiß, kein Lüftchen regte sich. Die Atmosphäre unter Deck war unerträglich, daher hatte der Kapitän befohlen, hinter dem Hauptmast ein Sonnensegel zu spannen, damit die Schwestern wenigstens ein bißchen im Freien sein konnten und vor der grellen, heißen Sonne geschützt waren.

Die meisten der Mannschaft und der Passagiere litten jetzt unter Geschwüren, eine Folge nicht nur der unzureichenden Ernährung, sondern der unablässigen Einwirkung des Salzwassers auf die Haut. Einer der Männer, ein stämmiger Hamburger namens Schirmer, war praktisch gelähmt durch ein ganzes Nest dieser Geschwüre am linken Bein. Stöhnend lag er in einem Deckstuhl, während Schwester Angela versuchte, ihm mit einer Lanzette Erleichterung zu verschaffen.

Vor dem Großmast bedienten vier Besatzungsmitglieder unter der Aufsicht von Leutnant Sturm die schweren Eisenhebel der beiden Lenzpumpen, die das Wasser in braunem Strahl auf das Deck spuckten.

Richter, der gerade selbst eine halbe Stunde gelenzt hatte, tauchte eine Kelle in den Wassereimer und rümpfte voll Abscheu die Nase. «Haben Sie das gesehen, Herr Leutnant?» fragte er Sturm, während er den Inhalt der Kelle in den

Eimer zurückschüttete. Das Wasser war dunkelrot.

«Rost aus den Tanks, vermute ich.» Sturm grinste. «Auf diesem Schiff ist für alles gesorgt. Man kriegt nicht einfach einen Schluck Wasser, o nein, man bekommt eine Portion kräftigendes Eisen gratis dazu. Hervorragend für die Gesundheit.»

«Mein Bauch ist da aber anderer Meinung.» Richter rieb sich kräftig den Leib. «Manchmal sind die Krämpfe kaum auszuhalten. Und den anderen geht's nicht besser.»

Schwester Maria stand bei den Backbordbesanwanten. Wie die anderen Nonnen hatte sie wegen der Hitze wieder ihr weißes Tropenhabit angezogen. Und Richter fragte sich wieder, wie sie es nur fertigbrachte, ihre Tracht so makellos sauber zu halten. Sie sah äußerst anziehend aus, wie sie da stand, eine Hand an das Tau gelegt, und auf das weite Meer hinausblickte.

Walz, der Koch, kam aus der Kombüse und leerte direkt neben ihr einen Eimer Abfall über die Reling. Hastig wich sie einen Schritt zurück.

«Verzeihung, Schwester», sagte er scheinheilig.

«Schon gut, Herr Walz», antwortete sie mit leiser Stimme.

Er musterte sie frech und zeigte grinsend die schlechten Zähne. Die Lüsternheit in seinem Blick war nicht zu übersehen: Ihr Lächeln verlosch, und sie griff nach den Wanten, als müsse sie dort Halt suchen.

Als Walz sich umdrehte, um in die Kombüse zurückzukehren, lehnte Richter vor dem Eingang. Sein nackter, muskulöser Oberkörper war sonnengebräunt, das lange, blonde Haupt- und Barthaar beinahe weiß gebleicht. Zwischen den Zähnen steckte eine dicke schwarze Brasil. In seinen schützend gebogenen Händen flammte ein Streichholz auf. Als er sich über die Flamme beugte, sagte er sehr leise zu Walz: «Paß bloß auf, du mieses Schwein! Das ist keine St.-Pauli-Hure.»

«Ach so, Sie sind wohl auch hinter ihr her, wie?» Walz begann wieder zu grinsen. «Kann ich Ihnen nicht verdenken.

Die Fahrt ist lang, und Frau ist Frau, wie der Käpt'n ganz richtig sagte, egal, wie sie sich anzieht. Was zählt, ist nur, was sie zwischen den Beinen hat.»

Urplötzlich flog er in die dämmrige Kombüse, wurde rücklings über den Tisch geworfen, und eine Eisenfaust umklammerte seinen Hals. Mit scharfem Klicken sprang die Klinge des Finnendolchs heraus, den der Bootsmann in der Hand hielt.

«Ein falsches Wort, du Dreckskerl», drohte Richter, «ein Blick noch von der Sorte, wie du sie eben angesehen hast, und du gehst über Bord. Und ich garantiere dir keineswegs, daß das in einem Stück geschieht.»

Walz wurde fast ohnmächtig vor Angst und fühlte, wie er sich in die Hose machte. Der Bootsmann tätschelte ihm die Wange. «So ist's schön, mein lieber Ernst. So hab' ich dich gern. Wenn du so richtig vor Todesangst zitterst.»

Er ließ die Klinge des Finnendolchs einschnappen und ging hinaus.

Schwester Maria stand noch an den Besanwanten, und gerade in diesem Moment stieß ein Albatros auf den Abfall herab, der ebenso reglos wie das Schiff auf dem ruhigen Wasser trieb.

Instinktiv drehte sie sich um und sah, daß Richter sie beobachtete. Sie lächelte ihm zu, und er kam herüber.

«Herr Richter!» Sie machte keinerlei Versuch, die Freude in ihrem Blick zu verbergen. «Dieser Vogel da – was ist das?»

«Ein Albatros, Schwester Maria. Der König der Aasvögel. Sobald sie unseren Abfall wittern, werden sicher noch mehr kommen.»

«Er ist so schön!» Sie legte zum Schutz vor der Sonne die Hand über die Augen und sah ihm nach.

Du bist auch schön, dachte Richter. «Es heißt, daß in einem Albatros die Seele eines toten Seemanns wohnt.»

«Und daran glauben Sie, Herr Richter?»

Ihre Augen waren sehr blau, ihr Gesicht, von der weißen

Nonnenhaube gerahmt, ein wunderschönes Oval. Richters Kehle wurde trocken. «Natürlich nicht, Schwester», entgegnete er. «Das ist dummer Aberglaube.» Er atmete tief durch. «Wenn Sie mich jetzt bitte entschuldigen wollen – ich muß zum Käpt'n.»

Er hatte eine Brandwunde am Handgelenk, die von einem Seil stammte. Stirnrunzelnd ergriff sie seine Hand. «Das sieht schlimm aus. Und kann noch schlimmer werden. Sie müssen mir erlauben, daß ich Sie verarzte.»

Ihre Finger waren kühl. Dem Bootsmann trat der Schweiß auf die Stirn, und dann sah er über ihre Schulter hinweg zu allem Überfluß, daß Schwester Angela unter dem Sonnensegel saß. Die Arzttasche offen neben sich, behandelte sie einen Matrosen und beobachtete ihn dabei mit ernster Miene.

Richter entzog Schwester Maria die Hand. «Danke, nicht nötig. Glauben Sie mir, es ist nicht so schlimm.»

Kapitän Berger saß am Schreibtisch seiner Kajüte und schrieb ins Tagebuch.

> ... 18. September 1944. Eine schlimme Nacht. Regen und schwere See. Bei einer unerwarteten Sturmbö um sechs Glasen der Mittelwache Unterbramsegel gerissen. Am Vormittag schlug das Wetter wieder um: Windstille. Sturm meldet vierzig Zentimeter Wasser in den Bilgen.

Er legte den Füllhalter hin und lehnte sich, in den Ohren das dumpfe, monotone Rumpeln der Pumpen, bequem zurück. Nicht gut. Gar nicht gut, daß sie soviel Wasser übernahm. Obwohl er weder mit Richter noch mit Sturm darüber gesprochen hatte, wußte er, daß ihnen der Ernst der Lage ebenso klar war wie ihm selbst.

Es klopfte, und Helmut Richter kam herein. «Meldung von Leutnant Sturm, Käpt'n. Nach dem Geräusch zu urteilen, haben wir sie so ziemlich trockengelegt.»

Berger nickte. «Was halten Sie davon, Helmut?»

Richter zuckte die Achseln. «Sie ist alt, Käpt'n. Zu alt, und das Kupfer ist vermutlich jahrelang nicht runtergekommen. Der Teufel weiß, in welchem Zustand ihre Planken sind.» Er zögerte. «Und als neulich nachts diese Sturmbö kam, als sie beinahe kenterte . . .»

«Sie meinen also, daß damals Schäden entstanden sein könnten, von denen wir keine Ahnung haben?»

Ehe Richter antworten konnte, ertönten auf Deck wirre, mit Jubelgeschrei untermischte Rufe. Und zugleich ein seltsames Trommeln. Augenblicklich sprang Berger hoch, riß die Tür auf und eilte, von Richter gefolgt, hinaus.

Es regnete, ein kurzer, tropischer Wolkenbruch. Die meisten Besatzungsmitglieder rannten wie verrückt an Deck herum; diejenigen, die einen Eimer ergattert hatten, hielten ihn hoch, um das Regenwasser aufzufangen. Die Nonnen, unter das Sonnensegel geflüchtet, lachten wie übermütige Kinder, während das Wasser als kleiner Sturzbach von dem Leinendach herabschoß. Unter dieser «Dusche» stand Leutnant Sturm und ließ sich das Wasser über den Kopf rinnen. Als er sich umdrehte und Berger sah, trat er ein wenig verlegen zur Seite.

«Tut mir leid, Käpt'n. Ist wohl so 'ne Art Massenraserei.»

Wie ein bei einem Lausbubenstreich ertappter Schuljunge trocknete er sich mit seinem Halstuch das Gesicht. Der Regen stoppte so unvermittelt, wie er begonnen hatte, und die Decksplanken begannen zu dampfen.

«Wie steht's mit dem Lenzen?» erkundigte sich Berger.

«Alles trocken, Käpt'n.» Leutnant Sturm zögerte. «Vorläufig.»

Berger nickte; er sah, daß ein Teil der Mannschaft in der Nähe stand, um möglichst einige Informationen aufzuschnappen. Sofort traf er seine Entscheidung und handelte auch danach. Schließlich hatte es keinen Sinn, so zu tun, als gäbe es keine Gefahr.

«Das ist gar nicht gut, Sturm. Heute vierzig Zentimeter. Gestern dasselbe. Vorgestern fünfunddreißig. Dafür muß es doch einen Grund geben.»

Ringsum herrschte lastendes Schweigen, untermalt von dem Knarren der Takelage und dem Klatschen der schlaffen Segel.

Richter ergriff als erster das Wort. «Vielleicht sollte ich mal unten nachsehen, Käpt'n.»

Der Bootsmann war ein ausgezeichneter Schwimmer und offensichtlich stark wie ein Bulle. Da das Schiff in einer solchen Kalme lag, bestand tatsächlich kaum Gefahr. Berger nickte. «Na schön.» Er zog einen Schlüssel aus der Tasche und gab ihn Sturm. «Holen Sie mir ein Gewehr aus dem Waffenschrank. Für alle Fälle.»

Als Richter seine Segeltuchschuhe mit den Hanfsohlen auszog, trat Schwester Angela zu Berger. «Warum das Gewehr, Kapitän?»

Berger zuckte die Achseln. «Haie. Jetzt ist noch nichts von ihnen zu sehen, aber es ist erstaunlich, wie schnell sie auftauchen, sobald sich ein Mensch im Wasser befindet. Und der Abfall von unserem Schiff tut ein übriges.»

Schwester Maria wurde blaß. Sie ging zu Richter, der an der Reling stand und seinen Gürtel enger schnallte. «Ist es ... ist es sehr tief, da unten, Herr Richter?»

Richter lachte laut auf. «Tausend Faden mindestens. Aber nur keine Angst, ich gehe ja nicht ganz hinunter.»

Berger, der das Gespräch gehört hatte, runzelte die Stirn, doch dies war kaum der geeignete Zeitpunkt für eine entsprechende Bemerkung. Statt dessen fragte er: «Wollen Sie eine Leine, Helmut?»

Der Bootsmann schüttelte den Kopf. «Wozu? Das Schiff bewegt sich ja keinen Zentimeter.» Er setzte einen Fuß auf die Reling, stieß sich ab und tauchte mit einem glatten Kopfsprung ins Wasser.

Ein Schwarm kleiner Fische stob vor ihm auseinander, wurde zu einer silbrigen Wolke. Er kam schnell tiefer, durch

Wasser, das wie hellgrünes, von Sonnenlicht durchfiltertes Glas wirkte. Die Planken des Schiffsrumpfes waren mit Muscheln überzogen, überall wucherte Seegras und bildete einen dichten Teppich.

Muß Jahre her sein, daß ihr Rumpf mal abgekratzt worden ist, dachte er und schwamm zum Kiel hinunter, wo er sich einen Augenblick festhielt. Dann arbeitete er sich zum Vorschiff durch.

An Deck warteten alle schweigend. Einmal tauchte Richter auf, um Luft zu holen, winkte kurz und verschwand wieder nach unten. Schwester Maria hielt die Reling so fest umklammert, daß ihre Knöchel weiß hervortraten, und starrte wie gebannt ins Meer. Berger, der sie genau beobachtete, blickte auf und merkte, daß Schwester Angela ihn ansah. Ihre Miene war gelassen, in ihren Augen aber stand ein Ausdruck, der von Schmerz nicht weit entfernt war. Er nahm seine Pfeife heraus und stopfte sie aus dem abgegriffenen Öltuchbeutel. Wieder Probleme. Als ob er davon nicht schon genug hätte. Und warum mußte es ausgerechnet Richter sein, der beste Seemann seiner Crew?

In diesem Augenblick tauchte der Bootsmann an Backbord auf und ließ sich, heftig hustend, das blonde Haar an den Schädel geklebt, im Wasser treiben. Jemand warf ihm eine Leine zu, und er wurde über die Reling gezogen.

Sekundenlang hockte er zitternd auf Deck. «Wie war's denn?» fragte Berger. «Sie können offen sprechen. Alle sollen hören, was Sie zu sagen haben.»

«Nichts Bestimmtes, Käpt'n», antwortete Richter. «Keinerlei Anzeichen für echte Schäden. Es ist wohl so, wie wir es uns von vornherein gedacht hatten. Sie ist eben eine ziemlich alte Dame. Stellenweise kann man zwei Finger zwischen die Planken stecken. Ich würde sagen, daß sie schon vor zehn Jahren hätte kalfatert werden müssen.»

Berger wandte sich an die Männer. «Ihr habt es gehört. Also nichts, womit wir nicht fertig werden könnten. Und mit der doppelten Mannschaftsstärke haben wir ja auch keine

Schwierigkeiten, die Pumpe ausreichend zu besetzen.»

Die Gesichter um ihn herum blickten unsicher; im selben Augenblick jedoch begann das Großsegel zu flattern, und eine winzige Südwestbrise kräuselte das Wasser.

Als sich die Segel füllten, lachte Berger fröhlich. «Da seht ihr's! Ein gutes Omen. Wir machen wieder Fahrt. An die Arbeit, Sturm, wenn ich bitten darf.»

Sturm rief Befehle, und die Männer setzten sich in Bewegung. Schwester Angela sagte leise: «Hätten Sie eine Minute Zeit für mich, Kapitän? Ich möchte gern mit Ihnen sprechen.»

Bergers Blick wanderte von ihr zu Maria, die mit den anderen Nonnen gemeinsam ihre Siebensachen unter dem Sonnensegel zusammensuchte. «Na schön, Schwester.»

In seiner Kajüte saß sie ihm vollkommen ruhig, mit gefalteten Händen, am Schreibtisch gegenüber. «Schwester Maria ist unter den mir Anvertrauten am stärksten gefährdet, Herr Kapitän. Es ist meine Pflicht, dafür zu sorgen, daß sie auf dem Weg, den sie erwählt hat, durch niemanden und nichts behindert wird.»

«Offenbar wollen Sie damit sagen, daß sie noch keine richtige Nonne ist, nicht wahr? So wie Sie und die anderen Schwestern.» Berger schüttelte den Kopf. «Für mich macht das nicht den geringsten Unterschied, das versichere ich Ihnen. Mein Befehl an die Besatzung hinsichtlich des Verhaltens Ihnen und den anderen Schwestern gegenüber war klar und eindeutig.»

«Und Herr Richter?»

Er lehnte sich zurück und sah sie an. «Na schön, Sie haben ihn ein paarmal ertappt, wie er das Mädchen angesehen hat. Was soll ich dagegen tun?»

«Sie hatte Angst um ihn, als er ins Wasser sprang, und hat es sich anmerken lassen.»

«Er ist ein gutaussehender Bursche.»

«Genau deswegen mache ich mir Sorgen.»

«Helmut Richter war Obersteuermann auf einem U-Boot,

bevor er wie wir anderen in Brasilien landete», sagte Berger. «EK I und II. Der beste Seemann, den ich kenne, und auch sonst ein bemerkenswerter junger Mann. Sie haben wirklich nichts zu befürchten, glauben Sie mir.»

«Dann habe ich in dieser Angelegenheit Ihr Wort?»

«Ja doch, verdammt noch mal!» Er konnte seinen Ärger nicht unterdrücken. Er ging zur Tür, riß sie auf und rief Leutnant Sturm zu: «Schicken Sie mir Richter her!»

Als er an den Schreibtisch zurückkehrte, machte Schwester Angela Miene, hinauszugehen. «Nein, bitte bleiben Sie», sagte Berger. «Ich möchte, daß Sie anwesend sind.»

Sie zögerte noch, da klopfte es schon an die Tür, und Helmut Richter kam herein. Er hatte einen dicken Jumper und darüber eine Seemannsjacke angezogen, war aber trotzdem noch reichlich blaß.

«Sie wollten mich sprechen, Käpt'n?»

Berger holte eine Flasche mitsamt einem Glas aus seinem Schreibtisch. «Guter Scotch. Haig and Haig. Beste Marke. Sie haben ihn sich redlich verdient.»

«Es war kälter da unten, als ich dachte.»

Richter trank einen Schluck Whisky, und Berger nahm wieder am Schreibtisch Platz. «Wie lange kennen wir uns jetzt, Helmut?»

«Ein Jahr, Käpt'n. Vierzehn Monate, um genau zu sein. Warum?»

«Wegen der jungen Nonne», antwortete Berger. «Schwester Maria.» Er zögerte, wählte die Worte vorsichtig. «Sie hatte große Angst um Sie.»

Richter, der noch blasser geworden war, warf Schwester Angela einen kurzen Blick zu; dann stellte er behutsam das Glas auf den Schreibtisch. «Das ist meine Privatsache, Käpt'n.»

«Stellen Sie sich nicht dumm, Helmut!» fuhr Berger ihn an. «Das Mädchen ist noch Novizin. Wissen Sie, was das bedeutet?»

«Daß sie sich noch nicht endgültig entschieden hat», antwortete Richter ruhig.

«Und Sie würden ihr bei der Entscheidung gern helfen, wie?»

Richter sah abermals Schwester Angela an, dann wandte er sich wieder an Berger. «Da Sie mich beide nicht zu verstehen scheinen, werde ich es Ihnen genau erklären.» Er hob die linke Hand in die Höhe. «Lieber würde ich die hier hergeben, als dulden, daß ihr ein Mensch etwas antut. Habe ich mich verständlich gemacht?»

«Ich glaube Ihnen ja, mein Junge. Und das, was geschieht, wenn wir in Kiel und wieder an Land sind, geht mich nichts an. Vorderhand aber werden Sie sich von ihr fernhalten, ich könnte Ihnen den Befehl erteilen, aber das werde ich nicht tun. Ich bitte Sie lediglich um Ihr Wort.»

Sekundenlang dachte er, Richter werde widersprechen, aber der Bootsmann zögerte nur unmerklich. Dann stand er stramm, die Hacken zusammen. «Das haben Sie, Käpt'n.»

«Danke, das genügt mir, Helmut.»

Richter ging eilig hinaus, und Berger wandte sich an die Schwester. «Haben Sie sonst noch einen Wunsch?»

«Nein, ich glaube nicht. Anscheinend ärgern Sie sich ab und zu über mich, Kapitän. Ich möchte wirklich wissen, warum.»

«Ich wollte, ich wüßte es selbst, Schwester. Ich habe mich schon mit einigen schweren Fällen rumschlagen müssen; die gibt es wohl auf jedem Schiff. Aber mit denen wird man fertig – falls notwendig, mit Faust und Stiefel. Sie aber . . .»

Sehr sanft und leise sagte sie: «Armer Kapitän Berger! Wenn's im Leben nur für alles so eine einfache Lösung gäbe!»

Sie ging hinaus. Berger blieb nachdenklich sitzen; unvermittelt wurde ihm klar, daß er sie zum erstenmal lächeln gesehen hatte.

Wie für viele berühmte Seefahrer vor ihm, war auch für Konteradmiral Otto Friemel die Seekrankheit ein altvertrautes Leiden. Bei der Ankunft in der Mündung des Fal hatte er Gerickes Angebot akzeptiert, sich in der Kapitänskajüte auf seiner Koje auszuruhen.

Er schlief überraschend gut und erwachte in absoluter Stille. Sekundenlang konnte er sich nicht erinnern, wo er war; er lag einfach in der dämmrigen Kajüte da. Dann wurde der Vorhang zurückgeschoben, und Gericke kam mit einem Tablett, auf dem eine Kanne Kaffee und zwei Tassen standen.

Friemel schwang die Beine aus der Koje. «Ich wußte plötzlich nicht mehr, wo ich war. Ist Ihnen das auch schon mal passiert?»

«Schon oft.»

«Scheußliches Gefühl. Vielleicht werde ich alt. Für derartige Husarenstreiche bestimmt zu alt.»

«Das macht der Krieg. Er dauert schon viel zu lange.»

Er nahm eine Seekarte vom Regal über der Koje und breitete sie auf dem schmalen Tisch aus. «Es ist so verdammt still hier», sagte Friemel.

«Das muß es auch. Die meisten Männer haben sich hingelegt. Diejenigen, die auf sein müssen, haben sich Lappen um die Stiefel gewickelt.»

«Wie nehmen sie es denn?»

«Die Möglichkeit, dabei umzukommen, meinen Sie?» Gericke zuckte die Achseln. «Es sind großartige Burschen, wir fahren schon sehr lange zusammen. Aber vergessen Sie nicht, daß wir bis Japan und zurück im Einsatz waren, darum haben sie das Gefühl, daß wir unseren Krug möglicherweise einmal zu oft zum Brunnen tragen.» Er steckte sich eine Zigarette an und griff nach einem Rechenschieber. «Daß ich das Kodiergerät auseinandergenommen und für den Fall, daß es zum Schlimmsten kommt, jedem einen Teil davon anvertraut habe, hat die Stimmung natürlich auch nicht gerade gehoben.»

«Und Sie teilen diesen Pessimismus?»

«Nicht ganz.» Gericke zog einen Bleistiftstrich quer über die Mündung des Fal vom Leuchtturm Black Rock bis nach

St. Anthony's Head. «Dem freundlichen Agenten unserer Abwehr zufolge müßte die Netzsperre hier liegen. Reinzukommen, ist kein Problem. Seit wir hier warten, sind schon mehrere Schiffe hineingefahren und herausgekommen, bisher aber immer nur einzelne. Ich dagegen möchte, wenn möglich, lieber einem kleinen Konvoi folgen. Das wäre eine bessere Tarnung für uns.»

Friemel schob eine Zigarette in seine Spitze. «Meiner Meinung nach ist es ein weiterer Vorteil für uns, daß die Tommys in diesem Stadium des Krieges kaum mehr erwarten werden, daß ein deutsches U-Boot versucht, in eine größere Marinebasis einzudringen.»

«Ein beruhigender Gedanke. Aber ich würde mich nicht darauf verlassen. Wenn wir drin sind, legen wir die Minen durch die Heckrohre. Hier in Carrick Roads, quer über den Eingang zum Innenhafen, den Rest quer über die Einfahrt nach St. Mawes . . .»

«Und dann nichts wie raus.»

«Sie vergessen den Balken, Otto. Wir brauchen ein ein- oder ausfahrendes Schiff, damit er wieder geöffnet wird. Also werden wir warten müssen. Und wenn in der Zwischenzeit unglücklicherweise irgendein Schiff auf die Minen läuft, wird dieses Tor verdammt fest geschlossen bleiben, das kann ich Ihnen versichern.»

«Und was machen wir dann – versenken wir uns?»

«Es gibt noch eine andere Möglichkeit. Keine besonders aussichtsreiche, doch immerhin.» Gericke fuhr mit dem Bleistift zum Pendennis Point hinüber. «Hier, zwischen diesem Punkt und dem Black-Rock-Leuchtturm.»

«Durch das Minenfeld?» fragte Friemel. «Aber das ist eine Todesfalle.»

«Nicht direkt unter Land. South Passage heißt diese Route. Unserem Abwehrbericht zufolge hat man sich nicht die Mühe gemacht, dort ebenfalls Minen zu legen, sondern nur einen alten Frachter versenkt.»

Friemel betrachtete die Karte. «Sechs Meter. Würde mich

wundern, wenn da auch nur 'n Hering durchkäme.»

«Sechs Meter jetzt», widersprach Gericke. «Bei Flut aber, und die haben wir heute abend um dreiundzwanzig Uhr, mindestens neun Meter in der Durchfahrt.»

Friemel sah abermals auf die Karte. «Tut mir leid, Paul, aber ich sehe wirklich keine Möglichkeit. Praktisch kein Platz zum Tauchen, nicht einmal bei Hochwasser. Und Navigieren ist da vollkommen unmöglich.»

«Aber ich habe ja gar nicht vor, zu tauchen», erklärte Gericke. «Jedenfalls nicht ganz. Ich werde auf der Brücke bleiben und Steueranweisungen geben. Die Karte habe ich mir inzwischen genau eingeprägt.»

«Großer Gott!» flüsterte Friemel entgeistert.

Der grüne Vorhang wurde beiseite geschoben, und Oberleutnant z. S. Karl Engel, der Erste Wachoffizier, trat ein. «Kontakt, Käpt'n. Schiffe einlaufend von Ost, in Kiellinie. Drei, vielleicht auch vier.»

Gericke warf einen Blick auf die Uhr. Wenige Minuten nach neun. «Anscheinend genau das, worauf wir warten. Sie wissen, was zu tun ist. Klar zum Weiterlaufen in fünf Minuten. Wir hängen uns blind an die Pötte an. Ich werde das Ruder selbst übernehmen.»

«Kein Periskop?» fragte Friemel.

«Nicht, bis wir in Carrick Roads sind.»

Engel verschwand, der Vorhang fiel zu.

Gericke öffnete einen Schrank unter der Koje und nahm eine Flasche mit zwei Blechbechern heraus.

«Schnaps?» erkundigte sich Otto Friemel.

«Erstklassiger.» Gericke schenkte großzügig ein. «Der ist sogar schon mit in Japan gewesen; kommt nur bei besonderen Gelegenheiten auf den Tisch.»

«Und worauf trinken wir?» fragte Friemel.

«Na, auf unser Spiel», antwortete Gericke. «Das scheint mir doch angebracht. Auf dieses dumme, idiotische Spiel, das wir alle seit fünf Jahren betreiben, und das jetzt, wie es scheint, wieder einmal seinen Lauf nimmt.»

Janet Munro erwachte nur widerwillig auf das hartnäckige Klingeln an ihrer Wohnungstür hin. Sie hatte fürchterliche Kopfschmerzen, ihr Mund war trocken. Regungslos blieb sie liegen, starrte im Dunkeln zur Decke hinauf, versuchte sich zusammenzureißen und hoffte, dieses verdammte Schrillen würde endlich aufhören. Aber es hörte nicht auf. Wütend schlug sie ihre Bettdecke zurück und langte nach dem Bademantel.

Als sie die Tür öffnete, wollte ein großer, schlanker, junger Marineoffizier in Seemannsjacke und Schirmmütze gerade noch einmal auf die Klingel drücken. Seine Schultern hingen müde nach vorn, und er wirkte sehr abgespannt, besonders um die Augen herum. Über seine rechte Gesichtshälfte lief eine tiefe Narbe.

Sie sah auf die Uhr. Kurz nach zehn, also hatte sie drei Stunden geschlafen. Unter diesen Umständen fiel es ihr wirklich schwer, nicht grob zu werden.

«Ja, was ist?»

«Dr. Munro? Mein Name ist Jago. Harry Jago.»

«Tut mir leid, Sie haben sich den falschen Abend ausgesucht. Ich weiß zwar nicht, wer Sie geschickt hat, aber heute muß ich schlafen. Ein anderes Mal vielleicht.»

Jagos Lächeln verschwand. Er wirkte plötzlich sehr jung. «Sie haben mich falsch verstanden.» Er zog einen Brief aus der Tasche und reichte ihn ihr. «Ihr Onkel bat mich, Ihnen das zu überbringen.»

Sie runzelte erstaunt die Stirn. «Onkel Carey? Ich dachte, der wäre noch auf den Hebriden?»

«Ist er auch. Ich war vorgestern bei ihm auf Fhada.»

Sie nahm ihm den Brief ab und nickte langsam, als falle es ihr immer noch schwer, alles richtig zu begreifen. «Und was haben Sie da gemacht, Lieutenant?»

«Ach, ich bin so eine Art Postbote auf den Inseln», antwortete Jago unbeschwert.

«Kaum der Brennpunkt des Krieges, nicht wahr, Lieutenant?»

«Während tapfere Männer anderswo kämpfen und ihr Leben lassen? Ansichtssache.» Jetzt lächelte er nicht mehr. «Wie dem auch sei, Sie haben den Brief, Doktor, und falls es Sie interessiert, dem Admiral ging es recht gut, als ich ihn das letztemal sah.»

Sofort bereute sie ihren Sarkasmus. In letzter Zeit neigte sie immer mehr zu so grausamen Bemerkungen.

«Einen Moment!» sagte sie energisch. Jago drehte sich um. Sie lächelte. «Kommen Sie doch herein und trinken Sie etwas, während ich den Brief lese.»

Das Wohnzimmer war klein und unaufgeräumt Sie schaltete den elektrischen Kamin an und nahm Platz. «Legen Sie Ihre Jacke ab und schenken Sie sich ein. Da drüben, im Eckschrank, steht der Scotch. Eis ist leider nicht vorhanden. Irgendwie lernt man hier, ohne Eis auszukommen.»

«Und Sie selbst?»

«Ein ganz kleiner würde mir guttun. Aber pur.»

Er legte Jacke und Mütze ab und ging zum Schrank; während er die Drinks einschenkte, begann sie zu lesen. Ihr Onkel schrieb nichts, was sie nicht schon von General Eisenhower wußte, der Brief handelte ausschließlich von seinen verzweifelten Bemühungen, wieder am Kriegsgeschehen teilnehmen zu dürfen. Redet es sich von der Seele, als säße er hier vor mir, dachte sie. Mehr hat er mir nicht zu sagen.

Als Jago mit den Gläsern zurückkam, hob sie den Kopf; ihr Blick fiel auf das Band des Navy Cross. Mechanisch, ohne danke zu sagen, nahm sie den Drink.

«Entschuldigen Sie die Verzögerung», sagte Jago. «Mit dem Brief, meine ich. Gestern abend hatte ich's schon mal versucht, aber Sie waren nicht zu Hause, und als ich heute morgen im Krankenhaus anrief, sagte man mir, Sie hätten zuviel zu tun, um Besuch zu empfangen.»

«Sie hätten ihn ja auch abgeben können.»

«Der Admiral bat mich, Ihnen den Brief persönlich zu überbringen.»

«Sie sind ein abgefeimter Lügner, wissen Sie das?»

«Leider ja.»

«Und warum war das so unendlich wichtig?»

«Er hatte mir ein Foto von Ihnen gezeigt.»

Sie mußte lachen. «Was verlangen Sie jetzt von mir? Daß ich Ihnen vor Dankbarkeit zu Füßen falle?»

«Nein, Ma'am», antwortete Jago. «Sie haben gefragt, ich habe geantwortet. Das ist alles.» Er stand auf und griff nach seiner Jacke. «Ich glaube, ich werde jetzt lieber gehen.»

«Seien Sie doch um Gottes willen nicht kindisch!» Unvermittelt war sie wieder wütend. «Ich will Ihnen was sagen, Lieutenant. Ich fühle mich heute abend nicht nur total ausgepumpt, sondern auch alt genug, um Ihre Mutter zu sein.»

«Sie sind siebenundzwanzig», entgegnete er. «Geboren am neunten November. Skorpion. Und jetzt ist mir auch klar, warum.»

«Haben Sie das auch von Onkel Carey? Na schön, ich kapituliere. Was tut man in der Navy in einer solchen Situation?»

«Man streicht die Flagge.»

«Ich habe einen anstrengenden Nachmittag hinter mir», sagte sie. «Vierzehn V-Bomben sind heute auf London runtergekommen. Sie haben vielleicht die Explosionen gehört, aber ich habe das Resultat gesehen. Vor ungefähr drei Stunden bin ich todmüde ins Bett gefallen. Dann kamen Sie.»

Sofort war er wieder auf den Füßen. «Das tut mir leid. Ich hatte ja keine Ahnung . . .»

«Sie haben Ike auch einen Brief gebracht, nicht wahr?» Als er zögerte, fuhr sie fort: «Keine Angst, Sie verraten keine Staatsgeheimnisse. Ich habe gestern abend selbst mit ihm gesprochen. Mein Onkel versucht, wieder an diesem glorreichen Krieg teilzunehmen.»

Jago wußte nicht, was er sagen sollte. Er war fasziniert, von diesem seltsamen, herben Mädchen, von seinem breiten, fast häßlichen Mund und ihrer rauhen, energischen Stimme.

«Wann müssen Sie wieder zurück?» fragte sie ihn. «An diesem Wochenende?»

«Ja.»

«Ich auch. Das heißt, ich werde meinen Onkel besuchen, auf Einladung des Oberkommandos, aber bis jetzt hat man mir noch keinen festen Termin genannt.»

«Vielleicht fahren wir mit demselben Zug.»

Sie schüttelte eine englische Zigarette aus einem Päckchen auf dem Kaminsims, und er gab ihr Feuer. «Und was fangen Sie mit Ihren restlichen Urlaubstagen an?»

«Keine Ahnung.» Jago zuckte die Achseln. «In dieser Stadt ist im Moment offenbar nicht viel los.»

«Ach, ich weiß nicht», widersprach sie. «Ihr Yankees scheint doch ganz gut durchzukommen, mit euren Zigaretten und eurem Whisky. Ihr kriegt ja sogar noch ein Taxi, wenn ihr eins braucht, was man von den Eingeborenen nicht behaupten kann.»

«Betrachten Sie sich tatsächlich als so eine Art amerikanischer Cockney?»

«Ich bin neunzehnhundertvierzig von Paris hierhergekommen. Seitdem lebe ich hier.»

Eine Pause entstand, weil Jago nichts zu sagen wußte. Janet fragte: «Und was haben Sie jetzt vor? Einen Stadtbummel?»

«Wohl kaum. Ich wohne in einem Offiziersclub.»

«Also, wenn man sich das vorstellt . . . Dabei könnten Sie mit mir am Embankment spazierengehen!»

Er starrte sie an. «Embankment?»

«Gewiß. Warum nicht? Ich könnte ein bißchen frische Luft gebrauchen. Geben Sie mir drei Minuten Zeit zum Anziehen.» Sie ging zur Schlafzimmertür, blieb aber noch einmal stehen, drehte sich um und sah ihn an. «Oder haben Sie was dagegen?»

In Falmouth legte U-235, in Sehrohrtiefe dahingleitend, die letzten Minen quer vor der Hafeneinfahrt von St. Mawes und wollte abdrehen. Gericke stand am Sehrohr, Admiral Friemel und Engel daneben, während Obersteuermann

Willi Carlsen das Ruder übernommen hatte. Die Spannung, die auf dem Boot herrschte, war beinahe mit Fingern zu greifen; die Besatzung lief lautlos wie Gespenster herum, niemand hob die Stimme zu mehr als einem Flüstern.

Auf Engels Gesicht standen Schweißtropfen. «Fahren wir jetzt nach Hause?» fragte er sehnsüchtig.

«Ist Bergen Zuhause?» gab Gericke zurück, während er das Sehrohr schwenkte, um sich ein Bild von der Lage im Hafen zu machen.

In diesem Moment lief ein Schlepper, von Carrick Roads kommend, auf eine Mine. Es gab eine donnernde Detonation, Flammenzungen beleuchteten das gesamte Hafengebiet, und die Druckwellen brandeten gegen den Rumpf des U-Bootes.

«O Gott, o Gott!» stöhnte Engel.

Friemel, aschfahl im Gesicht, packte Gericke bei der Schulter. «Mine?»

«Ich fürchte ja. Nummer eins.» Dann schien er plötzlich zu erstarren, beide Schultern ein wenig hochgezogen. Er wandte sich um und sah die beiden anderen an. «Direkt nördlich des Innenhafens liegen zwei Fregatten der River-Klasse Bord an Bord.»

«Aber nicht mal Sie können doch so verrückt sein, ein derartiges Risiko einzugehen!» sagte Engel zutiefst verzweifelt. «Wir hätten nicht die geringste Chance.»

«Und welche Chance haben wir jetzt?» entgegnete Gericke. «Fregatten, Karl? Und gleich zwei?»

Er schien vor Energie zu sprühen, sein Gesicht war schneeweiß, seine wilden, dunklen Augen flammten. Es war, als hätte er geschlafen und wäre nun endlich erwacht.

Er wandte sich an Friemel. «Herr Admiral?»

Friemel merkte, daß er zitterte, doch nicht vor Angst, sondern vor ungezügelter Freude. «Bei Gott, warum nicht? So unterzugehen, Paul – einfach herrlich!»

Und Engel, von dem Wahnwitz der beiden angesteckt und jetzt ebenfalls frei von jeder Angst, knallte gehorsam die Hacken zusammen. «Zu Befehl, Herr Kapitän.»

«Bravo, Junge!» Gericke klopfte ihm auf die Schulter. «Lassen Sie auftauchen. Wir müssen die gefährlichere Methode wählen. Rohr eins bis vier klarmachen zum Überwasserfeuern.» Er wandte sich an Carlsen. «Sie bleiben am Ruder, Willi. Und machen Sie's gut.»

Unvermittelt geriet alles in Bewegung, die Alarmklingel rief auf die Gefechtsstationen. Als Gericke zur Leiter ging, sagte er noch, fast beiläufig, über die Schulter: «Vielleicht möchten Sie mir auf der Brücke Gesellschaft leisten, Herr Admiral.»

Am Kopf der Leiter wartete er. Zuerst hörte er das Zischen komprimierter Luft, dann Wasserrauschen, und dann rief Engel: «Turmluk aufgetaucht, Käpt'n.»

Gericke entriegelte das Luk und kletterte auf die Brücke des Kommandoturms hinaus. Dichter Regen klatschte ihm ins Gesicht, das Hafenwasser war aufgewühlt. Der Schlepper war jetzt fast ganz gesunken, aber der Ölfleck rings um das Schiff stand in Flammen, und als er sein Nachtglas einstellte, sah er Männer über Bord in das Feuer springen.

Im vorderen Torpedoraum arbeitete die Besatzung hektisch, um alles gefechtsklar zu machen, während Gericke sein Glas auf die beiden Fregatten richtete.

Friemel, der neben ihm stand, sagte: «Ziemlich viel Aktivität an Deck. Ich würde sagen, Sie haben noch drei Minuten, bis die da drüben die Anker lichten und abhauen.»

Alarmglocken echoten schrill über das Hafenbecken. Auf der Kaimauer herrschte inzwischen reges Leben. Plötzlich dröhnte ein hohles Stakkato auf, glühende Feuerkugeln jagten in hohem Bogen auf sie zu, fielen aber an Backbord ins Wasser.

«Das wär's also», stellte Friemel grimmig fest. «Jetzt wissen sie, daß wir hier sind.»

U-235 nahm Fahrt auf. Gericke befahl ruhig: «Rohr eins bis vier klar zum Überwasserfeuern.»

Engel schrie laut ins Sprachrohr. Nach einer kurzen Pause blickte er auf. «Eins bis vier klar, Herr Kapitän.»

«Sechs Meter», sagte Gericke. «Sehlinie. Eins und zwei auf die Steuerbordfregatte, drei und vier auf den Gentleman backbords. Entfernung eintausend Meter, Geschwindigkeit fünfunddreißig. Richtwinkel blau vier.»

Engel gab seine Befehle durch das Sprachrohr an den Vollmatrosen Pich weiter, der am Torpedorichtungsweiser saß, jenem elektrischen Gerät, das Kreiselkompaß, Beobachtungssehrohr und Torpedoschaltkreise miteinander verbindet und das von nun an für den Erfolg oder Mißerfolg des Angriffs verantwortlich sein würde.

Er schloß die letzten Kontakte. Engel richtete den Zielfaden des Beobachtungssehrohrs auf die Steuerbordfregatte, die, von ihrem Anker befreit, nach Backbord umzuschwenken begann.

«Blau vier, klar zum Feuern, Herr Kapitän.»

«Feuer!» kommandierte Gericke.

«Rohr eins – Feuer! Rohr zwei – Feuer!»

Das U-Boot rollte, als die Torpedos aus den Rohren zischten und mit fünfunddreißig Knoten auf ihr Ziel zujagten. Die eine Fregatte hatte jetzt Fahrt aufgenommen und wurde schneller.

«Sie schafft es, Paul! Sie schafft's bestimmt!» rief Friemel aufgeregt, ohne das Glas abzusetzen.

«Das wird sie nicht», widersprach Gericke ruhig. «Heute ist mein Glückstag, Otto. Hart Steuerbord!» rief er. «Machen Sie weiter, Karl. Feuer frei.»

Maschinengewehrkugeln prasselten gegen das Schanzkleid des Kommandoturms, ein paar Granaten landeten so dicht backbords, daß das Boot heftig bockte. Aber dies war auch Karl Engels Glückstag: ruhig, sicher, kühler denn je gab er seine Befehle, während der Kapitän der Fregatte den Fehler machte, nach Steuerbord zu wenden, um alle Geschütze einsetzen zu können, und so vorübergehend seine ganze Backbordseite präsentierte: ein perfektes Ziel.

Als die Torpedos die Rohre verließen, schlingerte das U-Boot in den schweren Seen. «Hart Backbord!» rief Gericke. «Und sagen Sie Dietz, er soll reinhauen, was sie hat!»

Es gab eine gedämpfte Explosion, unmittelbar gefolgt von einer zweiten: Die ersten beiden Torpedos hatten getroffen. Jubelgeschrei in der Zentrale. Auf der anderen Hafenseite schossen gelbrote Flammen aus der ersten Fregatte hoch, dicker, schwarzer Rauch quoll in die Nacht. Die zweite begann jetzt so hastig zu wenden, als spüre der Kapitän, daß das Damoklesschwert bald fallen würde; doch die Bordgeschütze feuerten weiter.

Einen Augenblick später traf der dritte Torpedo sein Ziel, und gleich darauf der vierte. Die Fregatte schlingerte wild, ihr Bug hob sich hoch in die Luft, um dann wieder hart aufzuschlagen. Eine weitere schwere Detonation folgte, dann loderten Flammen in die Nacht.

«Das hat gesessen», sagte Gericke. «Einwandfrei der Munitionsbunker.» Er rief Oberleutnant Engel zu: «Tempo habe ich gesagt, verdammt noch mal! Volle Kraft voraus! Wir müssen hier raus!»

Überall brach jetzt die Hölle los, die Küstenbatterien im Hafen donnerten. Friemel duckte sich hinter das stählerne Schanzkleid, als eine Kugel an seinem Kopf vorbeipfiff. «Geschützbedienung, Paul?» fragte er.

«Nein», antwortete Gericke. «Damit würden wir nur ein noch besseres Ziel abgeben. Glauben Sie mir, wir sind bald draußen. Daß wir die South Passage benutzen, darauf werden sie sicher nicht kommen. Offiziell existiert die doch überhaupt nicht, oder?»

Der Wind trieb dichten, öligen Qualm über das Hafenbecken, der sich schwer auf die gesamte Szene legte, so daß U-235 unbehelligt mit voller Kraft auf Pendennis Point zujagen konnte.

Unterhalb des Point trieb die Flut das Wasser hoch, als sie in die Passage einbogen. In der Zentrale stand Engel am

Ruder, während Friemel ihm über die Schulter sah. Fast alle waren in dem engen Raum versammelt: Dietz, der Leitende Ingenieur, der junge Heini Roth, der Zweite Wachoffizier.

Die Diesel waren gestoppt, die Schrauben wurden jetzt von den E-Motoren getrieben. Es war sehr still. Deshalb fuhr Roth erschrocken zusammen, als Gerickes Stimme über Funksprech zu ihnen herunterdrang.

«Wir haben nicht mehr viel Zeit, Leute. Die Tide beginnt bald abzulaufen, also sehen wir zu, daß wir's beim ersten Anlauf schaffen.»

Seine Stimme, für jeden an Bord deutlich zu hören, klang vollkommen ruhig. Und Engel, der in das Mikro über seinem Kopf sprach, mußte sich Mühe geben, daß seine eigene Stimme ebenso gefaßt klang. «Aye, aye, Käpt'n. Alles klar.»

Gericke, auf der Brücke, hatte noch nie im Leben so gefroren. Nur die Reaktion der Nerven auf die Spannung, redete er sich ein. Er stand, mit Schwimmweste, Kopfhörer und Kehlkopfmikrofon ausgerüstet, bis an die Brust im eiskalten Wasser.

Es war nicht völlig dunkel, denn auf dem kabbeligen Wasser lag eine geisterhafte Phosphoreszenz. Das half ihm, die Lage besser zu überblicken. Der Lärm am anderen Ende des Hafens drang nur noch gedämpft herüber; er war jetzt sehr weit entfernt und fast unwirklich.

«Kurs eins-acht-zwo», sagte er.

Heiser drang Engels Stimme an seine Ohren. «Sieben Meter unter dem Kiel . . . Sechs Meter unter dem Kiel . . .»

Sie liefen weiter, jetzt schon von der Strömung getragen, durch weißschäumendes Wasser. Irgendwo hoch über ihnen ragte der Leuchtturm von Pendennis Point in die Nacht.

Engels Stimme verriet plötzlich Panik. «Zwei Meter, Käpt'n! Nur noch zwei Meter unter dem Kiel . . . Ein Meter!»

«Kurs halten, Karl», erwiderte Gericke gelassen. «Nur keine Aufregung. Halbe Kraft.»

«Mir scheint, uns ist das Wasser ausgegangen, mein lieber

Paul.» Friemels Stimme klang ebenso gelassen wie Gerickes.

U-235 erzitterte, es krachte, dann kam ein langgezogenes Knirschen, bei dem jedem Mann an Bord die Haare zu Berge standen.

«Mein Gott, jetzt hat's uns erwischt», sagte Heini Roth in der Zentrale laut.

Aber sie liefen weiter, trotz dieses endlosen, ununterbrochenen Knirschens, das dann plötzlich aufhörte. Gerickes Stimme befahl ruhig: «Volle Kraft voraus!»

Heiseres Jubelgeschrei im ganzen Boot. «Er hat's geschafft!» rief Dietz aufgeregt. «Wie immer», setzte er etwas nüchterner hinzu.

Wieder ertönte Gerickes Stimme. «Wenn ihr jetzt glaubt, wir sind aus dem Schneider, dann muß ich euch leider enttäuschen. Noch haben wir das Blockadeschiff vor uns. In etwa hundert Metern Entfernung. Sehe es deutlich. Halbe Kraft jetzt. Wenn ich Befehl gebe, sofort in die Vollen.»

Von der offenen Brücke aus beobachtete er aufmerksam das letzte Hindernis. U-235 schob sich langsam weiter, immer im Sog des ablaufenden Wassers, das durch die South Passage schoß. Das Blockadeschiff war ein altes Küstenmotorfahrzeug; sein Schornstein ragte einsam in den Nachthimmel, das Deck wurde vom Wasser überspült.

«Ruder hart Steuerbord», befahl Gericke.

Die Rinne zwischen den Klippen und dem Blockadeschiff kam ihm unglaublich eng vor, jetzt aber war es zu spät zum Umkehren. Abermals knirschte es unterm Kiel.

Engels Stimme klang hektisch vor Angst. «Es müßten sechs Meter sein, Käpt'n! Sechs Meter!»

Als das Boot weiterglitt, hörte das Knirschen auf. «Wahrscheinlich nur eine Kette», sagte Gericke beruhigend. «Machen Sie weiter, Karl. Wir sind gleich draußen.»

Irgendwo hinter ihm, hinter dem Qualm auf der anderen Hafenseite, dröhnte eine Detonation. Er beachtete sie nicht, sondern konzentrierte sich auf die vor ihm liegende Aufgabe, packte die Reling mit froststarren Händen.

Und dann schien das Boot plötzlich von einer Riesenfaust gepackt und unversehens von einer heftigen Strömung vorwärtsgerissen zu werden. Das Blockadeschiff kam fast längsseits, den Schornstein gen Himmel gereckt, die Bodenplatten verrostet, die Fenster der Brücke zersplittert – ein Geisterschiff.

Gericke beugte sich weit über die Reling. Dies war der Moment höchster Gefahr, denn jetzt konnte der Bootskörper von spitzen Metallstücken oder vorstehenden Trägerenden aufgeschlitzt werden wie eine Sardinenbüchse.

Ein Knirschen auf der Steuerbordseite – die Klippe war nah, viel zu nah –, und dann, als sie von der Strömung nach Backbord herumgedrückt wurden, schien das Blockadeschiff plötzlich nach achtern wegzugleiten.

Heiser sagte Gericke: «Wir sind klar, Leute. Starker Seegang. Windstärke sechs, nach meiner Schätzung. Die Diesel an! Volle Kraft voraus!»

Die Szene in der Zentrale war unbeschreiblich. Dietz brach fast in Tränen aus, während Friemel im Überschwang der Gefühle Heini Roth packte und ihn an seine Brust drückte.

«Bewundernswert!» sagte der Admiral. «Da lag ich in Gedanken schon in meinem Stahlsarg und war aufs Abkratzen gefaßt, und jetzt heißt es plötzlich wieder, alles ein Irrtum.»

Auf der Brücke mußte sich Gericke gut festhalten, als U-235 in den vollen Wind hineinlief, der vom Kanal herüberblies. Es war jetzt stockfinster, nichts war zu sehen, wonach er sich hätte richten können. Eine schwere See nach der anderen ging über ihn weg. In seinen Ohren dröhnte das Brüllen der Wellen. Möglichst rasch raus aus diesem Wetter! «Also los, Karl», sagte er. «Voll auftauchen, damit ich wieder trocken werde, und dann tauchen wir, bis wir im Kanal sind.»

Plötzlich wurde das Dröhnen lauter, aber nun waren es nicht mehr die Wellen: An Steuerbord sah er eine riesige, weiße Bugsee auftauchen. Mit einem ohrenbetäubenden

Krachen, dem kreischenden Reißen von Metall glitt ein dunkler, schlanker Schatten quer über das Vorschiff von U-235 und fuhr unbeirrt weiter in die finstere Nacht hinein.

Das U-Boot rollte, der Kommandoturm legte sich weit nach Backbord über, und Gericke wurde über Bord geschleudert.

«Mein Glückstag», dachte er, während er aus irgendeinem Grund seine Mütze festhielt. «Hatte ich das vorhin nicht gesagt?» Dann klatschte er ins tobende Wasser, und die erste See überrollte ihn.

Der dunkle Schatten, den Gericke ganz kurz gesehen hatte, ehe er mit dem Vorschiff des U-Boots zusammenstieß, war ein Vosper-Motor-Torpedo-Boot der Fünfzehnten Flottille der Royal Navy, das nach Erhalt eines Funkspruchs über den Angriff in Falmouth mit fünfunddreißig Knoten von seiner Patrouillenfahrt heimkehrte.

Die Kollision hatte ihm das Ruder weggerissen; es trieb hilflos und nahm Wasser über, alle Maschinen waren gestoppt. Auf der Brücke nahm der Kommandant, ein Reserveoffizier der Royal Navy namens Drummond, vom Oberbootsmann die Schadensmeldung entgegen.

«Wie lange haben wir noch?»

«In dieser schweren See höchstens eine Stunde, Sir. Wenn die ihr Schiff behalten wollen, sollten sie schleunigst einen Schlepper rausschicken.»

«Sind Sie sicher, daß es ein U-Boot war?»

«Ganz sicher, Sir. Matrose Cooper hat es auch gesehen.» Er zögerte. «Ob's aber eins von unseren war oder vielleicht eins von denen, weiß ich nicht.»

«Himmel!» murmelte Drummond vor sich hin.

Hinter der Brücke ertönte ein aufgeregter Schrei. «Da schwimmt einer im Bach, Sir! An Backbord.»

«Suchscheinwerfer!» befahl Drummond. «Schnell!»

Der Lichtstrahl glitt über das kabbelige Wasser und hob Gericke in seiner gelben Schwimmweste aus dem Dunkel. Er winkte, während er auf die Bordwand zugetragen wurde.

«Beeilung!» drängte Drummond unruhig. «Der muß ja halb erfroren sein!»

Bell, der Maat, hastete von der Brücke herunter, um die Bergung zu beaufsichtigen. Eilig wurde Gericke an Bord gezogen. Drummond beugte sich über die Brückenreling, hielt den Scheinwerfer auf die Gruppe gerichtet und beobachtete die Szene aufmerksam. Dann sah Bell zu ihm hoch.

«Bei Gott, Sir, wir haben einen Jerry geschnappt!»

In London regnete es stark, und in den Straßen lag wallender Nebel, Janet Munros Trenchcoat war durchweicht, ebenso das Tuch, das sie sich um den Kopf gebunden hatte.

Sie waren mehrere Meilen durch den strömenden Regen marschiert – Birdcage Walk, der Palace, St. James's Park und Downing Street. Jago hatte zwar nicht viel davon gesehen, aber das war ihm gleichgültig.

«Haben Sie denn immer noch nicht genug?» fragte er, als sie zur Westminster Bridge hinuntergingen.

«Bestimmt nicht. Ich habe Ihnen doch was Besonderes versprochen.»

Jago sah sie verständnislos an.

Als sie die Brücke erreicht hatten, bog sie zum Embankment ein. «Also, da wären wir», erklärte sie. «Die romantischste Ecke von ganz London. Jeder Amerikaner hier sollte wenigstens einmal das Embankment entlanggegangen sein, am besten um Mitternacht.»

«Mitternacht wird es gleich schlagen», erwiderte Jago.

«Wunderbar. Wir werden eine Zigarette rauchen und auf die Geisterstunde warten.»

Sie lehnten sich auf die niedrige Mauer und lauschten dem Plätschern der Themsewellen. «Nun, hat sie Ihnen gefallen, die private Sonderstadtführung?» fragte sie ihn.

«O ja, Ma'am, das kann man wohl sagen», antwortete Jago. «Ich war ein Fremder in dieser Stadt, jetzt bin ich es nicht mehr.»

«Das ist hübsch», stellte sie fest. «Ein Dichter sind Sie also auch.»

«Ich nicht», korrigierte Jago. «Bedanken Sie sich bei den Gershwins.» Er beugte sich neben ihr über die Mauer. «Sie haben diese alte Stadt tatsächlich ins Herz geschlossen, nicht wahr?»

«Wir haben eine ganz besondere Beziehung zueinander. Ich habe sie in guten und schlechten Zeiten erlebt, oft genug, wenn sie an allen Ecken und Enden brannte, aber wir sind immer noch da, wir beide.»

«Nur die Menschen mögen Sie wohl nicht, oder?»

Sie reckte das Kinn. Er spürte, daß sie wütend war, ihren Zorn kaum unterdrücken konnte. «Sollte ich das denn? Ich wünschte, Sie könnten mir einen Grund dafür nennen.»

«Was ist mit Ihnen, Doktor? Finden Sie nicht, daß Sie ein bißchen zu überheblich sind? Haben Sie zu viele Menschen sterben lassen müssen?»

«Ach, gehn Sie zum Teufel, Jago!» Sie hob die Hand, als wolle sie zuschlagen. Da kam von Big Ben herüber der erste Glockenschlag Mitternacht.

Jago hob abwehrend die Arme. «Achtung – die Geisterstunde! Und wir sind am Embankment, am romantischsten Platz von ganz London.»

Sie berührte seine Wange. «Hat man Sie da draußen sehr schwer verletzt, Jago? Hat es Sie mehrere Jahre Ihres Lebens gekostet?»

«Zu viele», gab er zurück.

Der letzte Glockenschlag dröhnte. Der Regen steigerte sich zum Wolkenbruch, und sie standen sehr nahe beisammen. Langsam legte sie ihm die Hände auf die Schultern. Dann schob sie eine Hand hinter seinen Kopf und küßte ihn leidenschaftlich auf den Mund.

«Bring mich nach Hause, Harry Jago», flüsterte sie.

[illegible]

Ob das [illegible] gewesen [illegible] Gerda [illegible] leben [illegible] haben [illegible]

[illegible] Bewegung [illegible] Ehre [illegible] und andere [illegible] um [illegible] gebeten.

[illegible] Monate [illegible] ich [illegible]

Sie [illegible] Er sprach [illegible] was [illegible] und [illegible] Sie [illegible]

[illegible] Hause [illegible] haben Sie [illegible]

Aber [illegible]

[illegible]

[illegible] Sie [illegible]

[illegible]

[illegible]

6

Schonerbark DEUTSCHLAND, *19. September 1944. 43° 4' nördl. Breite, 20° 55' westl. Länge. Letzte Nacht während der Mittelwache im Sturm Vor-Obermarssegel gerissen. Wetterbedingungen immer schlechter. Während der Frühwache steife Brise mit hochgehender See.*

Obwohl es erst zwei Glasen der Nachmittagswache war, mußte Schwester Angela bereits die Lampe anzünden, weil es ziemlich finster war. Sie saß am Tisch, der wie die Stühle fest mit dem Boden verschraubt war. Vor ihr lag ihre Bibel. Ihr gegenüber saß Schwester Maria, eifrig mit dem Flicken eines Drillichhemdes beschäftigt.

Draußen heulte und tobte der Wind; die *Deutschland* legte sich weit nach Backbord über, und es dauerte ziemlich lange, bis sie sich wieder aufrichtete. Die beiden Frauen hätte das vor kurzem noch in panische Angst versetzt, jetzt fürchteten sie sich nicht mehr. Wasser kam den Niedergang herabgeplätschert und rann über den Fußboden. Alles war kalt und feucht, sogar die Wolldecken, die sie sich um die Schultern gehängt hatten.

Maria, in der trüben Beleuchtung über ihre Arbeit gebeugt, lächelte flüchtig, offenbar über einen ganz privaten Gedanken. Schwester Angela hatte sie in letzter Zeit häufig so lächeln sehen und wußte nur zu gut, was das bedeutete. Es war, als entgleite ihr das junge Mädchen, entferne sich unaufhaltsam von allem, was ihr einst so wichtig erschienen war.

Sie spürte, wie der Zorn in ihr aufstieg, wie sich alte Wunden öffneten, unterdrückte dieses Gefühl jedoch energisch. Es war eine schlechte Reaktion und bot wirklich keine Lösung.

Sie fragte Maria: «Dieses Hemd da, gehört das nicht Herrn Richter?»

Maria hob den Kopf. «Ja, Schwester.»

Bevor sie das Gespräch jedoch weiterführen konnten, polterten Schritte auf dem Niedergang, und der Bootsmann erschien, eine Blechkanne in der Hand. Seine blonden Haare und der Bart glitzerten von Regentropfen, und vom gelben Ölzeug lief das Wasser.

Lachend stellte er die Kanne auf den Tisch. «Heißer Tee, meine Damen. Alles, was die Kombüse im Moment zu bieten hat.»

«Ist es sehr schlimm da oben, Herr Richter?» erkundigte sich Schwester Angela.

«Ach was, nur ein typischer Atlantiksturm, Schwester», beruhigte er sie. «Für einen so alten Hasen wie Sie nichts Aufregendes.»

Gegen ihren Willen mußte sie lächeln; es war zu schwer, dagegen anzukämpfen.

«Ihr Hemd ist bestimmt heute abend fertig, Herr Richter», versprach Maria.

«Sie verwöhnen mich, Schwester Maria.» Die *Deutschland* krängte plötzlich so stark, daß er sich am Tisch festhalten mußte. «Ich muß wieder rauf. Das da eben war ganz schön hart.»

Er stieg den Niedergang hinauf, und Maria unterbrach ihre Näharbeit. «Er gönnt sich nie Ruhe. Man sollte meinen, er wäre der einzige Mann auf dem Schiff.»

«Der beste Seemann zweifellos», bestätigte Schwester Angela. Dann fuhr sie fort: «Und überhaupt ein prachtvoller junger Mann. Hat er Ihnen viel von sich erzählt?» Maria sah auf, puterrot im Gesicht. «Ich frage nur, weil Schwester Regina erwähnte, sie habe gesehen, daß Sie sich mit Herrn Richter gestern abend an Deck ziemlich lange unterhalten haben.»

Doch ehe das junge Mädchen antworten konnte, holte das Schiff unter dem Ansturm einer neuen heftigen Bö über und wurde aus dem Ruder gedrückt. An Deck tönten erschrockene Rufe; dann sprang die Niedergangsluke auf und Massen von Wasser schossen herein.

Berger hatte mit Unterstützung zweier Matrosen das Ruder übernommen; die *Deutschland* pflügte durch die weißschäumende Wasserwüste und scherte trotz der vereinten Kräfte dreier Männer immer wieder um mehrere Strich nach Backbord und Steuerbord aus.

Sturm und der Vollmatrose Knorr versuchten die Stagfock zu reffen und hatten dabei sehr schwer zu kämpfen, denn die Seen wuschen immer wieder über das Luvschanzkleid, bis das Wasser über den Luken stand, hüfttief auf dem Deck wirbelte und die Männer ihre Arbeit alle paar Augenblicke unterbrechen und sich festhalten mußten, damit sie nicht über Bord gespült wurden.

Als Richter aus dem Niedergang auftauchte, schloß er die Türen hinter sich und wollte zur Achterdecksleiter hinüber. In diesem Moment kam eine riesige Woge von achtern herran, die sich so hoch türmte, als wolle sie die *Deutschland* verschlingen. Er schrie Berger, nach achtern deutend, eine Warnung zu, aber die See brach schon voll über das Hüttendeck herein und riß die beiden Matrosen neben Kapitän Berger um.

Richter griff nach den Luvkreuzwanten und hielt sich fest. Rings um ihn her kochte das Wasser, als die Woge über das Schiff hinwegrollte und alles mitriß. Einen Moment lang glaubte er, die *Deutschland* werde unter dem Riesengewicht kentern.

Allmählich kam der Bug jedoch wieder hoch, das Wasser lief ab, und Richter sah, daß in der Luvtakelung beim Stagfock nur noch Leutnant Sturm hing.

Matrose Knorr zappelte im Speigatt und versuchte, auf die Beine zu kommen. Richter wollte ihm zu Hilfe eilen, während die *Deutschland* sich weiter aufrichtete, dann jedoch brach eine zweite gigantische See über das Schiff herein und riß ihn wieder von den Füßen. Blindlings packte er den Rand der Lukenabdeckung und klammerte sich mit aller Kraft daran fest, Knorr aber wurde von dieser Woge endgültig über die Reling gespült. Als Richter sich aufrappelte, sah er flüchtig etwas Gelbes im Wasser aufleuchten, das aber sofort in der Tiefe verschwand.

Sturm arbeitete sich an den Sorgleinen entlang über das Deck. Berger mit seinen beiden Helfern gewann allmählich die Kontrolle über das Ruder zurück. Richter sah, daß die Türen des Niedergangs aufgesprungen waren. Er ging hinein, schloß die Türen hinter sich und stieg hinab.

Im Salon stand das Wasser dreißig Zentimeter hoch; die Nonnen waren völlig verängstigt aus ihren Kabinen gekommen, um sich zu Schwester Angela und Schwester Maria zu setzen.

«Alles in Ordnung, meine Damen», versuchte Richter sie zu beruhigen. «Das Schlimmste ist jetzt vorbei, aber ich würde vorschlagen, daß Sie sich in Ihre Kabinen zurückziehen und sich anschnallen, bis sich der Sturm endgültig ausgetobt hat.»

Die Frauen zögerten, doch Schwester Angela sagte energisch: «Herr Richter hat recht. Wir werden seinen Vorschlag sofort befolgen.»

Die Frauen kehrten, mit geschürzten Röcken knöcheltief durch das Wasser watend, folgsam in ihre Kabinen zurück. Nur Maria blieb noch und hob die Hand, um über Richters blutige Wange zu streichen.

«Sind Sie verletzt, Herr Richter?» fragte sie ihn.

«Ach wo», antwortete er. «Höchstens ein Kratzer. Bitte, tun Sie, was ich gesagt habe.» Er wandte sich an Schwester Angela. «Wir haben eben einen Mann verloren. Er ist über Bord gerissen worden. Matrose Knorr. Sie können es den anderen mitteilen, wann Sie es für richtig halten. Ich wollte sie nicht unnötig beunruhigen.»

Schwester Angela bekreuzigte sich. «Konnte man denn gar nichts tun?»

«Bei diesem Wetter? Er ist sofort untergegangen.»

Das Schiff begann wieder zu rollen; fluchend drehte Richter sich um, eilte an Schwester Maria vorbei und den Niedergang hinauf. Sie streckte die Hand aus, als wolle sie ihn zurückhalten.

«Helmut», flüsterte sie.

Sie stand da, der Rocksaum schwer vom Seewasser, das um ihre Füße spülte, und aus ihrer Miene sprach fast so etwas wie Verzweiflung. «Er wird umkommen, ich weiß es!»

Schwester Angela sagte leise: «Sie mögen ihn, Schwester Maria, nicht wahr? Ich meine, Sie mögen ihn sehr.»

«Ja, Schwester Angela», erwiderte Maria.

Schwester Angela setzte sich; ihre Hände umkrampften den Tischrand. «Mein Kind, Sie müssen immer daran denken, daß wir einem Orden angehören, dessen Gelübde uns verpflichtet, *alle* Lebewesen gleichermaßen zu lieben. Die Gefahr, die für uns in einer persönlichen Beziehung liegt, besteht darin, daß diese uns von dem ablenkt, was wir anderen Menschen geben können. Wir haben gelobt, der Menschheit zu dienen, Maria.»

«Ich habe dieses Gelübde noch nicht abgelegt, Schwester.»

Schwester Angela hielt sich am Tisch fest, weil sich der Fußboden abermals neigte. Ihr Atem ging jetzt ziemlich heftig, doch nicht aufgrund der körperlichen Anstrengung.

«Wissen Sie überhaupt, was Sie da sagen?»

«Ja», erwiderte Maria mit einer ganz neuen Festigkeit im Ton. «Daß ich meiner Berufung nicht mehr ganz sicher bin.»

Schwester Angela griff nach der Hand des jungen Mädchens und drückte sie. «Überlegen Sie es sich gut, Maria», mahnte sie. «Gottes Liebe aufzugeben für . . .»

«. . . für einen Mann?» fragte Maria. «Ist es denn so unmöglich, beides zu besitzen?»

Schwester Angela versuchte, ruhig zu bleiben, aber die alte Bitterkeit stieg wie giftige Galle in ihr auf. «Die Dinge sind nicht immer so, wie sie aussehen. Menschen sind schwach. Früher, ich war sogar noch jünger als Sie, liebte ich einen Mann, schenkte ihm mein Herz und – auch meinen Körper ... Und als Dank ...» Sie erstickte an ihren Worten. «Und als Dank ...»

Leise, freundlich sagte Maria: «Und weil *ein* Mann so etwas getan hat, müssen *alle* Männer schlecht sein? Wollen Sie wirklich, daß ich das glaube, Schwester?»

«Nein», entgegnete Schwester Angela beinahe flüsternd. «Natürlich nicht.» Sie drückte herzlich Marias Hand. «Für den Augenblick haben wir genug geredet. Gehen Sie und legen Sie sich hin, wie Herr Richter es angeordnet hat. Er weiß, was richtig für uns ist.»

Maria zögerte zwar noch, tat aber, wie ihr befohlen. Hinter ihr fiel die Kabinentür ins Schloß. Schwester Angela blieb am Tisch sitzen und starrte mit blinden Augen ins Leere.

«Warum, Karl?» flüsterte sie. «Warum?»

Doch dann, als heiße Tränen in ihren Augen brannten, kam ihr, wie stets, die eiserne Disziplin vieler Jahre zu Hilfe. Sie atmete tief durch, um ihr Gleichgewicht zurückzugewinnen, faltete die Hände und begann für die Seele des Vollmatrosen Peter Knorr zu beten, für alle Sünder dieser Welt, die durch ihre Taten die unendliche Gnade Gottes verloren hatten.

Gegen Abend ließ der Sturm nach, aber es blies immer noch ziemlich heftig. Hoch über dem Deck balancierten Helmut Richter, Leutnant Sturm und Vollmatrose Kluth auf der Rahnock, um das frisch geflickte Vor-Obermarssegel zu befestigen. Der von Südost kommende Regen peitschte schneidend und kalt um die Männer, die die nasse Leinwand mit dem Locheisen bearbeiteten und laut vor sich hin fluchten, wenn das Blut aus einem zerstochenen Finger spritzte.

Auf dem Deck unten stand Otto Prager im schwarzen Ölzeug mit Südwester neben Kapitän Berger und starrte zu den hart arbeitenden Männern hinauf.

«Ich kriege schon vom Zuschauen Angst», sagte der Konsul. «Ich könnte mich nie daran gewöhnen, und wenn wir ein ganzes Jahr unterwegs wären.»

«Darin unterscheiden sich Männer von Kindern», erwiderte Berger, als gerade Sturm und die anderen den Abstieg antraten.

Der junge Leutnant kam auf das Achterdeck. «Alles klar, da oben, Käpt'n.» Sein Gesicht war blaß und schmerzverzerrt; er litt noch unter dem Schock, den Knorrs Tod ausgelöst hatte.

«Machen Sie sich keine Vorwürfe, Junge», sagte Berger. «Sie hätten ihm doch nicht helfen können.»

«Aber ich hätte ihn fast erwischt», entgegnete Sturm. «Dann wurde er mir aus den Fingern gerissen.»

Berger legte ihm die Hand auf die Schulter. «Gehen Sie sich einen Kaffee holen.»

Sturm stieg die Leiter hinab. Berger, der sich über die Reling beugte, sah, daß Richter mit einem Taschentuch das Blut an seinem Finger zu stillen versuchte. «Schlimm?» fragte er.

«Nein. Nur die Fingerkuppe.»

«Gehen Sie zu Schwester Angela. Die wird Sie verarzten.»

Als der Bootsmann den Niedergang hinunterkam, war der Salon leer bis auf Schwester Maria, die mit einem aufgeschlagenen Buch am Tisch saß. Beim Geräusch seiner Schritte hob sie den Kopf und sah ihm lächelnd entgegen.

«Ah, Herr Richter!»

«Fräulein Maria.» Irgendwie war es ihm in letzter Zeit unmöglich gewesen, Schwester zu ihr zu sagen. «Sie sollten doch in der Koje liegen.»

Maria ergriff seine verletzte Hand und wickelte das Taschentuch ab. «Was haben Sie da gemacht?»

«Ach, nichts», wehrte er ab. «Nur den Finger aufgerissen. Beim Segellochen. Das kommt immer wieder mal vor.»

Die Mittelfingerkuppe war bis auf den Knochen gespalten. «Das muß sofort behandelt werden.»

«Ich werde das übernehmen», sagte Schwester Angela

hinter ihnen. «Bitte, fahren Sie mit den Andachtsübungen und den Aufgaben, die ich Ihnen gegeben habe, fort, Schwester Maria. In Ihrer Kabine», setzte sie streng hinzu.

Maria errötete, nahm ihr Buch und ging rasch hinaus. Es war sehr still im Salon; das Heulen des Windes draußen klang gedämpft und weit entfernt. Richter und Schwester Angela sahen sich an.

«Ich werde meine Arzttasche holen.»

Er setzte sich an den Tisch und steckte sich eine Zigarette an. «Stört es Sie?» fragte er, als sie sich umdrehte.

«Das Rauchen? Nein, Herr Richter. Mein Vater pflegte zu sagen, jeder Mann sollte ein paar Laster haben. Von der richtigen Sorte, natürlich.»

«Aha, kurze Leine, meinen Sie.»

«Meine ich das?» Sie untersuchte seinen Finger. «Wir werden zweimal nähen müssen. Sie drehen sich am besten um.»

Er rauchte und richtete den Blick auf Marias Tür; als die Nadel in sein Fleisch eindrang, knurrte er nur ganz kurz.

«Woher kommen Sie, Herr Richter?»

«Aus Wien.»

Sie war verblüfft. «Ein Seemann aus Wien? Ich hätte nicht gedacht, daß es das gibt. Sind Sie von zu Hause fortgelaufen?»

«Sie werden lachen, genau das habe ich getan», antwortete Richter. «Mein Vater war Chirurg, falls es Sie interessiert, und für mich hatte er eine ähnliche Laufbahn ins Auge gefaßt.»

«Aber Sie hatten natürlich andere Pläne. Sind Sie verheiratet?»

«Nein», antwortete er ruhig.

Die Nadel stach noch einmal zu. «Dann sollten Sie aber heiraten. Es ist gut für die Seele, Herr Richter. So, jetzt bin ich mit Ihnen fertig.»

«Seltsam», antwortete er ihr, «ich dachte immer, es wäre gut für den Körper.»

Sie nahm sich zusammen und sagte ruhig: «Lassen Sie sie in Ruhe, Herr Richter. Sie kann Besseres mit ihrem Leben anfangen.»

«Warum? Nur weil das bei Ihnen der Fall war?»

Abrupt stand sie auf, nahm ihre Arzttasche und verschwand in ihrer Kabine. Richter blieb noch einen Moment sitzen. Als er ebenfalls aufstand, öffnete sich Marias Tür. «Geht es Ihnen jetzt wieder besser, Herr Richter?» fragte sie leise.

«Großartig, Fräulein Maria», antwortete er. «Es ist mir noch nie so gut gegangen.»

Sie lächelte ihm noch einmal zu und schloß ihre Tür wieder. Richter nahm übermütig je zwei Stufen auf einmal, als er den Niedergang hinaufeilte.

Für Paul Gericke entwickelten sich die Dinge mit ungeheurer Geschwindigkeit. Zunächst eine vorläufige Vernehmung in Falmouth, während seine Kleider trockneten. Dann mit dem Auto nach Portsmouth, wo er dem Marine-Nachrichtendienst übergeben wurde.

Man hatte ihn mit größtem Respekt behandelt. Schließlich war er ein bedeutender Fang: der berühmteste U-Boot-Kommandant seit Korvettenkapitän Kretschmer.

Fünf Stunden lang hatten sie ihn abwechselnd vernommen – ohne den geringsten Erfolg. Gericke hatte sich stur auf die von der Genfer Konvention vorgeschriebenen Auskünfte zur Person beschränkt, darüber hinaus jedoch kein Wort gesagt.

Kurz nach der Mittagszeit erklärte man ihm, er werde nun nach London überführt. Man transportierte ihn in einem Wagen der Marine-Militärpolizei, in Handschellen und mit einer schwer bewaffneten Eskorte, die aus einem Maat, zwei Matrosen und einem Oberleutnant z. S. bestand.

So saß er also am Nachmittag um halb fünf im PoW-Cage, dem Kriegsgefangenengewahrsam des Distrikts London, einem Haus in Kensington Palace Gardens. Diesmal wurde er weniger gut behandelt, vor allem von dem Oberbootsmann, der ihn bei der Ankunft in Empfang nahm, einem massiv gebauten Mann von etwa sechsundvierzig Jahren, der Carver hieß und eine mehrfach gebrochene Boxernase hatte.

«Wenn's nach mir ginge, mein Sohn», erklärte er Gericke, «ich würde nichts lieber tun, als mit Ihnen auf sechs Runden in den Ring steigen und dafür sorgen, daß Sie drin bleiben müssen bis zum letzten Gong.»

«Also ich weiß nicht so recht, Bootsmann», gab ihm Gericke ruhig zurück. «Ich hätte eigentlich eher gedacht, daß Sie mit 'ner Flasche in der Hand in einer dunklen Seitengasse am besten wären.»

Sekundenlang dachte er, Carver würde zuschlagen, aber es waren noch zwei Matrosen dabei. Der Oberbootsmann zitterte zwar vor Wut, begnügte sich jedoch damit, Gericke die Auszeichnungen abzunehmen.

Der Raum, in den er schließlich geführt wurde, war verhältnismäßig gemütlich. Eher Herrenzimmer als Büro, die Wände voller Bücher, ein Feuer im Kamin, und das hohe Fenster, obwohl vergittert, bot einen Ausblick auf den Garten. Er wurde, immer noch in Handschellen, auf einen Stuhl vor dem breiten Schreibtisch gesetzt und harrte, von zwei Matrosen flankiert, ungeduldig der Dinge, die da kommen sollten.

Nach einer Weile ging die Tür auf. Der Mann, der sich hinter den Schreibtisch begab, war aktiver Captain der Royal Navy. Er trug den Distinguished Service Orden sowie Ordensbänder aus dem Ersten Weltkrieg. Er hinkte stark und stützte sich schwer auf einen Spazierstock aus Ebenholz.

Er legte zwei Aktenhefter auf den Tisch und sagte förmlich: «Commander Gericke, mein Name ist Vaughan.»

«Ich wünschte, ich könnte sagen, daß ich mich freue, Sie kennenzulernen.»

Vaughan nickte einem der Matrosen zu. «Sie können ihm die Handschellen abnehmen. Und warten Sie draußen.»

Er wartete, bis seine Befehle befolgt worden waren, und setzte sich erst, als sich die Tür hinter den Männern schloß. Gericke massierte sich die schmerzenden Handgelenke. «Vielen Dank. Die Dinger wurden allmählich unbequem.»

«Zigarette?» Vaughan schob eine Dose über den Tisch. «Ihr Englisch ist wirklich ganz ausgezeichnet, aber schließlich haben Sie ja ein paar Jahre bei uns gelebt, nicht wahr?» Er schlug den ersten Aktenordner auf und setzte sich eine Halbbrille auf die Nase. «Neunzehn-sechsundzwanzig bis -achtundzwanzig. Hull. Sie sind dort zur Schule gegangen.»

«Sie scheinen gut über mich informiert zu sein.»

«Stimmt, Commander», antwortete Vaughan immer im selben ruhigen, neutralen Ton. «Wir wissen alles über Sie. Eine ganz hervorragende Laufbahn, übrigens. Ich gratuliere.»

Gericke unterdrückte das Bedürfnis zu lachen. «Aber sicher.»

«Nicht nur das Ritterkreuz, sondern dazu das Eichenlaub. Eine sehr seltene Auszeichnung.»

«*War* es mal.»

«Wie meinen Sie das?»

Gericke öffnete die Lederweste und wies seinen leeren Kragen vor. «Kriegsbeute.»

Zum erstenmal ließ Vaughan sich Emotionen anmerken: Ein winziger Muskel zuckte in seiner rechten Wange.«Man hat Ihnen die Orden abgenommen?»

«Ja.»

«In diesem Haus? Bitte, sagen Sie mir sofort, wann und von wem.»

«Von dem Oberbootsmann, der mich in Empfang genommen hat», antwortete Gericke und setzte ein wenig boshaft hinzu: «Ich hatte gedacht, das wäre Ihre übliche Verfahrensweise.»

«Nicht, solange ich hier befehle, das kann ich Ihnen versichern, Commander.» Mit schneeweißem, verkniffenem Gesicht griff Vaughan nach dem Telefon auf seinem Schreibtisch. «Schicken Sie mir sofort Oberbootsmann Carver.»

Er stand auf und hinkte, auf seinen Stock gestützt, ans Fenster. Einen Moment später klopfte es. Carver trat ein.

«Sie haben mich rufen lassen, Sir?»

Vaughan sprach, ohne sich umzusehen. «Wie ich hörte, Carver, haben Sie einige Auszeichnungen in Ihrem Besitz, die diesem deutschen Offizier gehören.»

«Sir?» Carver wollte erregt auffahren.

Jetzt erst drehte sich Vaughan zu ihm um. «Verdammt noch mal, Mann! Sofort auf den Tisch mit diesen Dingern! Augenblicklich!»

Hastig zog Carver Gerickes Ritterkreuz, das Eiserne Kreuz Erster Klasse und das Verwundetenabzeichen aus der Tasche und legte die Orden auf die Schreibtischplatte. «Ist das alles?» erkundigte sich Vaughan bei Gericke.

Gericke nickte.

«Mit Ihnen befasse ich mich später», wandte sich Vaughan wieder an Carver. «Wegtreten!»

Als sich die Tür hinter Carver schloß, nahm Gericke seine Auszeichnungen und steckte sie ein.

Vaughan setzte sich, zündete sich eine Zigarette an und begann wieder die Akte zu studieren. «Wie ich schon sagte, eine großartige Laufbahn. Lassen Sie mich sehen. Nach Ihrer Rückkehr aus dem Fernen Osten schlossen Sie sich in Brest der Zehnten Flottille an, nicht wahr?»

«Ich habe Ihnen gesagt, wer ich bin, mehr brauche ich Ihnen nicht mitzuteilen. Tut mir leid, Captain Vaughan, aber Sie fragen mich vergebens.»

«Nun gut», sagte Vaughan. «Sie zwingen mich, unangenehm zu werden. Sie lassen mir wirklich keine Wahl.»

«Holen Sie meinetwegen den Gummiknüppel raus. Aber von mir werden Sie nichts erfahren.»

Vaughan war eindeutig verärgert. «Wir sind hier nicht bei der Gestapo. Wir arbeiten nicht auf diese Weise.»

«Dann interessiert es mich um so mehr, Ihren Vorschlag zu hören», erwiderte Gericke.

Vaughan öffnete den zweiten Aktendeckel. «Am fünften April neunzehnhundertzweiundvierzig versenkten Sie in amerikanischen Hoheitsgewässern vor Rhode Island den Tanker *San Cristobal.*»

«Richtig.»

«Sie sind sich doch sicher klar darüber, daß es sich bei diesem Schiff um einen in Bilbao registrierten Tanker handelte, und daß es gegen das Seekriegsrecht verstieß, es zu torpedieren und zu versenken, nicht wahr?»

«Was Sie nicht sagen!»

«Jawohl, das sage ich. Und ich sage sogar noch mehr: Unsere amerikanischen Freunde beabsichtigen, Sie dafür zur Rechenschaft zu ziehen. Heute morgen haben wir den Marine-Nachrichtendienst der Amerikaner von Ihrer Gefangennahme informiert. Innerhalb von zwei Stunden wurde uns von dort ein formelles Gesuch um Ihre Auslieferung eingereicht. Wie ich hörte, beabsichtigt man, Sie in die Staaten zu bringen und Sie dort vor Gericht zu stellen.»

Gericke lachte. «So ein Unsinn! Die *San Cristobal* fuhr unter Charter Öl für das amerikanische Kriegsministerium.»

«Davon ist hier nichts erwähnt.»

«Komisch – alle übrigen Informationen, die Sie haben, sind doch offenbar so präzise.»

Vaughan zuckte die Achseln. «Die Amerikaner wollen Sie, Gericke, soviel steht fest; und die Folgen, falls man Sie wegen dieser Angelegenheit vor Gericht stellt, könnten äußerst unangenehm für Sie werden.»

«Aber Sie könnten mich davor bewahren?»

«Wenn Sie zur Zusammenarbeit bereit sind.»

Gericke seufzte. «Tut mir leid, aber Sie verschwenden Ihre Zeit.»

Vaughan nickte gelassen, klemmte sich die Aktendeckel unter den Arm, erhob sich und hinkte wortlos hinaus.

Gericke steckte sich das EK und das Verwundetenabzeichen an den Uniformrock und hängte sich das Ritterkreuz um den Hals. Dann trat er ans Fenster und blickte durch die

Gitterstäbe. Der Garten war von einer hohen Mauer umschlossen und sträflich vernachlässigt. Regen trieb durch die Zweige einer großen Rotbuche und klatschte auf die wild wuchernden Rhododendronbüsche. Ein melancholisches Bild.

Hinter ihm wurde die Tür geöffnet; Carver trat ein, gefolgt von einem Matrosen mit einem zugedeckten Tablett. «Da drüben absetzen», befahl Carver. Dann fragte er Gericke: «Etwas zu essen, Commander?»

Nachdem der Matrose verschwunden war, kam Gericke an den Schreibtisch. Unvermittelt beugte sich Carver vor und packte ihn bei den Rockaufschlägen. Seine Augen blickten eiskalt.

«Ich kriege dich schon, du deutsches Schwein! Warte nur ab!» flüsterte er heiser vor Wut. Dann stieß er Gericke rücklings in Vaughans Sessel und ging mit eiligen Schritten hinaus.

Am selben Abend, kurz nach sieben, trafen Janet und Harry Jago mit dem Taxi vor dem Haus in Kensington Palace Gardens ein. Sie stiegen die Vortreppe hinauf, gingen an den zwei Wachtposten vorbei und betraten das Foyer, wo ein Sergeant des Army Intelligence Corps an einem Tisch saß.

Jago zeigte seinen Passierschein. «Lieutenant Jago. Ich soll mich bei Captain Vaughan melden.»

«O ja, Sir, der Captain erwartet Sie. Ich werde gleich jemanden kommen lassen, der Sie zu ihm nach oben führt.»

Der Sergeant drückte auf eine Klingel. «Kann die Dame hier auf mich warten?» fragte Jago.

«Ich wüßte nicht, warum sie das nicht könnte, Sir.»

Jago wandte sich an Janet. «Tut mir leid, Liebling. Keine Ahnung, warum ich mich bei einem Captain der Royal Navy melden soll. Hoffen wir, daß es nicht allzu lange dauert und wir anschließend gleich ins Theater fahren können.»

Sie streichelte ihm liebevoll die Wange. «Was sollte diese gewaltige Kriegsmaschine bloß ohne dich anfangen?»

Doch ehe Jago eine entsprechende Antwort einfiel, erschien ein junger Sergeant des Weiblichen Hilfscorps, um ihn zu Vaughans Büro zu begleiten. Janet nahm auf einem Stuhl am Fenster Platz und schlug die Beine so effektvoll übereinander, daß es dem Nachrichten-Sergeant an seinem Schreibtisch die Sprache verschlug.

«Gar nicht so schlecht heute, Miss», wagte er kühn einen Vorstoß. «Drei in Hackney, zwei in Richtung Poplar und eine in Golders Green.»

«Das nennen Sie gut?» gab sie zurück.

Die V1, die erste Ausführung der fliegenden Bomben, waren mit ihrem nervenzermürbenden Dröhnen, das immer lauter wurde, je näher sie kamen, schon schlimm genug gewesen, aber bei ihnen hatte man wenigstens gehört, daß sie kamen. Bei der V2 dagegen gab es keinerlei Vorwarnung: ein Knall beim Durchbrechen der Schallmauer, das Krachen einer Detonation und gleich darauf totale Zerstörung.

Eine Tür am anderen Ende des Foyers öffnete sich, und heraus kam Gericke, von zwei bewaffneten Matrosen flankiert. Seine Arme waren vorn mit Handschellen gefesselt; mit seiner weißen Offiziersmütze, dem EK I auf der Uniformjacke und dem Ritterkreuz um den Hals bot er trotzdem einen außergewöhnlich eindrucksvollen Anblick.

Er schien Janet nicht zu bemerken; den Kopf zur Seite gewandt, lachte er laut über eine Bemerkung seiner Bewachung, während sie zu dritt die Treppe hinaufstiegen und verschwanden.

Der wachhabende Sergeant bemerkte eifrig: «Schon wieder so ein kriegsgefangener Jerry, Miss. Marineoffizier. Die kriegen wir oft.»

«Aha.»

Sie erhob sich, durchquerte das Foyer und blieb unter dem Portal stehen. Hoch oben in der Dunkelheit hörte sie ein heftiges Dröhnen, und als sie den Kopf hob, sah sie eine V1 am Nachthimmel ihre Bahn ziehen. Aus dem Heck schlugen die Flammen ihres Düsenantriebs.

«Möchte wissen, wo dieser Koffer runterkommt», sagte der Wachtposten neben ihr.

Tod und Zerstörung. Eben erst hatte sie einen der dafür Verantwortlichen persönlich gesehen. *Den Feind.* So nahe war sie seit Kriegsanfang keinem Deutschen mehr gekommen. Sekundenlang sah sie wieder Gericke vor sich, wie er zwischen den Posten lachend die Treppe emporstieg, und verspürte einen Anflug von Wut.

Jago kam zurück und ergriff ihren Arm. «Okay, wir gehen.»

Sie stiegen die paar Stufen hinab und schlenderten den Gehsteig entlang. «Was haben sie denn von dir gewollt?»

«Tja, warum soll ich's dir eigentlich nicht erzählen. Die Engländer haben letzte Nacht einen deutschen U-Boot-Kommandanten aufgefischt, einen von den ganz großen Tieren. Paul Gericke. Sie haben ihn hier zunächst mal vernommen. Jetzt aber wollen sie ihn anscheinend uns überlassen. Er soll morgen abend mit dem Nachtexpreß nach Glasgow gebracht werden. Dort wird er unseren Leuten überstellt und mit einem Konvoi, der in drei, vier Tagen ausläuft, in die Staaten rübergeschickt.»

«Und was hast du damit zu tun?»

«Na ja, er bekommt zwar eine englische Eskorte, aber irgendeinem klugen Bürschchen im Marinehauptquartier ist plötzlich eingefallen, daß ich mit demselben Zug fahren würde, und der Kerl hatte die glorreiche Idee, daß ich dabei unsere Interessen vertreten soll.»

«Hast du ihn kennengelernt?»

«Ja, gerade eben, in Vaughans Büro.»

«War er mittelgroß, blasses Gesicht, dunkle Augen, Eisernes Kreuz am Waffenrock?»

«Genau das ist er.»

«Er lachte, als er die Treppe hinaufstieg», sagte sie. Gerade kamen sie an einer Reihe halb zerstörter Häuser vorbei. «Er lachte. Dabei haben er und sein Volk das alles hier angerichtet.»

«Nun, wie ich hörte, soll Berlin auch nicht gerade schön aussehen.»

Sie schob ihren Arm unter den seinen. «Du bist viel zu gutmütig, Harry Jago. Übrigens, ich hatte noch keine Gelegenheit, es dir zu sagen, aber heute nachmittag kam Colonel Brisingham ins Krankenhaus und brachte mir die Reisegenehmigung für den Zug morgen abend.»

Jago war außer sich vor Freude. «Dann können wir also bis Mallaig zusammen reisen!»

«Na, so ganz sicher bin ich nicht», entgegnete sie. «Man hat mir ein Schlafwagenabteil zugewiesen. Ein Einbettabteil – für mich allein.»

«Wie bitte?» fragte Jago verblüfft. «Hast du eine Ahnung, wie schwer es ist, heutzutage so was zu kriegen?»

«Nicht, wenn man Eisenhower heißt», antwortete sie.

Jago lachte. Der Regen nahm zu, und sie liefen schnell zur Ecke der Hauptstraße, wo Janet unter einem Baum Schutz suchte, während er ein Taxi anzuhalten versuchte.

Sie sah immer wieder Gericke vor sich, sah den deutschen U-Boot-Offizier, wie er lachend die Treppe emporstieg.

Die Uhr im Kartenhaus schlug sieben Glasen der ersten Wache. Erich Berger, der, eine Zigarre im Mund, in seiner Kajüte am Schreibtisch saß, hielt sekundenlang inne und lauschte. Dann wandte er sich wieder dem Tagebuch zu. In der Stille wirkte das Kratzen der Feder auf dem Papier unnatürlich laut.

> ... der einsamste Ton der Welt, eine Schiffsglocke bei Nacht auf hoher See. Oder kommt es nur daher, daß sie für mich die Einsamkeit des Befehlshabers unterstreicht? Ich halte den Posten eines Kapitäns für keine leichte Aufgabe, vor allem unter den Bedingungen, unter denen ich diesmal fahren muß ...

Es klopfte; mit einem Regenguß kam Leutnant Sturm herein. Er trug schwarzes Ölzeug und Südwester. Das Wasser, das an ihm herablief, glitzerte im Schein der Lampe.

«Nun, Sturm?» erkundigte sich Berger.

Sturm salutierte. «Ich habe gerade die Runde gemacht. Alles in Ordnung. Kluth und Weber haben das Ruder. Richtung Nordwest bis West bei schätzungsweise zehn Knoten.»

«Mit Vollzeug?»

«Jedes Stück Leinwand, das wir haben.»

«Und wie ist das Wetter?»

«Windstärke fünf mit starkem Regen, aber es ist erstaunlich warm.»

«Ausgezeichnet.» Berger ging an den Schrank und holte die Rumflasche mit zwei Gläsern heraus. «Wie lange hatten Sie gestern das Funkgerät in Betrieb?»

Sturm nahm das Glas dankbar entgegen. «Genau anderthalb Stunden.»

«Wie steht es mit den Batterien?»

«Nicht allzu gut, Käpt'n, aber das war ja vorauszusehen. Das ganze Gerät ist nicht viel wert. Ich weiß, es war das beste, das Prager in so kurzer Zeit auftreiben konnte. Aber trotzdem . . .» Er zögerte. «Soll ich lieber nicht mehr abhören?»

«Nein, hören Sie weiter. Diese englischen und amerikanischen Wetterberichte sind viel zu wichtig für uns. Und dann die Nachrichten über den Krieg. Allerdings brauchen wir das Ding erst wirklich, wenn wir in Heimatnähe kommen und selbst senden wollen. Ich möchte unbedingt sichergehen, daß wir genug Reserve haben.»

«Soll ich's heute abend lieber lassen?»

«Hören Sie eine halbe Stunde», entschied Berger. «Wenn Sie von der Wache kommen. Das sollte genügen.»

«Jawoll, Käpt'n.» Sturm kippte zögernd den letzten Schluck Rum. «Wenn Sie mich jetzt entschuldigen würden . . . Ich muß aufs Achterdeck zurück.»

Er machte kehrt und legte die Hand auf den Türknauf. In dem Augenblick hörte man von draußen den angstvollen Schrei einer Frau.

Es war sehr heiß unter Deck und furchtbar stickig. Für Maria war die Reise endlos. Von nirgendwo nach nirgendwo. Aus der Koje unter ihr kam ein sanftes, aber unablässiges Schnarchen. Schwester Angela hatte ohne jede Erklärung Schwester Elisabeth zu ihr in die Kabine gelegt.

Maria lag auf der oberen Koje, das Kajütdach nicht mehr als dreißig Zentimeter über dem Kopf; ihr war heiß und unbehaglich, obwohl sie nichts als ein Leinennachthemd trug. Sie dachte an Helmut Richter, konzentrierte sich mit einer Intensität auf ihn, die beinahe erschreckend war, versuchte sein Bild heraufzubeschwören: sein Lächeln, sein ungebärdiges Haar, seinen wild wuchernden Bart.

Maria war ein ruhiges, zurückhaltendes Mädchen. Den größten Teil ihres Lebens hatte sie völlig weltabgeschieden verbracht – zuerst nach den Wünschen ihrer streng katholischen Familie, dann aufgrund der Selbstdisziplin bei ihrer Krankenpflegeausbildung. Und schließlich im Orden der Barmherzigen Schwestern. Niemand war anspruchsvoller als der Herrgott.

Sie hatte gelernt, sozusagen nach innen zu leben. Aber Richter – Richter war etwas ganz anderes, war eine völlig neue Erfahrung für sie. Wenn sie an ihn dachte, mußte sie unwillkürlich lächeln.

Ihr Körper war schweißnaß. Sie konnte unmöglich hier unten bleiben, nicht eine einzige Minute mehr. Sie brauchte Luft, frische, saubere Seeluft. Leise glitt sie von der Koje, nahm ihren Umhang und ging hinaus.

Am Horizont flackerten Blitze. Über dem Wasser lag ein fahles fluoreszierendes Licht. Warmer Regen trieb in einem silbrigen Schleier über das Deck.

Matrose Kluth lehnte am Ruder, den Fuß gegen das Kompaßgehäuse gestemmt, und genoß das Gefühl, daß die *Deutschland* mit vollen Segeln durch die Nacht stürmte. Weber stand neben ihm an der Reling und rauchte Pfeife. Keiner von den beiden sah, wie Maria aus dem Niedergang kam.

Nur Herbert Walz, der sich in der Kombüse einen Kaffee machte, bemerkte sie. Die junge Novizin hielt sich im Schatten der Backbordreling und blieb bei den Besanwanten stehen; sie hob den Kopf, um den Regen auf dem Gesicht zu spüren.

Aber sie löste sich wieder von der Reling, und als sie an der Kombüsentür vorbeikam, packte Walz zu und nahm sie wortlos um die Taille.

Maria wußte nicht, wie ihr geschah. Als sie aufschrie, tat sie das ebenso vor Überraschung wie aus Furcht: Es war ein schriller, kurzer Schreckensschrei, der trotz Wind und Regen laut und deutlich zu hören war.

Helmut Richter lag in einer der Hängematten, die man in der Back angebracht hatte, um die überzähligen Männer unterzubringen. Er schlief, war aber sofort wach, als er den Schrei hörte, und hastete die Leiter hinauf an Deck, bevor noch Berger und Sturm aus der Kapitänskajüte herbeigeeilt kamen.

Maria wankte über das Deck, verlor das Gleichgewicht, als das Schiff überholte, und fiel direkt vor Richter zu Boden. Als er sie aufhob, glitt der Umhang von ihren Schultern.

Schwester Angela kam aus dem Niedergang. «Maria!» rief sie voll Entsetzen.

Richter schob das Mädchen beiseite, trat einen Schritt vor und wartete auf Walz, der zögernd aus der Kombüse auftauchte.

«Walz!» sagte Helmut Richter leise.

Der Bootsmann stand breitbeinig, mit bloßen Füßen, nur mit seinem Drillichzeug bekleidet. Oben am Himmel zuckten die Blitze; das Gewitter kam immer näher. Auf jeder Mastspitze tanzte ein Elmsfeuer, so daß das ganze Schiff zu leuchten schien.

«Richter!» rief Berger ihn zur Ordnung.

Doch der Bootsmann beachtete ihn nicht; ganz langsam näherte er sich dem Koch, der zu Tode erschrocken in die

Webeleinen sprang und den Fockmast hinaufzuklettern begann. Richter folgte ihm bedächtig, als habe er unendlich viel Zeit.

Walz kletterte mit erstaunlicher Geschwindigkeit. Als er die Untermarsrah erreichte, hielt er inne, um einen Blick hinabzuwerfen; dann zog er das Messer aus dem Gürtel und hieb auf die Webeleinen ein. Maria stieß einen lauten Schrei aus.

Die Webeleinen rissen, doch Richter griff nach einem Niederholer und schwang sich daran mit wahrhaft artistischem Geschick zum nächsten Wanttau hinüber.

Dort blieb er einen Moment hängen, ehe er weiter nach oben stieg. Walz, der sich an der Rah festhielt, wartete gespannt auf ihn und beugte sich, als er in Reichweite kam, hinab, um mit dem Messer auf die Hand des Bootsmanns einzuhauen. Richter wich aus, doch Walz versetzte ihm einen Tritt an den Kopf.

Richter rutschte ein Stück am Tau hinab, bis er sich, um die eigene Achse trudelnd, wieder fangen konnte. Maria starrte zu ihm hoch, die Knöchel der geballten Faust an den Zähnen. Sturm tat unwillkürlich einen Schritt nach vorn.

Berger jedoch griff ihn am Arm. «Lassen Sie ihn!» befahl er leise.

«Ich bitte Sie, Kapitän Berger», sagte jetzt Schwester Angela, «tun Sie doch um Gottes willen was!»

«Und was würden Sie mir vorschlagen, Schwester?» fragte Berger, ohne den Blick auch nur eine Sekunde von der Szene oben zu wenden.

Es war tatsächlich ein außergewöhnlicher Anblick: Wetterleuchten zuckte über den Horizont, auf jeder Mastspitze tanzte das unheimliche Elmsfeuer, und die geisterhafte Phosphoreszenz der elektrischen Entladung lief an jedem Tau, jedem Stag entlang, hob Richter und Walz mit überdeutlicher Klarheit aus dem Dunkel der Nacht heraus.

Mit unglaublicher Kraft zog sich der Bootsmann Hand über Hand das Tau empor, packte nach der Untermarsrah und stand gleich darauf fest und sicher in den Fußtauen.

Walz wich vor ihm zurück und kletterte weiter, auf die Obermarsrah zu. Das Licht der Blitze hatte inzwischen ein so grelles Weiß angenommen, daß es die Szene in das Gehirn der Zuschauer einzubrennen schien; dazwischen aber gab es immer wieder Augenblicke totaler Finsternis, als schaue man durch eine altmodische Kinematographenmaschine, bei der die Handlung, Szene um Szene, ruckweise ablief.

Als Walz die Rah erreicht hatte, schwang sich der Bootsmann seitwärts, zog sich auf das äußerste Ende der Rahnock hinauf und begann sich in den Fußtauen weiterzuschieben. Walz wich zurück, auf das andere Ende der Rahnock zu.

Richter war ihm jetzt ganz nahe gekommen. Er hing kaum einen Meter von Walz entfernt in den Fußtauen, während der Koch blindlings mit dem Messer nach ihm hieb. Seine Klinge streifte die rechte Wange des Bootsmanns, doch Richter rückte unerbittlich vor, und Walz stieß einen verzweifelten Schrei aus.

Er packte die Brasse des Großobermarssegels und sägte wild mit dem Messer daran herum. Das Tau riß, und die Rahnock, von ihrem Halt befreit, schwang gefährlich von einer Seite zur anderen, während das Segel luftleer zu flattern begann.

Der Stoß hätte Richter eigentlich ins Leere schleudern müssen, doch es gelang ihm, sich vorübergehend auf der Unterbramrah in Sicherheit zu bringen.

Walz schwang unkontrolliert vor und zurück. Eine besonders heftige Rollbewegung der *Deutschland* warf ihn halb über die Rah hinaus. Er konnte sich nur noch halten, indem er rasch einen Arm ins Fußtau hakte.

Richter arbeitete sich hinter dem Unterbramsegel voran. Er hielt inne, praktisch in der Luft hängend, kalkulierte sorgfältig und wartete genau den Moment ab, da Walz am Ende der Rahnock weit über das Wasser hinausschwang.

Das Schiff holte über; Walz, der sehr schnell wieder zurückpendelte, hing mit einem Arm im Fußtau und hieb mit seinem Messer zu. Richter jedoch, mit jeder Hand ein Tau fassend, sprang ihm mit beiden Füßen ins Gesicht. Walz schrie laut auf und stürzte rücklings über die Rah ins Leere.

Er fiel steuerbords in einiger Entfernung vom Schiff ins Wasser. Sein Arm hob sich in stummem Hilferuf, aber die *Deutschland* machte trotz des wild flatternden Segels immer noch zehn Knoten, so daß er sehr schnell zurückfiel, im Dunkel verschwand, von der See verschlungen wurde.

«Wir drehen bei, Sturm. Lassen Sie die Klüver fieren. Focksegel, Marssegel, Bramsegel aufgeien. In einer Stunde möchte ich wieder unterwegs sein», befahl Berger.

«Mehr haben Sie nicht zu sagen?» Schwester Angela fragte es leise, aber eindringlich. «Ein Mann ist tot.»

«Ich werde es ins Logbuch eintragen», antwortete Berger ungerührt.

Als Richter aufs Deck sprang, lief ihm Maria mit ausgebreiteten Armen entgegen. Kaum ein, zwei Meter von ihm entfernt begann sie zu schwanken und verlor das Bewußtsein. Richter fing sie gerade noch auf. Einen Augenblick stand er da, während ihm das Blut über die zerschnittene Wange lief, und sah stumm auf sie hinab; dann ging er mit seiner Last zum Niedergang.

Die anderen Nonnen, am Fuß des Niedergangs versammelt, machten ihm Platz. «Ist alles in Ordnung mit ihr, Herr Richter?» fragte ihn Schwester Regina.

Helmut Richter antwortete nicht. Er ging durch den Salon zu Marias Kabine, trat ein und legte sie auf die untere Koje. Als er nach einer Decke griff, um sie zuzudecken, begannen ihre Lider zu flattern.

Sekundenlang starrte sie verständnislos ins Leere, dann plötzlich erkannte sie ihn. «Herr Richter?»

«Es ist alles gut», tröstete er sie.

Er wollte gehen, doch sie brach in Panik aus. «Verlassen Sie mich nicht – bitte!»

Er nahm ihre Hand, kauerte sich neben die Koje und streichelte ihr wie einem Kind die Stirn. «Niemals», versicherte er ihr leise. «Nie mehr, Maria. Und nun schlaf ein.»

Sie schloß die Augen; ihr Gesicht wurde friedlich. Nach einer Weile atmete sie tief und regelmäßig, ihre Hand in der seinen wurde schlaff.

Als er sich erhob, sah er, daß die Nonnen, alle mit den gleichen erstaunten Mienen, durch den Türspalt hereinspähten. Schwester Angela stand bleich und gefaßt mit gefalteten Händen am Fußende der Koje. Er wartete auf eine Bemerkung von ihr, auf eine ihrer charakteristischen, nüchternen Bemerkungen, doch wie immer, überraschte sie ihn auch diesmal.

«Sie sollten jetzt lieber mitkommen, Herr Richter», sagte sie ruhig. «Wie ich sehe, muß ich Sie wieder mal verarzten.»

U-235 tauchte im grauen Licht der Morgendämmerung an der Rendezvous-Boje eine Seemeile vor Bergen auf. Es bot einen merkwürdigen Anblick, denn dort, wo normalerweise der Bug war, ragte nur noch ein gezackter Stumpf von verbogenem und verrostetem Metall aus dem Wasser. Erst im Kanal hatten sie entdeckt, daß etwa acht Meter des Vorschiffs abgeknickt worden waren, aber Friemel hatte es geschafft, den beschädigten Bootsteil abzustoßen, indem er so schnell wie möglich zwischen volle Kraft voraus und volle Kraft zurück wechseln ließ.

Der Rest der Fahrt war dann ein einziger Alptraum gewesen. Friemel hatte sechsunddreißig Stunden kein Auge zugemacht, und als er Engel jetzt die Leiter zur Brücke hinauffolgte, wirkten seine Bewegungen wie ein Zeitlupenfilm.

Eine aus zwei bewaffneten Trawlern bestehende Eskorte kam ihnen mit blitzenden Signallampen entgegengejagt. Engel beobachtete sie durch sein Glas, dann wandte er sich zu Friemel um. Sein Gesicht war grau, die Augen dunkel, ohne einen Funken Leben. Und der Verband auf seiner Stirn war auch nicht gerade geeignet, seine äußere Erscheinung zu verbessern.

«Geschafft, Herr Admiral?»

«Offenbar.»

Hinter ihnen kam ein Matrose die Leiter heraufgehastet. «Funkspruch, Herr Admiral!»

Er wollte Friemel das Papier übergeben, doch der schüttelte den Kopf. «Lesen Sie», bat er Oberleutnant Engel.

«Gut gemacht, Otto. Dönitz, Oberbefehlshaber der Kriegsmarine und BdU», las Engel leise. «Das ist alles, Herr Admiral.»

«Gut gemacht.» Friemel lachte bitter auf. «So kann man es auch nennen.»

Abermals geriet alles in Bewegung, als sich einige Minenräumboote zu einem Kreis um sie formierten. An der Reling standen die Männer und jubelten U-235 zu, das mit gedrosselter Geschwindigkeit weiterstampfte.

Plötzlich drang von unten ein Schrei herauf, gedämpfte Jubelrufe ertönten. Dann hastende Schritte auf der Eisenleiter, und Heini Roth kam auf die Brücke gestürzt. In der Hand hielt er ein weiteres Blatt Papier, er war vor Aufregung schneeweiß. «Mann Gottes, was haben Sie denn?» erkundigte sich Friemel.

«Noch ein FT vom BdU, Herr Admiral. Er lautet: ‹Information von Abwehr, Gericke am neunzehnten PoW-Cage London eingetroffen.›»

Er drehte sich um und mußte sich, vollkommen überwältigt, schwer auf die Brückenreling stützen. Friemel zog ein zerdrücktes Zigarettenpäckchen aus der Brusttasche. Es war noch eine Zigarette drin, die er sorgfältig in seine Spitze steckte. Heini gab ihm mit zitternder Hand Feuer.

Friemel inhalierte genüßlich, dann seufzte er tief auf. «Der letzte von diesen miesen französischen Glimmstengeln, aber noch nie hat mir eine Zigarette so gut geschmeckt!»

7

Schonerbark DEUTSCHLAND, *20. September 1944. 46° 55' nördl. Breite, 17° 58' westl. Länge. Wieder eine schlimme Nacht. Windstärke 7. Regen und schwere See. Um vier Glasen der Morgenwache löste sich der Hauptklüver vom Schothorn, und eine riesige See, die von Luv herankam, riß den Klüverbaum weg. Um zwei Glasen der Vormittagswache meldete Bootsmann Richter sechsundvierzig Zentimeter Wasser in den Bilgen. Ich befahl sofort, die Steuerbordwache von unten heraufzuholen und mit dem Lenzen zu beginnen. Erst um zwei Glasen der ersten Hundewache konnte Sturm Meldung machen, daß aller Schaden behoben sei. Da Bootsmann Richters Wache die* DEUTSCHLAND *wieder trockengelenzt und der Wind sich ein wenig gelegt hatte, konnte ich sie wieder auf den ursprünglichen Kurs bringen lassen. Durch das Abtreiben leewärts hatten wir etwa vierzig Seemeilen verloren. Befinden uns etwa siebenhundert Meilen westlich der Biskaya.*

Einen deutschen Kriegsgefangenen vor den Augen der Öffentlichkeit durch die Euston Station zu führen, galt als überaus wirksame Propaganda. Befehligt wurde die kleine Eskorte, die aus Carver sowie den beiden Vollmatrosen Wright und Hardisty bestand, von Lieutenant Fisher. Alle vier trugen Gamaschen und Leinengürtel mit 38.er Webley-Revolvern. Sie führten Gericke so selbstverständlich wie möglich durch die Menschenmenge, nicht anders als einen einfachen Gefangenen der deutschen Marine. Die Handschellen verdeckte ein blauer, über die Schultern gehänger Regenmantel.

Fisher wies sich beim Zugführer aus und dieser brachte sie zu einem Gepäckwagen, dessen rückwärtiger Teil durch ein Metallgitter abgegrenzt war. Dahinter lagen aufeinandergestapelte Postsäcke.

Der Zugführer nahm einen Schlüssel heraus. «Wenn Sie wollen, können Sie ihn da einsperren.»

«Wunderbar», antwortete Fisher. «Und den Schlüssel – kann ich den behalten?»

«Aber sicher», antwortete der Zugführer. «Ich habe noch einen Ersatzschlüssel. Die Post werden Sie uns ja wohl nicht stehlen.»

Er ging. Fisher schloß das Gitter auf, und Carver nickte Gericke betont höflich zu. «Wenn Sie bitte so freundlich sein würden, Sir.»

Gericke ging hinein, der Oberleutnant verschloß das Gitter und gab Carver den Schlüssel zur Aufbewahrung. «Also, Bootsmann, Sie werden sich hier um alles kümmern. Ich will inzwischen mal nachsehen, ob ich Lieutenant Jago finde.»

«Lassen Sie sich nur ruhig Zeit, Sir. Wir werden uns hier schon einrichten», antwortete Carver. «Verdammt viel besser als die anderen vorn im Zug.»

Fisher verschwand, und Carver steckte dem Vollmatrosen Hardisty eine Pfundnote zu. «Sie und Ihr Kamerad, Sie gehen jetzt mal zum Bahnhofsbuffet und holen möglichst viele Sandwiches – und Zigaretten.»

«Aber wir haben doch schon einen ganzen Haufen aus der Kantine mitgebracht, Bootsmann», wandte Hardisty vorsichtig ein.

«Weiß ich, mein Sohn, weiß ich genau», beruhigte ihn Carver. «Und das ist auch großartig, bis wir um zwei Uhr früh in Leeds oder sonstwo ankommen und feststellen müssen, daß alles längst leergefressen ist. Also tun Sie, was ich Ihnen gesagt habe.»

Gericke lehnte an den Gitterstäben und las einen Anschlag an der Wand:

Bei Luftangriffen zu beachten:
1. Bleiben Sie unbedingt im Zug, falls Sie vom Zugführer nicht zum Verlassen desselben aufgefordert werden. Sie befinden sich hier in größter Sicherheit.
2. Ziehen Sie sofort die Rouleaus herunter, sowohl bei Tag als auch bei Nacht. Sie schützen sich dadurch vor Verletzungen durch Glassplitter.
3. Falls genügend Raum vorhanden, legen Sie sich auf den Fußboden.

«Das hängt da nur wegen euch Scheißkerlen», erklärte Carver.

«Sagen Sie, Oberbootsmann», begann Gericke, «wie lange sind Sie schon beim Militär?»

«Dreißig Jahre. Eingetreten neunzehnhundertvierzehn. Da war ich sechzehn.»

«Also sind Sie Berufssoldat.» Gericke nickte. «Ich muß sagen, das überrascht mich. Denn der Krieg ist schließlich das tägliche Brot für Profis, während Sie offenbar etwas dagegen haben, daß wir uns in einem Krieg befinden. Vielleicht sind Sie damals nach dem Ersten Weltkrieg nur dabeigeblieben, weil Sie eine schneidige Uniform tragen und in jedem Hafen ein Mädchen haben wollten.»

Carver schnappte fast über vor Wut. «Warte, du Schwein!» fluchte er aufgebracht.

In diesem Augenblick hörten sie beide Fishers Stimme. Der Lieutenant, der in Begleitung von Captain Vaughan und Harry Jago hereinkam, sah nur noch, wie Carver Gericke durch den Maschendraht eine Zigarette anbot.

«Rauchen Sie, Commander?» fragte er zuvorkommend.

«Vielen Dank, sehr freundlich von Ihnen, Bootsmann.» Gericke nahm die Zigarette und ließ sich von Carver auch Feuer geben.

Vaughan sagte: «Ein bißchen primitiv hier drinnen, aber es könnte schlimmer sein. Irgendwelche Beschwerden, Commander?»

Gericke hob die gefesselten Hände. «Wenn Sie mir vielleicht die Handschellen abnehmen könnten. Schließlich bin ich ja eingesperrt.»

«Nein, tut mir leid.» Vaughan schüttelte den Kopf. «Wenn es Ihnen übrigens eine Genugtuung ist: Vor zwei Stunden erhielten wir eine nachrichtendienstliche Mitteilung unserer norwegischen Freunde in Bergen. U-235 ist unter dem Kommando von Konteradmiral Otto Friemel sicher am Bestimmungsort eingetroffen. Allerdings um etwa sieben bis acht Meter kürzer.»

Sekundenlang konnte Gericke die Nachricht kaum fassen, doch ihm blieb ohnehin keine Zeit zu einer Entgegnung, denn draußen trillerte die Pfeife des Zugführers, und gleich darauf hörte man das Geräusch eiliger Schritte.

Vaughan sagte ein wenig steif in seinem knappen, zurückhaltenden Ton: «Nun, Commander, ich kann Ihnen trotz der kritischen Lage im Nordatlantik nur eine gute Reise wünschen.»

Dann grüßte er, winkte Fisher hinter sich her und hinkte auf den Bahnsteig hinaus. Jago sagte zu Gericke: «Ich werde von Zeit zu Zeit einen Blick hereinwerfen. Bis nach Glasgow brauchen wir unter Umständen gute zwölf Stunden.»

«Ach, ich hab's nicht besonders eilig.»

Jago verschwand, und sofort kam Carver zu ihm ans Gitter. «Ich auch nicht, Freundchen», zischte er leise. «Zunächst aber mal wieder her mit den Orden.»

Auf Fhada peitschte der Regen vom Hafen her landeinwärts und trommelte gegen die Scheiben des alten Hauses. Reeve saß an seinem Schreibtisch, vor sich das aufgeschlagene Tagebuch. Die tägliche Eintragung war eine liebe, alte Gewohnheit für ihn, die noch aus seiner allerersten Zeit auf See stammte. Es handelte sich nicht so sehr um ein Aufzeichnen der Ereignisse als um den Versuch, seine Gedanken zu formulieren. Er hielt ein Streichholz an seine Pfeife, griff zum Füllhalter und begann zu schreiben.

... mein Leben, falls man es Leben nennen kann, ist zu einer sehr merkwürdigen Angelegenheit geworden, zu einer Art Metamorphose, in der aber auch alles verändert ist. Oliver Wendell Holmes hat einmal gesagt, von einem Mann müsse man erwarten können, daß er an den Ereignissen seiner Zeit teilnehme, solle es nicht von ihm heißen, er habe überhaupt nicht gelebt, und ich bin dieser Auffassung während des größten Teils meines Lebens getreulich gefolgt. Jetzt aber sehe ich mich in einem Netz von Tagen gefangen, die vergehen wie in einer Art Zeitlupe. Und zu welchem Zweck? Zu welchem Ende?

Er legte den Füllhalter hin und stieß den Wolfshund, der es sich auf dem Teppich vor dem Kaminfeuer bequem gemacht hatte, freundschaftlich mit dem Fuß an. «Aus dem Weg, du roter Teufel!»

Rory erhob sich nur widerwillig, und Reeve legte ein paar Torfstücke aufs Feuer. Dann sah er auf die Armbanduhr. «Ist gleich soweit, Rory. Wollen mal sehen, ob heute was für uns dabei ist, wie? Vielleicht erinnert sich da draußen einer ausnahmsweise daran, daß es uns auch noch gibt.»

Das Funkgerät stand auf einem Tisch am Fenster. Er setzte sich, legte den Kopfhörer an und begann zu senden. «Hier Sugar One auf Fhada. Rufe Mallaig. Hören Sie mich?»

Reeve kraulte den Wolfshund, der neben ihm saß, zwischen den Ohren und versuchte es abermals. Diesmal kam fast sofort Antwort. «Hallo, Sugar One! Hier Mallaig. Höre Sie laut und klar. Bleiben Sie dran. Ich habe eine Nachricht für Sie.»

Reeve war plötzlich ganz aufgeregt.

«Admiral Reeve? Hier Murray, Sir.»

«Ja, was gibt's?» fragte Reeve.

«Wir haben einen Funkspruch aus London für Sie, Sir. Ihre Nichte ist unterwegs; sie will Sie ein paar Tage besuchen.»

Fast gleichgültig sagte Reeve: «Ach, wie schön! Wann wird sie ankommen?»

«Irgendwann morgen im Laufe des Tages. Genauer kann ich es Ihnen leider nicht sagen. Sie wissen ja, wie es heutzutage mit den Zügen ist. Wie steht es denn mit einer Transportmöglichkeit nach Fhada, Sir? Ich glaube kaum, daß wir ein offizielles Boot zur Verfügung stellen können.»

«Ach was, das macht nichts», sagte Reeve. «Ich werde mich darum kümmern, daß sie abgeholt wird.» Dann gab er sich einen Ruck. «Sonst noch was, Murray?»

«Leider nicht, Sir», antwortete Murray und fügte hinzu: «Tut mir leid, Admiral.»

«Geschenkt», entgegnete Reeve verbittert. «Es tut ja sonst auch niemandem leid, also warum sollte es Ihnen leid tun? Ende und aus.»

Er schaltete das Funkgerät ab und starrte, eine Hand in Rorys Fell vergraben, ins Leere. Es war schön, Janet wiederzusehen, sich anzuhören, was sie zu berichten hatte, aber es war eben nicht genug, bei weitem nicht genug.

Der Hund winselte, weil Reeve zu fest zugepackt hatte. Der Admiral stand hastig auf. «Tut mir leid, Junge. Ich bin heute nicht so recht auf dem Damm. Komm, wir gehen an die frische Luft.»

Er nahm seine Seemannsjacke vom Haken hinter der Tür und trat mit Rory ins Freie hinaus. Da der Wind aus der entgegengesetzten Richtung kam und er die Draisine also nicht mit dem Segel fahren konnte, bewegte er das Gefährt den ganzen Schienenweg bis zum South Inlet mit einer Hand. Er stieg zur Rettungsstation hinunter; die Hintertür des Bootshauses stand offen. Drinnen saß Murdoch auf einem alten Stuhl und flickte ein Netz, das er sich über das Knie gelegt hatte.

Er sah auf; sein wettergegerbtes Gesicht zeigte keine Gefühlsregung, und seine Hände arbeiteten unentwegt weiter. «Ist heute ein guter Tag oder ein schlechter, Carey Reeve?»

«Seit wann bleibt mir da die Wahl?»

«Aha, so sieht es aus! Wie wär's mit einem kleinen Schluck?»

«Später vielleicht. Meine Nichte trifft morgen mit dem Londoner Zug in Mallaig ein.»

«Das freut mich für Sie.» Murdoch breitete das geflickte Netz aus. «Der junge Lachlan MacBrayne kommt mit demselben Zug auf Urlaub. Hat mir gestern seine Mutter gesagt.»

«Der Fallschirmjäger?»

«Richtig. Und falls Sie nichts dagegen haben – ich hab' ihr versprochen, ihn mit Ihrer *Katrina* abzuholen. Soll ich dann Ihre Nichte auch gleich mitbringen?»

«Das wäre nett von Ihnen», antwortete Reeve.

Im Zug lag Gericke auf den Postsäcken und schien zu schlafen. Carver spielte mit den beiden Vollmatrosen Karten. Fisher las.

Es klopfte. Als Fisher aufschloß, kam Harry Jago herein. «Alles okay?»

«Ich glaube schon», antwortete Fisher. Sie traten an den Maschendraht. «Er schläft seit ungefähr einer Stunde.»

«Gut. Falls Sie jetzt ein bißchen Zeit haben, kommen Sie doch mit zum Schlafwagen. Ich möchte Sie Dr. Munro vorstellen. Außerdem habe ich eine Flasche Scotch im Gepäck, der wir den Hals brechen können.»

«Klingt verlockend», gab Fisher zurück, als sie beide zusammen hinausgingen.

Carver steckte sich eine Zigarette an und begann sich ausgiebig zu kratzen. «Die haben's gut, diese Yanks.»

«Wieso, Bootsmann?» erkundigte sich Hardisty.

«Diese Dr. Munro – ein propres Mädchen, sage ich Ihnen, Und fährt bis nach Mallaig mit. Ihr Onkel ist ein amerikanischer Admiral; lebt auf irgend so 'ner Insel der Äußeren Hebriden. Die Dame hat ein eigenes Schlafwagenabteil, und Jago hat sich bei ihr einquartiert.» Er warf die Karten auf den Tisch. «Schon wieder lauter miese Luschen! Gib gleich noch mal, Wright, aber sieh zu, daß du mir eine bessere Hand gibst.»

Er stand auf und starrte durch den Maschendraht auf Gericke hinab. «Sind Sie wach, Commander?»

Gericke rührte sich nicht; er atmete tief, mit geschlossenen Augen. Hardisty sagte: «Lassen Sie ihn endlich in Ruhe, Bootsmann! Verdammt noch mal, der kann doch nicht raus.»

Widerwillig wandte sich Carver ab, setzte sich und nahm seine Karten. Hinter ihm hob Gericke sekundenlang die Lider.

In Trondheim fiel dichter Regen. Horst Necker und Rudi Hübner stiegen die Treppe zum Haupteingang der Flugleitung hinauf. Da sie gerade von einem achtstündigen Einsatz zurückgekommen waren, einem der üblichen Aufklärungsflüge, der sie diesmal bis an die Barentssee geführt hatte, trugen sie noch die Fliegerpelzkombination.

Necker war müde und schlecht gelaunt. «Wir müssen unbedingt was mit dem Backbordmotor unternehmen. Der klingt bei jedem Flug mehr wie 'n alter Trecker.»

«Ich weiß, Herr Hauptmann», suchte Rudi ihn zu beruhigen. «Ich habe schon mit Vogel gesprochen. Er will warten, bis Sie mal wieder Einsatzpause haben.»

«Mann Gottes, bis dahin können wir alle tot sein!»

Er stieß die Tür zum Nachrichtenraum auf, wo er den Nachrichtenoffizier Altrogge anzutreffen erwartete, und machte abrupt halt, als er statt dessen Gruppenkommandeur Oberst Maier auf der Schreibtischkante hocken sah. Der Oberst rauchte eine Zigarette und blätterte aufmerksam in ein paar Papieren.

Jetzt sah er auf. «Sie schauen nicht gerade aus, als wären Sie mit Ihrem Leben zufrieden, Horst. Ist Ihnen eine Laus über die Leber gelaufen?»

«Kann man wohl sagen.» Necker warf seinen Fallschirm auf einen Stuhl und nahm dankbar eine Zigarette. «Acht Stunden nichts weiter als dieses verdammte Meer und einen asthmatischen Backbordmotor. Davon abgesehen war der Flug natürlich ein reines Vergnügen.»

Maier grinste. «Macht nichts. Ich habe Ihre zweitägige Einsatzpause vorgezogen. Das wird Ihre Laune doch sicher bessern, nicht wahr?»

«Wieso?» fragte Necker mißmutig. «Sie werden schon Ihre Gründe haben.»

«Abänderung der Einsatzpläne. Die Herren ganz oben sind der Ansicht, daß Sie sich in den nächsten vierzehn Tagen wieder mal gründlich um Schottlands Westküste und die Hebriden kümmern sollten.» Er lächelte. «Sie wollten doch Aktivität, mein Lieber. Na schön, jetzt sind Sie damit eingedeckt. Zwei neue Spitfire-Staffeln sind in dieser Woche an die Ostküste verlegt worden. Das wird Ihnen die Sache ein bißchen schmackhafter machen.»

«Oh, vielen Dank.» Necker wurde auf einmal munter. «Um was geht's denn?»

«Unseren Informationen zufolge fahren Konvois aus Kanada in letzter Zeit die Nordroute, gehen also viel dichter an Island heran. Und Sie müssen bei Ihren Aufklärungsflügen viel weiter auf den Atlantik raus. Mindestens achthundert Kilometer westlich der Äußeren Hebriden.»

«Dann können wir aber nicht lange bleiben.»

Maier zog eine Seekarte heran und nickte. «Wir werden Ihnen verbesserte Abwurftanks geben. Damit müßten Sie zusätzlich achthundert Kilometer schaffen. Außerdem wird man Ihr GMI-System so verändern, daß Sie Schottland überfliegen können, ohne unter fünfunddreißigtausend Fuß zu gehen. Die Fachleute behaupten sogar vierzig, aber ich würde mich nicht drauf verlassen. Wie dem auch sei, Sie bleiben außerhalb der Reichweite der Spitfires.»

Das GMI-System arbeitete mit Stickstoffoxydul, das in die Vorverdichter eingespritzt wurde, wo es bei Flügen in großer Höhe zusätzlichen Sauerstoff für die Verbrennung lieferte und die Motorkraft um zwanzig Prozent erhöhte.

Necker studierte die Seekarte. «Das ist ein ziemlich weiter Weg.»

Maier klopfte ihm lächelnd auf den Arm. «Wenn Sie ein

paar Tage Ruhe gehabt haben, wird er Ihnen kürzer vorkommen.»

Der Wind ließ gegen Abend stark nach, und die *Deutschland* rauschte, von einer Brise aus Südwest geschoben, mit vollen Segeln in die zunehmende Dunkelheit.

Richter hatte die erste Wache; außer ihm und einem Mechanikermaat namens Endrass, der am Ruder stand, war niemand auf dem Achterdeck. Der Bootsmann lehnte bequem an der Reling, rauchte ein Zigarillo und genoß die Nacht, den Halbmond und die fern am Horizont leuchtenden Sterne, deren Licht von einem feinen Dunst über dem Wasser gedämpft wurde.

Um neun Uhr ging er auf das Vorschiff, um den Ausguckposten zu kontrollieren. Auf dem Rückweg blieb er bei den Backbord-Besanwanten stehen und untersuchte eine Laschung des Großsegelbaums, die sich gelöst hatte. In diesem Moment vernahm er hinter sich eine Bewegung, und Maria trat aus dem Schatten zwischen den Rettungsbooten hervor.

«Helmut!»

Ihr Gesicht war ein bleiches Oval. Sehnsüchtig streckte sie ihm die Hände entgegen, die Richter ergriff. «Aber Maria, was machst du hier?»

«Ich beobachte dich seit einer halben Stunde, wie du auf dem Achterdeck auf und ab wanderst. Ich dachte schon, du würdest überhaupt nicht mehr herunterkommen.»

«Du mußt sofort wieder unter Deck gehen», befahl er. «Auf der Stelle.»

«Aber warum denn?»

«Weil Schwester Angela um dein Wohlergehen besorgt ist. Ich habe dem Käpt'n mein Wort gegeben, daß ich mich für den Rest der Fahrt von dir fernhalte.»

«Und du?» fragte sie ihn. «Bist du auch um mein Wohlergehen besorgt?»

«So wahr mir Gott helfe.» Er versuchte, seine Hände aus den ihren zu lösen. «Laß mich, Maria. Ich habe mein Wort gegeben. Verstehst du das nicht?»

«Ich verstehe nur eines», antwortete sie. «Daß ich mein Leben lang Angst gehabt habe. Aber wenn ich mit dir zusammen bin . . .» Ihr Griff wurde fester.

Sein letzter Widerstand war gebrochen; liebevoll nahm er sie in die Arme.

Sie hob den Kopf und sah ihn an. «Als Novizin kann ich ohne Schwierigkeiten aus dem Orden austreten, sobald wir in Kiel sind. Und dann . . .»

Er küßte sie zärtlich. «Was in Kiel geschieht, steht auf einem anderen Blatt. Vorerst dürfen wir uns aber nicht mehr sehen.»

«Wie lange noch?» fragte sie sehnsüchtig.

«Wenn wir Glück haben, vierzehn Tage. Nur müßten wir dann ein bißchen schneller vorankommen als jetzt.»

«Soll ich einen Wind herbeirufen?» fragte sie. «So einen richtig schönen Wind?»

«Danke, nicht nötig.» Er blickte zum Nachthimmel empor. «Ich glaube, dies ist nur eine vorübergehende Kalme. Wir werden noch vor morgen früh Sturm kriegen.»

Hinter ihnen bewegte sich etwas. Als sie sich umdrehten, sahen sie Schwester Angela am Großmast stehen.

«Herr Richter – Maria», grüßte sie ruhig. «Eine wunderschöne Nacht.»

Es war Maria, die sich zuerst wieder faßte; instinktiv versuchte sie, Richter zu schützen. «Es war meine Schuld, Schwester Angela – bitte, glauben Sie mir. Herr Richter kann nichts dafür.»

«Das ist mir durchaus klar, mein Kind. Ich stehe hier schon seit fünf Minuten. Aber ich finde, Sie sollten jetzt trotzdem hinuntergehen.»

Zunächst zögerte Maria noch, dann ging sie widerwillig zum Niedergang. Als sie ihn fast erreicht hatte, fügte Schwester Angela noch hinzu: «Ich bin überzeugt, daß sich Herr Richter morgen gern wieder mit Ihnen unterhalten wird, falls es seine Pflichten erlauben.»

Maria hielt den Atem an und blieb eine Sekunde lang stehen; dann stieg sie hastig den Niedergang hinunter.

«Darf ich Ihren Worten entnehmen, daß ich tatsächlich Ihre Erlaubnis habe . . .» begann der Bootsmann.

«. . . Maria den Hof zu machen, Herr Richter?» Sie lächelte ein wenig. «Wie alt ich mich auf einmal fühle!»

Sie wandte sich ab und ging auf die Tür von Bergers Kajüte zu. Richter sah irritiert zu, wie sie anklopfte und eintrat.

Berger saß an seinem Schreibtisch und arbeitete. Otto Prager lag lesend auf der Koje. Er richtete sich auf und schwang die Füße vom Bett, während Berger den Füllhalter hinlegte.

«Ja, Schwester?» fragte er höflich.

Prager stand auf. «Soll ich hinausgehen?»

Er wollte zur Tür, doch sie schüttelte den Kopf. «Ich will Ihre Zeit nicht lange in Anspruch nehmen, Herr Kapitän. Aber es geht um Herrn Richter und Maria.»

«Nun?» Berger war auf alles gefaßt.

«Ich wäre Ihnen sehr verbunden, wenn Sie ihn von seinem Versprechen, sich von ihr fernzuhalten, bis wir in Kiel sind, entbinden würden.»

«Eine erstaunliche Sinnesänderung Ihrerseits, finden Sie nicht?»

«Eine neue Perspektive, das mag sein. Ich wollte immer nur das, was für Maria gut und richtig ist. Über ihre Zukunft jedoch muß sie in Kiel aus eigenem freien Willen entscheiden, ohne daß sie von jemandem beeinflußt wird. Soviel ist mir jetzt klar geworden. Und bis dahin scheint es mir sinnlos zu sein, sie und Richter so streng zu trennen. Soweit ich bisher feststellen konnte, ist er ein außergewöhnlich ehrenhafter junger Mann.»

Erich Berger fehlten die Worte zu einer Entgegnung. Schwester Angela wartete einen Moment, dann sagte sie abschließend: «Und nun müssen die Herren mich bitte entschuldigen. Ich bin sehr müde.»

Die Tür fiel hinter ihr ins Schloß. Zutiefst verwundert

drehte sich der Konsul um. Berger öffnete wortlos den Schrank, um die Rumflasche mit zwei Gläsern herauszuholen.

Der Zug raste durch die stockdunkle Nacht. Harry Jago klopfte an die Tür des Schlafwagenabteils und trat ein. Janet lag im Bett und hatte die Decke bis ans Kinn gezogen.

«Ich friere.»

«Dagegen wüßte ich ein probates Mittel», entgegnete er munter.

«Nein, heute nicht, Liebling. Ich bin erledigt. Ich könnte eine ganze Woche lang schlafen. Du mußt dich mit dem Fußboden und einer Wolldecke begnügen.»

Jago zuckte schicksalsergeben die Achseln. «Okay», sagte er. «Da hinten schlafen sie sogar in den Gepäcknetzen.» Er zog die Schuhe aus, wickelte sich in eine Decke, legte sich auf den Fußboden, den Kopf auf seine Segeltuchtasche gebettet, und schlief fast augenblicklich ein.

Um sechs Uhr dreißig, im Licht eines grauen, trüben Morgens, trafen sie in Glasgow ein. Janet hatte sehr schlecht geschlafen und beim Erwachen feststellen müssen, daß Jago bereits ausgeflogen war. Es dauerte eine Weile, bis sie wieder klar denken konnte und merkte, daß der Zug hielt.

Als sie die Decke beiseite schlug und sich aufrichtete, klopfte es; Jago steckte den Kopf zur Tür herein. «Ah, wieder unter den Lebenden», stellte er fest. «Das ist gut.»

Er reichte ihr eine Thermosflasche. «Kaffee. Wir sind übrigens in Glasgow. Offenbar wird hier die Hälfte der Waggons abgekoppelt.»

«Und was kommt dann?»

«In ungefähr zehn Minuten fahren wir weiter. Bridge of Orchy, Rannoch, Fort William und Mallaig. Fünf Stunden noch, wenn alles gutgeht. Ich will mich nur schnell von Fisher und unserem Freund Gericke verabschieden. Dann komme ich wieder, und wir können frühstücken. Alles schon organisiert.»

Er verschwand, ehe sie antworten konnte. Sekundenlang blieb sie sitzen, dann stand sie auf, ließ das Rouleau hochschnappen und zog das Fenster herunter. Der Bahnsteig war fast unbelebt. Jago ging eilig auf eine kleine Gruppe zu, die aus Lieutenant Fisher und seiner Eskorte bestand. In ihrer Mitte, wieder den blauen Regenmantel über die Schultern gehängt, entdeckte sie Gericke.

Während sie zusah, traten Fisher und Jago zur Seite, so daß sie einen flüchtigen Blick auf Gerickes ironische Miene werfen konnte. Er wurde von Carver an der Schulter gepackt, erhielt einen kräftigen Stoß und betrat mit den anderen den Wartesaal, während Fisher und Jago noch auf dem Bahnsteig blieben und sich unterhielten. Janet schloß das Fenster und zog das Rouleau herunter. Als sie sich wieder dem Bett zuwandte, zitterte sie am ganzen Leib.

«Ich bin müde», sagte sie leise. «Viel zu lange zu wenig Schlaf. Das ist alles.» Sie legte sich hin und deckte sich zu.

«Ich hatte gehofft, Ihre Leute würden uns hier erwarten», sagte draußen Fisher. «Möchte wissen, warum sie nicht da sind.»

«Das weiß der Teufel.» Jago warf einen Blick auf die Uhr. «He, ich muß wieder einsteigen. Der Zug kann jeden Moment abfahren.»

«Ehrlich, ich bin froh, wenn ich den Kerl loswerde», seufzte Fisher. «Der hat so was Sonderbares an sich. Wie der einen ansieht . . .»

«Ja, ich weiß, was Sie meinen, Lieutenant.» Jago schüttelte ihm die Hand. «Jedenfalls gute Heimreise.»

Er stieg ein, während Fisher kehrtmachte und zum Wartesaal ging, wo in einem kleinen Kamin ein spärliches Kohlenfeuer brannte. Davor standen Hardisty und Wright, die sich aufzuwärmen versuchten und rauchten.

«Wo ist der Gefangene?» erkundigte sich Fisher.

«Wollte zur Toilette, Sir.» Hardisty wies auf eine grüne Tür mit der Aufschrift *Gentlemen* hinüber. «Der Bootsmann sagte, er würde das übernehmen.»

Gerade als Fisher sich umdrehte, wurde die Tür zur Toilette aufgestoßen, und Carver kam zusammengekrümmt herausgetaumelt. Er brachte kein Wort heraus, sein Mund öffnete und schloß sich zwar, aber er schnappte nur nach Luft.

Fisher packte ihn bei den Rockaufschlägen. «Was ist passiert, Mann – reden Sie!» befahl er verärgert.

«Er ... er ist weg, Sir», stöhnte Carver, der sich vor Schmerzen den Unterleib hielt. «Dieses Schwein hat tatsächlich die Kurve gekratzt.»

Gericke hatte die Toilette aus völlig natürlichem Grund aufsuchen wollen. Eine Flucht schien ihm in diesem Stadium ziemlich ausgeschlossen zu sein, vor allem wegen der verdammten Handschellen. Was er dann tat, war eine rein spontane Handlung gewesen, eine Gelegenheit, die er geistesgegenwärtig beim Schopf packte.

«Das übernehme ich, Jungens.» Carver stieß ihn auf die Tür zu und öffnete sie mit einem Tritt. «Ihr beiden könnt ja inzwischen eine Zigarette rauchen.»

Drinnen gab es eine Reihe Kabinen, ein Pissoir, ein abgestoßenes Waschbecken und darüber ein offenstehendes Fenster. Der Anblick dieses offenen Fensters war es, der Gericke zur Tat anregte.

Der Oberbootsmann lehnte an der Toilettentür. «Na los, Beeilung!» drängte er.

Gericke trat auf eine Kabine zu, wandte sich um und streckte seine gefesselten Hände aus. «Bißchen unbequem, mit diesen Dingern.»

«Ach so, Sie wollen 'ne längere Sitzung machen.» Carver lachte, suchte der Situation auch die letzte Möglichkeit zur Demütigung abzugewinnen. «Ich glaube, da können wir mal ein Auge zudrücken, Commander.» Er zog den Schlüssel aus der Tasche und öffnete eine der beiden Handschellen. «So, das genügt. Und natürlich werden Sie die Tür offen lassen. Unter den gegebenen Umständen haben Sie wohl nichts dagegen, wenn ich Ihnen dabei zusehe.»

«Vielen Dank, Bootsmann», antwortete Gericke ruhig – und knallte Carver das rechte Knie zwischen die Beine.

8

Schonerbark DEUTSCHLAND, *21. September 1944. 49° 52' nördl. Breite, 14° 59' westl. Länge. Windstärke 5–6. Einzelne Böen. Starker Regen. Wir müssen jetzt pro vierundzwanzig Stunden vier Stunden lenzen, aber das scheint zu genügen. Unsere Position ist jetzt schätzungsweise 220 Seemeilen südwestlich von Irland.*

Fisher verließ die Gepäckabfertigung, gefolgt von dem humpelnden Carver, und blieb vor der Wartesaaltür stehen. «Verdammt, Carver, das werden Sie mir büßen!»

Hardisty und Wright kamen im Laufschritt um die Ecke. «Durch die Sperre ist er nicht, soviel steht fest, Sir», meldete Hardisty. «Da stehn zwei Militärpolizisten, die werden jetzt überall Bescheid sagen.»

«Durchsuchen Sie diesen verdammten Gepäckraum noch mal», ordnete Lieutenant Fisher an. «Er muß sich einfach hier versteckt haben. In der kurzen Zeit kann er doch nirgends hingelaufen sein.»

Die beiden Männer setzten sich in Trab. Carver schimpfte empört und wütend: «Wenn ich dieses deutsche Schwein erwische . . .»

«Mann, hören Sie endlich auf damit und lassen Sie mich nachdenken!» unterbrach ihn Fisher barsch.

Die Lokomotive stieß einen schrillen Pfiff aus, der Zugführer schwenkte seine Flagge. Gleich darauf setzte sich der Zug in Bewegung. Zwei Matrosen beugten sich aus einem Wagenfenster, um zu sehen, was diese Unruhe zu bedeuten hatte, die meisten Passagiere hatten überhaupt nichts bemerkt.

«Wohin könnte er denn?» fragte sich Fisher. Und dann dämmerte es ihm. Er verschluckte sich fast vor Aufregung.

«Der Zug, Carver!» rief er. «Er muß wieder eingestiegen sein. Das ist die einzig mögliche Erklärung.»

Der Zug fuhr mittlerweile schon ziemlich schnell, aber es reichte gerade noch, um in die offene Tür des Zugführerwagens zu springen und Carver mit heraufzuziehen. Hardisty und Wright, die neben dem Zug herrannten, schafften es allerdings nicht mehr.

«He, was soll das?» fragte der Zugführer.

Fisher ignorierte ihn, zog den Revolver und sagte zum Oberbootsmann: «Also los, Carver, stöbern wir die Beute auf.»

Da Janet Munros Reisegenehmigung den Stempel «Höchster Vorrang» trug, bediente sie der Schlafwagensteward an diesem Morgen als allererste: Er brachte ihr ein herzhaftes englisches Frühstück, bestehend aus Schinkenspeck, Rührei, Marmelade, Toast und Tee.

Jago gingen die Augen über. «Und ich dachte, wir hätten Krieg.»

«Beziehungen, Liebling, Beziehungen.»

«Dann bin ich diesmal wahrhaftig auf dem richtigen Dampfer.»

Er setzte sich ihr gegenüber an den schmalen Tisch, den der Steward am Fenster hochgeklappt hatte. Janet schenkte schon den Tee ein.

«Weißt du was? Das Zeug beginnt mir allmählich zu schmecken», erklärte Jago.

Es klopfte. Janet, die der Tür am nächsten saß, langte hinüber, um sie zu öffnen. Gleich darauf trat Fisher ein, in der Rechten einen Revolver, Bootsmann Carver unmittelbar hinter sich.

«Was, zum Teufel, soll das heißen?» erkundigte sich Jago ziemlich verblüfft.

«Er ist Carver im Bahnhof entwischt, Sir», berichtete Fisher. «Er wollte zur Toilette und . . .»

«Sparen Sie sich das fürs Kriegsgericht, Lieutenant», fuhr

ihm Jago brutal ins Wort. «Vorerst will ich nur eines wissen.» Diesmal wandte er sich an Carver. «Haben Sie ihm die Handschellen abgenommen?»

Carver leckte sich nervös die Lippen. «Nur eine, Sir. Ich meine, er wollte doch ...»

«Das ist unglaublich!» fuhr Jago auf. «Eine Chance, eine einzige, kleine Chance – mehr braucht ein Kerl wie der doch nicht!» Weiß vor Zorn kehrte er ihm den Rücken. «Er ist also im Zug. War es das, was Sie mir sagen wollten?»

«Ich nehme es an, Sir.» Fisher zögerte; dann fügte er ungeschickt hinzu: «Ich meine, er hätte doch sonst nirgends hin können. Er hatte gar keine Zeit dazu.»

«Sie *nehmen es an*?» wiederholte Jago ironisch. «Na schön, Lieutenant, wo ist er also? Deutsche Korvettenkapitäne müßten hier eigentlich eher dünn gesät sein, meinen Sie nicht? Vor allem in einem Zug der West Highland Line.»

Fisher warf Carver einen unruhigen Blick zu, dann sah er wieder den Amerikaner an. «Ich ... ich weiß es einfach nicht, Sir. Wir haben hinten beim Zugführerwagen angefangen und uns bis nach vorn durchgearbeitet.»

«Und keine Spur von ihm gefunden. Na ja, läßt sich denken. Auf dem Präsentierteller wird er sich Ihnen nicht servieren. Ist er bewaffnet?»

Carver zögerte, fragte sich, ob er lügen sollte oder doch lieber nicht, aber ein Blick von Jago war genug. «Ich fürchte ja, Sir. Ich trug eine Zweitwaffe, Sir. Eine Mauser. Für alle Fälle.»

«Für welche Fälle?» fragte Jago böse zurück, dann winkte er ab. «Schon gut, Carver. Wir haben jetzt Wichtigeres zu besprechen.» Er öffnete seine Reisetasche, nahm eine Colt Automatic heraus und schob sie sich in eine Tasche. «Steckt eure Waffen vorläufig ein. Wir wollen doch nicht den ganzen Zug rebellisch machen. Wenn er an Bord ist, was ich bezweifle, wäre ein allgemeines Durcheinander noch von Vorteil für ihn.»

Fisher, der erleichtert war, daß ihm die Verantwortung

abgenommen wurde, fragte eifrig: «Was tun wir jetzt, Sir?»

«Carver bleibt hier. Sie und ich, wir kehren zum Zugführerwagen zurück und arbeiten uns noch einmal von dort nach vorn durch. Jedes Abteil, jede Toilette. Wenn er hier ist, werden wir ihn auch finden. Meiner Ansicht nach sitzt er in diesem Augenblick jedoch in der Straßenbahn und fährt zum Hafen von Glasgow, um sich ein portugiesisches oder spanisches Schiff zu suchen.»

«In deutscher Uniform?» fragte Janet ungläubig. «Damit übersteht er keine fünf Minuten.»

«Im letzten Jahr ist ein Londoner Journalist in der Uniform eines SS-Obersturmführers durch die Oxford Street bis zum Piccadilly spaziert», antwortete Jago grimmig. «Und kein Mensch hat sich um ihn gekümmert. Heutzutage wimmelt es überall nur so von Uniformen, daß die Leute völlig verwirrt sind.» Er nickte Fisher und Carver zu, die das Schlafwagenabteil verließen. «Du bleibst hier und hältst die Stellung. Ich bin bestimmt bald wieder zurück.»

Eine gute halbe Stunde später, als sich der Zug dem Nordufer des Loch Lomond näherte, kamen sie wieder in den Schlafwagen. Fisher, noch blasser als zuvor, bot ein Bild tiefster Niedergeschlagenheit. Carver blieb im Gang draußen stehen.

«Na, kein Gericke?» erkundigte sich Janet.

«Was dachtest du denn?»

Hinter Carver tauchte der Zugführer auf, ein alter Mann, der nur wegen des Krieges auf seinem Posten geblieben war. «Noch immer kein Glück, Sir?»

Jago schüttelte bedrückt den Kopf. «Wenn er sich irgendwo versteckt hat, dann bestimmt nicht in diesem Zug. Wir haben jeden Winkel durchsucht.»

«Vielleicht doch nicht, Sir», sagte der Zugführer. «In Glasgow ist an meinen Wagen hinten ein offener Güterwaggon mit drei Jeeps für die Royal Navy in Mallaig angekoppelt worden. Meines Wissens gab es allerdings keine Möglichkeit für den Gefangenen, auf diesen Wagen raufzukommen.»

«Meinen Sie?» gab Jago zurück. Dann hob er den Arm und zog die Notbremse.

Für Gericke war die Fahrt auf dem Rücksitz eines der Jeeps auf dem offenen Güterwaggon bisher erstaunlich bequem verlaufen: Der Waggon bot ihm Schutz vor dem Regen, und die Aussicht war wirklich atemberaubend – genau die Landschaft, wie er sie liebte.

Einen bestimmten Plan hatte er nicht; er ließ den Dingen ihren Lauf. Die Gelegenheit, Carver eins auszuwischen, war einfach zu günstig gewesen, um sie nicht zu nutzen, der Entschluß, wieder auf den Zug zu springen, so selbstverständlich, daß er gar nicht darüber nachgedacht hatte. Er war einfach, Kopf voran, irgendwo in Deckung gegangen.

Und ein Faktor wirkte sich für ihn günstig aus: daß nämlich Marineoffiziere, oder vielmehr ihre Uniformen, überall auf der Welt gleich aussahen. Er brauchte lediglich das Hakenkreuz und den Reichsadler vom Emblem an seiner Mütze zu entfernen. Und genau das tat er jetzt, mit den baumelnden Handschellen an einem Arm, als der Zug so heftig bremste, daß er vom Sitz geschleudert wurde.

Das Spiel war aus, soviel schien sicher, denn der Zug hielt in einem langen, schmalen Einschnitt, dessen Seitenwände fast lotrecht in die Höhe stiegen. Dennoch wollte Gericke das Handtuch nicht werfen. Schließlich hatte er nichts zu verlieren. Er lief über den Güterwagen auf die verrostete Eisenleiter an der Rückwand des Zugführerwagens zu.

Auf dem Dach fand er eine Laufplanke, die er entlangrannte; dann sprang er auf den nächsten Wagen hinüber, wobei er fast die Balance verlor. Auf dem Dach des dritten Wagens warf er sich flach auf den Bauch.

Zunächst herrschte Stille; nur das Geräusch des Regens und das Zischen des Dampfes waren zu hören. Dann wurden Fenster heruntergeknallt, Türen aufgestoßen und erregte

Stimmen waren zu hören. Irgend jemand lief an den Schienen entlang. Dann hörte er Lieutenant Fisher sagen: «Diesmal kann er uns nicht entkommen.»

«Genau», sagte Lieutenant Jago. «Also halten Sie sich zurück. Keine unnötige Spielerei mit der Waffe. Wir wollen ihn in einem Stück.»

Sie liefen weiter. Gericke setzte alles auf eine Karte, ließ sich über den Dachrand gleiten und stieg die Leiter zur Brücke zwischen zwei Waggons hinab. Er öffnete die Tür des vor ihm liegenden und ging hinein.

Der Gang war voller Menschen, zumeist Matrosen auf dem Weg zur Marinebasis Mallaig; neugierig beugten sie sich aus den Fenstern. Überall wurde gerätselt, was eigentlich passiert sein könnte. Gericke steckte die Linke mit den Handschellen tief in die Manteltasche und schob sich langsam durch das Gedränge.

Niemand nahm die geringste Notiz von ihm, bis er am Ende des Wagens ankam; dort stieß er mit einem jungen Matrosen zusammen, der gerade vom Fenster zurücktrat. Der Mann drehte sich um, sah den Regenmantel und die Uniformmütze und sagte hastig: «Verzeihung, Sir.»

«Schon gut.»

«Was ist eigentlich da hinten los, Sir?»

«Weiß der Teufel», erwiderte Gericke. «Ich habe zwei Offiziere mit gezogener Pistole gesehen. Vielleicht ist ihnen ein Gefangener entwischt.» Er blieb eine Weile am Fenster stehen, verhielt sich genau wie die anderen Neugierigen, und sah Jago mit seinen Begleitern wieder einsteigen. Die Pfeife des Zugführers ertönte, Dampf zischte und der Zug setzte sich wieder in Bewegung.

Die Passagiere kehrten in ihre Abteile zurück, während Gericke langsam weiterging. Als er schließlich den Schlafwagen betrat, befand er sich in einer stilleren und weitaus ordentlicheren Welt. Der Gang war leer, doch als er weitergehen wollte, öffnete sich am anderen Ende eine Tür und der Steward kam aus seiner winzigen Küche.

Überrascht blieb der Mann stehen. «Kann ich Ihnen helfen, Sir?»

Gericke mußte rasch improvisieren; das Gespräch über Jago und das Mädchen, mit dem dieser eine Schlafwagenkabine teilte, fiel ihm ein. Wie war doch gleich ihr Name noch? Dr. Munro, ja, die Nichte eines amerikanischen Admirals. Das entbehrte nicht einer gewissen Komik.

«Ich bin Lieutenant van Lott von der königlich-niederländischen Marine», sagte er schnell. «Ich möchte zu Dr. Munro.»

«Abteil vierzehn. Hier entlang, Sir.»

Er machte kehrt, ging ein Stück weiter und klopfte an eine Tür. Gericke folgte.

Die Tür wurde geöffnet, Janet spähte heraus. «Hier ist ein Herr, der Sie sprechen will, Doktor. Lieutenant van Lott von der holländischen Marine.»

Janet musterte Gericke kühl. «Vielen Dank», sagte sie; und dann, zu Gericke: «Bitte, kommen Sie herein.»

Der Steward verschwand, während Gericke an ihr vorbei das Abteil betrat. Als er sich umdrehte, lehnte sie mit verschränkten Armen an der Tür und betrachtete ihn ernst. «Sie sehen nicht gut aus, Lieutenant. Fehlt Ihnen was?»

«Ich weiß nicht recht. In Glasgow ging's mir schon nicht gut. Fast wäre ich da ausgestiegen, aber ich muß unbedingt heute noch nach Mallaig. Von irgend jemand erfuhr ich dann, daß wir eine Ärztin im Zug haben, also erkundigte ich mich beim Steward.»

«Sie sollten sich lieber setzen.»

Er hockte sich auf die Bettkante. Sie legte ihm die Hand auf die Stirn. «Sieht fast aus, als hätten Sie Fieber.»

«Glauben Sie wirklich?»

«Ja, eindeutig.»

Sie stand so dicht vor ihm, daß er ihr Parfüm riechen konnte; dann setzte sie sich neben ihn, schlug ein Knie über das andere und tastete nach seinem Puls.

«Sie haben fabelhafte Beine, Doktor.»

«Das hat man mir schon öfter gesagt», gab sie zurück und erhob sich wieder. «Ich verschreibe Ihnen einen großen Scotch.»

«Meinen Sie wirklich?»

«Ich würde sagen, Sie werden ihn brauchen.»

Sie holte die Flasche aus Jagos Tasche, nahm ein Glas von dem kleinen Waschbecken in der Ecke und schenkte ihm großzügig ein.

«Auf Ihre Gesundheit», sagte Gericke.

«Prosit», erwiderte sie lächelnd. «Ach Gott, wie dumm von mir! Das ist Deutsch, nicht wahr, Lieutenant?»

Gericke seufzte, dann kippte er den Whisky mit einem einzigen großen Schluck. «Das war wirklich überaus freundlich von Ihnen», erklärte er, streckte die Hand aus und verriegelte die Tür.

Jago marschierte durch den schlingernden Zug, Fisher und Carver auf den Fersen. «Aber Sir, was soll ich bloß machen?» fragte Fisher ihn bedrückt.

«Fliehen Sie in die Berge. Schießen Sie sich eine Kugel durch den Kopf. Was fragen Sie mich?» entgegnete Jago. «Es ist Ihr Bier, Fisher. Ich war nicht mal in der Nähe. Ich war längst wieder eingestiegen.»

Er hatte keine Lust, sich wegen der Unfähigkeit dieses jungen Einfaltspinsels in die Tinte zu setzen. Als er die Tür zum Schlafwagen öffnete, kam der Steward mit einem Tablett aus dem letzten Abteil.

«Wir hätten gern Tee oder Kaffee», bestellte Jago. «Was Sie eben auftreiben können.»

«In Dr. Munros Abteil?» Der Steward zögerte. «Sie hat im Augenblick Besuch, Sir. Einen Lieutenant van Lott. Holländischer Marineoffizier.

Jago sah ihn überrascht an. «Nicht gerade groß, blaß, mit weißer Mütze und blauem Regenmantel?» fragte er vorsichtig.

«Ganz recht, Sir. Kaffee habe ich leider keinen, aber Tee

kann ich den Herren schon noch aufgießen. Ich werde ihn sofort servieren.»

Er verschwand in seiner Küche. Jago zog die Automatic aus der Tasche und wandte sich an Fisher. «Na?» sagte er.

«Nicht zu fassen.» Fisher wirkte wie benommen. «Es ist einfach unlogisch.»

«Geben Sie mir eine Minute, Sir», meldete sich Carver eifrig. «Diesen Saukerl hol ich Ihnen da raus.»

«Den Teufel werden Sie tun, Carver. Wir müssen an Dr. Munro denken, und deshalb werden wir schön vorsichtig vorgehen, bis wir genau wissen, wie die Aktien stehen. Kapiert?»

Lautlos schlich er den Gang entlang bis zu Janets Schlafabteil. Sehr behutsam zog er am Türgriff – ohne Erfolg. Dann holte er tief Luft und klopfte. «Janet, bist du da?»

Sie wollte zur Tür, doch Gericke hielt sie zurück. Die Handschellen hingen jetzt für jeden sichtbar an seinem Arm. «Nein. Noch nicht.»

Jago klopfte abermals, diesmal etwas kräftiger. «He, Janet! Los, mach auf!»

Gericke hockte auf der Bettkante. «Woher wußten Sie es?»

«Als ich Sie im Londoner PoW-Cage sah, hatten Sie einen Adler und ein Hakenkreuz an dieser hübschen, weißen Mütze, die Ihnen so gut steht.»

Er lächelte gutmütig. «Wie habe ich Sie nur übersehen können!»

«Offenbar hatten Sie einen schlechten Tag. Auch der Charme hat seine Grenzen, genau wie alle anderen Dinge. Doch würde es Ihnen etwas ausmachen, wenn wir diese kleine Farce jetzt beenden?»

Sie legte fragend die Hand auf den Türriegel. Gericke zog die Mauser heraus und hielt sie schußbereit in der Hand. «Hätten Sie Lust, mir noch mal den Puls zu fühlen?»

«Heute nicht. Für heute bin ich ausgebucht.»

«Na schön, die Erinnerung bleibt mir wenigstens.» Er

schlug zackig die Hacken zusammen, verbeugte sich knapp und reichte ihr die Mauser mit dem Griff nach vorn. «Macht man das nicht so in Ihren hübschen Hollywoodfilmen?»

Ihr Lächeln erstarb. «Sie Tor», flüsterte sie. «Und was haben Sie jetzt davon?»

Er zuckte die Achseln. «Spielregeln, Doktor. Immer in Bewegung bleiben.»

Sie schob den Riegel zurück, öffnete die Tür und trat beiseite. Jago und die anderen stürmten herein, Carver packte Gericke grob bei der Schulter, drehte ihn um und riß ihm die Arme auf den Rücken.

«Alles in Ordnung?» erkundigte sich Jago.

Sie händigte ihm die Mauser aus. «Er hat sich verhalten wie ein perfekter Gentleman.»

«Und das bedauere ich zutiefst», sagte Gericke über die Schulter hinweg zu ihr.

Sie lachte auf. «Schafft ihn um Gottes willen hier raus!»

Carver schob Gericke, dessen Hände nun auf dem Rücken gefesselt waren, in den Gang. Jago reichte ihm die Mauser. «Sehen Sie zu, daß Sie sie nicht noch mal verlieren. Und ihn auch nicht.»

«Bestimmt nicht, Sir. Darauf können Sie sich verlassen», versicherte Carver mit grimmiger Miene und stieß Gericke die Faust ins Kreuz, daß er stolpernd den Gang entlangflog.

In Fort William hatte der Zug zwanzig Minuten Aufenthalt; Fisher telefonierte im Büro des Stationsvorstehers. Endlich kam er wieder heraus, stieg in den Wagen des Zugführers und klopfte an die Tür zum Gepäckraum. Als Carver öffnete, fuhr der Zug an.

«Wie lautet der Befehl, Sir?»

«Wir sollen mit ihm nach Mallaig fahren. Und von da aus mit dem Nachmittagszug nach Glasgow zurück. Was macht er?»

«Schön verschnürt wie ein Weihnachtstruthahn.»

Fisher trat an das Eisengitter. Gericke lag ausgestreckt auf den Postsäcken, die Hände auf dem Rücken gefesselt, die Füße mit Stricken zusammengebunden. Der Lieutenant setzte sich und steckte sich eine Zigarette an. Gott sei Dank, daß dieser Alptraum endlich vorüber war! Kein Kriegsgericht, keine Untersuchung. Na schön, eine Untersuchung vielleicht doch, aber daraus würde er möglicherweise nicht allzu schlecht hervorgehen. Schließlich war es vor allem Carvers Schuld, daß dieser ganze verdammte Zirkus passiert war.

An Bord der *Deutschland* steigerte sich die allgemeine Unzufriedenheit beinahe bis zur Meuterei, als Richter zum Mittagessen in die Back hinabstieg.

«Wenn ihr mich fragt – da ist was reingekrochen und krepiert», hörte er den Vollmatrosen Roth sagen.

Die Freiwache stand um den schmalen Mitteltisch, auf dem sich der Gegenstand ihrer Empörung befand: zwei große Töpfe, die aus der Kombüse heruntergebracht worden waren. Der Geruch, der ihnen entstieg, sobald man den Deckel hob, war wirklich etwas absonderlich, das mußte selbst Richter zugeben. So schlimm, daß es einem auch den kräftigsten Appetit verschlug.

«Was ist hier los?» fragte er, während er sich zum Tisch durchdrängte.

«Mal wieder das Essen», antwortete Endrass. «Das würden doch nicht mal die Schweine fressen. Diesmal ist Weber wirklich zu weit gegangen.»

«Na ja, ein Koch ist er sicher nicht», bestätigte Richter, der voll Ekel in einen der beiden Töpfe blickte.

«Im Gegensatz zu Walz, egal, was der sonst gewesen sein mag.»

«Ich bin einige Jahre unter Segel gefahren, Herr Richter», sagte Riedel. «Das wissen Sie. Ich hab' mit dem alten Kommodore Johnsen aus Hamburg am letzten Getreide-Wettrennen kurz vor dem Krieg teilgenommen. Einhundertundsieben Tage von Australien nach Queenstown. Ich kenne also meine Rechte und weiß, daß jedem Mann pro Tag eineinviertel Pfund Pökelfleisch und ein Dreiviertelpfund Schweinefleisch zustehen.» Er tunkte die Kelle in den Topf. «Und was kriegen wir hier? Wenn wir Glück haben, jeder einen Löffel voll.»

«Unsere Vorräte werden knapp», erläuterte Richter. «Das Schweinefleisch ist halb verdorben, wenn es aus den Fässern kommt. Weber könnt ihr deswegen keine Vorwürfe machen.»

«Das ist immer noch keine Entschuldigung dafür, daß er uns das bißchen, was es gibt, auftischt, als hätte er's auf der Straße zusammengekratzt», erwiderte Endrass. «Ich finde, wir sollten zum Käpt'n gehn.»

«Na schön.» Richter nickte. «Sie gehen und Riedel. Und am besten nehmen Sie einen von den Töpfen mit, damit er sieht, um was es geht.»

Aber das war gar nicht notwendig, denn als der Bootsmann an die Tür der Kapitänskajüte klopfte, saßen Berger und Otto Prager am gedeckten Tisch, jeder mit einem Teller von dem Eintopf vor sich.

«Was ist?» erkundigte sich Berger unwirsch.

«Eine Abordnung der Mannschaft, Käpt'n. Maat Endrass und Vollmatrose Riedel bitten, für ihre Kameraden sprechen zu dürfen.»

Berger musterte Endrass kalt. «Nun?»

«Das Essen, Herr Kapitän», stotterte Endrass verlegen. «Es ist so schlecht, daß die Leute es nicht mehr vertragen, und der Gestank . . .»

Er hob den Deckel von dem Topf, den Riedel trug. Berger rümpfte angewidert die Nase. «Danke, der Beweis genügt mir. Abtreten.» Riedel ging. «Na schön, es ist wirklich nicht besonders gut, aber wir sitzen alle im selben Boot.» Er deutete auf seinen eigenen Teller; dann wandte er sich an Helmut Richter. «Wer hat jetzt eigentlich die Kombüse? Weber, nicht wahr, Bootsmann?»

«Ganz recht, Käpt'n, und den mußten wir dazu regelrecht

zwingen. Da keiner diese Arbeit freiwillig übernehmen wollte, haben die Männer Lose gezogen.»

Berger nickte. «Ich weiß wirklich nicht, was ich dagegen unternehmen könnte. Wie Sie wissen, ist das kein ganz neues Problem auf Segelschiffen. Sobald die Lebensmittel anfangen, schlecht zu werden, vor allem das Fleisch, kann nur noch ein erfahrener Koch etwas draus machen, und den haben wir nun mal nicht. Ich bin überzeugt, daß Weber sich die größte Mühe gibt.»

«Das möchte ich allerdings bezweifeln.» An der Tür stand Schwester Angela, in der einen Hand einen Topf, hinter sich die anderen Nonnen. Sie hob den Deckel. «Als was würden Sie das hier bezeichnen?» fragte sie Erich Berger.

Angeekelt musterte er den fettigen Schleim, der oben drauf schwamm. «Erbsensuppe, denke ich, Schwester Angela.»

«Und so schmutzig, daß sie beinahe schwarz aussieht», entgegnete sie. «Ein äußerst seltsames Phänomen, aber einfach zu erklären durch die Tatsache, daß der Koch vergessen hat, die Erbsen zu waschen.»

«Gut, gut.» Berger hob kapitulierend die Hand. «Sie brauchen nicht fortzufahren. Also, was gedenken Sie dagegen zu tun?»

Sie reichte Schwester Käthe den Topf. «Wir könnten zunächst mal die Kombüse besichtigen. Selbstverständlich mit Ihrer Erlaubnis.»

Berger gab ihr ausnahmsweise nach und griff nach seiner Mütze. «Ihnen zuliebe, Schwester. Würden Sie mir bitte folgen?»

So mußte der unglückselige Weber, der deprimiert, von schmierigen Töpfen und schmutzigen Tellern umgeben, in seiner winzigen Kombüse saß, durch die offene Tür zusehen, wie die Leute, angeführt vom Kapitän, entschlossen seinem Reich zustrebten.

Eilfertig sprang er auf und wischte sich die Hände hastig an seiner schmutzstarrenden Schürze ab. «Raus, Weber!» befahl Kapitän Berger. «Auf der Stelle!»

Weber gehorchte. Schwester Angela blieb an der Tür stehen. Sie betrachtete das Durcheinander, bückte sich, um an dem fauligen Schweinefleisch im Faß zu riechen, und wandte sich dann zu den anderen um.

«Nehmen Sie die Schürze ab», befahl sie Weber.

Weber warf Berger einen nervösen Blick zu, aber dann gehorchte er. Schwester Angela nahm die Schürze, hielt sie einen Moment in der ausgestreckten Hand und warf sie dann kurz entschlossen über Bord.

«Ich möchte vorschlagen, daß Sie den Mann an seine normale Arbeit zurückkehren lassen. Hier ist er offenbar fehl am Platz.»

«Und wer kocht?» fragte Berger.

«Da müssen Sie sich ein bißchen im Glauben üben, Herr Kapitän. Zunächst aber wünsche ich, daß jeder Zentimeter in diesem Dreckloch blitzblank gescheuert wird.» Sie wandte sich an ihre Nonnen. «Jeder Topf muß spiegeln. Erst dann, und nur dann werden wir in der Lage sein, aus den Lebensmitteln etwas zu machen. Einverstanden, Herr Kapitän?»

«Wir sind, wie Sie mir so oft gesagt haben, in Gottes Hand», entgegnete Berger.

Gegen Abend jedoch, als er mit Prager aufs Achterdeck stieg, kam von der Kombüse ein für ihre Verhältnisse so köstlicher Duft herübergeweht, daß er zum erstenmal seit vielen Tagen Appetit verspürte.

«Was ist das?» fragte er Richter, der gerade Ruderwache hatte.

«Ich glaube, das nennt man die weibliche Hand, Käpt'n.»

«Und dafür wollen wir dem Herrgott danken», fügte Prager fromm hinzu.

Janet stand am Fenster ihres Schlafwagenabteils und schaute deprimiert hinaus, doch selbst die atemberaubende Schönheit des Ben Nevis konnte ihre Stimmung nicht bessern. Sie setzte sich wieder an den Tisch und nahm ein Buch.

Eine Stunde verging, anderthalb; Jago schlief weiter, während sie durch die wildromantische Bergwelt Schottlands rollten. Glenfinnan, Lochailort und dann, verhüllt von Nebel- und Regenschleiern, das Meer und der Sund von Arisaig.

Das Buch hatte sie längst wieder beiseite gelegt. Sie rauchte eine Zigarette, sah zu, wie die Regentropfen am Fenster herabrannen, und dachte an Gericke – der Gedanke an ihn ließ sich einfach nicht verdrängen. Und das war alles andere als sinnvoll. Energisch griff sie nach ihrem Buch und zwang sich, weiter darin zu lesen.

Gericke, der bäuchlings auf den Postsäcken lag, konnte Carver zwar nicht sehen, spürte aber, daß sich der Oberbootsmann näherte. Er ging mit einem Messer in der Hand neben dem Gefangenen in die Hocke und riß Gerickes Kopf herum.

«Äußerst unklug», tadelte Gericke. «Sie würden nie eine vernünftige Erklärung dafür liefern können.»

Carver zog das Ritterkreuz aus der Tasche. «Dafür haben Sie wohl was ganz besonders Mutiges getan, wie, 'n richtiger Held sind Sie, nicht wahr?» Die Wut stieg wieder in ihm auf. Er durchschnitt die Stricke, die Gerickes Knöchel fesselten, und packte ihn an einem Arm. «Los, kommen Sie – aufstehen!»

Gericke stand schwankend da; fast schrie er auf, so stark waren die Schmerzen, als ihm das Blut in die verkrampften Beine schoß. Carver schob ihn durch das Gitter, dabei stellte er ihm ein Bein, daß er vornüber auf die Knie fiel und dann mit dem Kopf auf den Boden schlug. Zusätzlich versetzte er ihm einen Tritt in die Rippen.

«Fühlen Sie sich jetzt besser, Sir?»

Gericke richtete den Oberkörper auf. «Haben Sie so Ihre großartigen Boxkämpfe gewonnen, Carver? Mit Gegnern, denen die Hände auf dem Rücken gefesselt waren?»

Carver zog den Handschellenschlüssel heraus und riß Gericke herum. «Ich werd' Ihnen zeigen, ob ich boxen kann oder nicht!»

Sobald Gericke die Hände frei hatte, warf er den Regenmantel ab. Carver stürzte sich mit einem wilden Schwinger auf ihn, dem Gericke jedoch mühelos auswich. Sofort ging er in Abwehrstellung: halb geduckt, den rechten Arm mit der geballten Faust ausgestreckt, mit der Linken den Oberkörper deckend. Er bewegte sich wie ein erfahrener Profi.

Wieder griff der Oberbootsmann an, abermals mit einem Schwinger, dem Gericke wieder gewandt auswich, diesmal jedoch, indem er unerwartet herumwirbelte und eine Linke an Carvers Nieren landete. Carver schric vor Schmerzen auf und drehte sich dann, bis er Gericke wieder gegenüberstand.

«Ja, Carver, ich muß zugeben, daß ich Ihnen gegenüber nicht ganz aufrichtig war», sagte Gericke und pflanzte Carver eine weitere Linke unter die Rippen, gefolgt von einer kurzen Rechten, die ihn oben an der Wange traf und ihm eine Platzwunde eintrug. «Als junger Mann habe ich meine Lehrjahre auf einem Clipper absolviert, der die Salpeterroute nach Chile befuhr. Eine äußerst harte Schule. Strengste Disziplin, durchgesetzt mit Hilfe von Belegnägeln, Schlagringen und Stiefeln. So wurde ich ziemlich schnell erwachsen.»

Er schien sich wie in Zeitlupe zu bewegen, ein Hieb nach dem anderen fand sein Ziel, während Carvers Schläge immer häufiger ins Leere trafen.

Der Oberbootsmann war schlimm zugerichtet, sein Gesicht war blutüberströmt; er konnte nicht sprechen und rang vergeblich nach Luft, während ihn der Deutsche unnachsichtig quer durch den Gepäckraum trieb.

«Mein lieber Freund, Sie sind eine Beleidigung für die Uniform, die Sie tragen, und für das Land, das Sie hervorgebracht hat. Man hätte Sie schon längst einmal zurechtstutzen müssen.» Abermals setzte Gericke dem Oberbootsmann drei furchtbare Treffer ins Gesicht, daß er rücklings gegen die Wagenwand flog.

Hilflos rutschte er an der Wand zu Boden; sein Kopf hing schlaff nach einer Seite. Gericke blickte auf ihn runter; dann bückte er sich, durchsuchte seine Taschen und holte sich seine Orden zurück.

Er steckte auch die Mauser ein, nahm seine Mütze, zog den Regenmantel an und öffnete die breite Schiebetür.

Janet, die im Schlafwagengang am Fenster stand, sah flüchtig, wie eine Gestalt im hohen Heidekraut landete und anschließend den Abhang hinabrollte. Dann war draußen wieder nur Nebel und Regen zu sehen.

9

Schonerbark DEUTSCHLAND, *22. September 1944. 50° 59' nördl. Breite, 15° 35' westl. Länge. Um sechs Glasen der Mittelwache brach der Eisenkragen des Großbaums. Dann platzte das Großsegel von oben bis unten und wir mußten beidrehen, um die Reparaturen auszuführen. Wir ließen den Treibanker fallen, bis Sturm mittags alles klar zur Weiterfahrt meldete. Das Wetter verschlechterte sich kurz darauf zu starkem Regen und dichtem Nebel. Wind NW 5–6.*

Die *Mary Masters*, ein Neuntausend-Tonnen-Liberty-Schiff aus Halifax, Nova Scotia, mit einer Ladung Roheisen für die Stahlwerke von Südwales, hatte es in den letzten vierundzwanzig Stunden nicht leicht gehabt. Der größte Teil der Besatzung, darunter auch der Kapitän, holte sich jetzt unter Deck eine Mütze voll Schlaf.

Die Sicht war wegen des starken Regens und des dichten Nebels sehr schlecht, der Dritte Offizier, allein auf der Brücke, unendlich müde. Als er vielleicht zum zwanzigsten Mal innerhalb der letzten halben Stunde das Glas an die Augen hob und plötzlich die *Deutschland* vor die Linse bekam, wollte er seinen Augen nicht trauen.

Durchs Sprachrohr rief er den Kapitän. «Braithwaite hier, Sir. Tut mir leid, Sie zu stören, aber ich habe ein Segelschiff gesichtet.»

«Wie bitte?»

«Ein Segelschiff, Sir. Eine Viertelmeile backbords achteraus.»

«Ich komme sofort.»

Braithwaite wandte sich wieder nach achtern, um die *Deutschland* weiter zu beobachten. Kurz darauf kam Captain

Henderson auf die Brücke: ein kleiner, alter, weißhaariger Mann, der neunzehnhundertvierzig in den Ruhestand hätte gehen müssen und nur wegen des Krieges geblieben war.

Er griff nach dem Glas und stellte es ein. «Wunderschön», murmelte er vor sich hin. «Ändern Sie den Kurs, Mr. Braithwaite. Die wollen wir uns mal näher ansehn.»

An Deck der *Deutschland* waren ein halbes Dutzend Besatzungsmitglieder; Berger und Sturm standen auf dem Hüttendeck und beobachteten, wie sich das andere Schiff langsam näherte.

Sturm setzte das Fernglas ab. «Ein Tommy, Käpt'n. Die *Mary Masters.*»

Richter kam mit der Signallampe die Leiter herauf. «Was sollen wir machen, Käpt'n?» fragte er.

«Das ist ein Frachter, der ist nicht von der Royal Navy.» Berger sah zur schwedischen Nationalflagge hinauf. «Wir sind und bleiben die *Gudrid Andersen.* Soll uns erst jemand das Gegenteil beweisen.»

Auf der *Mary Masters* wurde eine Signalflagge gehißt. Sturm schaute angestrengt durch sein Glas. «Kann ich Ihnen behilflich sein?» wurde von dem Frachter gefragt.

Stirnrunzelnd packte Berger die Decksreling. Das Schiff war jetzt sehr dicht herangekommen; sein Kurs würde es achtern an der *Deutschland* vorbeiführen, nahe genug, um die Männer auf der Brücke deutlich zu erkennen.

«Ich denke, wir werden es diesmal mit einem echten Bluff versuchen. Sie sprechen am besten Englisch, Sturm, also nehmen Sie die Signallampe. Halten Sie sich bereit, auf mein Kommando zu signalisieren. Aber kurz fassen, wenn ich bitten darf.»

«Aye, aye, Käpt'n.»

Sturm gab das Vorsignal. Nach kurzer Pause kam die Antwort.

«Also dann los», sagte Kapitän Berger leise. «*Gudrid Andersen* achtundzwanzig Tage hinter Belém mit Ziel Göteborg. Danke für Ihr Angebot, brauchen keine Hilfe.»

Die Lampe auf der Brücke der *Mary Masters* signalisierte ihre Antwort – jetzt aus noch größerer Nähe. Sturm wartete, bis sie fertig war, dann übersetzte er.

«Von Halifax, Nova Scotia, nach Swansea. Mußten gestern wegen Maschinenschaden aus Konvoi ausscheren.» Abermals begann die Lampe zu blitzen. «Wünschen Sie Meldung Ihrer Position?»

«Nehmen Sie das Angebot an, Sturm. Im Grunde bleibt uns keine Wahl. Meinen Sie nicht auch, Helmut?»

Richter nickte grimmig. «Leider ja, Käpt'n.»

«Wenn wir Glück haben, brauchen die da drüben zwei bis drei Tage, bis sie feststellen, daß die echte *Gudrid Andersen* immer noch im Hafen von Göteborg liegt, und wir werden den Kurs ändern, sobald die hinter dem Horizont verschwunden sind.»

Der Schieber der Signallampe klapperte, und die *Mary Masters* bestätigte. Die meisten Besatzungsmitglieder hingen an der Backbordreling, winkten und riefen fröhliche Grüße durch den Regen.

«Fragen Sie ihn, ob sie noch immer den Krieg gewinnen.» Völlig perplex fuhr Sturm herum. «Na los doch, Mann!» drängte Berger ihn ungeduldig.

Die Antwort darauf war mehr als kurz. «Eindeutig. Mehr sagt er nicht, Käpt'n.»

«Hatte ich mir gedacht», entgegnete Berger. «Vielen Dank und auf Wiedersehen! Geben Sie das noch durch.»

Die Lampe blinkte zum letztenmal, und als die *Mary Masters* achtern vorbeiglitt, ertönten drei langgezogene Pfiffe.

«Erwidern Sie den Gruß, Richter.»

Der Bootsmann hastete die Leiter hinunter und lief über das Deck, um die Flagge zu dippen. Die Dampfpfeife ertönte ein letztes Mal – ein einsames Echo, das weit über das Wasser hallte.

«Machen wir, daß wir weiterkommen», befahl Berger.

Auf der Brücke der *Mary Masters* sah Henderson die

Deutschland davongleiten, und als er sein Glas von den Augen nahm, war sie schon halb von Regen und Nebel verschluckt.

«Alles, was ich auf See gelernt habe, alles, was man wissen muß, habe ich mit achtzehn auf so einem alten Kahn gelernt.»

«Ach, wirklich, Sir?» gab Braithwaite uninteressiert zurück.

Der alte Kapitän nickte wehmütig. «Sehen Sie gut hin. Sehen Sie sich satt. So eine Gelegenheit werden Sie wahrscheinlich nie wieder haben – in Ihrem ganzen Leben nicht.»

In den Bergen hing der Nebel, doch in Mallaig war es relativ klar. Janct wartete im Vorzimmer des Marinebefehlshabers und starrte auf den Hafen hinaus. Er war belebter als bei ihren früheren Besuchen: Fischerboote, mehrere Patrouillenboote der Navy, sogar ein U-Boot und ein Leichter, der an der Pier Ladung löschte.

Ihre Augen brannten vor Schlafmangel, und sie war ungeduldig, weil sie schnell wieder fort wollte. Sie hatte viele Fragen beantwortet, ein Protokoll unterschrieben, und nun gab es immer noch Verzögerungen.

Eine junge Angehörige des Women's Royal Naval Service saß an einem Tisch in der Ecke und tippte, doch im Chefbüro waren Stimmen zu hören. Als die Tür aufging, wandte sie sich vom Fenster ab. Fisher kam mit hochrotem Gesicht heraus und eilte wortlos an ihr vorbei.

Gleich darauf erschien Jago mit Captain Murray, dem befehlshabenden Offizier, einem freundlichen, grauhaarigen Mann von ungefähr Fünfzig. «Tut mir leid, daß es so lange gedauert hat, Miss Munro. Aber jetzt sind wir endgültig fertig.»

«Kann ich gehen?»

«Selbstverständlich. Sie haben uns alles gesagt, was Sie wissen. Was allerdings Ihre Überfahrt nach Fhada betrifft – Murdoch Macleod ist noch nicht eingetroffen. Er sollte sich sofort hier melden. Deswegen würde ich an Ihrer Stelle erst mal ein Hotelzimmer nehmen. Ich habe schon Bescheid gesagt, daß Sie kommen.»

«Und Gericke? Was wird aus ihm?»

Murray lächelte. «Meine liebe Miss Munro, meine Bewunderung für diesen Mann ist grenzenlos.»

Unvermittelt wurde sie wieder wütend. «Mein Gott, er ist schließlich unser *Feind*. Oder haben Sie das ganz vergessen?»

«Keineswegs, da können Sie sicher sein. Ich hege lediglich kollegiale Hochachtung vor einem wahrhaft hervorragenden Seemann. Immerhin . . .» Er ging zu einem Meßtischblatt der Western Highlands, das an die Wand geheftet war. «Wenn er von dort, wo er vom Zug gesprungen ist, quer über die Berge marschiert, ist ihm der Weg vom Loch Morar versperrt. Steigt er dagegen zur Küstenstraße hinunter, würde ihn die höchstens nach Mallaig führen – und hierher wird er bestimmt nicht kommen.»

«Aber wohin kann er denn überhaupt?»

«Nicht sehr weit, denn es gibt hier nichts anderes als Mallaig. Wie Sie sehen, führen nur eine einzige Straße und die Bahnstrecke hierher. Es ist lediglich eine Frage der Zeit. In diesem Wetter kann er sich da oben nicht lange halten.»

Jago nahm ihren Koffer. «Ich bringe dich ins Hotel.»

Murray schüttelte ihnen die Hand. «Ich werde Ihnen Bescheid geben, sobald Murdoch eintrifft. Gute Reise.» Dann kehrte er ins Büro zurück.

Janet und Jago gingen, die Köpfe vor dem Regen gesenkt, zum Bahnhof von Mallaig zurück. «Was wird nun mit Lieutenant Fisher?» erkundigte sich Janet.

«Der wird wahrscheinlich nach Cape Wrath versetzt.»

«Und mit Carver?»

«Der wird zunächst im Marinelazarett zusammengeflickt. Das muß ein Anblick gewesen sein! Gericke hat ihn wirklich gründlich auseinandergenommen. Mit seiner Karriere ist es natürlich aus. Ich will nicht sagen, daß er im Knast landet, aber degradiert wird er bestimmt.»

Als sie auf der Höhe des Bahnhofs waren, rief ihnen eine Stimme zu: «Dr. Munro?»

Ein junger Fallschirmjäger in rotem Barett und gefleckter Tarnjacke kam über die Straße auf sie zugelaufen.

«Ja, Lachlan!» sagte Janet erfreut. «Waren Sie auch mit in unserem Zug?» Dann wandte sie sich an Harry Jago. «Das ist Lachlan MacBrayne, Harry. Er ist ebenfalls von Fhada.»

«Ach, wirklich?» Jago reichte ihm die Hand.

Lachlan war achtzehn Jahre alt, aber sein rotes Kraushaar, die Sommersprossen und die Stupsnase ließen ihn noch jünger erscheinen. «Vierzehn Tage Heimaturlaub. Gerade mit der Sprungausbildung fertig. Murdoch sollte mich abholen, aber als ich im Hafen nachfragte, war er noch nicht eingetroffen.»

«Er will mich auch mit rübernehmen», erklärte Janet. «Ich werde im Hotel auf ihn warten. Wir sollen Bescheid kriegen, sobald er kommt. Wollen Sie sich uns nicht anschließen?»

Lachlan blickte verlegen zu Jago hinüber. «Geht das in Ordnung, Sir?»

«Aber ja», antwortete Jago. «Holen Sie Ihr Gepäck und kommen Sie nach.»

Der junge Fallschirmjäger lief wieder über die Straße.

Als Janet und Jago vor dem Hotel stehenblieben, verstärkte sich der Regen vorübergehend zum Wolkenbruch, und Janet sah in Richtung der Gipfel am anderen Ufer des Loch Morar, die im Nebel verborgen lagen.

«Ich glaube kaum, daß es an einem solchen Tag da oben allzu gemütlich ist», meinte Jago.

«Und ich würde sagen, du untertreibst.»

Gemeinsam betraten sie das Hotel.

Gericke befand sich knapp nordwestlich des Sitheon Mor. Sein Ziel war Mallaig, denn ein anderes gab es hier nicht; er hatte die Seekarten der Westküste Schottlands lange genug studiert, um sich darüber klar zu sein. Er brauchte nichts weiter zu tun, als geradeaus zu marschieren, direkt über den Berg, anschließend zum Loch Morar hinab, den man sogar bei schlimmstem Wetter nicht verfehlen konnte, und dann weiter am Wasser entlang zur Küstenstraße. Daß er länger als einen Tag in Freiheit bleiben konnte, erschien ihm höchst unwahrscheinlich, aber in Mallaig gab es wenigstens Schiffe. Eine ganz winzige Chance, so unsicher sie auch sein mochte. Außerdem tat es gut, wieder einmal frei zu sein. Das allein war schon der Mühe wert.

Nachdem er vom Zug gesprungen war, hatte er sich bergaufwärts davongemacht und war nach etwa zehn Minuten auf einen Bergbach gestoßen. Er folgte ihm, rasch ausschreitend in dem von beiden Seiten heranrückenden Nebel, der ihm ein Gefühl der Sicherheit gab, des Geschütztseins vor der Außenwelt. Zunächst wuchsen Birken an seinem Weg, die jedoch seltener wurden, je höher er kam, bis er durch dichten Adlerfarn stapfte, der ihm stellenweise bis an die Hüften ging.

Gelegentlich stoben Moorschneehühner oder Regenpfeifer, von seinen Schritten aufgestöbert, aus dem Heidekraut hoch. Er machte erst nach einer Stunde Pause, um ein wenig zu Atem zu kommen. Unter einem Felsvorsprung suchte er Schutz vor dem strömenden Regen, obwohl das auch nicht mehr viel nützte, denn sein Regenmantel war völlig durchnäßt.

Bald darauf setzte er sich wieder in Marsch, und diesmal ging es sehr steil bergauf. Drei Meilen, vielleicht auch noch vier bis zum Loch, und dabei mußte er über den Berg; doch er empfand keine Müdigkeit. Der erste Überschwang des Freiheitsgefühls beflügelte ihn.

Er stieg weiter, zur Flanke des South Morar, kletterte quer über einen mit Felsblöcken übersäten Hang. Immer noch umgab ihn Nebel. Inzwischen war er bis auf die Haut durchnäßt und spürte zum erstenmal auch die Kälte.

Aber er stieg hartnäckig weiter, bis er, etwa zwei Stunden nach seiner Flucht, die Kante eines riesigen Granitblocks erklomm und sich auf einem Plateau fand. Hier oben herrschte grimmige Kälte, und der Wind, der ihm ins Gesicht wehte, sagte ihm, daß er auf dem Gipfel angekommen sein mußte. Und dann zerriß ein Windstoß den dichten, grauen Vorhang.

Der Blick war überwältigend. Unter ihm Loch Morar, dahinter, auf der anderen Landzunge, vier bis fünf Meilen entfernt, die Stadt Mallaig, und draußen im Meer, hinter dem Sund von Sleat in den Regen geduckt, die Inseln Eigg, Rhum und Skye. Zehn oder fünfzehn Meter von ihm entfernt erhob sich ein hoher trigonometrischer Punkt aus Feldsteinen, ein Pfad wand sich in Schlangenlinien zum Loch hinab. Der Nebelvorhang zog sich wieder zu, aber er hatte genug gesehen. Mit neu erwachter Energie machte er sich auf den Weg bergab.

Die *Deutschland* machte gute Fahrt; mit jedem Leinwandflecken, den sie besaß, warf sie sich in den Wind. Vom Achterdeck aus sprach Kapitän Berger zu Passagieren und Besatzung.

«Die letzte Etappe», sagte er. «Das Zusammentreffen mit der *Mary Masters* war Pech, aber wir hatten trotzdem das Glück auf unserer Seite. Ich habe, sobald es ging, den Kurs geändert – nur für den Fall, daß doch jemand nach uns suchen sollte, aber das halte ich für unwahrscheinlich. Eines ist jedoch von jetzt an unerläßlich: Wir müssen strenger denn je darauf achten, daß man bei Nacht keinen Lichtschein bei uns an Bord sieht. Diese Vorsichtsmaßnahme ist mehrmals sträflich vernachlässigt worden.»

Einen Augenblick herrschte Stille; alle Gesichter sahen zu ihm auf, die Leute erwarteten mehr von ihm, und er hatte so wenig zu geben. Fest umklammerte er die Reling und versuchte, Zuversicht in seinen Ton zu legen. «Es wird gutgehen. Sieben bis acht Tage noch, mehr nicht, und diejenigen unter euch, die eine Familie haben, werden sie bald wiedersehen, das verspreche ich euch. Wir sind zu weit gekommen, um es jetzt nicht mehr zu schaffen.» Er nickte Sturm zu. «Lassen Sie die Besatzung wegtreten.»

Eine Weile herrschte rege Aktivität, während die Steuerbordwache auf ihre Arbeitsstationen zurückkehrte und die anderen unter Deck gingen. Berger kontrollierte den Kurs, dann stieg er die Leiter hinunter und betrat seine Kajüte. Er schenkte sich gerade ein Glas Rum ein, als es klopfte und Otto Prager eintrat.

«Auch einen?» Berger hielt sein Glas empor.

«Nein, danke», lehnte Prager ab. «Aber eine von Ihren Zigarren nehme ich gern, wenn Sie noch eine übrig haben.»

«Bitte sehr, bedienen Sie sich.»

Berger setzte sich an den Schreibtisch und zog eine Seekarte der Westlichen Reviere zu sich heran. «Das klang gut, was Sie da draußen gesagt haben, Erich», bemerkte Prager.

«Wirklich?» fragte Berger ein wenig erschöpft. «Na, wenigstens etwas.»

«Wo sind wir, wenn ich fragen darf?»

«Hier.» Berger tippte auf die Seekarte. «Jetzt müssen wir nur noch westlich von Irland, den Äußeren Hebriden und Shetland nach Norden und dann nach Norwegen hinüber. Dann sollten wir mehr oder weniger in Sicherheit sein. Anschließend an der Küste entlang durch das Kattegat nach Kiel.»

«Als wir ausliefen, erschien uns das alles wie ein Traum», sagte Prager. «Wie ein unmöglicher Traum.»

«Ja.»

Irgend etwas berührte Berger, ein böses Gefühl durchlief seinen Körper – wie ein kalter Wind, bei der Nacht über das Schiffsdeck streicht: die erste Sturmwarnung.

In der Kombüse bereiteten Schwester Angela und Maria mit bis zum Ellbogen aufgekrempelten Ärmeln das Abendessen vor. Die Tür wurde aufgestoßen, und Richter erschien, in den Händen eine Emailleschüssel.

Er stellte sie mit Schwung auf den Tisch. «Pökelfleisch, meine Damen. Der letzte Rest, und er riecht überhaupt nicht gut.»

Schwester Angela prüfte das Fleisch mit dem Messer.

«Zur Hälfte verfault, zur Hälfte von Würmern wimmelnd.»

«Keine Angst, Schwester. Sie werden sicher was Schönes draus machen.»

Er tauschte einen Blick mit Maria, die ihm zulächelte, während sie, die Arme bis zu den Ellbogen mit Mehl bedeckt, einen Teig knetete. Die Nonnenhaube trug sie nicht mehr; der schlanke Hals und das kurz geschnittene Haar ließen sie seltsam wehrlos erscheinen. Am liebsten hätte Richter sie in den Arm genommen.

Aber er riß sich zusammen. «Kann ich Ihnen sonst noch was helfen?»

«Ja», antwortete Schwester Angela. «Wir haben noch ein paar Kartoffeln, die könnten Sie schälen. Aber bitte draußen, ja?»

Er nahm die Schüssel, auf die sie zeigte, ging hinaus und hockte sich an die Backbordreling. Dann zog er seinen Finnendolch, ließ die Klinge herausspringen und machte sich über die Kartoffeln her. Die meisten waren ziemlich verfault und hatten ellenlange Keime, aber er schälte sie, so gut es ging, und pfiff dabei fröhlich durch die Zähne.

Nach einer Weile erschien Maria, in der Hand einen Eimer mit Abfall. Sofort sprang er auf, nahm ihr den Eimer ab und leerte ihn über Bord. Als er ihn ihr zurückreichte, berührten sich flüchtig ihre Hände, und Maria lächelte ihn zärtlich an. Zum Zeichen seiner Liebe hatte er ihr seinen Siegelring geschenkt. Da sie ihn vorerst jedoch nicht tragen konnte, hatte sie ihn in ihrer Koje unter einer Matratzenecke versteckt.

«Wird alles gutgehen, Helmut?» fragte sie. «Werden wir durchkommen?»

«Aber natürlich werden wir durchkommen. Warum fragst du?»

«Wegen Kapitän Berger. Da war so was in seiner Stimme. Ich kann es nicht richtig erklären.»

«Unsinn! Er ist nur abgespannt. Das sind wir alle. Es war eine verdammt schwere Fahrt.» Er nahm ihre Hand. «Du brauchst dir keine Sorgen zu machen.»

Sie lächelte. «Und wenn wir in Kiel sind?»

«Ich werde dich nie allein lassen, das verspreche ich dir. Von nun an kann uns nichts trennen. Ich schwöre es, so wahr mir Gott helfe.»

Sie lächelte herzlich. «Dann ist alles andere unwichtig», sagte sie und kehrte in die Kombüse zurück.

Janet spähte von der Brücke der *Dead End* in den Hafen hinaus. «Wenn ich fort bin, vergesse ich immer wieder, wieviel Regen es hier oben gibt.»

«Es regnet fünf Tage in der Woche», bestätigte Jago.

Jansen kam mit einer Tasse Kaffee in jeder Hand. «Eben ist unser Einsatzbefehl gekommen, Sir, Stornoway, im frühen Licht der Dämmerung.»

Jago, der Janets verwunderte Miene sah, erklärte lachend: «So redet er immer. Nur in Zitaten.»

«Eine wohlbekannte Krankheit», ergänzte Jansen. «Man bezeichnet sie als Bildung.»

Ein seetüchtiges Motorboot kam um die Pierspitze und lief in die Hafeneinfahrt ein. Janet beugte sich neugierig vor. «Ich glaube, das ist die *Katrina*. Ja, ich bin ganz sicher.»

«Dann werde ich Bescheid sagen, daß Sie hier sind», sagte Jansen.

Er ging hinaus. Janet wandte sich zu Jago um. «Nun, Harry – das ist wohl das Ende.»

«Oder der Anfang.»

«Das gefällt mir so an dir, Liebling. Du bist der letzte große Romantiker, und das ist eine Eigenschaft, die man heutzutage nur noch selten findet.»

Trotz der Verdunkelung war es auf der Pier erstaunlich hell. Ein Ladekran war in Aktion, angetrieben von einem Dieselmotor, der dumpf tuckerte, eine Gruppe Matrosen lud Ölfässer von einem Leichter auf zwei große Lastwagen.

So hatte Gericke, der sich vorsichtig im Schatten hielt, wenigstens Gelegenheit, sich ein Bild von der allgemeinen Lage zu machen. Da ankerte ein altes Kanonenboot, offenbar aus der Zeit vor dem Krieg, mit ein paar Seeleuten an Deck. Nach ihren Mützen zu urteilen, Amerikaner.

Hinter dem Kanonenboot lag ein Küstenmotorschiff, ein Acht- bis Neunhunderttonner mit nur einem Schornstein, sowie eine Anzahl Fischerboote. Und ungefähr zwanzig Meter weiter entdeckte er im matter werdenden Lichtschein den vagen Umriß eines seetüchtigen Motorboots.

Er sah auf seine Armbanduhr. Kurz vor neun. Die Matrosen konnten ja schließlich nicht die ganze Nacht arbeiten. Zumindest hoffte Gericke das, denn unter den zur Zeit auf der Pier herrschenden Umständen wäre jeder Versuch, dieses Motorboot zu erreichen, von vornherein zum Scheitern verurteilt.

Er brauchte einen Unterschlupf, in dem er drei bis vier Stunden ungestört warten konnte, möglichst mit einem Dach über dem Kopf, denn es sah nicht so aus, als werde der Regen in absehbarer Zeit nachlassen. Drüben, an der Seite, waren auf einem verhältnismäßig kleinen Platz sechs Marinelastwagen abgestellt, einer mit dem Kühler am Heck des anderen.

Vorsichtig kundschaftete er die Umgebung aus, aber es schien keine Wachtposten zu geben, vermutlich weil die Wagen leer waren. Er kletterte über die Ladeklappe des einen, machte es sich, so gut es ging, auf dem Boden bequem und wartete.

Janet saß mit Harry Jago in einer Ecke der Bar des Bahnhofshotels, als Murdoch in Seestiefeln und Seemannsjacke hereinkam, über dem Arm einen gelben Ölhautmantel: eine prachtvolle, archaische Gestalt, nach der alle Anwesenden die Köpfe drehten.

«Darf ich Ihnen einen Scotch holen, Mr. Macleod?» fragte Jago, der zuvorkommend aufgestanden war.

«Murdoch, mein Junge – für meine Freunde einfach Murdoch», erwiderte der Alte. «Ja, ein kleiner Schluck würde mir guttun.»

Jago ging zur Bartheke, und Murdoch zog seine Pfeife heraus. «Stört Sie das, Mädchen?»

«Aber nicht im geringsten» antwortete sie. «Und jetzt erzählen Sie schnell von der Insel. Wie geht's meinem Onkel?»

Methodisch stopfte Murdoch den Pfeifenkopf aus seinem Öltuchbeutel. Statt ihre Frage zu beantworten, erkundigte er sich seinerseits: «Wo kann denn wohl der junge Lachlan sein?»

«Oben in meinem Zimmer. Ich hab' mir gedacht, warum soll das Bett leerstehen, und er sah aus, als könnte er ein bißchen Schlaf gebrauchen.»

Jago kam mit Murdochs Scotch. Der Alte hob das Glas vorsichtig ans Licht und begutachtete den Inhalt mit Kennermiene. «Wie, zum Teufel, bringen Sie das nur fertig, Lieutenant?»

«Ach, ich lasse den Leuten hier gelegentlich ein paar Flaschen zukommen, deshalb haben sie immer eine für mich unter der Theke stehen.»

«Wie geht's Onkel Carey? Das haben Sie mir immer noch nicht gesagt», beschwerte sich Janet.

Bedächtig fragte er zurück: «Haben Sie schon Arbeit für ihn? Gibt's was Neues?»

«Ja, so könnte man es nennen.»

Er nickte. «Sein einziges Problem.»

«Aber sicher nicht das, was er sich wünscht. Kein Prisenkommando mit gezogenem Säbel, wenn Sie verstehen, was ich meine.»

«Das habe ich befürchtet.» Murdoch seufzte. «Er ist – wie

soll ich es ausdrücken? – tatendurstig. Das bedeutet ihm, glaube ich, alles. Ein Jammer, daß er nicht mal eine Weile stillsitzen kann. Dabei hat er eine gute Frau, die ihm liebend gern die Hand halten würde.»

«Jean?»

«Ich hatte den Eindruck.»

«Das wäre wirklich das beste für ihn.» Janet freute sich für den Onkel. «Ich will mal sehen, was ich da machen kann.»

«Kümmern Sie sich um Ihre eigenen Angelegenheiten, Mädchen», erwiderte er freundlich. «Manche Dinge wachsen besser von selbst.»

Jago freute sich ungemein, daß sie von dem Alten eins drauf gekriegt hatte. Unter dem Tisch versetzte sie ihm einen Tritt. «Wann wollen wir aufbrechen?»

«So gegen zwei Uhr nachts, falls Ihnen das recht ist. Dann haben wir Flut. Und jetzt entschuldigen Sie mich bitte, ich muß fort. Habe meiner Schwester versprochen, bei ihr zu essen.» Aus einer Innentasche holte er eine uralte Nickeluhr und warf stirnrunzelnd einen Blick auf das Zifferblatt. «Ich hätte schon vor zehn Minuten bei ihr sein sollen. Die wird mir das Fell über die Ohren ziehen. Ist schrecklich unwirsch, seit ihr Mann letztes Jahr gestorben ist.»

«Haben Sie es weit?» Jago erhob sich. «Ich könnte schnell den Jeep holen gehen.»

«Danke, ist gleich oben an der Hauptstraße. Nur ein paar Schritte. Wir sehen uns hier um halb zwei wieder.»

Er drängte sich durch die dicht besetzte Bar, ging hinaus, und Jago nahm wieder Platz. «Ein prachtvoller alter Mann! Schade, daß du dem jungen Lachlan gegenüber so großzügig warst. Jetzt ist ein schönes, weiches Bett sinnlos verschwendet.»

«Mildtätigkeit gehört zu meinen hervorstechendsten Charakterzügen.»

Er beugte sich über den Tisch und bot ihr eine Zigarette an. «Zufällig bin ich aber ein fürsorglicher junger Mann und habe ein Sonderabkommen mit dem Wirt.»

«Irgendwie hatte ich mir das gedacht.»

«Du weißt schon: Seemann im Hafen, und so weiter. Muß irgendwo sein müdes Haupt betten. Allerdings ist ein kleiner Haken dabei. Es gibt nur ein Bett.»

«Und eins durch zwei geht nicht?»

«Ich war schon immer schlecht im Rechnen.»

«Ich auch.»

Sie standen auf und gingen in die Halle hinaus. Ein Windstoß peitschte Regenschauer gegen die Haustür, und Janet, eine Hand schon am Treppengeländer, blieb noch einmal stehen. «Scheußliche Nacht für die, die jetzt draußen sein müssen.»

«Da jagt man keinen Hund vor die Tür», erwiderte er fröhlich. «Wie meine Großmutter zu sagen pflegte.»

«Ich dachte eigentlich eher an Gericke», antwortete sie, drehte sich um und stieg die Treppe hinauf.

Gericke war tatsächlich eingeschlafen. Als er dann plötzlich aufschreckte, mußte er feststellen, daß gut zwei Stunden vergangen waren. Aber das war nicht weiter schlimm, denn die Matrosen auf der Pier waren erst gegen eins mit dem Ausladen fertig. Die Lichter wurden gelöscht, und die Lastwagen fuhren davon.

Jetzt lag alles totenstill. Irgendwo in der Ferne bellte ein Hund. Gericke wartete noch eine Viertelstunde, um ganz sicherzugehen, daß niemand zurückkam; dann wagte er sich aus dem Schutz der geparkten Lastwagen heraus und schlich vorsichtig zur Pier hinunter.

Er hielt sich sorgfältig im Schatten, blieb stehen, um seine Seestiefel auszuziehen, und stopfte die weiße Mütze unter den Regenmantel. Das leise Stimmengemurmel, das er hörte, kam von den beiden Wachtposten des Kanonenboots, deren Zigaretten er im Ruderhaus glimmen sah. Lautlos, auf Strümpfen, schlich er weiter, an dem Kümo und den Fischerbooten vorbei.

Das Motorboot war am Fuß einer Steintreppe festgemacht. Er kletterte über die Reling, stellte behutsam seine Stiefel ab und stieg, die Mauser schußbereit in der Hand, den Niedergang hinab.

Unten gab es einen ziemlich großen Salon, achtern eine Kabine mit zwei Kojen, beide leer, sowie eine kleine Toilette. Die Kombüse war vorn. Alles perfekt. Er suchte ein Handtuch, trocknete sich die Füße, stieg dann den Niedergang wieder hinauf und zog die Stiefel an.

Dann inspizierte er das Ruderhaus. Dies war bestimmt kein Fischerboot, soviel stand fest. Es mußte einem reichen Mann gehören. Penta-Benzinmotor, Doppelschrauben, Tiefenmeßgerät, automatische Steuerung. Boote dieser Art hatten normalerweise eine Reichweite von sieben- bis achthundert Meilen, vielleicht sogar mehr. Es kam drauf an, wie voll die Tanks waren.

Er fand den entsprechenden Anzeiger und stellte fest, daß die Tanks fast voll sein mußten. Was er jetzt brauchte, war ein Riemen, damit er das Boot aus dem Hafen pullen konnte, ehe er den Motor anwarf. Vorsichtig trat er aufs Deck hinaus, um sich sofort wieder ins Ruderhaus zurückzuziehen, weil er mehrere Stimmen und auf der Pier Schritte hörte.

Tief in den dunklen Schatten gedrückt, wartete er darauf, daß die Leute stehenblieben – vielleicht bei einem der Fischerboote. Obwohl er, merkwürdig schicksalsergeben, ahnte, daß sie ausgerechnet zu diesem Boot kommen würden.

Jemand lachte laut auf in der Nässe draußen: heiser, unverkennbar, vertraut. Und Gericke lächelte ungläubig, als er Janet Munro sagen hörte: «Kannst du denn nie etwas ernst nehmen, Harry?»

«Nur, wenn's unbedingt nötig ist», gab Harry Jago zurück. «Wissen Sie was, Murdoch? Ich hab' da eine großartige Idee. Sie suchen sich die Stelle zwischen Fhada und Mallaig aus, wo das Wasser am tiefsten ist, wickeln ihr mindestens achtzig Pfund Eisenketten um die Beine und werfen sie kurzerhand über Bord. Dann wäre die Welt für uns alle erheblich gemütlicher, schätze ich.»

«Du Mistkerl!» schimpfte Janet lachend.

«Geben Sie acht, Mädchen», warnte Murdoch sie vorwurfsvoll. «Wenn Sie sich nicht ein bißchen sittsam benehmen, werde ich den Vorschlag des Lieutenants befolgen.»

Gericke war längst außer Sicht. Er hatte sich lautlos den Niedergang hinuntergeschlichen.

10

Schonerbark DEUTSCHLAND, *23. September 1944. 53° 59′ nördl. Breite, 16° 39′ westl. Länge. Wind NW 6–7. Sturm bat um Erlaubnis, die Segel zu reffen, denn wir nehmen soviel Wasser über, daß das Leben für die Passagiere äußerst unbequem geworden ist. Ich verweigerte die Erlaubnis, da ich jetzt soviel Fahrt wie nur möglich brauche.*

Jago knipste im Salon das Licht an. Die Verdunklungsvorhänge waren zugezogen; als Janet ihm folgte, drehte er sich zu ihr um. «Hübsch ist es hier. Übrigens, wo sollen die hin?»

«In die Achterkabine», antwortete sie.

Mit dem Fuß stieß er die Tür auf und warf ihre Koffer samt Arzttasche auf eine Koje. Als er in den Salon zurückkehrte, kam Lachlan, das Gewehr über der Schulter, einen Seesack unter dem Arm, den Niedergang herab.

Der junge Mann zog ein Gesicht. «Ehrlich, Doktor, mir ist jetzt schon ganz schlecht.»

Er warf seinen Sack auf den Fußboden; Janet nahm ihm das Gewehr ab und schob es unter ein Sitzbankpolster, damit es nicht zu sehen war. «Ich hasse die Dinger. Keine Angst, Lachlan, ich habe Tabletten in meiner Tasche. Davon nehmen Sie ein paar, dann können Sie sich hinlegen und während der Überfahrt durchschlafen.»

Der junge Soldat ging in die Kombüse, und Janet wandte sich Jago zu. «Das war schon immer so mit ihm, schon als Kind. Du wirst es nicht glauben, aber sein Vater war tatsächlich Kapitän eines Fischerbootes von Fhada.»

«War?»

«Er ist vor kurzem als Maat auf dem Schiff von Murdochs Sohn gefallen.»

«Ich weiß», entgegnete Jago. «Daß das Schiff torpediert

wurde, meine ich. Von Lachlans Vater hatte ich keine Ahnung. In der Nordsee sind sie versenkt worden. Und ich hatte die unangenehme Aufgabe, die Nachricht zu überbringen. Wie schon gesagt, ich bin ja bloß so'n dämlicher Postbote.»

Unvermittelt wurde sie zornig; sie ärgerte sich über das ewige Wiederkäuen des gleichen Themas. «Verdammt noch mal, Harry, sei nicht kindisch! Hör endlich auf, dich in Selbstmitleid zu baden.» Sie packte ihn bei seinem Pullover. «Wenn du in dieser Stimmung auf Fhada auftauchst, werde ich dich postwendend ins Meer werfen!»

«Jawohl, Ma'am.»

Er wollte sie küssen, aber sie entwand sich seinen Armen und lief zum Niedergang. «Ich muß hier raus.»

Im Ruderhaus fanden sie Murdoch und Jansen. «Ich habe versucht, Mr. Macleod zu erklären, daß es wahrscheinlich besser wäre, zu warten, bis es ein bißchen heller geworden ist», sagte der Oberbootsmann.

«Und was hat er geantwortet?»

«Da ich diese Gewässer von Kindheit an inzwischen fast siebzig Jahre befahre, habe ich ihm geraten, sich um seine eigenen Angelegenheiten zu kümmern und von mir aus zum Teufel zu gehen», sagte Murdoch. «Eine unangebrachte Gefühlsregung für einen Mann meiner Religion, aber ich kann's nun mal nicht ändern.»

«Ganz hervorragend formuliert», bemerkte Jago.

Murdoch zog seine Pfeife heraus. «Ein paar Teller gute, schottische Hafergrütze in den Magen, und Sie sind gewappnet für das Auslaufen nach Stornoway.»

«Hafergrütze?» fragte Jansen. «Eine Getreideart, die man in England den Pferden gibt, von der in Schottland jedoch die Menschen leben. Das hat übrigens Dr. Samuel Johnson gesagt, nicht ich. Und falls es von Interesse ist: Er hat diese Gegend wirklich bereist.»

«Lieutenant Jago», sagte Murdoch grimmigen Tones, «würden Sie mir diesen Mann bitte vom Hals schaffen, oder soll ich ihn kopfüber ins Wasser befördern?»

«Nichts für ungut, Sir.» Jansen machte sich hastig davon und stieg über die Reling auf die Anlegestelle.

«Verzeihen Sie ihm», bat Jago ironisch. «Er kann nichts dafür. Das ist ein angeborener Defekt.»

«Geh endlich, Harry.» Janet versetzte ihm einen Stoß.

Jago ging zu Jansen auf die Anlegestelle hinüber, und sie machten die Leinen los. Janet holte die Leinen ein, stemmte die Arme in die Seite und sah den beiden Männern nach. Jago warf ihr eine Kußhand zu. Janet winkte und ging ins Ruderhaus.

Sie blieb neben Murdoch stehen und spähte aufmerksam in die Nacht. «Wie lautet der Wetterbericht?»

«Windstärke drei bis vier mit Schauern. Allgemein im Seegebiet Hebriden kurz vor Tagesanbruch leichter Nebel.»

«Schade!»

«Ach so, Sie hätten's gern ein bißchen aufregender? Dann müssen sie ein paar Tage warten.»

«Wieso?»

«Schlechtwetter im Anmarsch.»

«Richtig schlecht, meinen Sie?» Janet runzelte die Stirn, denn es passierte nicht gerade selten, daß Fhada wochenlang vom Festland abgeschnitten war. Aber das kam eigentlich nur im Winter vor. «Woher wissen Sie das?»

«So was spürt man am Atem des Windes, an der Berührung des Regens, am Geruch aller Dinge.» Er lächelte. «Oder es sind die Erfahrungen eines Lebens auf See.»

Sie schob ihren Arm durch den seinen. «Ich weiß, Sie sind ein alter Hochlandmystiker, Murdoch. Darf ich das Ruder übernehmen?»

«Später. Jetzt gehen Sie erst mal nach dem Jungen sehen. Sie wissen ja, wie schlecht ihm so eine Fahrt bekommt.»

Sie verließ ihn und ging nach unten. Lachlan, am Tisch im Salon, sah bereits erschreckend aus. Schnell ging sie in die Achterkabine, öffnete ihre Arzttasche und holte die versprochenen Tabletten.

«Die nehmen Sie mit einem Glas Wasser, dann legen Sie sich in die Koje. Ich werde Ihnen Tee bringen.»

Sie verschwand in der Kombüse. Lachlan blieb einen Moment vor der Koje stehen. Dann mußte er würgen und griff nach dem Knauf der Toilettentür und stieß sie auf. Gericke hockte auf dem Sitz, in der Rechten eine Mauser-Pistole.

Janet lehnte am Kombüsenschott und rauchte eine Zigarette, während sie darauf wartete, daß das Wasser kochte. Als sie die Tür knarren hörte, wandte sie sich um und sah Lachlan im Türrahmen stehen, Hände hinter dem Kopf gefaltet.

Über der Schulter des Jungen tauchte Gerickes Gesicht auf. «Ah, da sind Sie ja, Doktor!» sagte er.

Ihr Herz hämmerte; der Schock war so groß, daß ihr das Sprechen schwerfiel.

«Sie . . .» flüsterte sie nur.

«Ich fürchte ja.» Er trat zurück und machte eine Bewegung mit der Mauser. «Würden Sie jetzt bitte so gut sein, herauszukommen und dem jungen Mann hier die Hände auf dem Rücken zu fesseln?»

Er warf ihr eine dünne Seilrolle zu, die er hinter der Kajüttür gefunden hatte. Janet verschränkte trotzig die Arme, und die Seilrolle landete vor ihren Füßen.

«Sie würden ja doch nicht auf mich schießen. Das haben Sie schon im Zug nicht fertiggebracht.»

Er lächelte nachsichtig. «Da haben Sie recht. Doch mit dem Jungen hier ist das was anderes. Außerdem ist er Fallschirmjäger, ich würde meinem Land also einen Dienst erweisen. Zuerst, denke ich, werden wir die linke Kniescheibe nehmen.»

Hastig hob sie die Seilrolle auf. Lachlan wirkte elender denn je. «Tut mir leid, Doktor, aber als ich die Toilettentür öffnete, saß er da, frech wie Dreck. Ist das vielleicht der U-Bootkommandant, hinter dem die in Mallaig her waren?»

«Zu Diensten», sagte Gericke. «Und jetzt legen Sie sich schön brav hin, dann passiert Ihnen auch nichts.»

Lachlan legte sich auf eine der beiden Sitzbänke, und Janet fesselte ihm die Hände. Gericke beobachtete sie aufmerksam.

«Na, zufrieden?» fragte sie ihn.

«Nicht schlecht. Jetzt die Füße.»

Sie gehorchte. Als sie fertig war, sagte er: «Und nun werden wir Ihrem Freund oben einen Besuch abstatten. Mr. Murdoch Macleod. Habe ich den Namen richtig verstanden?»

Sie hatte sich von ihrem Schock inzwischen so weit erholt, daß sie die Situation objektiver beurteilen konnte, und stellte mit einer Art klinischer Nüchternheit fest, daß sie nicht die geringste Angst vor Gericke hatte. Was überaus interessant für sie war. Andererseits schien er ganz eindeutig ein Mann zu sein, der töten würde, wenn es notwendig war, und zwar ohne eine Sekunde zu zögern.

Er sah sie an. «Woran denken Sie?»

Dieses Gefühl der Intimität war einigermaßen beunruhigend, aber sie zwang sich, ruhig zu bleiben. «Murdoch ist ein alter Mann. Einer der besten, die ich kenne. Ich will nicht, daß ihm etwas zustößt.»

Das klang fast wie ein Befehl. Gericke neigte zustimmend den Kopf. «Nun gut, Doktor, wir wollen sehen, ob wir dies wie zivilisierte Menschen erledigen können.»

Sie stieg voraus den Niedergang hinauf und öffnete die Tür zum Ruderhaus. Murdoch wirkte im Licht der Kompaßhauslampe fast körperlos.

Gericke lehnte sich an den Türrahmen und zielte mit seiner Mauser auf den alten Mann. «Sie werden bitte ganz genau tun, was ich Ihnen befehle, Mr. Macleod.»

Murdoch musterte ihn ruhig. «Und wer sind Sie, junger Mann?»

«Das ist Gericke, der U-Bootkommandant, der aus dem Zug gesprungen ist», erklärte Janet.

«Ach so!» sagte Murdoch. «Dann sind Sie wohl hinter unserem Boot her, wie? Und wo möchten Sie damit hin?»

«Nach Norwegen, über die Orkney-Inseln.»

«Wäre eine Möglichkeit. Aber knapp. Sie müßten genau wissen, was Sie tun. Das hier ist schließlich was anderes als die Sardinenbüchsen, die Sie gewöhnt sind.»

«Ich besitze das Kapitänspatent für Segelschiffe», erwiderte Gericke. «Genügt Ihnen das?»

Murdoch nickte würdevoll. «Genau wie Ihre Kanone da – schwer was dagegen einzuwenden. Aber was wird aus uns?»

«Sie werde ich unterwegs irgendwo absetzen. Auf einer der größeren Inseln, aber da, wo's schön ruhig ist. Vielleicht auf Lewis. Und da ich durchaus in der Lage bin, eine Seekarte zu lesen, wäre ich Ihnen sehr verbunden, wenn Sie jetzt auf automatische Steuerung schalten und mit uns unter Deck kommen würden.»

«Glauben Sie denn, daß Sie sich in diesen Gewässern gut genug auskennen?»

«Das glaube ich allerdings.»

«Was kann ich dann noch dazu sagen?»

Er fixierte die automatische Steuerung und verließ das Ruderhaus. Janet ging ihnen voraus. Sie stiegen in den Salon hinunter, wo er sich auf die zweite Sitzbank legte und sich von Janet Hände und Füße fesseln ließ.

Als sie damit fertig war, sagte sie: «Ich nehme an, jetzt komme ich dran.»

«Himmel, nein!» erwiderte Gericke. «Das würde ich niemals tun. Sie, mein liebes Fräulein Doktor, sind mir außerdem viel zu nützlich. Zunächst werden Sie mal eine Thermosflasche heißen Tee und ein paar Sandwiches herrichten, dann werden wir uns im Ruderhaus weiter unterhalten.»

«Weiter – worüber?» fragte sie argwöhnisch.

«Nun, über das Thema, mit dem wir im Zug aufgehört haben, wenn Sie wollen.»

Es war sehr friedlich im Ruderhaus. Janet schwang sich im Drehsessel vor dem Kartentisch von einer Seite zur anderen und beobachtete Gericke, der am Ruder stand.

«Das gefällt Ihnen, nicht wahr?» fragte sie ihn.

«Ein Deck unter den Füßen, ein Ruder in der Hand?» Er grinste.

«Das herrlichste Gefühl der Welt. Na ja, fast.»

«Können Sie eigentlich niemals ernst sein?»

«Unmöglich. Ich habe ziemlich früh erkannt, was für eine verdammt unangenehme Sache das Leben ist. Die kein intelligenter Mensch ernst nehmen *kann*. Wissen Sie, wir hatten es schwer, als ich noch klein war. Mein Vater ist an der Westfront gefallen.»

«Als Soldat?»

«Als Flieger. Er war einer der ersten. Hat drei Jahre durchgehalten. Das ist ziemlich lange, aber eben nicht lange genug.»

«Und Ihre Mutter?»

«Starb bei der Grippe-Epidemie 1918. Nach ihrem Tod kam ich zu ihrem Bruder in Hamburg. Einer der gütigsten Menschen, die ich je kennengelernt habe. Mathematiklehrer. Mit einem kleinen Haus in Blankenese, von dessen Fenstern aus man jedes Schiff sehen konnte, das die Elbe hinauf- oder hinunterfuhr. Stundenlang saß ich des Nachts am offenen Fenster meines Zimmers und beobachtete die Lichter der Frachter, die von Hamburg ausliefen. Immer irgendwohin, wo es romantisch war. Und ich wollte mitfahren.»

«Der Anfang einer großen Liebe?»

«Und wenn der Nebel zu dicht war, um sie zu sehen», fuhr er fort, «hörte ich die Nebelhörner irgendwo draußen, am Ende der Welt.»

Er nahm eine Zigarette aus dem Päckchen, das sie auf den Kartentisch gelegt hatte. Janet sagte: «Als kleines Mädchen habe ich den Sommer oft bei meinem Onkel auf Cape Cod verbracht. Da gab es auch immer viel Nebel. Manchmal konnte man bei Nacht hören, wie sich die Fischerboote draußen auf See gegenseitig riefen.»

Gericke nickte. «Ein einsamer Ton an einem einsamen Ort.»

Sie schwang sich auf dem Drehsessel zu ihm herum. «Sie kennen Cape Cod?»

«Ich habe dort vor der Küste zwischen Mitte März und Ende April zweiundvierzig elf Schiffe versenkt.» Um seinen Mund spielte ein Lächeln, das einige Selbstironie verriet. «Der ‹fröhliche› Krieg in Reinkultur. Ganze fünf Minuten lang war ich tatsächlich überzeugt, daß wir den Krieg gewinnen würden.»

«Amerikanische Schiffe?»

«Alle, bis auf eins. Das war ein spanischer Tanker, der mir sozusagen in die Schußlinie geriet.»

«Also nicht mal ein Neutraler war vor Ihnen sicher», sagte sie.

Er grinste spöttisch. «Seewölfe. Habt ihr uns nicht so getauft?»

«Und Sie sind auch noch stolz drauf?» Sie griff nach der Thermosflasche – aus Reflex, damit ihre Hände etwas zu tun hatten – und goß sich Tee in die Pappbecher. «Ich will Ihnen mal was sagen. Lieutenant Jago hat mir im Zug die Akten über Sie gezeigt.»

«Ein krasser Verstoß gegen die Vorschriften, würde ich sagen.»

«Dieses spanische Schiff war ein Öltanker, die *San Cristobal* aus Bilbao. Die Zeitungen haben damals einen furchtbaren Lärm gemacht, weil es ein neutrales Schiff war, aber dann stellte sich heraus, daß es vom amerikanischen Kriegsministerium gechartert worden war. Und das wußten Sie, als Sie es versenkten?»

«Selbstverständlich.» Er beobachtete den Kompaß und legte den Kurs um einen Strich nach Steuerbord.

«Warum versuchen Sie dann, mich zu täuschen?»

«Weil ich dachte, das wäre die Version, die Sie am liebsten glauben würden. Der brutale Hunne, der überall Schrecken verbreitet. Der Rettungsboote mit Maschinengewehren beharkt, aber natürlich erst, nachdem er sich vergewissert hat, daß unter den Überlebenden keine Frauen sind, die noch ‹verwendungsfähig› wären.»

«Hol Sie der Teufel, Gericke!»

«Längst geschehen.»

Sie steckte sich eine neue Zigarette an und stützte die Ellbogen auf den Kartentisch. «Sie lieben Schiffe, und trotzdem zerstören Sie sie.»

«Wie hätten Sie's denn gern? Vielleicht die Version, daß der Mensch das tötet, was er liebt? Also hören Sie, Doktor! Sogar der große Freud hat einmal gesagt, daß manchmal eine Zigarre nichts weiter als eine Zigarre ist.»

Er kontrollierte noch einmal den Kurs und starrte dann grimmig-verschlossen in die Finsternis. Zum erstenmal ganz ohne das sonst stets gegenwärtige Lächeln.

«Ihr Englisch», begann sie jetzt ein wenig verunsichert, «ist wirklich ganz ausgezeichnet.»

«Wir haben eine Zeitlang in Hull gelebt. Einem Hafen an der Ostküste von England.»

«Ich weiß.»

«Mein Onkel hat dort zwei Jahre Deutsch unterrichtet. Die Leute behaupten immer, daß ich mit Yorkshire-Akzent spreche. Als wir wieder nach Hause kamen, hab' ich's mit der Uni versucht. Philosophie und Mathematik, weil mein Onkel das so gern wollte. Als es nicht klappte, erlaubte er mir, die Schiffsjungenschule zu besuchen. Anschließend fuhr ich dann als Moses auf einem Rahsegler.»

«Eine sehr harte Schule.»

«Unser Freund Carver hatte heute früh Gelegenheit, das festzustellen. Eine Zeitlang segelte ich auf Clippern. Salpeter von Chile, Getreide von Australien um Kap Hoorn herum. Dann war ich Dritter Offizier auf einem Frachter, um meine Navigationskenntnisse zu vervollständigen. Als ich mein Kapitänspatent für Segel- und Dampfschiffe bekam, war ich ganze dreiundzwanzig.»

«Und dann?»

«Niemand wollte mich. Ich bin in ganz Hamburg rumgelaufen, habe bei jedem Schiffseigner angefragt, den ich auftreiben konnte – ohne Erfolg. Die Zeiten waren zu schlecht, die Depression auf ihrem Höhepunkt. Treffpunkt für meine Freunde und mich war eine Bar in der Davidstraße, *Stern Davids* hieß sie. Der Besitzer war als Bootsmann auf Segelschiffen gefahren und gab uns Kredit. Schließlich heuerte ich als Erster Maat auf einem Clipper an, der den ganz großen Törn machte. Chile, die Staaten, dann rüber nach Australien und wieder nach Hause. Als ich zurückkam, war alles anders.»

«Wieso?»

«Es war neunzehnhundertdreiunddreißig, und die Kriegsmarine bot allen Offizieren der Handelsmarine den gleichen Rang. Ich konnte gar nicht schnell genug nach Stralsund kommen, um mich registrieren zu lassen.»

«Und zu lernen, wie man Schiffe versenkt?»

«Jedenfalls ein Beruf.»

Eine Weile schwiegen beide. Der Wind hatte gedreht, und das Wasser stieg; die *Katrina* wiegte sich auf den Wellen. Janet fragte sehr behutsam: «Und die Frauen? Eine Familie? Davon haben Sie nichts erwähnt. Haben die keinen Platz in Ihrem Leben gehabt?»

«Eigentlich nicht. Frauen – ja. Aber der Landurlaub dauert selten lange genug, um bleibende Beziehungen anzuknüpfen.»

«Nur Schiffe, die sich nachts begegnen?»

«Kein guter, aber immerhin ein Vergleich. Und außerdem ist es offenbar eine fatale Gewohnheit der wichtigsten Dinge im Leben, daß sie sich ausgerechnet dann ereignen, wenn der Augenblick am ungünstigsten ist. Meinen Sie nicht?»

Er drehte sich zu ihr um. Sie spürte eine merkwürdige Erregung, ein Bedürfnis, tief durchzuatmen. Und dann traf eine unerwartet heftige Bö die *Katrina* und drückte sie nach Backbord herum. Janet fiel von ihrem Sitz.

Gericke kämpfte mit dem Ruder und brachte das Boot schließlich wieder auf Kurs. «Alles in Ordnung?»

Janet rappelte sich mühsam auf; sie war bleich und zitterte. «Ja, aber ich gehe lieber mal runter und sehe nach den anderen.» Sie zögerte, angestrengt in die Dunkelheit spähend. «Glauben Sie, daß es schlimmer wird?»

«Wahrscheinlich. Ich werde auf automatische Steuerung schalten und mit Ihnen nach unten gehen.»

«Ist es denn nicht zu gefährlich, sich bei diesem Wetter auf so ein Ding zu verlassen?»

«Sicher nicht so gefährlich, wie es wäre, wenn ich Sie allein unter Deck gehen ließe.»

Unversehens schlüpfte sie zur Tür hinaus und war verschwunden. Gericke fluchte, fixierte die automatische Steuerung und eilte ihr nach – zu spät, denn als er den Salon betrat, hatte sie bereits Lachlans Lee-Enfield-Gewehr in der Hand. Sie legte den Sicherungshebel um, lud durch und trat zurück.

«Geladen, nehme ich an», sagte Gericke.

«Worauf Sie sich verlassen können», antwortete Lachlan, der sich aufrichtete.

Gericke zog seine Mauser und richtete sie auf Janet. «Patt, würde ich sagen – oder?»

«Zwingen Sie mich nicht, abzudrücken», sagte sie rauh. «Das werde ich nämlich tun, wenn's sein muß, und auf diese Entfernung kann ich wohl kaum danebenschießen.»

Sie wirkte entschlossen, aber sie empfand auch eine Art Panik, denn sie wußte genau, was immer geschah, er würde niemals abdrücken. Unvermittelt trat ein bittender Ausdruck in ihre Augen.

Gericke nickte verständnisvoll und legte die Mauser auf den Tisch. «Na ja», sagte er leichthin, «es war jedenfalls schön, solange es dauerte.» Dann verschränkte er die Hände hinter dem Kopf.

Richter lag flach auf dem Bauch und untersuchte tief unten im Schiff die Bilgen mit Hilfe einer Sturmlaterne. Die Pumpen hatten zwei Stunden lang ununterbrochen gearbeitet, aber das Wasser stand immer noch rund dreißig Zentimeter hoch. Jedesmal, wenn die *Deutschland* von einer besonders schweren Welle getroffen wurde, spülte die dreckige, widerliche Brühe über seinen Kopf hinweg.

Er beendete die Inspektion, reichte Sturm die Laterne hinauf und stieg durch die Luke des achteren Laderaums nach oben. «O Mann, stinken Sie!» sagte Sturm entsetzt.

«Weiß ich», antwortete Richter, selbst angeekelt. «Das ist, als müßte man durch einen Abwasserkanal kriechen.»

«Und wie sieht's aus?»

«Könnte schlimmer sein.»

«Gut.» Sturm war erleichtert. «Am besten machen Sie gleich dem Alten Meldung.»

Als sie an Deck kamen, wurde das Schiff von enormen Dwarsseen geschüttelt; Berger stand in Ölzeug und Südwester auf die Achterdecksreling gestützt.

«Höchste Zeit, Sturm», rief er laut. «Sofort alle Toppsegel und das Vor-Unterbramsegel aufgeien und festmachen – aber schnell!»

«Aye, aye, Käpt'n.»

«Und lassen Sie das Focksegel wegnehmen.»

Berger ging in seine Kajüte hinunter, und Sturm brachte Bewegung in die Männer, während Richter in die Wanten sprang und den anderen voraus in die Takelage kletterte – bei den herrschenden Wetterverhältnissen eine verdammt gefährliche Sache. An Deck war es jedoch nicht weniger ungemütlich. Die Männer an den Geitauen standen zeitweilig bis zum Hals im brodelnden Wasser und mußten sich jedesmal, wenn wieder eine See über sie hinwegging, mit aller Kraft festhalten.

Richter, wieder auf dem Weg nach unten, sah Maria aus der Kombüse auftauchen. Sie trug in jeder Hand einen Eimer und war mit Ölzeug und Südwester bekleidet. Im selben Moment kam eine gewaltige See auf das Schiff zugerollt.

Er stieß einen Warnruf aus, sprang nach der nächstbesten Leine und glitt blitzschnell aufs Deck hinab. Mit einem ohrenbetäubenden Krachen donnerte der Brecher vom Bug bis zum Heck über die *Deutschland* hinweg. Richter erhaschte einen flüchtigen Blick auf Maria, die vom Sog mitgerissen wurde, stürzte sich in die kochende Gischt und arbeitete sich mühsam zu ihr durch.

Als die *Deutschland*, den nächsten Wellenberg erklimmend, ihren Bug wieder gen Himmel richtete, riß Richter das Mädchen auf die Füße und entdeckte, daß Maria immer noch die Eimer festhielt, die jetzt allerdings beide leer waren. Und sie lachte.

«Du Dummkopf!» schrie er ihr durch das Tosen zu. «Wie oft muß ich es dir noch sagen?»

«Ich glaube, ich werde nie wieder trocken», gab sie zur Antwort.

Er packte sie am Ellbogen und half ihr übers Deck zur Kombüse. Als er die Tür öffnete, bot sich ihm ein chaotischer Anblick: Im wild wirbelnden Wasser trieben Töpfe und Pfannen herum, und Schwester Angela lag hilflos auf allen vieren.

Sie war augenscheinlich wütend und schien mit ihrer sonst unerschöpflichen Geduld nun doch ziemlich am Ende zu sein. Vorsichtig zog sich Richter zurück und überließ es Maria, mit dieser Situation fertig zu werden.

Berger rieb sich mit einem Handtuch die Haare trocken, dann nahm er an seinem Schreibtisch Platz, nahm eine Zigarre und setzte sie genußvoll in Brand. Die letzte Kiste, und auch darin nur noch ein Dutzend. Er inhalierte das köstliche Aroma der Brasil und begann mit der täglichen Eintragung in sein privates Tagebuch.

> ... sind wir nach meiner Schätzung etwa hundert Meilen westlich der Galway Bay von Irland und machen ausgezeichnete Fahrt, vor allem, weil ich es mir zum Prinzip gemacht habe, auch bei Schlechtwetter möglichst viel Leinwand zu setzen. Eine negative Folge davon ist, daß wir Unmengen von Wasser übernehmen, was die Lage sowohl für die Besatzung als auch für die

Passagiere ziemlich schwierig macht. Das Oberlicht ist schon wieder kaputt, so daß ununterbrochen Wasser in den Salon schlägt. Die Nonnen beten bei diesem Wetter pausenlos, obwohl es mir immer noch unmöglich ist, zu entscheiden, ob sie den Herrgott bitten, sie zu sich zu nehmen, oder sie für die Erde zu retten ...

Es klopfte. Die Tür ging auf, und Helmut Richter kam herein. Berger legte den Füllhalter hin. «Wie war's denn unten?»

«Es stinkt, aber es ist alles in Ordnung, Käpt'n. Wir haben zwei Stunden gelenzt, bevor ich runterging, und das Wasser stand immer noch dreißig Zentimeter hoch. Aber wenn man bedenkt, was für ein Wetter herrscht und wieviel Wasser wir übernehmen, scheint mir das nicht allzu schlimm.»

«Gut», antwortete Berger. «Sehr gut. Ich habe das bestimmte Gefühl, daß wir von jetzt an nur noch Schlechtwetter haben, deswegen ist es tröstlich, zu wissen, daß es unterhalb der Wasserlinie immer noch nicht wesentlich schlechter aussieht als bisher.»

Er griff nach dem Füllhalter und hatte, als Richter die Kapitänskajüte verließ, bereits wieder angefangen zu schreiben.

Kurz nach halb neun tauchte endlich Fhada vor der *Katrina* auf. Gericke, auf dem Drehstuhl vor dem Kartentisch, die Hände auf dem Rücken gefesselt, betrachtete interessiert den graugrünen Felsbuckel, der da im strömenden Regen kauerte, die kalkweißen Klippen, die in dichten Schwärmen kreisenden Seevögel: Kormorane, Tordalken und alle möglichen Variationen von Möwen.

«Das ist also Fhada.»

Murdoch, der am Ruder stand, nickte bestätigend. «Es heißt, daß der Name von dem alten gälischen Wort *Fuideidh* stammt, und das bedeutet ‹Insel, die abseits der anderen Inseln liegt›.»

«Interessant.» Gericke atmete tief ein. «Ich liebe Inseln. Sie haben etwas Besonderes. Im April neunzehnhundertundvierzig fuhr ich in der Ägäis Patrouille und kriegte so ein seltsames Fieber. Das hab' ich damals auf Korfu auskuriert. Eine wunderbare Insel. Es war April, überall blühten die herrlichsten wilden Blumen, die ich jemals gesehen habe, und die Schmetterlinge . . .»

«Das mag ja sein, aber Fhada ist völlig anders, mein Freund.» Janet kam mit einem Becher Tee. «Ich dachte, Sie würden Ihren lieber unter Deck trinken», sagte sie zu Murdoch. «Schalten Sie auf automatische Steuerung, dann behalte ich hier oben alles im Auge und füttere auch den Stolz der deutschen Kriegsmarine ein bißchen.»

Murdoch zögerte, fixierte aber dann doch die automatische Steuerung. «Zehn Minuten, mehr kann ich Ihnen nicht zugestehen», mahnte er eindringlich und ging.

«Anscheinend glaubt er, daß Sie mit mir allein sein wollen», bemerkte Gericke. «Wie romantisch!»

«Nichts hätte weniger mit der Wahrheit zu tun», entgegnete sie. «Ich wollte nur, daß er sich zehn Minuten hinsetzt und etwas Heißes zu trinken kriegt. Er ist alt, oder ist Ihnen das noch nicht aufgefallen?»

«Jetzt spricht aber der Arzt in Ihnen. Geschieht das öfter?»

«Auf Fhada nicht, das kann ich Ihnen versichern. Die Menschen dort strotzen vor Gesundheit.»

«Ich habe das Gefühl, daß Sie diese Insel lieben», sagte er.

«Sie übt eine seltsame Anziehung auf mich aus. Es ist fast, als höre die Außenwelt auf zu existieren, was sie nicht selten auch tatsächlich tut. Auf Fhada herrschen im April zum größten Teil Windstärken von vier bis sieben. Von September an ist so gut wie alles drin. Es heißt, einmal sei ein Constable vom Festland rübergeschickt worden, um einen Einheimischen abzuholen, der im Gefängnis von Stirling sechs Wochen Haft absitzen sollte.»

«Und was passierte?»

«Das Wetter wurde so schlecht, daß seine Strafzeit bereits abgelaufen war, als das Boot endlich auslaufen konnte.»

«Dann könnte es also sein, daß das hier für mich ein ausgedehnter Aufenthalt wird, wie?»

«Dies ist das gefährlichste Gebiet an der gesamten Westküste. Das Washington Reef zum Beispiel. Deswegen wurde hier achtzehnhundertzweiundachtzig die erste Seerettungsstation eingerichtet. Bootsführer ist im Augenblick Murdoch.»

«Ist er nicht ein bißchen alt?»

«Er hat achtunddreißig den Dienst quittiert und kam zurück, als sein Sohn Donald, der sein Nachfolger war, zur Navy eingezogen wurde. Onkel Carey sagt, er ist ein Genie. Einer der besten Bootsführer in der Geschichte der Seerettungsgesellschaft.»

«Aha. Und wovon leben die Menschen hier?»

«Ein bißchen Ackerbau. Schafe, Rinder, Fischerei. Die Einwohnerzahl ist jetzt sehr gering. Nur Frauen, Kinder und alte Menschen. Alle anderen sind auf See. Die meisten fahren auf Handelsschiffen.»

Als sie sich der Insel näherten, begegneten sie den letzten vier Fischerbooten, die auf Fhada noch in Betrieb waren und jetzt gerade ausliefen.

Janet winkte. «Alte Männer», stellte Gericke fest.

«Und Kinder», ergänzte sie. «Was anderes wird bald nicht mehr übrig sein, wenn dieser verdammte Krieg noch lange dauert.»

Als sie in den Hafen einliefen, sah Gericke einen kleinen, dunklen Mann mit schwarzer Augenklappe auf dem oberen Teil der Mole stehen. Er trug uralte Seestiefel und eine abgewetzte Seemannsjacke.

Als sie an Land waren, legte Janet ihm beide Hände auf die Schultern. «Und das ist, ob Sie es glauben oder nicht, mein Onkel Carey, Konteradmiral Reeve, United States Navy, immer noch nicht ganz pensioniert.»

11

Schonerbark DEUTSCHLAND, *23. September 1944. Zweite Eintragung. Schwester Angela und Herr Prager sprachen mit mir über ein Problem, das kürzlich aufgetaucht ist: Da es wegen der gegenwärtigen Wetterbedingungen in der Kombüse kein Feuer mehr gibt, fällt warmes Essen aus, und die Moral von Besatzung und Passagieren ist erheblich gesunken. Schwester Angela brachte ein Argument vor, gegen das ich keinen Einspruch erheben konnte: Meine eigene Kajüte sei dank ihrer Lage der trockenste Raum des ganzen Schiffes, daher müsse ich ihr erlauben, einen tragbaren Ölofen hereinzustellen und hier zu kochen. Heute 225 Meilen.*

Es war sehr still in dem kleinen Herrenzimmer. Gericke saß mit auf dem Rücken gefesselten Händen auf einem Stuhl. Murdoch hockte auf dem Fensterbrett und stopfte bedächtig seine Pfeife.

«Dieses Haus», begann Gericke, «ist wirklich äußerst eindrucksvoll. Wem gehört es?»

«Mrs. Sinclair. Ihr gehört die ganze Insel. Sie ist der Feudalherr hier, das, was wir als ‹Laird› bezeichnen. Außerdem ist sie der Amtmann, Leichenbeschauer und Hafenmeister in einer Person.»

«Eine bemerkenswerte Frau.»

«Wie Sie gleich persönlich feststellen werden. In gewissem Sinn ist sie für Sie verantwortlich, weil sie hier der einzige Vertreter des Gesetzes ist. Ihr Mann ist neunzehnhunderteinundvierzig mit der *Prince of Wales* im Pazifik untergegangen.»

«Aha», sagte Gericke. «Dann kann ich mir vorstellen, daß

ich hier nicht gerade beliebt sein werde.»

«Wir sind keine Barbaren, Commander. Während der vergangenen zwei Wochen haben wir acht Ihrer Kameraden beerdigt, alle von einem U-Boot, das am neunten dieses Monats in dieser Gegend versenkt wurde, und alle bei uns an den Strand gespült. Ich habe selbst die Andacht gehalten, und an der Beerdigung haben fast alle Leute auf dieser Insel teilgenommen.»

Eine Weile herrschte Schweigen. Dann sagte Gericke, zum erstenmal um Worte verlegen: «Ich danke Ihnen. Ich danke Ihnen im Namen meiner Kameraden, Sir.»

Die Tür ging auf; Reeve kam herein. Er trug immer noch die Seemannsjacke, und sein Gesicht war regennaß. «Ich habe mich mit Captain Murray in Mallaig in Verbindung gesetzt. Er wünscht, daß wir unter keinen Umständen den Versuch unternehmen, Sie in einem anderen als einem offiziellen Boot aufs Festland zurückzubringen. Lieutenant Jago ist im Moment unterwegs nach Stornoway. Er wird per Funkspruch angewiesen, Sie morgen irgendwann hier abzuholen.»

«Also noch ein Tag Gnadenfrist, bevor die Tür endgültig ins Schloß fällt.»

«Und jetzt», sagte Reeve, «wünscht Mrs. Sinclair Sie zu sehen.»

Er nickte dem alten Murdoch zu. Macleod verließ als erster das Zimmer, Gericke folgte ihm, und der Admiral bildete den Schluß. Sie gingen einen Gang entlang, kamen durch eine weite Halle mit Steinfußboden und machten vor einer mit grünem Filz bespannten Tür halt. Reeve öffnete und winkte Gericke, einzutreten.

Es war ein hübsches Zimmer mit zwei riesigen Bücherwänden und großen Fenstertüren, die Ausblick auf einen Garten boten. Vor dem Kaminfeuer standen Janet und Jean.

Beide drehten sich um, als die Männer kamen. Gericke blieb stehen und machte eine knappe Verbeugung. «Ladies.»

«Korvettenkapitätn Paul Gericke», stellte Reeve vor. «Mrs. Sinclair.»

Sie war hübsch, trug einen Shetlandpullover, feste Halbschuhe und einen Kilt, der vermutlich Farben und Muster ihres Clans hatte. Ihr Haar war mit einer blauen Samtschleife zurückgebunden.

Mit ruhigem Blick musterte sie ihn. Dann sprach sie ihn sehr formell an. «Ich weiß nicht, ob Admiral Reeve Sie schon unterrichtet hat, Commander, aber ich bin hier Amtmann und daher gesetzlich für Sie verantwortlich.»

«Ja, das ist mir mitgeteilt worden.»

«Wir haben auf der Insel keinen Polizisten, aber die alte Polizeistation existiert noch, und gelegentlich muß ich eine der Zellen belegen.»

«Ich verstehe.»

«Sie werden dort eingeschlossen werden, bis Lieutenant Jago morgen kommt und Sie in Gewahrsam nimmt. Außerdem werden Sie natürlich bewacht.»

Weiter gab es eigentlich nichts zu sagen. Janet war ans Fenster getreten und blickte hinaus. Reeve berührte Gerickes Arm. «Gehen wir, Commander. Murdoch und ich werden Sie rüberbringen.»

Gericke zögerte und warf einen kurzen Blick zu Janet hinüber. Aber sie drehte sich nicht um. Noch eine knappe Verbeugung, dann machte er kehrt und verließ, von Reeve und Murdoch gefolgt, das Zimmer.

Hinter ihnen schloß sich die Tür. «Zum Teufel mit dir, Paul Gericke!» flüsterte Janet, die immer noch in den Regen hinausstarrte. «Ich wollte, ich hätte dich nie gesehen.»

Die drei Männer gingen, Gericke in der Mitte, die kopfsteingepflasterte Hauptstraße hinab. Wegen des starken Regens blieben die meisten Leute im Haus, nur hier und da stand eine neugierige Frau vor der Tür, und zwei Jungens liefen ihnen nach, bis Murdoch sie ärgerlich davonjagte.

Die alte Polizeistation lag am unteren Ende der Hauptstraße, mit einer schönen Aussicht auf den Hafen; sie war, wie alle Häuser von Mary's Town, aus wuchtigen Granitquadern erbaut und hob sich nur durch die vergitterten Fenster von den anderen Gebäuden ab.

Reeve wollte die alte, mit Eisenbändern verstärkte Eichentür öffnen, doch sie gab nicht nach. Murdoch hämmerte mit der Stiefelspitze dagegen. «Lachlan, was ist? Schläfst du da drin?»

Jetzt hörte man, daß schwere Riegel zurückgezogen wurden, dann spähte Lachlan MacBrayne durch den Spalt. Er hatte seine Tarnjacke abgelegt, trug jedoch volle Uniform, die Feldbluse am Hals offen.

«Abschließen kannst du, wenn er drin ist», sagte Murdoch grimmig.

In der Ecke stand ein uralter Schreibtisch mit Stuhl; ansonsten gab es hier kaum Möbel, und in dem winzigen Kamin glühte nur ein kleines Torffeuer.

Lachlan griff nach seinem Gewehr, das er sich über die Schulter hängte; sodann holte er einen dicken Schlüsselbund von einem Nagel an der Wand. «Wollen wir ihn jetzt gleich einsperren, Admiral?»

«Je eher, desto besser», entgegnete Reeve.

Sie stiegen eine Treppe hinab und kamen in einen engen Gang mit je drei Zellen zu beiden Seiten, jede mit einem Eisengitter davor. Reeve löste Gerickes Handschellen und schob ihn in eine hinein. Die Zelle enthielt eine eiserne Bettstelle, drei Militärdecken und einen Eimer. Lachlan schloß das Gitter und verriegelte es.

«Das wär's.» Reeve reichte Gericke ein Päckchen Zigaretten, eine Schachtel Streichhölzer und eine Zeitung durchs Gitter. «Damit Sie was zu lesen haben. Drei Tage alt, aber Sie werden feststellen, daß ihr immer noch den Krieg verliert.»

Murdoch zog eine kleine Flasche aus der Tasche. «Ich fürchte, hier unten wird's mit der Zeit ein bißchen kalt.»

«Eine Fülle von seltenen Schätzen, in der Tat.» Gericke

schlug die Hacken zusammen. «Gentlemen – ich danke Ihnen.»

Reeve mußte lachen; sie kehrten alle drei ins Büro zurück und ließen Gericke allein. Er trat an das vergitterte Fenster, schaute auf den Hafen hinaus, dann hockte er sich auf die Pritschenkante, schraubte Murdochs Flasche auf und probierte ihren Inhalt, der ihm fast die Speiseröhre verbrannte und dann im Magen zu explodieren schien.

Gericke mußte nach Luft schnappen. «Allmächtiger!» sagte er laut, erstarrte aber augenblicklich, weil er draußen im Gang Schritte hörte.

Vor seiner Zelle erschien Lachlan, das Gewehr noch über der linken Schulter. Ungeschickt nahm er es herunter. Er stand da, die Schußwaffe in beiden Händen, und starrte Gericke unverwandt an. Gericke erhob sich, langsam, alle Muskeln des Körpers gespannt. So gelassen wie möglich holte er die Zigaretten hervor, die Reeve ihm gegeben hatte, und schob sich eine in den Mund.

«Rauchen Sie?» Er kam ans Gitter und reichte das Päckchen hindurch.

Der junge Fallschirmjäger schüttelte den Kopf, und als er dann sprach, war seine Stimme heiser. «Die Mauser, die Sie hatten, die war doch geladen. Ich hab' sie selber später leer gemacht. Da hab' ich's ganz genau gesehen.»

«Das stimmt.»

«Sie hätten sie also erschießen können. Warum haben Sie's nicht getan?»

«Hätte ich das?» fragte Gericke sehr freundlich zurück. «Glauben Sie wirklich, ich hätte das tun können?»

Lachlan seufzte, entspannte sich plötzlich und stützte den Gewehrkolben auf den Boden. «Nein, wahrscheinlich nicht.» Er wollte gehen, blieb aber noch einmal stehen. «Ich mache mir gleich einen Tee. Möchten Sie auch einen?»

«Ich wüßte nicht, was mir lieber wäre.»

Sehr, sehr langsam sagte Lachlan: «Ich dachte, daß ich Sie erschießen könnte. Wegen meinem Vater. Ich hatte es mir genau überlegt. Aber als es dann soweit war, konnte ich es doch nicht.»

«Ich weiß», sagte Gericke.

Lachlan ging den Gang hinunter. Langsam ließ Gericke sich auf die Pritsche sinken, und als er ein Streichholz anriß, um seine Zigarette in Brand zu setzen, zitterten ihm die Finger.

Die *Dead End* befand sich fünf Meilen südwestlich von Idriggil Point auf der Insel Skye und hatte schwer mit dem Wetter zu kämpfen. Petersen hielt das Ruder, während Jago am Kartentisch saß und den Kurs kontrollierte. Als die Tür hinter ihm aufging, drehte er sich um, weil er seinen Kaffee erwartete, aber statt dessen sah er Jansen mit einem Funkspruch in der Hand und einem merkwürdigen Glitzern in den Augen.

«Ich glaube, der Lieutenant wird diesen Funkspruch besonders interessant finden.»

«Ein Funkspruch?» fragte Jago zurück. «O Gott, von Mallaig! Dabei sind wir doch erst vor einer Stunde aus diesem verdammten Nest ausgelaufen. Lesen Sie vor.»

«Wie der Lieutenant befehlen.» Jansen amüsierte sich königlich. «Korvettenkapitän Gericke als blinder Passagier auf der *Katrina* entdeckt. Befindet sich jetzt auf Fhada. Bitten Sie, ihn morgen auf dem Rückweg von Stornoway abzuholen und in Gewahrsam zu nehmen.»

Jago starrte ihn ungläubig an; dann riß er ihm das Blatt aus der Hand und las die Nachricht mit eigenen Augen. «Das ist doch nicht möglich!»

«Anscheinend doch, Sir. Leider. Die frohe Botschaft stammt direkt von Captain Murray.»

«Na schön. Und wenn Sie auf Ihrem ausgefüllten Terminkalender einen kleinen freien Augenblick finden, geben Sie bitte an Mallaig durch, Nachricht erhalten und verstanden. Werden, falls Wetter erlaubt, Stornoway morgen bei Tagesanbruch verlassen und gegen zwölf Uhr in Fhada sein. Und jetzt verschwinden Sie – augenblicklich!»

Mit breitem Grinsen ging Jansen hinaus, während Jago einen Bleistift vom Tisch nahm und ihn geistesabwesend zerbrach.

Janet legte einen neuen Holzklotz aufs Feuer, schob ihn mit einem langen Messinghaken zurecht, machte es sich wieder bequem und wartete. Onkel Carey stand am Fenster und las den Brief, den sie ihm mitgebracht hatte.

«Er schreibt hier, daß er persönlich mit dir gesprochen hätte?»

«Ja, das stimmt», antwortete sie. «Im Fond seines Stabswagens vor dem Guy's Hospital.» Als sie nicht sofort Antwort bekam, packte sie Ungeduld. «Er hat dir einen Posten angeboten, Onkel Carey. Der Oberbefehlshaber persönlich! Eine Chance, ins Zentrum des Geschehens zurückzukehren. Ist das nicht genau das, was du wolltest?»

«Stellvertretender Koordinationschef für Nachschub und Personal», sagte er bitter und zerknüllte den Brief.

«Mein Gott, was hattest du dir denn vorgestellt? Etwa irgendwas mit Blutvergießen?»

Die Tür ging auf, und Jean kam mit dem silbernen Teetablett herein. «Ist hier Familienkrach oder kann sich jeder beteiligen?» fragte sie fröhlich.

«Zeig's ihr», verlangte Janet. «Los doch, zeig ihr den Brief! Sie hat genauso das Recht, ihn zu lesen, wie ich.»

Jean setzte das Tablett auf einen kleinen Messingtisch am Kamin. Dann ging sie zu Reeve, nahm ihm den Brief aus der geschlossenen Faust, glättete ihn und las.

«Aber das ist doch wundervoll, Carey!» Sie drückte ihm einen Kuß auf die Wange. «Ich freue mich ja so für dich!»

«Großer Gott, Jean, du bist ebenso schlimm wie die da! Das ist ein Schreibtischposten, begreifst du denn nicht? Da bin ich bloß noch ein Schreibstubenhengst und muß den ganzen Tag Papiere abzeichnen.»

Jean zog ihn energisch zum Kamin, aber Janet schüttelte

den Kopf. «Du und Harry Jago, ihr paßt zusammen. Ihr könnt es einfach nicht erwarten, bis ihr wieder in diesen glorreichen Krieg eingreifen dürft. Lieber tot als ehrlos, wie?»

«Ihr beiden solltet feiern, statt euch zu streiten!» erklärte Jean. «Ich hab' für heute abend ein phantastisches Essen vorbereitet. Wildpastete, Hasenbraten, und dann sind noch vier Flaschen von dem köstlichen Champagner übrig, den Colin damals eingekellert hat.»

«Tut mir leid, Jean», entschuldigte sich Janet. «Und vielen Dank. Das klingt herrlich. Ich komme gern.»

Reeve stand am Kamin und stopfte sich eine Pfeife. «Weißt du, dieser Gericke, der interessiert mich. Man hat nur selten Gelegenheit, eine Legende persönlich kennenzulernen.»

«Ist er denn wirklich so was Besonderes?» erkundigte sich Jean.

«In Marinekreisen ja. Wahrscheinlich der erfolgreichste U-Bootkommandant des ganzen Krieges – auf beiden Seiten. Diese Information ist allerdings nicht zur Veröffentlichung gedacht. Aber er ist ein bemerkenswerter Mann, ganz zweifellos.»

«Auf wessen Seite stehst du eigentlich?» fragte Janet aufgebracht.

«Bitte, mißversteh mich nicht. Das ist lediglich die Hochachtung eines Profis für den anderen. Dieser Angriff auf Falmouth war ein Husarenstück. Ich hätte zu gern gewußt, wie er das wieder angestellt hat.»

«Dann lade ihn doch zum Essen ein, damit wir zu viert sind – wäre das nicht eine Geste? Dann könntet ihr beiden nach Herzenslust über den Krieg fachsimpeln.»

Der Sarkasmus in ihrer Stimme und ein gewisser Zorn waren nicht zu überhören.

Reeve musterte sie stirnrunzelnd, mit einem kleinen Lächeln in den Mundwinkeln. «Das ist gar keine schlechte Idee.»

«Das kann nicht dein Ernst sein!»

«Wieso denn nicht?» Er wandte sich an Jean. «Hättest du was dagegen?»

Sie zögerte. «Ich weiß nicht recht, Carey. Hättest du mich gestern gefragt, ich hätte dich für verrückt gehalten. Jetzt aber ...» Sie krauste die Stirn. «Der Feind ... Alles, was ich eigentlich hassen müßte ... Und trotzdem hat er mir gefallen. Er ist ein Mensch.»

«Kommt er nun, oder kommt er nicht?» Reeves Ton klang eindeutig ungeduldig. «Die Entscheidung liegt bei dir. Schließlich bist du hier der Arm des Gesetzes.»

«Willst du etwa vorschlagen, daß er uns für heute abend sein Ehrenwort gibt?»

«So altmodisch bin ich nun wieder nicht. Der junge Lachlan mit seinem Gewehr ist eine bessere Garantie.»

«Warum?» fragte ihn Janet verwundert. «Warum tust du nur so was?»

«Warum denn nicht? Wenigstens werde ich mal zur Abwechslung aus erster Hand hören, wie's mit dem Krieg bestellt ist.» In seinen Augen stand Erwartung, eine Andeutung jenes wilden, unberechenbaren Carey Reeve, den sie kannte und dem sie mißtraute. «Und außerdem – ich bin der Ansicht, daß das ein höchst unterhaltsamer Abend werden kann.»

Gericke, der auf der Pritsche lag, hörte erstaunt im Büro oben das unverkennbare Lachen. Als sie den Gang betrat, sprang er auf.

Sie blieb vor seiner Zelle stehen. «Ich habe diese Szene so oft im Kino gesehen, daß ich den Dialog auswendig weiß. Werden Sie hier gut behandelt?»

«Danke, ich kann nicht klagen. Welchem Anlaß verdanke ich das Vergnügen Ihres Besuchs?»

«Einer Einladung zum Essen. Von Jean Sinclair.»

Lachlan, der eben hinter ihr auftauchte, schien fassungslos.

«Könnte es sich um einen Witz handeln?» fragte Gericke vorsichtig.

«Pünktlich um halb acht. Da Sie keinen Smoking haben, genügt auch Ihre Uniform. Lachlan wird Sie hinbringen – und bitte, machen Sie keine Dummheiten! Versuchen Sie nicht, in die falsche Richtung zu laufen. Er erschießt Sie, wenn es sein muß.»

Gericke verbeugte sich. «Wie könnte ich einer so charmanten Einladung widerstehen.»

Unvermittelt ging sie davon. Lachlan starrte Gericke mit offenem Mund an. Gericke grinste. «Nicht drüber nachdenken, mein Junge! Einfach mitmachen, genau wie ich.»

Er legte sich auf seine Pritsche und stützte den Kopf in die Hände.

Kapitän Bergers Kajüte war ein einziges Durcheinander. Der Ölofen stand auf der Truhe in einer Ecke, sein Schreibtisch war vollständig leergeräumt worden, um einer Sammlung von Töpfen und Pfannen Platz zu machen. Die Schwestern Regina, Elisabeth und Brigitte teilten an die Besatzungsmitglieder Essen aus, was nicht ohne gewisse Komplikationen abging, da der Wind sich zu einem ausgewachsenen Orkan gesteigert hatte und der Boden sich jedesmal, wenn die *Deutschland* durch schwere Seen stampfte, um einige Grad unter ihren Füßen neigte.

Um niemandem im Wege zu sein, stand der Kapitän in der Ecke, in einer Hand ein Glas Rum, in der anderen die Flasche. Er war eben, durchgefroren bis auf die Knochen, mit regentriefendem Ölzeug vom Achterdeck hereingekommen.

Schwester Regina sah zu ihm hinüber. «Etwas zu essen, Herr Kapitän?»

Berger schüttelte bedauernd den Kopf. «Keine Zeit, Schwester. Zuviel zu tun. Haben Sie irgendwelche Probleme hier?»

«Die Männer kommen, wann immer sie Zeit haben. Jedesmal drei bis vier auf einmal. Aber wenigstens können wir hier den Ofen in Gang halten.»

«Ach ja, warmes Essen!» entgegnete Berger. «Das ist das beste, was einem Seemann bei diesem Wetter passieren kann. Ich bin Ihnen sehr dankbar, meine Damen. Wir sind Ihnen alle sehr dankbar, glauben Sie mir.» Er leerte sein Glas. «Ich muß wieder raus.»

Er öffnete die Tür, trat hinaus und hatte Mühe, sie bei dem Sturm wieder ins Schloß zu drücken. Die *Deutschland* arbeitete sich unter voller Besegelung durch schwerste Seen; wenn sie rollte, ergossen sich Ströme von Wasser über das Schanzkleid. Das Ruder wurde von zwei Mann gehalten, die Ladeluken waren unter einem Mahlstrom begraben, der ihm, als er sich zum Niedergang vorarbeitete, zuweilen bis an die Hüften ging. Mit einem Wasserschwall trat er ein, schloß die Tür hinter sich und stieg hinunter.

Auf dem Boden des Salons stand das Wasser zwanzig Zentimeter hoch. Das Oberlicht war mit Brettern vernagelt, an zwei Haken an der Decke baumelten Sturmlaternen.

Vier Mann der Besatzung warteten geduldig, bis die Reihe in Schwester Angelas Nachmittagsambulanz an ihnen war. Ein junger Mechanikermaat namens Sporer lag auf dem Tisch, den linken Ärmel hochgerollt, das Handgelenk mit einem dicken Kranz eitriger Salzwassergeschwüre bedeckt.

Schwester Angela stand neben ihm, den Rocksaum geschürzt und in den Gürtel gesteckt. Ihr gegenüber hielt Maria ein Instrumententablett und eine Schale. Am Kopfende des Tisches stand Helmut Richter.

«Was soll das alles?» erkundigte sich Berger.

«Die Infektion hat sich so sehr verschlimmert, daß er den Arm nicht mehr gebrauchen kann.» Schwester Angela griff nach dem Skalpell. «Und jetzt beiß die Zähne zusammen, Karl! Schön tapfer sein. Ich mache so schnell, wie ich kann.»

Sporer, ganze achtzehn Jahre alt, hatte Angst; sein Gesicht glänzte von Schweiß. Schwester Angela nickte dem

Bootsmann zu, der dem jungen Maat beide Hände auf die Schultern drückte. Plötzlich krängte die *Deutschland* in einer Sturmbö, daß im Salon eine Miniaturwoge von einem Schott zum anderen schwappte.

Einer der Männer verlor das Gleichgewicht und landete auf allen vieren im Wasser; Schwester Angela jedoch stemmte sich gegen den Tisch, beugte sich über ihren Patienten und machte sich an die Arbeit.

Als sie die Geschwüre eins nach dem anderen aufstach und der Eiter herausspritzte, verbreitete sich ein ekelerregender Gestank im Raum. Der Junge stieß einen lauten Schrei aus, bäumte sich trotz des eisernen Drucks, den Richter auf seine Schultern ausübte, auf – und wurde ohnmächtig.

Schwester Angela arbeitete mit unerhörtem Tempo, denn jetzt brauchte sie nicht mehr vorsichtig zu sein. Maria reichte ihr wortlos ein Instrument nach dem anderen. Als sie die Wunden verband, fragte Berger: «Leiden jetzt viele Männer an diesen Dingern?»

«Etwa die Hälfte», antwortete sie.

Berger, der sich umdrehte, merkte, daß Richter ihn beobachtete. «Eine sehr lange Fahrt, Käpt'n.»

Berger nickte, zutiefst erschöpft. «Das scheint mir auch so.»

Es war kurz vor halb acht und dämmerte bereits, als Gericke mit Lachlan das breite Tor des Fhada House durchschritt und die kiesbelegte Einfahrt entlangmarschierte. Die beiden stiegen die Vortreppe hinauf, und der Deutsche zog an der altmodischen Klingel.

Innen näherten sich Schritte, und gleich darauf wurde die Tür von einer liebenswürdigen, etwa sechzigjährigen Frau geöffnet, die sich das graue Haar im Nacken zum Knoten aufgesteckt hatte. Sie trug ein schwarzes Kleid mit einer gestärkten, weißen Schürze.

Lächelnd, ohne jegliche Überraschung, sagte sie höflich:

«Treten Sie näher, Sir.»

«Danke.» Gericke betrat die Diele, während Lachlan, der ihm folgte, sein Gewehr umklammerte.

«Darf ich Ihnen den Mantel abnehmen, Sir?» Sie verschwand in einem kleinen Garderobenraum, tauchte jedoch sofort wieder auf. «Die anderen Herrschaften sind im Salon. Wenn Sie mir bitte folgen wollen.» Eine Hand bereits am Türknauf, hielt sie aber noch einmal inne. «Wen darf ich melden?»

Gericke, immer fester überzeugt, daß er einen skurrilen Alptraum erlebte, antwortete: «Korvettenkapitän Paul Gericke. Ich werde erwartet», fügte er ernst hinzu.

«O ja, Sir.» Sie öffnete die Tür und ging ihnen voran. «Korvettenkapitän Gericke, Madam.»

«Danke, Mary.»

Jean Sinclair, Reeve und Janet saßen, Sherrygläser in den Händen, am Feuer; zu ihren Füßen hatte Rory es sich bequem gemacht. Jean reichte Gericke die Hand. «Ich freue mich sehr, daß Sie kommen konnten, Commander.» Dann wandte sie sich an Reeve. «Bitte, Carey, hol Commander Gericke doch etwas zu trinken.»

Lachlan postierte sich an der Tür. «Guten Abend, Lachlan», sagte Jean. «Wie geht's deiner Mutter?»

«Danke, gut, Mrs. Sinclair.»

«Richte ihr aus, daß ich mich nach ihr erkundigt habe, ja?»

Sekunden später stand Gericke, ein wenig benommen, vor dem Kamin, in der einen Hand ein Glas ausgezeichneten Sherry, in der anderen eine Zigarette.

«Ich hoffe sehr, daß man es Ihnen da unten möglichst bequem gemacht hat», setzte Jean die Konversation fort.

Man durfte ihre Bemerkung jedoch nicht allzu ernst nehmen, denn in ihren Augen tanzten Fünkchen, und sie konnte das Lachen kaum unterdrücken.

«Ich würde die Ausstattung Ihrer Polizeistation eher adäquat als bequem nennen», erwiderte er glatt.

Reeve brach in lautes Lachen aus. «Also, das gefällt mir!» Er ergriff Gerickes Arm. «Kommen Sie, sollen die beiden Mädchen weitergackern. Sie müssen mir jetzt erst mal von Falmouth erzählen.»

Er ging mit Gericke ans Fenster hinüber, und die beiden steckten die Köpfe zusammen.

«Er sieht fabelhaft aus, nicht wahr?» fragte Jean.

«Welcher von beiden?» entgegnete Janet.

Die Ältere lächelte. «Schon verstanden. Aber du weißt ja, was ich meine.»

Janet nickte. «Er ist ganz anders als die anderen Männer, die ich kenne. Es ist irgend etwas an ihm, das ich nicht definieren kann. Ich hatte nie richtig Zeit für Männer, Jean. Ich meine, für eine wirklich echte Beziehung. Medizinstudium, dann der Krieg. Fast immer nur Arbeit und Schlaf, und dazwischen, wenn's mal wieder nötig war, eine flüchtige Affäre.»

«Und Gericke?»

«Vor dem habe ich ein bißchen Angst.»

«Ich verstehe.»

«Es ist hauptsächlich in seinen Augen», versuchte Janet zu erklären.

«Oder vielmehr, es ist nicht da. Ist dir das aufgefallen? Man kann überhaupt nichts in ihnen lesen; er verrät sich keinen Augenblick. Eigentlich wirkt er wie ein Mensch, der vom Leben Abstand gewonnen hat; dieses ewige ironische Lächeln mag ein Zeichen dafür sein, daß er alles eher für einen schlechten Scherz hält. Ein brillanter Offizier, ein genialer Seemann; das beweisen allein schon seine Auszeichnungen. Und, wie alle diese Männer, absolut unberechenbar. Für ihn gelten keine Vorschriften.»

Draußen ertönte ein Gong, an der offenen Tür erschien Mary. «Es ist angerichtet, Madam.»

Jean stand auf. «Darf ich bitten, meine Herren?»

Sie selbst ging mit Reeve voran, Janet folgte mit Gericke, der junge Lachlan bildete den Schluß.

Das Essen, in einem Speisezimmer von hochherrschaftlichen Ausmaßen serviert, hielt alles, was Jean versprochen hatte. An einem Ende des Raums gab es den größten Kamin, den Gericke je gesehen hatte, mit drei wuchtigen, hell lodernden Holzkloben. Darüber hingen zwei zerfetzte Kriegsfahnen.

Von den Steinwänden blickten die Köpfe erlegter Tiere herab: praktisch alles, was es gibt, vom Leoparden bis zur Gazelle; dazwischen prunkten eine herrliche mittelalterliche Ritterrüstung, Hellebarden, Tartschen, gekreuzte Zweihänder und alle möglichen Ausführungen von Musketen.

«Außerordentlich!» sagte Gericke bewundernd. «Sie haben ein höchst bemerkenswertes Haus, Mrs. Sinclair.»

«Das ist uns bekannt», antwortete Janet. «Metro-Goldwyn-Mayer. Wir warten nur noch auf Errol Flynn, der sich im Kilt, Schwert in der Hand, von der Galerie da drüben zu uns herunterschwingt.»

Jean Sinclair lachte. «Was sie sagt, ist gar nicht so falsch, Commander. Dieses Haus ist wirklich eine grauenhafte Imitation. Viktorianische Gotik. Verantwortlich dafür war Fergus Sinclair, einer meiner verehrten Vorfahren.»

«Stammen die Jagdtrophäen auch aus der Zeit?» fragte Gericke neugierig.

«Nein, die stammen von meinem Großvater. Er hat auf der ganzen Welt gejagt. Er gehörte zu den Männern, die lieber irgendwas als gar nichts schießen. Während der Jagdsaison hat er mich schon unbedingt mitnehmen wollen, als ich noch ein kleines Mädchen war. Das waren Pirschgänge!»

«Kann ich mir vorstellen», bemerkte Janet anzüglich.

«Allerdings, und ich habe sehr viel dabei gelernt. Daß man Geduld haben muß. Daß man sich nie mit dem Wind anpirschen darf, nicht mal in einer Entfernung von tausend Metern. Und daß man immer tief halten muß, wenn man auf Wild schießt, das bergabwärts unter einem steht.»

«Interessant», sagte Gericke. «Das muß ich mir merken.»

«Vielleicht auch, daß man im Zickzack laufen soll, wenn man auf der Flucht ist?» fragte Reeve.

Er war eben damit beschäftigt, die dritte Flasche Champagner zu öffnen, und hatte Schwierigkeiten mit dem Korken, mußte den kranken Arm auf den Tisch stützen. In seinem Ton lag eine Andeutung von Aggression, die bisher nicht dagewesen war. Auch Janet lächelte jetzt nicht mehr.

Jean kam um den Tisch herum und griff hilfsbereit nach der Flasche. «Warte, Carey, laß mich das machen. Diese Korken haben ihre Tücken.»

«Danke, ich kann's allein.» Er wollte ihr die Flasche wegnehmen, sie rutschte ihm aus der gesunden Hand und zerschellte auf dem Fußboden. «Nun seht euch das an!» sagte er bitter.

«Macht nichts, Carey.» Mit einer Serviette tupfte ihm Jean die Uniform ab, die ein paar Spritzer abgekriegt hatte.

«Das war ein sehr guter Jahrgang», sagte Reeve langsam. Sekundenlang legte er die Hand über die Augen, dann wandte er sich an Janet und Gericke. «Ich muß mich entschuldigen. In letzter Zeit bin ich leider ein bißchen nervös.»

Jean klopfte ihm auf die Schulter. «Kaffee, Herrschaften.»

Sie nickte Janet zu, Janet sah Gericke an, dann schob sie ihren Stuhl zurück. Den schweigsamen Lachlan im Schlepp, kehrten sie in den Salon zurück.

«Geht's ihm irgendwie nicht gut?» erkundigte sich Gericke.

Janet nahm sich eine Zigarette aus dem Kasten auf dem Tisch, und er gab ihr Feuer. «Sie haben doch sicher seinen Arm gesehen, und das Auge. Das hat er sich am Invasionstag geholt, als er sich in das dickste Getümmel stürzte, obwohl er da eigentlich nichts zu suchen hatte. Das ist das Problem seines Lebens. Seither bemüht er sich, wieder aktiv mitmachen zu dürfen.»

«Den Typ kenne ich zur Genüge. Seine letzten Worte werden wahrscheinlich lauten: Mir nach, Männer!»

Janet schüttelte den Kopf. «Der einzige Posten, den man

ihm anbietet, und auch das nur, nachdem wir alle Hebel in Bewegung gesetzt haben, ist ein Schreibtischjob. Deswegen bin ich ja nur hergekommen.»

«Will er ihn nicht?»

«Er hat nichts», entgegnete sie. «In *seinen* Augen hat er gar nichts.»

«Ist eine schöne Frau denn gar nichts?»

«Für manche Männer schon.»

«Aber bestimmt nicht für alle.»

Sie wußte nicht, was sie sagen sollte; ratlos hob sie die Hand an den Hals, dann drehte sie sich hastig um, setzte sich an den Flügel und klappte ihn auf.

«Aber kann man so was überhaupt ernst nehmen? Der Krieg übt eine seltsame Wirkung auf die Menschen aus, treibt sie dazu, Dinge zu tun, die sie sonst bestimmt nicht tun würden.»

«Oder dazu, endlich einmal ehrlich zu sein. Ah, ein Bechstein, wie ich sehe. Nur das Allerbeste, wie? Ich wußte gar nicht, daß Sie spielen.»

«Ein nützliches Nebenprodukt einer kostspieligen Erziehung. Aber wenn Ihnen der Sinn nach Beethoven steht, sind Sie bei mir an der falschen Adresse.»

Sie spielte *A Nightingale Sang in Berkely Square*, und Gericke stützte sich, aufmerksam zusehend und -hörend, auf den Flügel. «Sie spielen gut.»

Der Wolfshund kam von seinem Platz vor dem Kamin herüber und legte sich neben Janets Füße. «Ja, leider. Ist das nicht langweilig? Sogar Rory ist Ihrer Meinung.»

In diesem Moment erschienen Reeve und Jean Sinclair. Der Admiral wirkte wesentlich munterer und kam sofort zum Flügel herüber. «Oh, das weckt Erinnerungen! Wie wär's mit *Moonlight in Vermont*?»

Gewandt ging sie auf die neue Melodie über, während Reeve mit Jean, die den Kaffee einschenkte, vor dem Kamin Platz nahm. Die beiden steckten die Köpfe zusammen und unterhielten sich gedämpft.

«Gibt Ihnen das nicht das Gefühl, daß die Welt doch gar nicht so schlecht ist, wie man meint?» fragte Janet.

«Neidisch», widersprach Gericke flüsternd. «Es macht mich neidisch.»

Sie wechselte über zu *Lili Marlen*. «Ist das besser?»

«Nein, im Gegenteil. Es erinnert mich zu sehr daran, daß wir den Krieg verlieren. Kennen Sie *A Foggy Day in London Town*? Das war eine Zeitlang bei der Luftwaffe sehr beliebt.»

Sie zögerte, weil sie an jene Nacht mit Harry Jago am Embankment dachte. «Nein, das kann ich leider nicht.»

Reeve hatte Jean Sinclairs Hand ergriffen. Die beiden waren ganz miteinander beschäftigt. Janet klappte den Flügel zu und erhob sich. «Ich glaube, ich brauche jetzt frische Luft. Würden Sie mir bitte meinen Schal holen?»

Der Schal hing über einer Stuhllehne. Gericke holte ihn und legte ihn ihr um die Schultern. «Wir gehen einen Moment auf die Terrasse und sehen uns den Abend an», rief sie laut und sah Gericke lächelnd an. «Das ist ein guter, alter schottischer Brauch. Kommen Sie mit, Lachlan?»

Reeve sah kurz zu ihnen herüber. «Ja, gut.» Er wandte sich wieder Jean Sinclair zu.

«Sehen Sie», sagte Gericke, «daß eine gute Frau tatsächlich Wunder wirken kann?»

«In diesem Fall ist es zweifellos ein Wunder», gab Janet zurück. «Das heißt, eigentlich sogar noch mehr.»

Sie öffnete die Fenstertüren und trat auf die Terrasse hinaus. Der Himmel war tiefdunkel geworden, am Horizont nur mit orangefarbenem Glühen gestreift, so daß die Inseln im Norden als scharfe Silhouetten davorstanden. Die See lag jetzt vollkommen ruhig.

Sie standen dicht am Rand der Terrasse – so nah beieinander, daß ihre Schultern sich berührten. Lachlan war an der Fenstertür stehengeblieben. «Es ist, als warte der Abend auf irgendwas», meinte sie.

Gericke nickte. «Einmal, im westindischen Ozean, tauchten

wir bei Nacht vor der Küste von Martinique auf, um unsere Batterien nachzuladen. Da war es genauso wie jetzt. Unvorstellbar ruhig.»

«Das liebe ich an dieser Insel so sehr», erklärte sie. «Diese Stille. Wenigstens in jenen kurzen Pausen, in denen der Wind nicht pfeift.»

«Am nächsten Tag gab es den schlimmsten Hurrikan, den diese Inseln da unten jemals erlebt hatten. Wir mußten tauchen und unten bleiben. Um den Konvoi, hinter dem wir her waren, kümmerte sich Mutter Natur. Von den sechsundzwanzig Schiffen sanken elf.»

«Und dafür haben Sie keinen Orden beansprucht?»

«Tja, warum bin ich nicht auf die Idee gekommen?» erwiderte er, auf ihren ironischen Ton eingehend.

Im bleichen Licht des Abends war ihr Gesicht kaum zu erkennen. «Es tut mir leid.»

Hinter Lachlan erschien Reeve. «He, ihr beiden! Der Kaffee wird kalt!»

«Wir kommen schon», antwortete Janet.

Der Schal war ihr von den Schultern geglitten und zu Boden gefallen. Gericke hob ihn auf und reichte ihn ihr. Die letzte orangefarbene Glut am Horizont schien plötzlich aufzuflammen – und erlosch, während sich ringsum totale Dunkelheit ausbreitete.

In Trondheim war Necker auf dem Weg zur Flugleitung. Er hatte mehr als schlechte Laune. Seine Augen brannten vor Schlafmangel, obwohl er jetzt schon seit drei Tagen untätig herumsaß.

Als er den Nachrichtenraum betrat, fand er Oberst Maier an Altrogges Schreibtisch. Der Major stand neben ihm über den Tisch gebeugt und studierte gemeinsam mit ihm eine Seekarte.

Maier sah auf. «Da sind Sie ja, Horst! Endlich wieder ein kleiner Einsatz für Sie.»

«Na, wie schön!» entgegnete Necker mit einem gewissen

Sarkasmus im Ton. «Doch wie dem Herrn Oberst ja bekannt ist, hat man mich während der letzten sechsunddreißig Stunden dreimal aus dem Bett geholt, nur um den Einsatzbefehl im letzten Moment zu widerrufen.»

«Diesmal nicht», versicherte Maier. «Diesmal ist die Sache zu wichtig. Um es kurz zu machen: Sie starten um zwei. Ihre Flugroute führt Sie über Schottland, dann südlich der Äußeren Hebriden und westlich an Irland vorbei zu diesem Punkt.» Er tippte mit dem Bleistift auf die Karte. «Den Berichten der Abwehr zufolge müßte sich jetzt ein großer Konvoi aus Halifax, Nova Scotia, in diesem Gebiet befinden. Es ist von äußerster Wichtigkeit, daß die Informationen über seine Position morgen vormittag in Kiel eintreffen.»

«Sonst verlieren wir wohl den Krieg, wie?»

«Sehr witzig!» sagte Maier kalt. Er stand auf. «Sie sind ein guter Flugzeugführer, Horst, aber zuweilen läßt Ihr Verhalten auf den Intelligenzgrad eines Vierzehnjährigen schließen. Eines Tages machen Sie eine Bemerkung dieser Art zuviel.»

«Tut mir leid, Herr Oberst.»

«Nein, tut es nicht.» Maier schlug ihm lächelnd auf die Schulter. «Altrogge wird Sie mit den leidigen Details bekanntmachen, und ich erwarte Ihre persönliche Meldung, sobald Sie von Ihrem Flug zurück sind.»

Er ging, und Necker studierte die Karte. «Ich würde sagen, fünfzehnhundert Kilometer bis zum Bestimmungspunkt.»

«Und fünfzehnhundert zurück. Bleiben Ihnen tausend zum Rumkurven, wenn Sie an Ort und Stelle sind. Sagen wir zwei Stunden Flugzeit im Zielgebiet, damit Sie noch einen Fehlerspielraum haben.»

«Ich mache grundsätzlich keine Fehler», erwiderte Necker. «Deswegen bin ich ja noch hier. Was ist denn mit den Spitfire-Staffeln?»

«Die liegen hier oben, bei Inverness, aber die machen Ihnen keine Schwierigkeiten, wenn Sie in fünfunddreißig- bis achtunddreißigtausend Fuß Höhe bleiben, was Ihnen bei den neuen Verbesserungen an der Maschine nicht weiter schwerfallen dürfte. Den Hinflug werden Sie ohnehin bei Nacht zurücklegen. Kinderspiel.»

«Na, wenn Sie meinen», sagte Necker giftig und setzte sich. «Also los, dann mal her mit den Einzelheiten!»

Reeve öffnete die Tür der Polizeistation und trat mit Gericke zusammen ein. Lachlan folgte ihnen auf dem Fuß. Der junge Soldat holte die Schlüssel und ging ihnen voraus die Treppe zum Untergeschoß hinab. Gericke betrat seine Zelle, die Lachlan sorgfältig verschloß.

«Herr Konteradmiral!» Gericke salutierte stramm. «Vielen Dank für Ihre Begleitung an diesem wunderschönen Abend.»

Reeve zögerte. Sekundenlang schien es, als wolle er etwas sagen. Statt dessen erwiderte er den Gruß höflich und ging davon, ins Büro hinauf. Lachlan folgte.

Die Tür oben wurde geschlossen. Gericke blieb, die Hände an den Gitterstäben, einen Moment stehen und lauschte. Dann trat er ans Fenster. Das Mauerwerk der Fensterbank war rissig, der Zement, in den die Gitterstäbe eingelassen waren, alt und bröckelig. Er hob seine Matratze an, entfernte eine der Sprungfedern aus der eisernen Bettstelle und begann den Zement mit dem gebogenen Ende zu bearbeiten.

Auf dem Gang draußen erklangen Schritte. Hastig setzte er sich hin, als auch schon Lachlan vor der Zelle erschien: Gewehr über der Schulter, einen Schlafsack unter dem Arm.

«Was soll denn das?» fragte Gericke verwundert.

Der junge Soldat stellte eine Thermosflasche auf den Boden, entrollte den Schlafsack, schlüpfte hinein und zog den Reißverschluß zu. Dann setzte er sich mit dem Rücken an die gegenüberliegende Wand, das Gewehr griffbereit auf den Knien.

«Ich möchte Sie nur nicht aus den Augen lassen, Commander. Admiral Reeve meinte, Sie würden sicher besser schlafen, wenn Sie wüßten, daß ich bei Ihnen bin.»

Gericke lächelte. «Wissen Sie was, Lachlan? Ich glaube, der Admiral hat recht damit.»

Er legte sich auf seine Pritsche, zog die Decken bis ans Kinn und war fast augenblicklich eingeschlafen.

12

Schonerbark DEUTSCHLAND, *24. September 1944. 56° nördl. Breite 9° 51′ westl. Länge. 110 Meilen südwestlich der Äußeren Hebriden. Anfangs so still, wie ich es in diesen Gewässern noch nie erlebt habe. Kurz nach Mitternacht kreuzte ein Schiff unseren Weg, wir hörten die Maschinen und sahen ein Licht, vermutlich eine Nachlässigkeit der Besatzung. Während der Mittelwache begann es wieder zu regnen, und der Wind frischte beträchtlich auf. Um vier Glasen der Morgenwache hielt Schwester Angela, da heute Sonntag ist, trotz des unfreundlichen Wetters ihre Frühandacht an Deck.*

Die *Deutschland* machte bei voller Besegelung zwölf Knoten. Auf dem Wasser bildeten sich allmählich weiße Schaumkronen.

Von Südwest wurde Regen herübergetrieben, dennoch stand Schwester Angela an der Achterdeckreling neben Berger und sprach zu den Nonnen und dem Dutzend Besatzungsmitgliedern, die fromm genug waren, um bei diesem Wetter freiwillig an Deck zu kommen. Klar tönte ihre Stimme durch die feuchte Luft.

«... und gebe, gnädiger Herrgott und Vater, daß wir von nun an ein gutes, gerechtes und vernünftiges Leben führen, zum Lobe Deines geheiligten Namens.»

Eine kurze Zeit herrschte Stille, während sie mit geschlossenen Augen und gefalteten Händen betete. Dann bekreuzigte sie sich und sagte: «Zum Schluß werden wir ein Kirchenlied singen, das besonders für die Menschen auf See Gültigkeit hat, und das Sie sicher alle kennen. ‹Mein Heiland, dir vertrauen wir, mein Steuermann bist du ...›»

Maria und die anderen Nonnen fielen in die Melodie ein, und auch Richter, der hinter ihr stand, sang mit, während die übrigen Besatzungsmitglieder nur zögernd einstimmten. Es war ein Lied aus rauhen Kehlen. Einmal drehte sich Schwester Angela um und warf Kapitän Berger und Leutnant Sturm einen kurzen Blick zu. Und auch der Kapitän begann zu singen.

«... durch Sturm und Wellen führst du uns dem sichern Hafen zu.»

Nach und nach verstummten die Singenden, und dann hörte man oben am Himmel ein tiefes Dröhnen. Erschrocken drehte sich Berger um: Aus Südost kam in höchstens einhundertfünfzig Fuß Höhe ein schwarzes Flugzeug auf sie zu.

O Gott, jetzt ist es aus! Dies ist nun wirklich für uns das Ende! dachte er, packte Schwester Angela und riß sie neben sich zu Boden. Auf dem Deck unten herrschte totales Chaos, als die Besatzung sich so gut wie möglich in Deckung warf. Schwester Regina schrie durchdringend.

Aber Sturm, der neben Berger hockte, rief auf einmal voll Erregung: «Sehen Sie doch, Käpt'n! Das ist einer von uns!»

Ganz kurz nur konnte Berger einen Blick auf die Junkers werfen, die tief über die *Deutschland* hinwegbrauste, aber er sah deutlich die schwarz-weißen Kreuze unter den Flügeln und das Hakenkreuz am Heckleitwerk. Dann schwenkte sie nach Backbord ab und zog in steiler Kurve hoch.

Auf dem Deck unten stürzten die Männer jubelnd an die Reling, zwei oder drei kletterten sogar in die Wanten. Alles schrie durcheinander; Richter stand neben Maria, den Arm um das Mädchen gelegt, und schaute mit ihr in den Himmel.

«Was jetzt, Käpt'n?» fragte Sturm.

Berger rappelte sich auf. Er beugte sich über die Decksreling und rief: «Richter, lassen Sie die schwedische Flagge einholen. Im großen Schrank in meiner Kajüte finden Sie eine Flagge der Kriegsmarine.» Er wandte sich an Leutnant Sturm. «Sie gehen sofort ans Funkgerät. Versuchen Sie, Kontakt herzustellen.»

«Schwedisch?» fragte Necker. «Wißt ihr das bestimmt?»

«Hundertprozentig, Herr Hauptmann», antwortete Rudi. «Ich habe die Flagge deutlich gesehen.»

Kranz, der Heckschütze, mischte sich ein. «Das kann ich bestätigen, Herr Hauptmann.»

«Ein Segelschiff!» sagte Necker baß erstaunt. «Wenn ich's nicht mit eigenen Augen gesehen hätte, ich würd's nicht glauben. Sehen wir's uns doch noch mal an.»

Er wendete und flog wieder mit etwa einhundertfünfzig Fuß Höhe an; und entdeckte, daß die schwedische Flagge eingeholt wurde.

«Ja, aber weshalb streichen die denn die Flagge, Herr Hauptmann?» erkundigte sich Rudi Hübner verblüfft.

«Was weiß ich», gab Necker zurück. Dann stieß er einen Laut der Verwunderung aus, denn jetzt wurde eine andere Flagge gehißt.

Als sie direkt über dem Schiff waren, entfaltete der Wind die Flagge, und Kranz rief aufgeregt: «Die Flagge der Kriegsmarine, Herr Hauptmann! Ich schwör's Ihnen!»

«Danke, nicht nötig», rief Necker zurück. «Ich hab's ebenfalls gesehen. Aber das ist doch unsinnig! Ich werde noch mal drübergehen.»

Schmidt, der Bordfunker, tippte ihm auf die Schulter. «Ich habe Kontakt, Herr Hauptmann. Das müssen sie sein. Warten Sie, ich werde Sie einschalten.»

Sekunden später hörte er zu seiner größten Verblüffung und mit einer Klarheit, die nur bei einer so geringen Entfernung möglich war, Johann Sturms Stimme im Kopfhörer. «Schonerbark *Deutschland* ruft großen schwarzen Adler. Hören Sie mich?»

«Großer schwarzer Adler?» fragte Schmidt verdutzt. «Wovon redet der?»

«Er will uns nicht identifizieren, Sie Dummkopf, falls jemand mithört», sagte Necker. «Lassen Sie mich mit ihm reden.»

Jean Sinclair trank vor dem Kirchgang eine letzte Tasse Tee, als Admiral Reeve mit Janet eintraf.

«Das ist aber eine hübsche Überraschung!» sagte sie. «Normalerweise habe ich nicht viel Erfolg, wenn ich versuche, ihn am Sonntagmorgen aus dem Haus zu locken.»

«Leider dienstlich», erklärte Janet.

Jean sah ihn fragend an. Reeve sagte: «Ich habe Nachricht von Mallaig bekommen. Lieutenant Jago's Boot hat einen Maschinenschaden. Wenn er ihn bis heute nachmittag nicht beheben kann, werden sie jemand anders schicken, um Gericke abzuholen. Wer es nun aber auch sein mag, er kann auf keinen Fall vor dem späten Abend hier sein. Wahrscheinlich sogar erst morgen früh.»

«Ach so.» Sie sah auf die Uhr. «Der Gottesdienst beginnt, wenn ich dich daran erinnern darf, in fünfzehn Minuten. Und falls du nicht eine von Murdochs öffentlichen Zurechtweisungen riskieren willst, wenn wir uns heimlich hinten in die Kirche schleichen, müssen wir uns beeilen.»

«Na schön, ich werde mitkommen», seufzte Reeve. «Aber du mußt inzwischen vorgehen. Ich muß zuerst noch ein paar Worte mit Mary sprechen, wegen Butter und ein paar Eiern. Ich habe nichts mehr im Haus.»

Die Haustür fiel hinter ihm ins Schloß, und Jean wandte sich an Janet. «Wie ist es mit dir? Gehst du mit?»

«Ich glaube, heute mal nicht.»

«Und was hast du vor?»

«Mir wird schon was einfallen.»

Jean lächelte. «Davon bin ich überzeugt.»

Gericke hatte ausgiebig gefrühstückt: Hafergrütze, gebratenen Schinkenspeck und Tomaten, alles von Lachlans Mutter. Nachdem Mrs. MacBrayne gegangen war, nahm Lachlan wieder seinen Platz gegenüber dem Zellengitter ein.

«Schlafen Sie doch endlich ein bißchen, Lachlan», forderte ihn Gericke auf. «Wie wollen Sie denn ganz ohne Schlaf auskommen?»

«Ach, wissen Sie, ich brauche nur sehr wenig. Hat meiner Mutter große Sorgen gemacht, als ich noch klein war.» Lachlan warf einen Blick auf die Uhr. «Keine Sorge, Commander, um elf, nach dem Vormittagsgottesdienst, werde ich von Murdoch abgelöst.»

«Ach ja», erwiderte Gericke. «Der ist so eine Art Pastor hier, nicht wahr?»

«Ganz recht – und Bootsführer der *Morag Sinclair.*»

«Der *Morag Sinclair?*»

«Murdochs große Liebe. Ein Vierzig-Fuß-Rettungsboot der Watson-Klasse. Die Seenotstation liegt auf der anderen Seite der Insel am South Inlet, und Murdoch hat dort auch seine Wohnung.»

«Das verstehe ich aber nicht», sagte Gericke. «Warum nicht hier?»

«Weil sich die See bei wirklich schlechtem Wetter vor der Hafenbarre so staut, daß kein Mensch mehr raus kommt. Und vom South Inlet aus ist es viel einfacher.»

«Ist das immer so?»

«Nein. Ein- oder zweimal im Jahr ist es auch absolut unmöglich, vom South Inlet auszulaufen.»

«Was passiert, wenn dann ein Notruf kommt?»

«Dann gibt es noch die Station auf Barra.»

«Und Sie, Lachlan – waren Sie auch Mitglied der Rettungsbootsbesatzung, bevor Sie eingezogen wurden?»

«Ich doch nicht, mit meinem Magen!» antwortete Lachlan kopfschüttelnd. «Aber mein Vater war mit dabei.»

Er senkte den Kopf, und Gericke, der nichts darauf zu sagen wußte, stand da, beide Hände an den Gitterstäben, und schwieg ebenfalls.

Die Außentür wurde geöffnet. «Jemand zu Hause?» Es war Janet.

Sie trug einen Lammfellmantel, Tweedrock, kniehohe Stiefel und die typische Wollmütze der Schotten. «Na, war er brav, Lachlan?»

«Bleibt mir ja nichts anderes übrig», antwortete Gericke.

«Dieser junge Held hier hat die ganze Nacht mit dem Gewehr auf den Knien da drüben an der Wand gesessen und mich bewacht.»

Sie reichte ihm ein Päckchen Zigaretten und ein paar Zeitschriften durchs Gitter. «Damit die Zeit schneller vergeht.»

«Kann ja jetzt nicht mehr lange dauern», entgegnete er. «Lieutenant Jago kommt mich um zwölf Uhr abholen, nicht wahr?»

«Er liegt mit Maschinenschaden in Stornoway fest. Kann also frühestens heute abend hier sein, möglicherweise auch erst morgen.»

Er sah sie durch das Gitter an, als warte er auf irgend etwas. Unvermittelt wurde sie verlegen, ärgerte sich über sich selbst, weil sie so spontan hierhergekommen war.

«Ich muß gehen. Hab' noch eine Menge zu tun.»

«Vielen Dank», sagte Gericke ernst und hielt die Zeitschriften hoch. «Dafür – und für vieles andere.»

Sie drehte sich um und ging rasch davon.

Im Nachrichtenraum von Trondheim marschierte Necker auf und ab, mißgelaunt eine Zigarette rauchend. Er trug noch seine Fliegerpelzkombination, sein Gesicht war schweiß- und schmutzverschmiert.

Altrogge, der am Schreibtisch saß, blickte von dem Bericht auf, an dem er schrieb. «Damit machen Sie auch nichts besser. Kommen Sie, Horst, setzen Sie sich. Trinken Sie lieber einen Kaffee.»

Er griff nach der Kanne auf dem Tablett rechts neben ihm, aber Necker schüttelte den Kopf. «Nein, danke.» Und dann machte er sich plötzlich Luft. «Was sollen diese Verzögerungen? Was, zum Teufel, wird hier eigentlich gespielt?»

«Der Gruppenkommandeur hat die Sache persönlich in die Hand genommen, das wissen Sie doch; unter den gegebenen Umständen kommt es unweigerlich zu Verzögerungen auf dem Dienstweg. Sie müssen Geduld haben.» Er lehnte sich zurück und setzte behutsam hinzu: «Ich fürchte, mein Freund, Sie müssen sich auf eine ziemlich dicke Zigarre gefaßt machen.»

Necker blieb stehen. «Was sagen Sie da?»

«Sie haben Ihre Befehle nicht befolgt, Horst. Sie haben eigenmächtig gehandelt.»

Necker starrte ihn offenen Mundes an. «Ich habe meine Befehle nicht befolgt? Mann Gottes, was sollte ich denn sonst tun?»

Die Tür ging auf, und Maier kam mit mehreren Fernschreiben. Seine Miene war ernst. «Ich habe mich mit der Kriegsmarine in Kiel in Verbindung gesetzt; die Meldung ist sofort an Dönitz weitergegeben worden. Ich habe einen Funkspruch bekommen, in dem man mir den Empfang bestätigt und sich für die Informationen bedankt.»

«Ist das alles?»

«Nein, es ist noch ein zweites FT gekommen. Darin drückt man sein äußerstes Befremden über das Ausbleiben von Informationen über die Position des Halifax-Konvois aus.»

«Interessiert mich nicht», entschied Necker. «Was ist mit der *Deutschland*?»

Maier hockte sich auf die Schreibtischkante und nahm sich eine Zigarette. «Man weiß aufgrund geheimer Informationsquellen aus Argentinien genauestens über sie Bescheid. Sie ist vor einigen Wochen mit einer Besatzung von Angehörigen der Kriegsmarine unter einem Fregattenkapitän Berger von Brasilien ausgelaufen. Außerdem hat sie Zivilisten an Bord – Nonnen, soweit ich gehört habe.»

«Nicht zu fassen!» Necker staunte. «Mit einem solchen Schiff von einem Ende des Atlantiks zum anderen zu segeln, und das direkt vor der Nase der britischen und amerikanischen Navy! Das wird ganz Deutschland in Begeisterung versetzen.»

«Das wird es nicht, mein lieber Freund. Und zwar aus dem guten und durchaus triftigen Grund, daß die Nachricht gar nicht bekanntgegeben werden wird. Für einen so intelligenten Mann, Horst, können Sie zuweilen entnervend kurzsichtig sein. Sie haben Ihren Funkkontakt mit der *Deutschland* doch auf ein Minimum beschränkt, nicht wahr? Und einen improvisierten Code benutzt?»

«Warum? Für den Fall, daß jemand mithörte und Kenntnis von ihrem Standort erhielt.»

«Genau. Die britische Navy, Horst, kann kaum mehr als ein flüchtiges Interesse an einem alten, klapprigen Segelschiff haben, das versucht, von Brasilien aus Kiel zu erreichen – vor allem, weil niemand ihm die geringste Chance eingeräumt hätte, auch nur die Hälfte der Strecke hinter sich zu bringen.»

«Na und?»

«Jetzt hat sich die Situation grundlegend verändert. Unsere Freunde auf der anderen Seite des Kanals wissen den Wert der richtigen Propaganda ebenso zu schätzen wie wir. Wenn sie auch nur argwöhnen, die *Deutschland* könnte sich in jenem Seegebiet und so nahe der Heimat befinden, werden sie alles tun, werden sie jedes Schiff, über das sie in diesen Gewässern verfügen, zum Einsatz bringen, um sie an der Weiterfahrt zu hindern.»

Einen Augenblick herrschte Schweigen. Dann sagte Altrogge: «Sie sehen also, Horst, daß niemand davon erfahren darf. Jede Veröffentlichung in diesem Stadium wäre für das Schiff ein Todesurteil.»

Necker nickte langsam; er fühlte sich auf einmal sehr müde und ließ sich in einen Sessel sinken. «Wir müssen die *Deutschland* sich selbst überlassen, Horst», fuhr Maier fort. «Verstehen Sie das? Wir können für sie beten, aber das ist auch alles.»

«Jawohl, Herr Oberst.»

«Und Sie sind im Unrecht, Horst. Sie durften Ihren Aufklärungsflug nicht unterbrechen. Sie hätten noch mindestens anderthalb Stunden in dem Gebiet da draußen bleiben können. Vielleicht hätten Sie den Halifax-Konvoi gesichtet.»

Necker nickte abgespannt, und Maier legte ihm die Hand auf die Schulter. «Wir machen alle mal einen Fehler, aber Fehler dieser Art sind nur ein einziges Mal gestattet. Verstanden?»

«Jawohl, Herr Oberst.»

«Gut. Dann gehen Sie jetzt erst mal was essen, und anschließend legen Sie sich schlafen, Horst. Schlafen Sie sich gründlich aus. Irgendwann innerhalb der nächsten vierundzwanzig Stunden werden Sie wieder starten müssen.»

Necker stand auf. «Dasselbe Zielgebiet?»

«Dasselbe Zielgebiet.» Maier nickte. «Aber diesmal der Halifax-Konvoi.»

Necker ging mit knallenden Absätzen hinaus. Hinter ihm fiel die Tür ins Schloß. Eine Zeitlang herrschte Stille, dann stieß Maier einen tiefen Seufzer aus. «Es ist komisch, Hans», sagte er zu Altrogge, «und ich werde selbstverständlich stur abstreiten, jemals so was gesagt zu haben.»

«Was denn, Herr Oberst?»

«Ich habe das beunruhigende Gefühl, daß ich an seiner Stelle genauso gehandelt hätte.»

In Stornoway hatte der auffrischende Wind den Nebel vertrieben. Statt dessen peitschte von See starker Regen herein, als Jago von der Brücke stieg und nach achtern ging. An der offenen Luke ließ er sich auf ein Knie nieder und spähte in den engen Maschinenraum.

«Na, wie geht's da unten?»

Jansen hockte neben Astor und Chaney. «Eine Stunde noch, Sir.»

«Werdet ihr's auch ganz sicher schaffen?»

Astor sah leicht gekränkt zu ihm hinauf. «Ich und Chaney und dieser Limey-Offizier von der RAF-Werkstatt, wir haben die Ersatzteile selbst angefertigt. Reines Messing. Die Maschine wird so gut wie neu, Lieutenant.»

Jansen kam die Leiter herauf. «Er hat recht, Sir. Die Leute haben erstklassige Arbeit geleistet.»

«Gut.» Jago stieg wieder auf die Brücke. «Melden Sie Mallaig, daß wir in einer Stunde auslaufen.» Er warf einen Blick auf seine Uhr. «Dann hätten wir Murrays Termin um zehn bis fünfzehn Minuten überschritten. Ich werde natürlich pünktliches Auslaufen bestätigen.»

Er stieß die Tür auf, ging hinein und setzte sich an den Kartentisch. Jansen zögerte. «Das Barometer ist innerhalb der letzten Stunde ein ganzes Stück gefallen, Lieutenant.»

«Und?»

«Die allgemeine Wettervorhersage, Sir, um es gelinde auszudrücken, stinkt zum Himmel.»

Jago lachte. «Sie wollen der Mann sein, der einmal allein in einem Boot den Atlantik überquert hat?»

«Die See, Lieutenant, hat fast mein ganzes Leben lang ein inneres Bedürfnis bei mir gestillt», antwortete Jansen ernst. «Wir haben ein besonderes Verhältnis zueinander. Sie hat mich ein paarmal gründlich durchgeschüttelt, aber ich bin immer wieder zu ihr zurückgekehrt. Das ist so eine Art Spiel zwischen uns.»

Jago überlief ein Frösteln. «Verdammt, Jansen, was reden Sie da?»

«Das weiß der Teufel.» Der Bootsmann wirkte tatsächlich verlegen. «Vielleicht werde ich alt.» Er steckte den Kopf zur Tür hinaus. «Diese Inseln sind anders als alles, was ich sonst kenne. Die See ist anders.»

«Ach so, jetzt weiß ich's», gab Jago ein wenig spöttisch zurück. «Sie wollen sagen, die See hat hier Ihr Leben lang auf Sie gewartet, wie?»

«Oder ich auf sie», antwortete Jansen. «Was wieder ein bißchen was anderes wäre. Wie dem auch sei, ich muß jetzt den Funkspruch absetzen, Sir.»

Er ging. Der Regen schlug gegen die Fenster der Brücke, und draußen jaulte der Wind durch die Drähte und Leinen. Jago, immer noch wie gebannt von dem, was Jansen gesagt hatte, blieb nachdenklich sitzen. Es sah fast aus, als lausche er auf irgend etwas.

Auf dem Schreibtisch lag der Wetterbericht. Er nahm ihn zur Hand. Seegebiete Rockall, Bailey, Malin, Hebriden – überall das gleiche bedrohliche Bild. Ein schweres Tief im Anmarsch vom Atlantik. Heftiger Regen, Winde vier bis fünf, gegen Abend auffrischend zum Orkan.

Er zerknüllte das dünne Papier und warf es zornig in die Ecke. «Ach was», murmelte er vor sich hin, «heute habe ich einfach keinen guten Tag.»

Auf der *Deutschland* saß Berger in seiner Kajüte vor den Seekarten und steckte den Kurs für die nächsten Tage ab. Das monotone Geräusch der Pumpe draußen, der zunehmende Wind störten ihn nicht. Otto Prager lag auf der Koje und las ein Buch. Nach einer Weile richtete er sich auf und nahm die Brille ab.

«Dieses verdammte Ding hört wohl überhaupt nicht mehr auf zu rumpeln, wie?»

Es klopfte; Leutnant Sturm trat ein. «Sie haben mich rufen lassen, Käpt'n?»

«Wie sieht's aus?»

«Zwei Stunden gestern, zweieinhalb heute.»

«Und immer noch nicht trocken?»

«Na ja, fast.» Sturm zögerte. «Käpt'n, wir nehmen ständig Wasser über; das ist auch nicht gerade gut. Ich finde, wenn wir die Segel reffen würden . . .»

«Keinen Zentimeter, Sturm!» Berger schlug mit der Hand auf die Tischplatte. «Ohne meine Erlaubnis werden Sie keinen Faden Leinwand anrühren. Verstanden?»

«Wie Sie meinen, Käpt'n.»

«Und jetzt gehen Sie an Ihre Arbeit und schicken Sie mir Richter her.»

Sturm verschwand. Otto Prager erhob sich von der Koje und kam zu Berger an den Schreibtisch. «Der Junge hat sich ziemlich verändert. Vor einem Monat hätte er noch strammgestanden und die Hacken zusammengeschlagen, wenn Sie in diesem Ton mit ihm gesprochen hätten. Jetzt aber . . .»

«. . . ist er ein Mann geworden», fiel Kapitän Berger ihm ins Wort. «Das hat er der *Deutschland* zu verdanken. Die hat uns wirklich alle verändert.»

«Stimmt es denn, was er gesagt hat?»

«Zum Teil. Es stimmt, daß wir viel Wasser übernehmen und daß das Wasser der ohnehin schwierigen Lage im unteren Teil des Schiffes nicht gerade zuträglich ist. Daß der Hauptgrund dafür in meiner Weigerung liegt, bei Schlechtwetter Leinwand wegzunehmen, trifft ebenfalls zu. Aber das Schlechtwetter ist unser bester Verbündeter, denn es bewirkt, daß wir nur schwer zu orten sind. Außerdem, Otto, können wir es ausnutzen, um möglichst viel Fahrt zu machen, und das ist in diesem Stadium lebenswichtig.» Er strich mit beiden Händen die Karte glatt. «Ich *darf* nicht versagen. Jetzt nicht mehr, nachdem wir schon so weit gekommen sind.»

Prager legte ihm die Hand auf die Schulter. «Wir verdanken Ihnen viel, Erich. Wir alle.»

Es klopfte wieder, und Richter trat ein. Er trug Ölzeug und seine Hände waren mit Teer beschmiert. «Käpt'n?»

«Ach ja, Richter! Wie ich sehe, waren Sie oben.»

Der Bootsmann musterte seine Hände. «Ein Block an der Vormarsstange hatte sich gelöst.»

«Haben Sie sich um das Oberlicht im Salon gekümmert?»

«Das haben wir endgültig zugenagelt, Käpt'n. Ist zwar ein bißchen dunkel für die Damen da unten, aber besser, als wenn dauernd Wasser reinkommt.»

«Gut», sagte Berger. «Und jetzt möchte ich Ihre Ansicht über unsere allgemeine Lage hören.»

Richter schien ein wenig zu zögern. «Sie sind der Kapitän, nicht ich.»

«Das weiß ich, Mann!» entgegnete Berger ungeduldig. «Aber außer mir sind Sie am längsten von allen an Bord unter Segel gefahren. Sie wissen wenigstens, wovon ich rede.»

Richter zuckte ergeben die Achseln. «Wie der Herr Kapitän meinen.»

Berger wandte sich wieder der Seekarte zu und tippte mit dem Finger darauf. «Bisher haben die meisten Blockadebrecher die Dänemark-Straße zwischen Grönland und Island benutzt, um dann Kurs auf Norwegen zu nehmen, nicht wahr?»

«Man erwartet da oben nicht viel Schiffsverkehr, Käpt'n.»

«Aber für uns ist das wohl nichts, wie?»

«Nein. Im Bereich von Grönland ist Treibeis zu erwarten, und wir müßten viel zu lange nördlich des Polarkreises bleiben.»

«Einverstanden. Und wenn wir an den Hebriden vorbei sind – wohin müßte unsere jetzige Route uns führen? Durch die Orkney-Passage?»

«Nein, Käpt'n», widersprach Richter. «Meiner Meinung nach wäre es besser, wenn wir uns nördlich der Shetlands hielten und dann direkt Kurs auf Bergen nähmen.»

«Gut, Helmut. Sehr gut sogar. Es ist schön, die eigene Meinung bestätigt zu sehen.» Berger rollte die Karte zusammen. «Nur eines wäre noch zu klären. Leutnant Sturm findet, daß wir zuviel Leinwand führen. Ist das auch Ihre Ansicht?»

«Nicht, wenn Sie gute Fahrt machen wollen», antwortete Richter. «Ich möchte jedoch darauf hinweisen, daß das Barometer fällt. Ich fürchte, wir haben eine schlimme Nacht vor uns.»

Der Bootsmann ging. Berger entrollte die Karte wieder und studierte sie mit finsterer Miene.

Gericke rückte sein Bett ganz ans Gitter, um nicht immer in den Regen zu geraten, der jedesmal, wenn ein Windstoß kam, durch das zerbrochene Fenster hereingetrieben wurde. Dann kehrte er ans Fenster zurück und schaute durch die Eisenstäbe.

Es war kurz nach sieben; die Nacht brach herein, und die Szene, die vor ihm lag, war beunruhigend: aufgewühltes Wasser, soweit das Auge reichte, strömender Regen, ein blaugrauer Himmel, der zunehmend schwärzer wurde.

Plötzlich sah er draußen auf See, weit hinter dem Ende der Pier, die *Dead End* auf einer Welle reiten. Sie nahm die Nase jedoch sofort wieder herab und tauchte den Bug tief ins Wellental.

Als er Schritte auf dem Gang hörte, drehte er sich langsam um. Janet stand vor seiner Zelle. Sie trug Südwester und gelbes Ölzeug, an dem das Wasser in Strömen herablief, und hatte einen Deckelkorb mitgebracht. Sie hockte sich nieder und schob den Korb durch die Klappe am Boden.

«Das wird Sie schön bei Kräften halten. Ein richtiger schottischer Tee mit allem, was dazu gehört.»

Gericke hob den Korb auf und stellte ihn auf seine Pritsche. «Da draußen läuft gerade Ihr Freund Lieutenant Jago ein, und so, wie die See von hier aus aussieht, ist er bestimmt froh, daß er endlich im Hafen ist.»

«Harry?» Ihre Miene hellte sich auf.

Sie machte auf dem Absatz kehrt und lief eilig hinaus. Als Gericke sich eine Zigarette nahm, kam Lachlan aus dem Büro herunter.

«Haben Sie ein Streichholz für mich, Lachlan?»

«Aber ja, Commander.» Lachlan händigte ihm die Schachtel aus. «Können Sie von mir aus behalten.»

Gericke steckte sich die Zigarette an und kehrte wieder ans Fenster zurück. Das Kanonenboot legte gerade an und wurde, während die Besatzung an den Festmacherleinen zurrte, von den Wellen immer wieder gegen die Pier geworfen.

Dann erschien Jago auf der Brücke, und gleich darauf kam Janet, in ihrem gelben Ölzeug deutlich vom Abendhimmel abstechend, die Pier entlanggelaufen. Jago winkte ihr strahlend zu, stieg die Leiter hinab und sprang über die Reling an Land. Sekunden darauf lag sie in seinen Armen.

«So ist das also», flüsterte Gericke. Und wandte sich ab, während Windböen weiterhin Regen durch das vergitterte Fenster trieben.

Im Fhada House heulte der Wind durch den Schornstein und ließ die Holzkloben im Kamin aufflammen. Jago hielt seine Hände an das lodernde Feuer. «Das ist herrlich, Mrs. Sinclair. Ich dachte schon, mir würde nie wieder richtig warm werden. Es war eine fürchterliche Fahrt.»

«Noch einen Kaffee?»

«Nein, danke. Ich habe reichlich gehabt.»

Er warf einen Blick zu Janet hinüber, die am Flügel saß und leise spielte. «Tut mir leid, daß der Admiral nicht auch kommen konnte», sagte Jean.

«Er bleibt an einem solchen Abend lieber am Funkgerät.»

«Ich weiß», antwortete sie. «Es könnte ein Notruf für das Rettungsboot kommen. Ich wünschte, sie hätten das Unterseekabel inzwischen geflickt. So ist es für alle furchtbar schwierig. Und Carey ist unsere einzige Verbindung mit der Zivilisation.»

Die Standuhr schlug elf; Jago lächelte. «Ich sollte mich wirklich auf den Heimweg machen. Wir müssen morgen sehr früh auslaufen.» Er wandte sich um. «Bist du soweit, Janet?»

«Ich bleibe über Nacht hier, Liebling», antwortete Janet, ohne mit dem Klavierspielen aufzuhören.

«Ach so. Na ja, dann werde ich mich auf den Weg machen.»

Sie rührte sich nicht von ihrem Hocker. Statt dessen brachte ihn Jean Sinclair in die Diele. Als sie ihm in die Seemannsjacke half, fragte sie: «Sagten Sie, daß Sie morgen sehr früh auslaufen wollen, Lieutenant?»

«Ganz recht, Ma'am.»

Sie schüttelte energisch den Kopf. «Das glaube ich nicht. Morgen bestimmt nicht, und an den nächsten zwei, drei Tagen auch nicht.» Sie lächelte. «Ich weiß genau, was ich sage, Lieutenant. Wenn der Wind so wie jetzt über Fhada fegt, kann niemand voraussagen, was passiert.»

Jago grinste; er war auf einmal viel munterer. «Können Sie mir das garantieren?»

«Ich glaube schon.»

Als sie die Haustür öffnete, mußte sie gegen den Wind ankämpfen, der sie ihr aus der Hand zu reißen drohte. Jago gab ihr einen Kuß auf die Wange. «Hat Ihnen schon mal jemand gesagt, daß Sie ein Engel sind?» Damit ging er in den Sturm hinaus.

Als Jean in den Salon zurückkehrte, stand Janet am Kamin und zog ihren Lammfellmantel an. «Ist er weg?»

«Ja.»

«Gut.» Janet ging an ihr vorbei in die Diele; Jean folgte ihr.

«Was für ein Spiel treibst du eigentlich?»

«Um ehrlich zu sein – ich weiß es nicht», antwortete Janet und fuhr fort: «Mir ist eine grandiose Idee gekommen: Zum Teufel mit allen Männern.»

«Hm, nicht schlecht.» Jean öffnete die Haustür. «Aber an deiner Stelle würde ich's noch mal überschlafen.»

«Richtig», bestätigte Janet und trat ihrerseits in den strömenden Regen hinaus.

«Ich persönlich halte die Suche nach dem Halifax-Konvoi für Zeitverschwendung», erklärte Hans Altrogge. «Aber wenn Sie darauf bestehen, werden wir noch einmal Ausschau halten.»

Es war kurz vor Mitternacht. Necker, über die Seekarte gebeugt, nickte bestätigend. «Stimmt. Das Ganze ist nur Treibstoffverschwendung.»

«Wohl nicht ganz, Horst.» Altrogge öffnete einen Einsatzbefehl. «Irgendwo da draußen im Atlantik braut sich etwas zusammen; der Meldung unserer Seewetterstation am Kap Bismarck auf Grönland zufolge eine ziemlich ungewöhnliche Wetterlage.»

«Wie ungewöhnlich?»

«Kräftiges Tiefdruckgebiet, das sich sehr schnell nähert, sowie außerordentlich schwere Stürme. Darüber brauchen Sie sich allerdings keine Gedanken zu machen. Sie fliegen ja in fünfunddreißigtausend Fuß Höhe.»

«Und wenn ich tiefer gehen muß?»

«Wir wollen hoffen, daß das nicht notwendig ist. Eines jedenfalls ist sicher: Der Flug lohnt sich auf jeden Fall wegen der Wetterberichte, die Sie mitbringen werden.»

«Na schön», gab Necker nach. «Wann sollen wir starten?»

«Um fünf.» Altrogge warf einen Blick auf die Uhr. «Zeit zum Schlafengehen. Sie könnten auch ganz gut drei bis vier Stunden gebrauchen.»

«Mal sehn.» Necker ging hinaus.

13

Schonerbark DEUTSCHLAND, *25. September 1944. 56° 20′ nördl. Breite, 9° 39′ westl. Länge. Windstärke 6–8, steigend. Starker Regen, schwere See. Um zwei Glasen der Mittelwache gab ich Befehl, Oberbramsegel und Vor-Obermarssegel zu bergen. Dies geschah unter beträchtlichen Schwierigkeiten. Richter, Winzer und Kluth haben jetzt das Ruder. Das Barometer fällt ständig weiter. Ich fürchte sehr, daß sich die Wetterbedingungen noch verschlechtern werden.*

Auf Fhada war es Reeve, der zuerst merkte, daß an der Art, wie sich das Wetter verschlechterte, etwas überaus Ungewöhnliches war. Stürme machten ihn stets nervös und rastlos. Da er nicht schlafen konnte, stieg er gegen zwei Uhr nachts aus dem Bett, machte sich eine Kanne Kaffee und setzte sich ans Funkgerät, um zu sehen, ob etwas Wichtiges durchkam.

Der Äther schwirrte nur so von Stimmen, die durch die atmosphärischen Störungen verzerrt-quäkend an sein Ohr drangen. Einige waren schwach und weit entfernt, andere wiederum ganz nah, aber eines hatten sie alle gemeinsam: Angst. Jeder, dem sich die Gelegenheit bot, flüchtete sich in einen sicheren Hafen.

Einmal rief dringend ein Versorgungsschiff der Royal Navy südlich von Island durch und meldete eine Windgeschwindigkeit von fünfundsiebzig Knoten und steigend, mit schwerer See und starkem Regen. Es wollte versuchen, Reykjavik zu erreichen.

Gegen drei hörte er die erste wirklich lebenswichtige Meldung des RAF Coastal Command in Stornoway.

Unmittelbare Gefährdung der Seegebiete Malin und He-

briden durch polares Tiefdruckgebiet. Innerhalb der nächsten Stunden orkanartige Winde möglich. Wahrscheinlich Richtung Nordost.

Reeve blieb einen Augenblick sitzen und überlegte, dann schlurfte er in die Küche, wo er sorgsam die Tür hinter sich ins Schloß zog. Er hatte oft genug gewitzelt, das Wandtelefon sei so alt, daß Alexander Graham Bell es noch persönlich installiert haben müsse, jetzt aber war es der rettende Strohhalm. Energisch drehte er an der Kurbel. Er wußte, daß im Postamt am Hafen jetzt niemand Dienst hatte; also mußte er Mrs. MacBrayne aus dem Bett holen.

Zunächst bekam er keine Antwort. Gerade versuchte er sein Glück zum zweitenmal, da ging die Küchentür auf und Janet kam, den Morgenrock um die Schultern gehängt. «Was ist denn los?»

Er winkte ab, weil sich jetzt Mrs. MacBraynes Stimme verschlafen meldete: «Hallo?»

«Katrina? Hier Reeve. Können Sie mich mit Murdoch in South Landing verbinden? Tut mir leid, daß ich Sie stören muß, aber es ist wirklich dringend.»

Sie war unmittelbar hellwach. «Ein Notruf für das Boot, Admiral?»

«Noch nicht, aber das dauert möglicherweise nicht mehr lange, so rapide, wie sich das Wetter verschlechtert.»

«Bleiben Sie dran, Admiral. Ich verbinde.»

Er wandte sich zu Janet um. «Setz Wasser auf, Kleines, wir machen uns eine Kanne Kaffee. Kann sein, daß es eine lange Nacht wird.»

Sie ging, ein wenig verwirrt, an den Herd, öffnete die Klappe und legte Holz auf die noch glühende Asche.

Reeve wartete voll Ungeduld. Nach einer Weile war Katrina MacBrayne wieder am Apparat. «Ich komme nicht durch, Admiral.»

«Antwortet er nicht?»

«Nein, die Leitung ist tot. Wahrscheinlich vom Wind runtergerissen. Kann ich Ihnen irgendwie helfen?»

«Nein, nein, ich kümmere mich schon selbst darum. Aber ich glaube, man sollte die Bootsbesatzung alarmieren.»

«Es gibt keine Bootsbesatzung, Admiral. Die Fischerboote sind heute nachmittag bei South Uist auf Fang gewesen, deswegen werden sie in Lochboisdale Schutz suchen, bis das Schlimmste vorüber ist. Wenn das Boot heute nacht einen Notruf bekommt, sind nur noch alte Männer und Kinder da.»

«Okay, Katrina», sagte Reeve. «Überlassen Sie das mir. Ich werde mich wieder bei Ihnen melden.»

Er legte auf. «Ich habe eine Beschäftigung für dich», sagte er zu Janet. Er nahm sie bei der Hand, führte sie ins Wohnzimmer und drückte sie auf den Stuhl vor dem Funkgerät. Rasch stellte er die richtige Wellenlänge ein und fixierte sie. «Das ist das Band, auf dem die meisten lokalen Meldungen durchkommen. Bleib bitte ständig dran. Falls Nachrichten für mich oder für Fhada kommen, schreibst du sie auf.»

«Und was hast du vor?» fragte sie ihn. «Wo willst du hin?»

«Murdoch Bescheid sagen», antwortete er knapp, ging in sein Schlafzimmer und begann sich eilig anzukleiden.

Reeve hatte eine Sturmlaterne mitgenommen, doch sie nützte bei der Finsternis nur wenig. Der Regen strömte ohne Pause, der Wind war so stark, daß gar nicht daran zu denken war, auf der Draisine das Segel zu setzen. Also trieb er das Fahrzeug von Hand über den Bergrücken der Insel; der Regen troff von seinem Ölzeug. Auf halbem Wege riß ihm der Sturm die Laterne weg, so daß er den Rest der Fahrt in tiefer Finsternis zurücklegen mußte.

Den Pfad zur Seerettungsstation hinunter schaffte er mit Hilfe der Taschenlampe, die er für den Notfall eingesteckt hatte. Er hörte Rory bellen, dann wurde die Tür der Hütte geöffnet, Licht fiel heraus und Murdoch erschien. Der Wolfshund kam durch den Regen gehetzt, um Reeve freudig zu begrüßen. Der Admiral packte sein Nackenfell und stieg gemeinsam mit ihm zur Hütte hinunter.

Murdoch zog ihn sofort ins Trockene. «Unangenehm, heute draußen zu sein, Admiral.»

«Auf See ist es schlimmer.» Reeve legte Südwester und Ölzeug ab und hockte sich vor das Feuer. «Ich habe versucht, Sie telefonisch zu erreichen. Die Leitung muß irgendwo runtergekommen sein.»

«Ist ein Notruf für das Boot eingetroffen?»

«Nein, aber selbst dann könnten wir nicht viel unternehmen. Sie haben doch keine Besatzung, Murdoch. Die Fischerboote sind nicht zurückgekommen.»

«Ach, das würde ich nicht so sehen», gab Murdoch sehr bedächtig zurück. «Da sind immerhin Hamish Macdonald, Francis Patterson, James und Dougal Sinclair . . .»

Reeve starrte ihn an. «Hamish Macdonald ist mindestens siebzig. Die Sinclairs müssen die ältesten Zwillinge aller Zeiten sein. Francis Pattersons Alter kenne ich zwar nicht, aber . . .»

«Wir sind im selben Jahr geboren.»

«Ach, hören Sie auf, Murdoch!» schimpfte Reeve. «Zwischen Ihnen und diesen alten Knackern ist doch ein himmelweiter Unterschied, und das wissen Sie selbst genau.»

«Die *Morag* ist ein gutes Boot. Wenn sie kentert, richtet sie sich von selbst wieder auf. Sogar wenn die Maschinenkammern überflutet sind, laufen die Motoren weiter. Sie kennen die *Morag*, Admiral. Das ist jetzt nicht mehr so wie früher, als junge, kräftige Muskeln für die Riemen gebraucht wurden. Hamish und die anderen haben ihr Leben lang in diesen Gewässern gefischt. Die verstehen ihre Sache. Und das genügt.»

«Na schön, ich hoffe zu Gott, daß sie nicht auf die Probe gestellt werden.»

Murdoch holte eine Flasche und zwei Gläser aus dem Schrank neben dem Kamin. «Hier, das wird Ihnen wieder Mark in die Knochen geben.»

Reeve schluckte; die Tränen traten ihm in die Augen, als

das scharfe Zeug seinen Magen zum Explodieren brachte. «Verdammt, Murdoch, das brennt einem ja die Kehle aus! Also: Sie brauchen acht Mann Besatzung für das Boot, da fehlen Ihnen jetzt noch drei. Was wollen Sie machen?»

«Da ist noch der junge Lachlan.»

«Der sich die Seele aus dem Leib kotzt, wenn nur eine Brise das Wasser kräuselt? Das soll wohl ein Witz sein.» Unvermittelt traf eine Sturmbö das Hausdach, das ganze Gebäude bebte. Er schüttelte sich. «Das gefällt mir ganz und gar nicht. Bevor ich aufbrach, habe ich über Funk eine Sturmwarnung gehört. Vom Coastal Command. Im Laufe der nächsten Stunden orkanartige Winde aus Südwest.»

Murdoch runzelte die Stirn. «Hoffen wir, daß die sich irren. Denn wenn das stimmt, wird es uns verdammt schwerfallen, das Boot hier zu Wasser zu bringen.»

«Meinen Sie?»

«Das meine ich nicht, Admiral, das weiß ich.»

Reeve langte nach seinem Ölzeug. «Ich muß zurück. Bei Tagesanbruch werden wir sehen, ob wir die Stelle finden, wo die Leitung runtergekommen ist.»

«Und wenn man mich vorher braucht?» Murdoch holte sein eigenes Ölzeug vom Haken hinter der Tür. «Am besten komme ich gleich mit und höre, was sich in der Welt draußen tut.»

Um Viertel vor fünf erreichten sie Reeves Haus. Als sie das Wohnzimmer betraten, saß Jean mit Janet am Funkgerät.

«Hallo, Carey», begrüßte sie ihn. «Ich konnte nicht schlafen bei diesem Wind, darum wollte ich mal nachsehen, wie es euch beiden geht. Wartet, ich hole schnell den Tee.»

Sie ging in die Küche. Janet sagte: «Die Lage hat sich verschlechtert. Vor einer Stunde wurde das Boot von Stornoway zu einem Flottentanker gerufen, der vor Cape Wrath in Seenot ist. Zwanzig Minuten später das Boot von Barra.»

«Und wohin?»

«Irgendwo in den North Minch.»

«Dann sind wir auch bald dran, denke ich», sagte Murdoch. Jean kam mit einem Tablett voll Teetassen zurück. «Nein, danke, Mrs. Sinclair – jetzt nicht. Erst muß ich noch ein paar Leute aufsuchen. Später komme ich dann wieder.»

Als er hinausging, fragte Janet: «Was hat er vor?»

«Er will nur Hamish Macdonald, die Sinclair-Zwillinge und ein paar andere Mitglieder des Pensionistenclubs aus den Betten holen – für den Fall, daß sie gebraucht werden», antwortete Reeve.

«Ist das dein Ernst? Das sind alte Männer!»

«Versuch das Murdoch mal klarzumachen.» Auf dem Tisch lagen weitere Meldungen; eine davon nahm er zur Hand. «Was ist denn das – ein neuer Wetterbericht?»

«Von der Wetterwarte.»

Seegebiete Hebriden, Bailey, Malin, eine intensive Tiefdruckzone löst orkanartige Winde mit schweren Regen- und Graupelschauern aus.

Kurz darauf kam eine Stimme über den Funk: «Mallaig ruft Sugar One auf Fhada. Mallaig ruft Sugar One auf Fhada.»

Der Empfang war schlecht, atmosphärische Störungen knackten und rauschten, Stimmen überlagerten sich. Reeve griff zum Mikrophon. «Hier Reeve. Empfange Sie Stärke fünf, Mallaig.»

«Captain Murray für Sie, Admiral.»

Sekundenlang hörten sie nur Störgeräusche, dann meldete sich Murrays Stimme. «Hallo, Sir! Wie sieht's bei Ihnen aus?»

«Schrecklich. Und wie steht's dort?»

«Totales Chaos. Zwei Leichter sind in diesem verdammten Hafen gesunken, ein Neunhundert-Tonnen-Kümo mit einer Ladung Treibstoffässer hat sich von der Vertäuung losgerissen. Wir haben während der ganzen letzten Stunde versucht, Lieutenant Jago zu erreichen: Routinekontrolle für alle Navy-Fahrzeuge. Leider ohne Erfolg. Wissen Sie etwas über ihn?»

«Als ich ihn zuletzt sah, lag er sicher vertäut hier an der Pier. Ich werde nachsehen und Sie zurückrufen.»

«Ich wäre Ihnen sehr verbunden, Admiral. Übrigens, Sie haben mindestens noch einen schlimmen Tag vor sich. Wir haben Meldungen über Windböen mit einer Geschwindigkeit bis zu hundert Knoten. Die Wetterfrösche behaupten, das Barometer würde bald in den Keller fallen.»

«Meinen allerherzlichsten Dank für diese freudige Nachricht», sagte Reeve. «Ende und aus.»

Es war bitterkalt in der Zelle. Gericke hatte während der Nacht nur wenig geschlafen; um halb sechs stand er bereits auf und trat, eine Decke umgehängt, ans Fenster.

Draußen war es immer noch dunkel, hier und da entlud sich jedoch am Horizont aufgestaute Elektrizität und verschaffte ihm für Sekundenbruchteile einen Überblick über die Lage im Hafen. Soweit er feststellen konnte, trieben mehrere kleine Boote auf dem Wasser; zwei davon waren gekentert.

Das Tosen des Windes lag jetzt um einige Töne höher; es war ein ohrenbetäubendes Heulen, das ständig an den Nerven zerrte. Abermals sah er hinaus und entdeckte beim Licht eines weiteren Blitzes eine Gestalt in Ölzeug, Sturmlaterne in der Hand, die Pier entlang auf das Kanonenboot zustreben. Draußen im Gang tönten Schritte; gleich darauf spähte Lachlan im Schein einer Öllampe durchs Gitter.

«Muß ziemlich kalt sein da drin, Commander.»

«Das kann man wohl sagen.»

«Ich habe oben im Büro ein Feuer. Wenn Sie mir Ihr Ehrenwort geben, dürfen Sie sich ein bißchen aufwärmen.» Der junge Mann grinste. «Obwohl Sie nicht weit kommen würden, bei diesem Wetter.»

«Ja, vielen Dank, Lachlan», antwortete Gericke ohne das geringste Zögern. «Hier, meine Hand und mein Ehrenwort. Das ist wirklich sehr nett von Ihnen.»

Der junge Soldat schloß die Zelle auf, und Gericke folgte

ihm ins Büro. Das Torffeuer glühte in der Zugluft auf. Als Lachlan ihm einen Becher Tee reichte, wurde das Haus von einem heftigen Windstoß getroffen, der mehrere Ziegel aus dem Dach riß.

«So wahr mir Gott helfe, ich habe Angst vor diesem Wind, Commander. Todesangst. Die hatte ich schon als kleiner Junge. Ist das nicht schrecklich, so was zugeben zu müssen?»

«Daß man Angst hat?» Lächelnd bot ihm Gericke eine Zigarette an. «Nehmen Sie, Lachlan – herzlich willkommen im Club der Angsthasen.»

Mary's Town war noch nie ein guter Ankerplatz gewesen, und wenn es auch vor südwestlichen Winden Schutz bot, so bestand doch stets die Gefahr, daß auch im Hafen eine schwere See ging.

Die *Dead End* hatte eine schlimme Nacht hinter sich. Zweimal waren ihre Leinen gerissen; beim erstenmal wurde sie von einer schweren Bö mit großer Gewalt gegen die Pier geschleudert. Außerdem donnerten immer wieder die frei umhertreibenden Boote gegen ihren Rumpf.

Jago und seine Besatzung waren beinahe die ganze Nacht lang auf ihren Arbeitsstationen gewesen, unablässig darum bemüht zu verhindern, daß sich das alte Kanonenboot an der Pier völlig zuschandenstieß. Gegen halb sechs war Jago zutiefst erschöpft.

Er sah zwar die Sturmlaterne auf der Pier, merkte aber nicht, daß es Reeve war, der an Bord kam, bis der Admiral die Leiter zur Brücke heraufstieg.

«Na, wie geht's?»

«Wir halten durch, Sir, aber mit Mühe. Ich wäre lieber im freien Wasser.»

«Machen Sie sich doch nichts vor! Das hier finden Sie schon schlimm? Dann warten Sie ab, bis es noch schlimmer wird. Murray hat sich mit mir in Verbindung gesetzt. Er kann Sie nicht erreichen.»

«Ich weiß, unser Funkgerät hat was abgekriegt. Sollte mich wundern, wenn das je wieder in Gang gebracht werden könnte.»

«Okay, ich werde Murray mitteilen, daß Sie vorerst noch heil sind. Wenn Sie später, sobald es hell wird, eine Stunde erübrigen können, kommen Sie rauf zu mir ins Haus. Ich habe das Gefühl, daß ich Sie möglicherweise brauche.»

«Wird gemacht, Sir.»

Reeve wartete den richtigen Augenblick ab, dann stieg er schnell über die Reling und eilte die Pier entlang davon.

Berger stieß mit dem Fuß seine Kajütentür auf und stolperte, einen heftigen Windstoß und Regen mitbringend, ins Trockene. Die Öllampe pendelte über dem Schreibtisch, so daß Licht und Schatten sich jagten.

Otto Prager, der auf der Koje gelegen hatte, richtete sich erschrocken auf. «Was ist, Erich?»

Berger war trotz des Ölzeugs bis auf die Haut durchnäßt. Seine Miene war verzerrt. «Ich habe schon wieder einen Mann verloren.»

Sekundenlang stützte er sich schwer auf die Schreibtischplatte, dann ging er mit der Vorsicht eines Betrunkenen um den Tisch herum, während der Boden schon wieder schwankte. Müde ließ er sich in den Sessel fallen.

«Das tut mir leid», sagte Otto Prager.

«Wem nicht?»

Berger zog die oberste Schublade auf, nahm das Logbuch heraus und griff nach dem Füllhalter.

... fünf Glasen der Morgenwache. Wetterbedingungen mehr als schlecht. Wir haben die Besegelung unter größten Schwierigkeiten auf das Groß-Untermarssegel und das Sturm-Stagsegel reduziert. Die Bedingungen waren furchtbar. Um vier Glasen brachen zwei riesige Seen über das Schiff herein. Die *Deutschland* konnte die erste ausreiten, doch als sie auf der anderen Seite im Wellental war, schlug schon die zweite Woge zu. Sie reichte bis zur halben Höhe des Fockmastes. Zu diesem Zeitpunkt waren auf meinen Befehl acht Mann in der Takelung, darunter der Elektrikermaat Hans Bergmann, der über Bord gespült wurde.

«Nachdem er so weit gekommen war», sagte Berger bitter. «Armer Kerl. Dieser ganze weite Weg – umsonst.»

«Sie brauchen Schlaf, Erich.»

«Da haben Sie recht», antwortete Berger. «Wecken Sie mich in einer halben Stunde.»

Er legte den Kopf auf die Arme und schloß die Augen. Prager blieb sitzen und beobachtete ihn, während das Licht der wild schaukelnden Öllampe im Raum hin und her zuckte und sich draußen die tausend Stimmen des Orkans zu einem jaulenden Heulen steigerten.

«Es ist die See, Otto», sagte Berger leise, ohne die Augen zu öffnen. «Ich glaube fast, sie kommt uns jetzt holen.»

Unten im Salon saßen die Nonnen mit gebeugten Köpfen und zusammengelegten Händen um den Tisch. Durch das Oberlicht tropfte Wasser herein, vorerst aber hielten die Schalbretter noch. Und auch hier, wie überall auf dem Schiff, fand man keinen trockenen Fleck, denn ständig schoß Wasser den Niedergang herab und schwappte durch alle Kabinen.

Schwester Angela betete mit fester, sicherer Stimme: «O Gott im Himmel, der Du die tobende See zu glätten vermagst, erhöre unser Flehen und rette uns, auf daß wir nicht verderben müssen . . .»

Die Tür oben am Niedergang ging auf, und Richter kam die Stufen herabgepoltert. Er setzte eine große Blechkanne auf den Tisch. Seine Mütze war klatschnaß, aus seinem Bart und dem Ölzeug troff Wasser. Heftig atmend stand er da.

«Empfehlung vom Käpt'n, Schwester. Heißer Kaffee. Eben auf dem Ölofen in seiner Kajüte gekocht.»

«Richten Sie Kapitän Berger meinen Dank aus. Wie ist die Lage?»

«Schlecht», antwortete Richter ehrlich. «Wir haben wieder einen Mann verloren. Den jungen Bergmann.»

«Wir werden für ihn beten.»

«Tun Sie das, Schwester.»

Er machte kehrt und stieg den Niedergang wieder hinauf. «Lasset uns beten, Schwestern, für die Seele des Hans Bergmann, auf daß er Frieden finden möge.»

Maria, die am anderen Ende des Tisches saß, sprang plötzlich auf und hastete, ehe noch jemand sie zurückhalten konnte, den Niedergang hinauf.

An Deck bot sich ihr ein atemberaubendes Bild. Obwohl der Tag längst angebrochen war, herrschte Finsternis: Der Himmel war pechschwarz, dahinjagende Wolkenberge türmten sich, hier und da violett und rot verfärbt, als lasse jemand hinter der Dunkelheit riesige, grelle Feuer brennen. Ununterbrochen zuckten die Blitze, und der Wind, der ihr ins Gesicht peitschte, heulte wie ein tollwütiger Hund.

Jedermann an Deck hatte alle Hände voll zu tun, und so wurde Maria von keinem bemerkt. Sturm stand mit Winzer und Kluth am Ruder, vier Mann arbeiteten an der Pumpe, alle durch Manntaue mit dem Großmast verbunden.

Die See raste wie eine grüne Mauer über das Schiff und riß auf ihrem Weg alles mit. Maria klammerte sich an die Achterdecksleiter. Die *Deutschland* schien sich ganz überzulegen, doch dann richtete sie sich wieder auf.

Ohne die Manntaue wären die Männer an der Pumpe über Bord gegangen. Sie zappelten auf Deck wie Fische auf dem Trockenen, und Richter, der in die Wanten geklettert war, sprang herab, um ihnen zu helfen.

Plötzlich ertönte hoch oben ein lauter Knall, der sich fast wie eine Explosion anhörte. Er hob den Kopf. Ein Segel hatte sich losgerissen. Es begann so wild im Sturm zu flattern, daß der ganze Mast bebte. Es war nur eine Frage der Zeit, bis die Vorstenge wie ein Streichholz abknicken würde. Er lief zur Kombüse, riß eine Feueraxt von der Wand und sprang eilig in die Wanten.

Als er innehielt, um sich die Axt in den Gürtel zu stecken, sah er, daß Berger ihm vom Achterdeck heftig zuwinkte. Was er rief, konnte er nicht verstehen, seinen Gesten war jedoch eindeutig zu entnehmen, daß Richter wieder herunterkommen sollte.

Doch wenn das Segel weiterflatterte und der Mast brach ... Mit zusammengebissenen Zähnen kletterte Richter höher. Sein Ölzeug war jetzt eher hinderlich, es bot so gut wie keinen Schutz gegen den schweren, pausenlos strömenden Regen. Die Takelung war aufgequollen, die Taue steif, und jedesmal, wenn er nach oben griff, um sich weiter hinaufzuziehen, rann eiskaltes Wasser in seinen Ärmel. Der Wind zog und zerrte an seiner Kleidung, als wäre er ein lebendiges Wesen.

Auf der Vor-Marssaling hielt er inne, um wieder zu Atem zu kommen. Die See kochte weiß schäumend, so weit das Auge reichte, Regen und Graupel kamen fast waagerecht, und in der tiefen Schwärze des Himmels zuckten unheilverkündend die Blitze.

Unterhalb des Segels machte er halt. Es peitschte wild. Den Tod vor Augen wartete er ab, bis der richtige Augenblick kam, ging dann ganz dicht an den Mast heran, schob sich in das wild schlagende Segel, klammerte sich mit einer Hand fest und schwang mit der anderen die Axt gegen den Ring, der die Rah am Mast festhielt.

Das Segel umhüllte ihn, hätte ihn fast davongerissen. Dann aber straffte sich die Leine an einer Ecke und zog es vorübergehend straff. Als er hinabblickte, sah er direkt unter sich Berger auf der Vor-Marssaling stehen und sich mit seinem ganzen Gewicht an die Leine hängen.

Er nickte, und wieder schwang Richter die Axt; die Vorstenge vibrierte. Einmal und noch einmal, die Axt fraß sich durch das Metall, die Rah schwang herum, der Ring klaffte. Berger ließ die Leine los – gerade rechtzeitig, als die Rah, von der noch immer das Unterbramsegel flatterte, mit dem Wind davonwirbelte.

Berger schlug Richter anerkennend auf die Schulter. Langsam, vorsichtig stiegen sie hinab, ließen sich ausgiebig Zeit. Dann sprang Richter auf das Deck und sah, als er gerade davongehen wollte, Maria an der Achterdecksleiter stehen. Das Mädchen starrte ihn mit beinahe ehrfürchtiger Miene an. Spontan breitete er die Arme aus, und sie flüchtete sich an seine Brust.

Beim ersten Licht der Dämmerung verlegten Jago und seine Männer das Kanonenboot in den inneren Hafen, wo die Grunddünung nicht ganz so tückisch war. Sobald sie die *Dead End* sicher vertäut hatten, überließ er Jansen den Befehl und ging zum Haus des Admirals hinauf. Jean Sinclair öffnete ihm die Tür. Im Wohnzimmer saßen Reeve und Murdoch am Funkgerät.

«Wie steht's?»

«Schlecht», antwortete der Admiral. «Überall ein einziges Chaos.»

In Mallaig war ein zweites Kümo auf Land geworfen worden, zwei weitere Leichter waren gesunken. Vor Stornoway waren drei Trawler so schnell verschwunden, daß in der aufgewühlten See jede Hilfe zu spät kam. Südlich von Island war die Korvette *Macmichael* der Royal Canadian Navy mit einer Besatzung von fünfundachtzig Offizieren und Mannschaften auf den Grund des Meeres gegangen. Und der Halifax-Konvoi, der Richtung auf den North Channel und die Irische See nehmen sollte, war hilflos auseinandergetrieben worden.

Immerhin hatte es für das Rettungsboot von Fhada bisher keinen Notruf gegeben. Murdoch saß pfeiferauchend da und lauschte dem Durcheinander des Funkverkehrs. Jago begab sich in die Küche, wo Janet und Jean Sandwiches machten.

«Sieh an, mir scheint, du bist ja doch eine Frau!»

«Sei bloß vorsichtig, Liebling!» Lachend setzte sie ihm das Messer an die Kehle.

Er nahm sich eine Tasse Tee. «Wie ich sehe, ist euer Boot noch nicht gerufen worden.»

«Warte nur ab, das kommt schon noch. Deshalb ist Murdoch hier und wartet. Die Männer der Besatzung halten sich unten in der Rettungsstation startklar.» Sie schüttelte den Kopf. «Ehrlich, Harry, so was hast du noch nicht gesehen. Es ist kein einziger dabei, der nicht Großvater wäre. Es ist zum Heulen!»

«Zum Heulen findest du das, Janet? Da sind ein paar alte Männer bereit, unter den schlimmsten Wetterbedingungen, die ich je erlebt habe, ihr Leben einzusetzen, und du hast weiter nichts dazu zu sagen als das?»

«Keine fünf Minuten könnten die sich da draußen halten. Also wozu?»

Er kehrte ins Wohnzimmer zurück und nahm neben Reeve in einem Sessel Platz. Es war inzwischen kurz nach halb acht. Um zehn vor acht kam eine neue Wettermeldung von Stornoway.

US-Zerstörer Carbisdale *einhundertzehn Meilen nordwestlich Butt of Lewis meldet orkanartige Winde mit Böen bis zu einhundertzwanzig Knoten.*

«Einhundertzwanzig!» sagte Jago betroffen.

«Ganz schöne Brise», bemerkte Murdoch ernst. «Hab' noch nie so was erlebt.»

Janet brachte den Tee und die Sandwiches, stellte das Tablett auf den Tisch und kehrte wortlos zu Jean in die Küche zurück. Jago nahm sich hungrig ein Sandwich und bückte sich, um Rory freundschaftlich den Kopf zu tätscheln. Die Uhr auf dem Kaminsims schlug acht.

Als der letzte Schlag verklang, kam über Funk plötzlich eine Stimme, die nur gebrochen Englisch sprach. «Schonerbark *Deutschland*. Wir treiben steuerlos. Schätze meine Position auf etwa zwanzig Meilen südwestlich Fhada in den Äußeren Hebriden. Kommt uns um Himmels willen zu Hilfe! Ich habe Frauen an Bord.»

Die Stimme ging in einem Meer von Störungen unter.

Reeve wandte sich um und starrte Jago an. «Hat er tatsächlich *Deutschland* gesagt?»

«So hat es sich jedenfalls angehört, Admiral.»

«Eine Dreimast-Schonerbark», sagte Murdoch verwundert. «Hätte nie gedacht, daß ich so was noch mal erleben würde.»

Janet und Jean kamen ebenfalls aus der Küche, um mitzuhören. «Verdammt noch mal, das kann doch nicht wahr sein!» sagte Reeve restlos verblüfft.

Wieder kam Bergers Stimme durch das Rauschen und Knacken im Äther. «Hier spricht Schonerbark *Deutschland.* Wir brauchen dringend Hilfe. Zwanzig Meilen südwestlich von Fhada. Ich habe Frauen an Bord.»

«Da ist er wieder, Admiral», meldete Jago. «Der Kerl *muß* echt sein.»

Reeve griff nach dem Mikrophon, als Berger jedoch seinen Hilferuf wiederholen wollte, wurde er von einer anderen Stimme unterbrochen. «Hallo, *Deutschland*, hier großer schwarzer Adler.»

Was jetzt folgte, war unverständlich, weil ausschließlich Deutsch. Reeve lehnte sich verwirrt zurück. «Was, zum Teufel, soll das heißen? Zuerst schreit da ein Kerl um Hilfe, und dann kommt lauter Kraut-Kauderwelsch, von dem ich kein einziges Wort verstehe.»

Nach einer kurzen, gespannten Pause sagte Janet sehr behutsam: «Gericke würde es verstehen.»

Auf der *Deutschland* hatte sich die Lage noch verschlechtert. Um 7.15 Uhr bestand kein Zweifel mehr daran, daß sie das Groß-Untermarssegel nicht mehr halten konnten, und Berger gab Sturm die entsprechenden Befehle.

Dieses Unternehmen wurde ungeheuer schwierig. Obwohl die Männer nicht sehr hoch über dem Deck arbeiteten, hatten sie ständig den furchtbaren Orkan gegen sich. Alle Taue waren auf doppelten Umfang aufgequollen, die Taljen klemmten bei der kleinsten Berührung, und ununterbrochen wurden sie vom Sturm attackiert, der ihnen, scharf wie ein Skalpell, mit dem Spritzwasser, das er vor sich hertrieb, die Haut aufritzte.

Endlich aber war es geschafft; erschöpft kletterten die Männer aufs Deck hinab. Der Orkan beherrschte alles, teilte dem Schiff mit seinen Böen einen Schlag nach dem anderen aus. Wolkenfetzen jagten über den Himmel, scheinbar so niedrig, daß sie die Mastspitzen berührten, Flächenblitze zuckten grell, der Regen strömte ohne Unterlaß.

Vier Männer schufteten an der Pumpe. Berger, der sie vom Achterdeck aus beobachtete, fühlte sich zu völliger Hilflosigkeit verurteilt. Was sollten diese verzweifelten Versuche angesichts der tobenden Elemente?

Er drehte sich nach Sturm und den beiden Männern um, die mit dem Leutnant am Ruder standen – und öffnete den Mund zu einem Schrei, denn eine gigantische See brach von achtern über das Schiff herein.

Die *Deutschland* erzitterte, und Berger lag an die Reling geklammert auf dem Rücken, während sich Hunderte von Tonnen Wasser bugwärts wälzten. Von Winzer und Kluth war nichts mehr zu sehen, nur Sturm hielt noch das Ruder gepackt.

Berger lief taumelnd über das Achterdeck, um dem Erschöpften zu Hilfe zu eilen. Die Lee-Reling der *Deutschland* tauchte ins Wasser. Die beiden Männer kämpften wie die Teufel, Berger stieß einen Strom von Flüchen aus, und dann begann das Schiff unendlich langsam auf das Ruder zu reagieren. Doch dieser letzte Schlag erwies sich als tödlich. Ein großer Teil der Takelage war weggerissen, die Rettungsboote davongespült. Und die Kombüse war völlig verschwunden.

Als Richter die Leiter heraufkam, schrie Kapitän Berger ihm ins Ohr: «Zwei Mann zusätzlich ans Ruder, Richter. Dann sofort Schadensmeldung, aber schnell.»

Der Bootsmann hastete davon. Wenige Augenblicke später kamen Holzer und Endrass, um das Ruder zu übernehmen. «Hier haben Sie jetzt den Befehl, Sturm. Ich werde nachsehen, wie's unten aussieht.»

Als Berger die Kajütentür erreichte, kam Richter den Niedergang herauf. «Bei den Schwestern ist alles in Ordnung?»

Richter nickte. «Sie sind nur durchgeschüttelt und haben Angst. Aber wir haben's mit einem anderen Problem zu tun, Käpt'n. Ein halber Meter Wasser in den Bilgen, und es steigt.»

Berger wandte sich um und musterte seine *Deutschland*. Takelleinen schlugen im Wind, das Vor-Untermarssegel hatte sich losgerissen, so daß nur noch die Hälfte wie eine zerfetzte graue Flagge an der Rahnock flatterte. Hier und da ragten Planken aus dem Deck. Das ganze Schiff bebte, als es mühselig eine weitere Riesenwoge erklomm und schon wieder von einer Bö getroffen wurde.

Richter wußte, was Berger dachte; er sah die Niederlage. «Hat keinen Zweck mehr, Helmut, was?» fragte ihn der Kapitän. «Mit uns ist es aus.»

«Ich fürchte ja, Käpt'n.»

Berger nickte. «Lösen Sie Sturm ab. Er soll mit dem Funkgerät in meine Kajüte kommen.»

Necker war um fünf Uhr in Trondheim gestartet, und der Flug über Schottland in fünfunddreißigtausend Fuß Höhe, also hoch über den Unbilden des Wetters, war glatt und ereignislos verlaufen. Im Zielgebiet erwartete ihn jedoch eine ganz andere Lage.

Dicke Wolken ballten sich unter ihm; dunkel, drohend, mit Orange und grellem Rot durchsetzt, quollen und wirbelten sie wie brodelnder Qualm. «Die da unten scheinen's heute aber verdammt schwer zu haben», sagte Schmidt. «Mein Englisch ist ja nicht besonders, aber ein SOS erkenne ich jederzeit. Augenblick, ich schalte Sie ein, Herr Hauptmann.»

Jetzt kam wieder eine Wettermeldung. *Seegebiet Malin*

und Hebriden. Böiger Wind bis einhundertdreißig. Barometer neun-sieben-null, fallend.

Daraufhin sagte Schmidt: «Eins weiß ich jetzt mit Sicherheit, Herr Hauptmann: daß dieser Halifax-Konvoi kein Konvoi mehr ist. Den hat's bestimmt in Stücke gehauen.»

Necker jedoch, der auf die schwarzen Wolken starrte, dachte beunruhigt an die *Deutschland.* Er sagte zu Rudi: «Sie haben doch die Position, bei der wir die *Deutschland* gestern gesichtet haben, nicht wahr? Sie wird im Durchschnitt, sagen wir, etwa zehn Knoten machen, Kurs Nordost bis Nord. Versuchen Sie mit einer ungefähren Berechnung ihren jetzigen Standort zu bestimmen.»

«Aber Herr Hauptmann, wir haben Befehl ...» wollte Rudi protestieren.

«Schnauze! Tun Sie, was ich gesagt habe», fuhr Necker ihn an.

Nach wenigen Minuten gab Rudi ihm die gewünschten Daten. Necker änderte sofort den Kurs und schaltete die Bordsprechanlage ein.

«Hört mal zu, Leute. Man hat uns erzählt, dies sei das beste Allwetterflugzeug der Welt. Es soll sogar bei Orkanstürmen einsatzfähig sein. Und nun wollen wir doch mal sehen, ob das tatsächlich stimmt. Ich gehe jetzt runter in diese Suppe und werde feststellen, was aus der *Deutschland* geworden ist. Auf meine Verantwortung.»

Er drückte den Steuerknüppel nach vorn, bis die Ju ihre Nase senkte, und ging tiefer. Nach wenigen Minuten schon waren sie mitten drin in den Wolken, dem sintflutartigen Regen und den Blitzen.

Immer tiefer gingen sie, bei gleichbleibender Geschwindigkeit, von zahllosen Böen durchgeschüttelt. Necker mußte seine ganze Kraft aufwenden, um den Steuerknüppel zu halten. Einmal, als der Wind wieder mit einer Serie von Böen den Flugzeugrumpf attackierte, drohten sie abzuschmieren. Aber er bekam die Maschine wieder in die Gewalt und drückte sie von neuem nach unten.

Sie waren jetzt auf zehntausend Fuß und sanken weiter, immer tiefer in dieses dunkle, brodelnde Wolkenmeer. Rudi hatte seine Sauerstoffmaske abgenommen und starrte mit schneeweißem Gesicht durch die Scheiben der Kanzel.

Dabei ist doch alles Zeitverschwendung, dachte Necker. Bei diesem Wetter war es höchst unwahrscheinlich, daß es der *Deutschland* gelang, Kurs zu halten; und ihre Geschwindigkeit konnten sie ohnehin nur schätzen.

In dreitausend Fuß Höhe brach die Ju endlich durch die Wolken und befand sich plötzlich in einer geisterhaft beleuchteten Welt aus strömendem Regen und weiß schäumender See, die sich bis zum Horizont erstreckte. Und da war sie, die *Deutschland*: ungefähr eine halbe Meile südwestlich. Unglaublich, aber trotzdem wahr.

«Rudi», sagte Necker ruhig, «ich schulde Ihnen eine Flasche Schampus.» Dann drehte er scharf nach Backbord ab.

Rudi hatte das Glas an den Augen. «Sieht schlimm aus, Herr Hauptmann.»

Schmidt unterbrach ihn. «Da stimmt was nicht, Herr Hauptmann. Die senden Notrufe. Auf englisch. Berger bittet dringend um Hilfe.»

«Schalten Sie mich ein», verlangte Necker. «Ich werde selber mit ihm sprechen.»

14

Schonerbark DEUTSCHLAND, *25. September 1944. Orkanartige Winde. Da die* DEUTSCHLAND *zu sinken droht, begann ich gegen Ende der Morgenwache Notrufe zu senden. Salzwasser in den Batterien. Unser Signal kommt nur schwach. Kurz darauf wieder unser Freund von der Luftwaffe. Dann schaltete sich ein dritter Teilnehmer auf der nahe gelegenen Insel Fhada ein . . .*

«Hier *Deutschland.* Sind Sie noch da, Necker? Wir haben Sie in einer Wolke verloren.»

«Ich sehe Sie noch», erwiderte Necker. «Keine Angst. Ich bleibe in Ihrer Nähe.»

Durch die Störgeräusche verzerrt, kamen die Worte scheinbar von sehr weit. Gericke, der inzwischen auf Fhada am Funkgerät saß, fragte betroffen: «*Deutschland*?»

«Na los, reden Sie mit ihm!» drängte Reeve. «Erkundigen Sie sich, was da los ist.»

«Also gut.» Gericke griff nach dem Mikrophon. «Hallo, *Deutschland*, hier ist Fhada. Bitte kommen.»

Zunächst herrschte Stille; dann kam Bergers Stimme sehr schwach: «Necker, um Gottes willen, wer war denn das?»

«Keine Ahnung.»

«Hallo, *Deutschland*, hier ist Fhada. Bitte geben Sie mir Ihre genaue Position. Vielleicht können wir Ihnen helfen.»

Abermals Schweigen; dann Neckers Stimme: «. . . keine Ahnung . . . am besten, Sie antworten . . . abwarten, was kommt.»

Und wieder Schweigen, während andere, schwächere Signale aus weiter Ferne herüberkamen. «Was ist, Commander?» fragte Jago.

«Wir hören jetzt nur noch die eine Seite des Funkverkehrs. Diesen Necker. Die *Deutschland* muß entweder gesunken sein oder den Funkkontakt verloren haben.»

«Es gibt nur eine Möglichkeit, das festzustellen», sagte Reeve. «Sprechen Sie diesmal mit Necker.»

«Also gut.» Gericke versuchte es nochmals. «Fhada ruft Necker. Bitte kommen. Fhada ruft Necker. Bitte kommen. Ich kann die *Deutschland* nicht erreichen. Muß dringend mit Ihnen sprechen.»

Keine Antwort. Jean Sinclair sagte leise: «Er traut Ihnen nicht, Commander.»

Gericke machte noch einen Versuch. «Necker, hier spricht Korvettenkapitän Paul Gericke von der Kriegsmarine. Ich rufe Sie von Fhada aus. Bitte antworten Sie mir.»

Wieder zunächst nur Störgeräusche, aber dann kam laut und klar Neckers Stimme. «Paul Gericke – das U-Boot-As?»

«Richtig.»

«Aber das ist doch unmöglich!»

«Ich bin in Kriegsgefangenschaft. Die Leute hier haben mich gebeten, Ihre Gespräche abzuhören, weil sie kein Deutsch verstehen. Wer sind Sie?»

«Hauptmann Horst Necker vom KG 40 in Trondheim. Transport- und Wetteraufklärung. Im Moment kreise ich in meiner Ju 88 über der *Deutschland*.»

«Ich kriege keine Antwort mehr von der *Deutschland*», erklärte Gericke. «Was ist passiert?»

«Das Funkgerät ist schwächer geworden. Salzwasser in den Batterien.»

«Können Sie denn noch hören?»

«Ja, wenn ich in der Nähe bleibe.»

Der Admiral fragte ungeduldig: «Na los, Gericke, was geht da draußen vor?»

Gericke erstattete Bericht. Reeve wandte sich an Murdoch. «Glauben Sie, daß Sie zu ihnen durchkommen?»

«Wir könnten's versuchen», antwortete Murdoch. «Aber es wäre besser, wenn das Flugzeug da oben bleiben würde, damit wir einen Anhaltspunkt haben. Die Sicht auf dem

Wasser ist wahrscheinlich mehr als schlecht.»

«Ist das nicht ziemlich viel verlangt?» meinte Jago. «Von Necker, meine ich. Können Sie sich vorstellen, was es heißt, die Maschine bei diesem Wetter in der Luft zu halten?»

Wieder griff Gericke nach dem Mikrophon. «Gericke ruft Necker. Wir haben hier ein Rettungsboot klar zum Auslaufen. Es wäre uns eine große Hilfe, wenn Sie als Orientierungsstütze in der Nähe bleiben könnten.»

«Die Wetterbedingungen sind zwar so übel, wie ich es noch nie erlebt habe», antwortete Necker, «aber bis jetzt hält sich die Kiste noch ganz gut. Wir werden alles tun, was wir können. Die gegenwärtige Position lautet wie folgt.» Er gab die Daten langsam und deutlich durch. «Wie lange dauert es, bis das Rettungsboot hier ist?»

Gericke gab Murdoch den Standort der *Deutschland*. Der Alte nickte. «Ungefähr eine Stunde. Ich werde sofort aufbrechen.»

«Ich komme mit.» Reeve langte nach seinem Ölzeug, aber Murdoch schüttelte den Kopf. «Sie dürfen von mir aus mit zum Boot gehen, Admiral – aber sonst nichts. Ich habe meine Besatzung.»

«Also, jetzt hören Sie mal!» fuhr Reeve wütend auf.

«Ich bin Bootsführer des Rettungsbootes von Fhada, Carey Reeve», entgegnete der Alte ruhig. «Heute liegen Leben und Tod in meiner Hand – und zwar *ausschließlich* in meiner. Also nur bis zum Boot bringen, aber bitte keinen Schritt weiter.»

Reeve wandte sich an Gericke. «Bleiben Sie am Funkgerät. Ich komme zurück, sobald das Boot im Wasser ist.»

Mit Reeve und Jago auf den Fersen ging Murdoch in den Sturm hinaus.

Oben auf dem Bergrücken der Insel blies der Sturm mit grausamer Gewalt, wie ein Lebewesen, das alles tat, was in seiner Macht stand, um die Draisine aufzuhalten. Es bedurfte der vereinten Kräfte von Murdoch und Jago, um einigermaßen voranzukommen.

Als sie das Ende der Strecke oberhalb der Rettungsstation erreichten, bot ihnen die See einen Anblick, der ihnen den Atem nahm. Eine wild tobende Fläche weißschäumenden Wassers, in der, wie in Zeitlupe, eine turmhohe Woge nach der anderen heranrauschte. Hier und da in einem Wellental hinter der Einfahrt zu der kleinen Bucht kamen die scharfen Zähne des gefährlichen Riffs zum Vorschein.

«Glauben Sie, daß Sie es schaffen?» schrie Reeve dem alten Murdoch ins Ohr.

«Vielleicht», erwiderte der Bootsführer.

Bei der Rettungsstation drängten sich Menschen. Es waren fast ausschließlich Frauen und Kinder. Als die drei Männer den Pfad hinabeilten, hörten sie hinter sich hastige Schritte und wurden gleich darauf vom jungen Lachlan eingeholt.

«Ich bin gekommen, sobald ich's gehört habe», erklärte er atemlos. «Hinter mir kommt halb Mary's Town. Können Sie mich gebrauchen, Murdoch?»

«Wir sind zu sechst, Lachlan. Wir werden allein fertig.»

Murdoch schob sich durch die Menschen und betrat das Bootshaus. Die Besatzung wartete bereits an Bord, angetan mit gelbem Ölzeug und Schwimmwesten.

Die Tore der Helling standen offen. Murdoch zog sein Ölzeug über und stieg ein paar Meter den Hang hinab bis zu einer Stelle, wo er die Einfahrt zur Bucht übersehen konnte. Dann blickte er zu seiner Besatzung hinauf.

«Es besteht eine kleine Chance, daß wir es schaffen. Eins zu zehn, würde ich sagen, aber wir müssen den Versuch einfach wagen. Da draußen ist ein Schiff in Seenot, das auch noch Frauen an Bord hat. Und wenn wir jetzt nicht rausfahren, fahren wir überhaupt nicht mehr – jedenfalls nicht, wenn sich das Wetter hier weiter so schnell verschlechtert. Falls einer von euch es sich noch mal überlegen will, dann soll er jetzt den Mund aufmachen und von Bord gehen.»

Der weißbärtige Francis Patterson erwiderte mit einem Anflug von Ungeduld: «Können wir jetzt endlich loswerfen,

Murdoch, oder wollen wir hier den ganzen Tag rumquatschen?»

«Dann also los», sagte Murdoch und kletterte die Leiter hinauf.

Die Frauen der kleinen Zuschauergruppe stiegen an den Strand hinunter; sie redeten aufgeregt, aber mit gedämpften Stimmen aufeinander ein.

Einen Augenblick später erschien die *Morag Sinclair* in der Toröffnung des Bootshauses, glitt mit ziemlicher Geschwindigkeit die Helling hinunter und tauchte rauschend mit dem Bug ins Wasser, daß die Gischt haushoch emporspritzte.

Sie stampfte durch die schwere Dünung und stieg, als eine riesige Woge durch die schmale Einfahrt zur Bucht hereinschlug, weit hinauf. Sekundenlang ragte wieder das Riff aus dem kochenden Wasser. Die Menge schwieg; nur der Sturm heulte.

«Es hat keinen Zweck», sagte Reeve. «Sie schaffen's nicht. Das ist doch der helle Wahnsinn. Die Wellen sind mindestens zehn Meter hoch. Wenn die im richtigen Moment zuschlagen, werden sie das Boot zertrümmern.»

Aber die *Morag* tuckerte weiter, wurde mit Schwung durch die Einfahrt getragen. «Er will die nächste Welle benutzen, um sich über das Riff heben zu lassen», rief Jago erregt.

Und es hätte vielleicht geklappt – mit einem kleinen bißchen Glück. Im selben Augenblick jedoch schlug wieder eine so heftige Bö zu, daß die *Morag Sinclair* sich aufbäumte. Dann wurde sie scharf nach Backbord herumgeworfen und schien hoch über den plötzlich freiliegenden schwarzen Felsnadeln auf dem Kamm der Woge zu schweben.

«Sie läuft auf!» schrie Reeve bestürzt.

Eine gigantische Woge kam, zehn bis zwölf Meter hoch, in die Bucht hereingerollt und schob das Rettungsboot mit der Breitseite vor sich her. Dicht vor dem Strand setzte es auf, während das Wasser gurgelnd über das Boot hinwegschäumte und zwei Besatzungsmitglieder über Bord wusch.

Harry Jago war schon losgelaufen. Er stürzte sich in die Brandung, griff blindlings nach einer gelben Ölhaut. Neben ihm tauchte, die Augen geschlossen, den Mund aufgerissen, Francis Pattersons Gesicht auf.

Und dann waren andere neben ihm, alle bis zur Brust im eiskalten Wasser; Admiral Reeve, mit seinem gesunden Arm rudernd, die schwarze Klappe hochgerutscht, so daß man die leere Augenhöhle sah. Jago drehte das gelbe Ölzeug um, sah, daß es James Sinclair war, und schleifte ihn durch die Brandung an Land, wo sich ihm hilfsbereite Hände entgegenstreckten.

Die nächsten Minuten waren ein wirres Durcheinander von Rufen und Schreien, während die *Morag Sinclair* von jeder nachfolgenden Woge weiter durch die Brandung geschoben wurde. Eine Lehre wurde geworfen, noch eine, mehrere Leute kamen vom Bootshaus herunter und brachten neue Leinen.

Jago zog und zerrte aus Leibeskräften, mit vor Anstrengung gebeugtem Rücken, neben ihm in der Brandung Lachlan und Reeve. Dann hielt er einen Moment inne, um neue Kräfte zu sammeln. Zu seinem Erstaunen entdeckte er an der Nachbarleine etwa ein Dutzend Frauen, denen das Wasser die Röcke um die Taillen wirbelte.

Der Wind peitschte ihm Sand ins Gesicht. Er schloß die Augen und zog weiter, obwohl ihm das Seil in die Schulter schnitt. Dann lag er plötzlich auf Händen und Knien. Als er diesmal die Augen öffnete und unter Schmerzen den Kopf drehte, sah er, daß alle anderen Helfer mehr oder weniger in derselben Lage waren wie er; und daß die *Morag Sinclair*, auf der Seite liegend, heil und sicher im Sand ruhte.

Jago und Reeve rappelten sich auf. An der Reling erschien Murdoch. Er war blaß, sein Gesicht schmerzverzerrt.

«Alles in Ordnung?» rief Reeve hinauf.

«Ich hab' was abgekriegt, als wir querschlugen. Aber es ist nicht weiter schlimm.»

Jago umkreiste das Boot aufmerksam. «Nur ein paar oberflächliche Schäden. Aber die Schrauben sind intakt.»

«Na, wenigstens etwas», meinte Reeve. «Gott sei Dank haben wir kein Menschenleben verloren, und das ist wahrhaftig ein Wunder.»

Murdoch hakte die Leiter ein und kam unbeholfen heruntergeklettert. Sein linker Arm hing merkwürdig am Körper.

Als der Alte plötzlich schwankte, war Jago sofort neben ihm, um ihn zu stützen. «Fehlt Ihnen auch wirklich nichts?»

Murdoch stieß ihn weg. «Das ist jetzt unwichtig.» Er wandte sich an Reeve. «Da draußen ist ein Schiff in Seenot; es hat Frauen an Bord, und wir können nichts tun!»

Jago hörte, wie jemand sagte: «Wir haben immer noch die *Dead End.*» Und erst später wurde ihm klar, daß er es selbst war, der das gesagt hatte.

Janet verließ Murdoch, der erschöpft auf dem Bett lag, zog leise die Tür hinter sich ins Schloß und ging ins Wohnzimmer. Gericke saß am Funkgerät, Reeve und Jean neben ihm.

Der Admiral drehte sich um. «Na, wie geht's ihm?»

«Er hat sich den Arm gebrochen. Ich habe ihn provisorisch geschient und ihm eine Schmerzspritze gegeben. Jetzt müßte er eine Weile schlafen. Und wie sieht's hier aus?»

«Gar nicht gut. Unser Funkkontakt mit Necker ist abgerissen. Wahrscheinlich ein Gewittersturm.»

Gericke versuchte im Hintergrund noch immer, die Verbindung wiederherzustellen; er sprach eindringlich ins Mikrophon. «Bitte kommen, Necker. Bitte kommen!»

Und dann kam tatsächlich Neckers Stimme – sehr schwach, aber immerhin so klar, daß das Drängen in seinem Ton nicht zu überhören war. «Gericke? Hier Necker. Ich versuche Sie seit einer halben Stunde zu erreichen. Was ist los?»

«Wir hatten keine Verbindung mehr», erklärte Gericke. «Zuviel Störungen. Hier hat sich eine Verzögerung ergeben. Das Rettungsboot konnte nicht auslaufen, aber jetzt läuft ein Kanonenboot von Mary's Town aus. Bitte letzte Position bestätigen.» Nachdem Necker die Daten durchgegeben hatte, fuhr Gericke fort: «Was ist mit der *Deutschland*? Haben Sie noch Kontakt?»

«Nur schlecht. Das Signal ist sehr schwach. Wir müssen also noch eine Stunde warten, wie?»

«Ich fürchte ja.»

Gericke hatte die Positionsdaten der *Deutschland* auf einem Zettel notiert, den er nun Admiral Reeve zuschob. Der Admiral steckte ihn in die Tasche. «Ich gehe jetzt zu Jago runter.»

Er wollte zur Tür, aber Jean packte ihn beim Ärmel. «Wirst du auch bestimmt keine Dummheiten machen und etwa mit rausfahren, Carey?»

«In meinem Alter?» Er grinste und gab ihr einen flüchtigen Kuß. «Das ist nicht dein Ernst, Liebling.»

Dann verließ er eilig das Zimmer. Man sah Jean an, wie besorgt sie war. «Er wird mitfahren, Janet. Ich weiß es genau.»

«Was hattest du denn von ihm erwartet?» fragte Janet resigniert.

Sie lief in die Küche und knallte die Tür hinter sich zu. Gericke ergriff Jeans Hand und hielt sie fest. Dann wurden sie von Neckers Stimme unterbrochen.

«Sind sie schon fort?»

«Eben aufgebrochen.»

«Ich habe nämlich ein Problem. In einer Stunde und fünfzehn Minuten müssen wir den Rückflug antreten. Zu wenig Sprit.»

«Verstehe», gab Gericke zurück. «Fliegen Sie los, wann immer Sie es für richtig halten. Die Entscheidung liegt bei Ihnen.»

Er schaltete aus und wandte sich an Jean. «Mrs. Sinclair, ich glaube, wir könnten alle ganz gut eine Tasse von Ihrem schönen, heißen Tee gebrauchen.»

Die *Dead End* wartete mit laufenden Maschinen, als Reeve die Leiter zur Brücke hinaufstieg. Er überreichte Jago, der sich über die Seekarte beugte, Gerickes Positionsdaten.

Rasch arbeitete Jago den Zielstandort aus, dann nickte er. «Das wär's, Sir. Wir können auslaufen.»

«Ich komme mit.»

Petersen, der am Ruder stand, wandte den Blick ab, Jansen starrte stur geradeaus. Jago sagte: «Nun ja, Admiral, ich weiß nicht recht, ob das geht.»

«Ich könnte Ihnen befehlen, mich mitzunehmen.»

«Und ich könnte Sie – mit dem allergrößten Respekt natürlich – darauf hinweisen, daß ich als Befehlshaber dieses alten Kahns – und nur ich – es bin, dessen Wort hier zählt.»

Reeve steckte sofort zurück. «Schon gut, Lieutenant. Ich bitte Sie also. Wenn Sie wollen, mache ich sogar Männchen.»

«Aber ich habe den Oberbefehl, Sir. Ist das klar?»

«Absolut klar.»

Jago nickte und sagte zu Jansen. «Okay, Bootsmann, wir fahren los.»

Neckers Stimme überschlug sich fast, so erregt war er. «Gericke, kommen! Bitte kommen!»

«Ich höre Sie laut und klar», antwortete Gericke. «Was ist los?»

«Ich sehe das Boot, eine halbe Meile an Steuerbord. In sehr schwerer See, aber es kommt vorwärts.»

«Er kann die *Dead End* sehen», erklärte Gericke.

«O mein Gott!» stöhnte Janet, und ihre Hand umkrampfte seine Schulter.

«Ich bleibe jetzt auf Empfang», sagte Gericke. «Bitte von nun an engste Verbindung halten.»

Die Schlafzimmertür ging auf, und Murdoch kam heraus. Sein linker Arm lag in der Schlinge. Sein Gesicht war eingefallen und schmerzverzerrt, seine Augen blickten ein wenig glasig. «Was ist los?» fragte er benommen.

Janet eilte auf ihn zu und half ihm fürsorglich in einen

Sessel. «Aber Sie sollten doch nicht aufstehen! Sie hätten unbedingt im Bett bleiben müssen.»

Der alte Mann ließ sich schwerfällig in die Polster sinken und wandte sich dann an Gericke. «Was ist passiert?»

«Lieutenant Jago ist mit dem Kanonenboot ausgelaufen.»

«Und der Admiral?»

«Wir glauben, daß er mitgefahren ist.»

«Die beiden hätten mich mitnehmen sollen! Ich weiß genau, wie man dieses Spiel spielen muß. Die nicht.» Nun lag nur noch Resignation in Murdochs Stimme. «Gott stehe ihnen allen bei, da draußen!»

Die *Deutschland* schlingerte in den gigantischen Seen, schoß wie betrunken den Rücken jeder Woge hinab und erklomm nur mit äußerster Mühe den Kamm der nächsten. Im Salon stand das Wasser etwa einen Meter hoch und stieg weiter. Die Nonnen, um die sich Otto Prager kümmerte, waren vorerst in Bergers Kajüte in Sicherheit gebracht.

Auf dem Achterdeck stand Richter mit zwei Besatzungsmitgliedern am Ruder, während sich Berger mit aller Kraft an der Reling festhielt. Unten bearbeiteten vier am Großmast angeseilte Männer hektisch die Pumpe: ein hoffnungsloser Kampf.

Berger blickte zu der Junkers auf, die oben kreiste; sein Hirn wollte in dieser unablässigen Kälte nicht mehr so recht arbeiten, deshalb nahm er zunächst kaum wirklich wahr, daß die Maschine immer noch da war. Sturm kam unten aus der Kajüte und zog sich mühsam die Leiter hinauf.

Der Wind riß ihm die Worte vom Mund, selbst dann noch, als seine Lippen beinahe Bergers Ohrmuschel berührten. Der Kapitän schüttelte verständnislos den Kopf. Sturm packte ihn beim Arm und zeigte nach Steuerbord. Als Berger sich umdrehte, tauchte in etwa zweihundert Metern Entfernung auf dem Kamm einer Woge die *Dead End* auf, verhielt in unsicherem Gleichgewicht und verschwand dann wieder in der Tiefe des Wellentals.

Alle Brückenfenster des Kanonenboots waren zerschlagen, die Tür aus ihren Angeln gerissen. Petersen und Chaney kämpften gemeinsam mit dem Ruder. Reeve hatte sich in eine Ecke gedrückt, während Jago und Jansen am Kartentisch hockten und die *Deutschland* beobachteten.

Jago war längst über den Punkt hinaus, da er die eisige Kälte noch merkte; er spürte überhaupt nichts mehr. Sein Körper hatte aufgehört zu existieren, nur das Gehirn funktionierte noch scharf und klar. Die Fahrt war ein einziger Alptraum gewesen. Aber das spielte jetzt keine Rolle mehr. Sie waren da.

«Was jetzt?» schrie ihm Jansen fragend ins Ohr.

Die *Deutschland* legte sich weit über, bis ihre Lee-Reling ins Wasser tauchte, dann richtete sie sich langsam auf und rollte wieder nach Backbord zurück.

«Ich weiß nicht recht», sagte Jago. «Vielleicht schaffen wir's, wenn wir auf Lee reingehen. *Wenn* die drüben schnell genug sind.»

Dies war unbekanntes Territorium, eine so extreme Situation, daß sie in keinem Handbuch für Seefahrer stand. Er zögerte. Und das war sein Verhängnis. Auf dem Achterdeck schwenkten zwei Männer heftig die Arme. Einer davon mußte Berger sein. Beide wollten, daß er näher herankam.

Es war Reeve, der ihn aus der Starre holte. Der Admiral schrie ihm heiser zu: «Los doch, Mann, verdammt noch mal! Wir müssen ran!»

Jago wandte sich an Petersen. «Okay, direkt voraus bis an die Lee-Reling. Auch wenn's kracht.»

Gefolgt von Reeve, ging er hinaus und stellte sich draußen auf die Brücke. Jansen kletterte aufs Deck hinunter und rief die übrigen fünf Besatzungsmitglieder zusammen, mit denen er an der Reling Aufstellung nahm, um im Notfall sofort eingreifen zu können.

Die *Dead End* stampfte mit voller Kraft voraus, aber Chaney mußte im letzten Moment das Ruder herumreißen, weil sie von einer Woge erfaßt wurde, die sie mit dem Bug gegen die Reling der *Deutschland* zu schmettern drohte. Als das Wasser wieder ablief, legte sich die *Deutschland* nach Backbord über, und die *Dead End* fiel neben ihr fünf schwindelerregende Meter ab. Im selben Moment kam über die Backbordreling der *Deutschland* eine gewaltige See herangerollt, die sich bis zur halben Höhe der Masten türmte und alles mit sich davonschwemmte.

Jago, der sich an die Reling klammerte, spürte, wie das Boot unter ihm wegsackte. Eine zweite See rauschte heran, als er gerade Reeve packte, und spülte beide über Bord. Als sie ablief, lag er neben dem Admiral auf dem Deck der *Deutschland.*

Berger erreichte sie gerade noch, ehe die nächste Welle zuschlug, und riß Jago schnell auf die Füße. Der Lieutenant suchte Halt an den Wanten des Großmastes und sah, als er sich umdrehte, zu seinem Entsetzen, daß die *Dead End* dicht neben der Reling zu sinken drohte, weil der Besanmast der *Deutschland*, von der ersten gigantischen Woge aus seinen Halterungen gerissen, in einem Wirrwarr von Wrackteilen quer auf ihr lag.

Die Überlebenden seiner Besatzung hatten sich wieder gefangen und sprangen, um ihr Leben zu retten, aufs Deck der *Deutschland.* Petersen – mit blutverschmiertem Gesicht –, aber kein Chaney. Crawford und Lloyd – aber nirgends ein Zeichen von Jansen.

Eine weitere Woge rollte heran, und Jago hielt sich eisern fest, denn er stand bis zu den Hüften im Wasser und die *Deutschland* drohte zu sinken, weil das gemeinsame Gewicht des Besanmastes und des Kanonenbootes sie herunterzog.

Mit einer Axt in der Hand kam Richter die Achterdecksleiter herab und begann auf die wirren Reste der Takelage einzuhauen, die den Mast noch mit dem Schiff verbanden. Völlig benommen sah Jago zu. Dann zerrte ihn Admiral Reeve am Arm und zeigte auf das Kanonenboot.

Jago entdeckte Jansen, dessen Kopf und Schultern aus den Trümmern des Mastes ragten. Der Bootsmann war barhäuptig, ein Arm war frei. Jago stolperte auf Richter zu und riß ihn zurück.

Der Deutsche packte ihm beim Kragen seines Ölzeugs, hielt ihn sich mit einer Hand vom Leib, während Reeve ihm lautstark ins Ohr brüllte: «Es muß sein, Jago! Sonst sind wir allesamt verloren.»

Jago sah hinüber zu Jansen, als sei er in einem Alptraum gefangen; er hätte schwören können, daß der Bootsmann lächelte, glaubte ihn deutlich rufen zu hören: «Nur zu, Lieutenant!»

Er bekam fast keine Luft mehr und entriß Richter dann doch die Axt. «Verdammt!» schrie er laut. «Geht doch von mir aus alle zum Teufel!»

Seine Augen füllten sich mit Tränen. Er hob die Axt, ließ sie aufs Holz niedersausen, hob sie wieder und wieder.

Kaum war die *Deutschland* von dem Kanonenboot freigekommen, schnellte sie sofort hoch, und Jago wurde auf den Rücken geschleudert. Als er sich aufrappelte, sah er gerade noch, wie der Mast und das Wrack der *Dead End* mit rasender Geschwindigkeit abgetrieben wurden. Ganz kurz entdeckte er noch einmal Jansen, dessen Arm sich im Zeitlupentempo bewegte, als wolle er winken. Dann rollte die nächste Woge heran, und alles war verschwunden.

Jago schleuderte die Axt ins Meer.

Beinahe im selben Augenblick kam Neckers Stimme wieder über den Funk. «Es sinkt! Das Kanonenboot geht unter!»

Gericke wandte sich um und übersetzte bedrückt: «Ich fürchte, die *Dead End* ist gesunken.»

Jean Sinclair ließ sich wie betäubt in einen Sessel fallen. Doch Janet rief: «Das glaube ich nicht!»

«Bitte kommen, Necker! Bitte kommen! Bestätigen Sie Ihre Durchsage.»

Zuerst Stille, nur atmosphärische Geräusche. Janet sagte mit dumpfer Stimme: «Alle tot. Alle. Onkel Carey, Harry ...»

Neckers Stimme unterbrach sie. «Habe Kontakt mit der *Deutschland.* Das Kanonenboot ist an ihrer Leeseite gesunken, weil der Besanmast auf die *Dead End* gefallen ist. Von der Besatzung gibt es sechs Überlebende, alle an Bord der *Deutschland.*»

«Sechs Überlebende», berichtete Gericke hastig.

Jean ergriff seinen Arm. «Wer? Ich muß es wissen!»

«Admiral Reeve, Lieutenant Jago und vier andere», fuhr Necker fort.

Gericke wandte sich an Jean. «Er ist in Sicherheit, Mrs. Sinclair; jedenfalls vorläufig. Sie sind alle an Bord der *Deutschland.*» Er warf Janet einen Blick zu. «Ihr Lieutenant ebenfalls.»

Wieder war Neckers Stimme zu hören. «Was geschieht jetzt? Was soll ich der *Deutschland* mitteilen?»

Gericke blieb eine Weile still sitzen. Dann erklärte er Necker seinen Plan.

Als er endete, fragte Necker: «Wird denn das gehen? Können Sie persönlich was unternehmen?»

«Ehrenwort.»

«Ich werde es ihnen ausrichten. Das Dumme ist nur, daß ich bereits zehn Minuten über den kritischen Punkt hinaus bin, was meinen Spritvorrat für den Heimflug betrifft.»

«Sie können hier ohnehin nichts mehr tun, Necker. Sprechen Sie mit der *Deutschland* und fliegen Sie los.»

Nach einer kurzen Pause fragte Janet: «Was ist los? Was haben Sie da eben gesagt?»

Gericke winkte ab, weil noch einmal Neckers Stimme kam. «Ich habe mit Berger gesprochen und ihn von Ihrer Absicht unterrichtet.»

«Hat er es dem Admiral gesagt?»

«Ja, und der läßt Ihnen was ziemlich Merkwürdiges ausrichten.»

«Was denn?»

«Er sagte, es werde allmählich Zeit, daß Sie einsehen, daß Sie den Krieg verloren haben. Sagt Ihnen das was?»

«Mehr oder weniger ja. Und nun, mein Freund, müssen wir uns verabschieden.»

«Auf Wiedersehen, Herr Korvettenkapitän», sagte Necker. «Es war mir eine Ehre, Sie kennenzulernen.»

«Mir ebenfalls, Hauptmann Necker.»

Dann hörte man wieder nur atmosphärische Geräusche. Gericke schaltete das Funkgerät ab und nahm sich eine Zigarette. «So», sagte er.

«Was ist denn nun los?» begann Janet, aber Murdoch unterbrach sie.

«Still, Mädchen!» Er beugte sich zu Gericke vor. «Nun, Commander?»

«Necker mußte fort; er hat nur noch gefährlich wenig Sprit. Aber ehe er losflog, bat ich ihn, der *Deutschland* eine letzte Nachricht zu übermitteln.»

«Und die lautet?»

«Daß sie durchhalten sollen, daß wir sie mit dem Rettungsboot holen.»

«Aber das ist doch völlig unmöglich!» warf Janet ein. «Die *Morag Sinclair* liegt im South Inlet auf dem Strand.»

«Und selbst wenn wir sie wieder zu Wasser bringen könnten», ergänzte Murdoch, «wir würden es nie über das Riff in die offene See schaffen. Jedenfalls nicht bei diesem Sturm. Das habe ich Ihnen doch erklärt.»

«Ich will ja auch nicht, daß sie vom South Inlet aus zu Wasser gebracht wird, sondern von hier aus, unten vom Hafen.»

Murdoch schüttelte den Kopf. «Wahnsinn. Das ist einfach nicht zu schaffen. Und wenn doch, wenn Sie das Boot tatsächlich von einem Ende der Insel zum anderen schleppen könnten – wer soll es steuern?» Er deutete auf seinen gebrochenen Arm. «Eine Hand reicht keinesfalls, erst recht nicht bei diesem Wetter.»

«Ich habe ihnen ausrichten lassen, daß ich selber kommen werde», sagte Gericke. «Ich habe ihnen genau beschrieben, was ich vorhabe.» Er wandte sich an die beiden Frauen.

«Der Admiral weiß Bescheid, Lieutenant Jago auch. Und beide wissen ebenfalls, daß dies ihre einzige Chance ist.»

Die Tür wurde aufgestoßen, und Lachlan kam hereingestürzt. Er fiel gegen den Tisch und mußte sich festhalten, so sehr keuchte er.

«Was ist denn, Junge?» fragte Murdoch streng. «Reiß dich zusammen!»

«Ich war oben auf Feith na Falla», antwortete Lachlan, nach Atem ringend. «Die halbe Stadt ist da oben versammelt. Die *Deutschland* kommt gerade in Sicht.»

Als Janet und Gericke den Hügelkamm erreichten, warf der Sturm sie beinahe wieder zurück. Janet klammerte sich an seinen Arm. Murdoch und Lachlan, mit Jean Sinclair in der Mitte, waren direkt hinter ihnen.

Hier oben standen Dutzende von Frauen, viele im Ölzeug ihrer abwesenden Ehemänner, die meisten mit fest um den Kopf gebundenen Tüchern.

Die See tobte in wilder Wut, ein riesiger, brodelnder Hexenkessel. Wegen der beinahe waagerecht treibenden Graupelschauer herrschte überaus schlechte Sicht, doch sie konnten die *Deutschland* trotzdem sehen: Sie schob sich, in etwas mehr als drei Kilometern Entfernung, mit nur noch zwei halbwegs intakten Segeln auf den Kamm einer Woge hinauf.

Murdoch hob das Glas an die Augen. «Verdammt, das sieht wirklich übel aus», sagte er. Dann richtete er den Feldstecher etwas weiter nach Nordwest.

«Sie läuft geradewegs auf das Washington Reef zu», sagte Lachlan.

«Das fürchte ich auch.»

Irgend jemand in der Menge schrie auf, eine zweite Stimme folgte, eine dritte. Die Frauen traten vor, streckten die Arme aus und riefen laut, als könnten sie das Schiff allein durch die Macht ihrer Stimmen vor der Vernichtung bewahren.

Gericke griff wortlos nach Murdochs Glas und richtete es auf die Stelle, wo die See kochte und schäumte, wo die Gischt an den scharfkantigen Felsen dreißig Meter hoch in die Luft geschleudert wurde. Die *Deutschland* war jetzt noch höchstens dreihundert Meter vom Riff entfernt und trieb sehr schnell darauf zu.

«Sie läuft auf!» sagte Murdoch und nahm Gericke das Glas wieder ab. «Jetzt ist es nicht mehr zu verhindern.»

Murdoch stand, eine kraftvolle Gestalt, breitbeinig da und starrte konzentriert durch den Feldstecher. Als er sich schließlich umdrehte, war seine Miene erstaunlich ruhig. «Das alte Washington Reef wird sie für eine Weile festhalten. Jetzt müssen wir uns ein bißchen beeilen.» Mit erhobenem Arm winkte er der Menge zu. «Ihr kommt mit – alle!»

Dann marschierte er den Berg hinab. Gericke, Janet, Jean Sinclair und Lachlan folgten. Und dann kamen auch die anderen nach, bis die Hügelkuppe wenige Augenblicke später wieder menschenleer und verlassen war.

Der Pfad endete neben der Kirche. Als sie dort ankamen, schritt der Alte durchs Friedhofstor, eilte den schmalen Weg entlang und öffnete das Portal. Kurz darauf begannen die Glocken zu läuten.

In achttausend Fuß Höhe über dem Moray Firth durchbrach Horst Necker die Wolkendecke; er hatte ernsthafte Schwierigkeiten und sank weiter. Seit er die *Deutschland* verlassen hatte, war mit der Maschine etwas nicht in Ordnung, aber erst jetzt hatten sie die Ursache der Störung entdeckt: eine Treibstoffleitung des GMI-Systems war defekt.

«Ich muß weiter runter», erklärte er über die Bordsprechanlage. «Leider nicht anders zu machen. Wer beten will, soll schon damit anfangen.»

Bei diesem Wetter bestand die Chance, daß die Tommys zu beschäftigt waren, um sich um einen Einzelgänger auf dem Radarschirm zu kümmern. Doch in Wirklichkeit hatten sich, ohne daß Necker davon etwas ahnte, auf dem Flugplatz

Huntley bei Inverness mehrere Spitfires versammelt, um ihn zu stellen.

«Da kommt einer, da kommt einer!» kam die Stimme des Heckschützen Kranz durch die Kopfhörer.

Jetzt zeigten sich Neckers Erfahrungen als Kampfflieger. Er setzte sofort zum Sturzflug an. Als er Maschinengewehrfeuer knattern hörte, sah er auf: Eine Spitfire zog über ihn weg, drehte nach Backbord ab, und gleich darauf wurde die Maschine durchgeschüttelt. Wunderbarerweise gehorchte sie noch immer dem Steuer.

«Alles heil?» erkundigte er sich über Bordfunk.

Keine Antwort. Mit blutigem Gesicht, ein Splitter hatte ihm die Wange aufgerissen, kletterte Rudi Hübner nach hinten. Necker ging noch weiter hinunter; er wich immer wieder seitwärts aus und spürte den Luftdruck, wenn Geschosse den Flugzeugrumpf durchschlugen.

Rudi kam aus dem Heck zurück. «Kranz ist tot. Schmidt ist bewußtlos. Kopfschuß. Ich hab' ihm ein Verbandspäckchen draufgetan.»

«Gut. Und jetzt halten Sie sich fest. Ich will diesen Scheißkerlen mal zeigen, was Fliegen ist.»

Er drückte die Ju ganz hinunter, fast bis auf die Wasseroberfläche – ein höchst waghalsiges Manöver, da es bei einer mehr als zehn Meter hohen Dünung durchaus geschehen konnte, daß die Wellen höher gingen, als das Flugzeug flog.

Und das paßte den Spitfires offenbar nicht, aber zwei von ihnen blieben sogar in dieser selbstmörderischen Flughöhe hartnäckig hinter ihm. Necker entdeckte seltsame Wasserfontänen um sich herum und überlegte, was das wohl sein könnte. Dann wurde die Ju abermals von Treffern geschüttelt.

Zwanzig Minuten bei fast fünfhundert Stundenkilometern. Gar nicht gut für die defekte Leitung. Die Motoren würden heißlaufen. Aber jetzt konnte es nicht mehr lange dauern – es sei denn, er hatte sich hoffnungslos verkalkuliert.

Die Maschine wurde von einem neuen Feuerstoß gepackt. Die Scheibe der Kanzel splitterte. Necker hatte das Gefühl, einen kräftigen Schlag in die linke Schulter versetzt zu bekommen. Als er sich umdrehte, sah er, daß der Backbordmotor qualmte. Er legte ihn sofort still und schaltete die Feuerlöscher ein. Die Ju wurde langsamer, der Zeiger fiel auf zweihundertvierzig.

Grimmig entschlossen flog er weiter, immer noch höchstens zwanzig Meter über dem Wasser. Rudi zupfte ihn aufgeregt am Ärmel. «Sie sind fort, Herr Hauptmann. Abgehauen. Also, ich kapier das nicht!»

«Darauf hatte ich gehofft. Wir sind jetzt über hundertsechzig Kilometer von der Küste entfernt. Das ist bei denen gewöhnlich die äußerste Grenze für eine Jagd über See.»

Rudi starrte seinen blutigen Handschuh an und berührte vorsichtig noch einmal Neckers Arm. «Sie sind ja verwundet!»

«Ja, kann sein», antwortete Necker. «Wissen Sie, auf der Fliegerschule haben wir gelernt, es sei unmöglich, diese Vögel mit nur einem Motor in der Luft zu halten. Wollen wir ihnen das Gegenteil beweisen?»

«Was soll ich tun, Herr Hauptmann?»

«Schnallen Sie Ihren Gürtel ab und befestigen Sie ihn am linken Seitenruder.»

Rudi gehorchte, und Necker konnte mit seiner Hilfe die lahmgeschossene Ju wieder auf Kurs bringen.

«Immer schön festhalten, Rudi, bis nach Hause.» Necker grinste. Seine Schulter begann jetzt zu schmerzen, aber er kümmerte sich nicht darum. «Sehen Sie, wie einfach das ist, wenn man weiß, wie's gemacht wird? Halten Sie sich nur an mich, mein Junge. Dann wird Ihnen schon nichts zustoßen.»

Als Murdoch auf die Kanzel von St. Mungo stieg, hatten sich etwa siebzig Personen in der Kirche versammelt, hauptsächlich Frauen, aber auch eine Handvoll alter Männer und Kinder. Es war merkwürdig still hier drinnen; die dicken Steinmauern dämpften das Heulen des Windes.

Einen Augenblick blieb er stehen, senkte den Kopf und betete; dann sah er auf. «Da draußen auf dem Washington Reef ist ein Schiff in Seenot. Das ist euch bekannt. Und die *Morag Sinclair* liegt im South Inlet auf dem Strand. Die einzige Frage ist nun, was können wir tun?» Niemand sagte ein Wort. «Commander Gericke weiß eine Lösung für dieses Problem. Wir schleppen die *Morag* vom South Inlet nach Mary's Town und bringen sie im Hafen zu Wasser.»

Die versammelte Gemeinde hielt den Atem an. Irgend jemand sagte deutlich: «Das ist unmöglich.»

«Ist es nicht», widersprach Murdoch. «So etwas ist schon einmal geschehen. In Northumbria, zu Anfang des Krieges, in Newbiggin. Sollten wir nicht schaffen, was die damals geschafft haben? Oder müssen die armen Seelen da draußen auf dem Washington Reef umkommen?»

Katrina MacBrayne beantwortete seine Frage mit klarer, haßerfüllter Stimme. «Verdammte Deutsche! Für die würde ich keinen Finger rühren.»

«Ich könnte jetzt sagen, daß auch Admiral Reeve da draußen ist, und außerdem fünf Überlebende von dem amerikanischen Kanonenboot. Ich könnte sagen, daß da draußen auch Frauen sind, denn dem ist so. Aber wozu? Ich stehe nicht hier, um mit euch zu streiten. Ich stehe hier, um euch zu fragen, ob euer Gott euch wirklich so wenig bedeutet. Ob unser gemeinsamer Gottesdienst euch wirklich nicht mehr zu geben hat. Du hast im Krieg deinen Mann verloren, Katrina MacBrayne. Ich habe einen Sohn hergeben müssen, und vor einer Woche haben ein paar von euch Frauen am Grab eines jungen Deutschen geweint, den wir auf unserem Friedhof begraben haben. Schmerz und Trauer sind überall gleich. Beide Seiten haben Verluste zu tragen. Und was beweist das? Daß es keinen Gott in diesem Leben gibt? Nein, beim Himmel, sondern daß er uns bei unseren Handlungen die Wahl läßt. *Wir* entscheiden über unser Handeln, nicht Gott.»

Es war vollkommen still im Kirchenraum. «Wenn wir nichts tun, müssen da draußen Menschen sterben, und wer diese Menschen sind, spielt keine Rolle. Ihr seht den Zustand, in dem ich bin. Ich kann das Ruder nicht übernehmen. Doch wenn die *Morag* den Hafen verläßt, wird Commander Gericke an meinem Platz stehen, und ich werde, bei Gott, an seiner Seite sein.» Er schlug mit der Faust auf das Kanzelpult. «Und nun ist genug geredet worden. Ich gehe jetzt zum South Inlet und hole das Boot. Wer will, kann mitkommen. Alle anderen sollen sich zum Teufel scheren.»

Er kam von der Kanzel herab und marschierte mit kraftvollen Schritten zum Portal.

15

Schonerbark DEUTSCHLAND, *25. September 1944. Um vier Glasen der Vormittagswache stießen wir auf das Washington Reef. Von jetzt an sind wir in der Hand des Allmächtigen. Sie haben uns Hilfe versprochen, aber es gibt kaum Hoffnung . . .*

Die *Deutschland* lag mit gebrochenem Kiel auf dem Riff; die See wusch, eine Welle nach der anderen, unablässig über sie hinweg. Ihr Heck ragte in die Luft. Diejenigen, die sich rechtzeitig aufs Achterschiff gerettet hatten, drängten sich dort auf dem Hüttendeck. Aber einige Männer waren noch immer vorn, mehrere am Großmast angeseilt, andere an der Takelage.

Berger, Reeve und Jago duckten sich an die Achterdecksreling, als Sturm sich die Leiter heraufarbeitete. Er hockte sich zu ihnen, sprach mit Berger, mußte schreien, um sich verständlich zu machen.

Bergers Englisch war zwar alles andere als perfekt, aber es reichte. Er wandte sich an Reeve, die Lippen dicht am Ohr des Admirals. «Die Frauen sind fürs erste in meiner Kajüte sicher. Sturm sagt, das Schott hat Risse, aber es hält vorläufig noch.»

«Nicht mehr lange», entgegnete Reeve, als die *Deutschland* hochgehoben wurde und dann wieder aufs Riff krachte.

«Gericke kommt bestimmt. Er hat es gesagt.»

Sekundenlang hatte Reeve das Bild der *Morag Sinclair* vor sich, die im South Inlet auf dem Strand lag; am liebsten hätte er dem Deutschen die Wahrheit gesagt. Aber wozu? Wenn das Ende kommen sollte, dann kam es wenigstens schnell.

Berger beugte sich trotz der hereinbrechenden Seen über die Reling und versuchte, die Männer in der Takelage und auf dem Deck am Großmast zu zählen. «Sieht nicht gut aus. Ich glaube, wir haben fünf Mann verloren, als wir aufliefen.»

Der Funker hing dreizehn Meter hoch in den Wanten, wohin er sich vor dem Seegang gerettet hatte. Jago konnte ihn deutlich sehen. Der Mann winkte und brachte tatsächlich ein Lächeln zustande. Eine haushohe Woge rollte heran. Als sie ablief, war er verschwunden.

«Wir müssen die Leute da drüben holen», schrie Jago.

Reeve zog ihn am Ärmel. «Seien Sie doch vernünftig, Lieutenant! Sie könnten sich auf dem offenen Deck keine zwei Minuten lang halten.»

Jago schüttelte ihn ab, kroch zur Achterdecksleiter und stieg vorsichtig hinab. Unten mußte er sich festklammern, weil schon wieder eine See über das Schiff spülte; er hielt die Luft an und ließ nicht los. Als das Wasser ablief, kam Richter zu ihm heruntergesprungen.

Er hatte sich eine Seilrolle über die Schulter gehängt. Jetzt legte er Jago das eine Ende rasch um die Taille und befestigte das andere an der Leiter. Jago begann sich vorzuarbeiten, während Richter nach und nach das Seil freigab.

Jago kämpfte mutterseelenallein und verzweifelt in dem eiskalten, grünen Wasser. Einmal verlor er den Boden unter den Füßen und landete im Speigatt, aber er legte sich fest in das Seil und schob sich weiter, manchmal auf allen vieren, bis er fast in Reichweite von Petersen war, der sich am Großmast angeseilt hatte. Die nächste Welle warf ihm Petersen der Länge nach entgegen. Jago packte seine Beine, dann den Gürtel und zog sich über den ausgestreckten Körper weiter, bis er den Großmast erreicht hatte und sich aufrichten konnte.

Er löste das Seil von seiner Taille und befestigte es am Mast. Dann winkte er Richter zu. Der Deutsche verknotete das andere Seilende geschickt an der Leiter, und nun spannte sich eine Handleine etwa einen Meter über dem Deck bis zum Mast.

Jago winkte die Männer aus der Takelage herunter, und sie machten sich an den Abstieg. Petersen und die anderen, die am Mast angeseilt waren, hatten sich bereits losgemacht und hangelten sich einer nach dem anderen das Seil entlang. Jago wartete bis zuletzt, vergewisserte sich noch einmal, daß Deck und Takelage menschenleer waren, und folgte ihnen.

In Bergers Kajüte waren Prager und die Nonnen trotz der Risse im Schott immer noch einigermaßen vor der vollen Wut des Orkans geschützt. Prager hockte, an die Koje gelehnt, auf dem Boden und hielt mit beiden Händen die Rumflasche. Er hatte sie fast ganz geleert und spürte endlich die Kälte nicht mehr.

«Bald, Gertrud», flüsterte er vor sich hin. «Bald . . .»

An der einen Schreibtischseite saß Schwester Angela und betete. «Rette uns, Herr, vor dem Untergang. Die Lebenden werden Dich loben und preisen. Befiehl den tobenden Stürmen und der brüllenden See, auf daß wir, aus der Not erlöst, leben und Dir dienen dürfen und an jedem Tag unseres Daseins Deinen geheiligten Namen rühmen.»

Die Tür ging auf, und Helmut Richter kam herein. Er warf die Tür hinter sich ins Schloß. Dann sah er sich nervös in der Kajüte um. Schwester Angela fragte besorgt: «Ja, Herr Richter?»

«Wo ist Maria?»

Als Schwester Angela die betenden Hände voneinander löste, entdeckte sie, daß sie hemmungslos zitterten. «Maria?» Benommen sah sie sich um. «Hat jemand Maria gesehen?»

Schwester Brigitte schluchzte laut. Richter ging auf Prager zu und riß ihn auf die Füße. «Sie hatten Befehl, die Schwestern aus dem Salon heraufzuholen. Kurz bevor wir aufliefen. Ist Maria nicht mit hier herübergekommen?»

«Aber sicher», antwortete Prager. «Ich war ja direkt hinter ihr.»

«Sie ist noch mal umgekehrt», meldete sich Schwester Regina zu Wort.

Richter fuhr auf. «Das kann doch nicht wahr sein!»

«Ich hörte, wie sie sagte, sie hätte etwas vergessen», erklärte Schwester Regina wie geistesabwesend. «Und dann ist sie hinausgegangen.»

Richter riß die Kajütentür auf und stürzte an Deck. Er wollte den Niedergang hinunter, aber das Deck und die Aufbauten waren geborsten und verzogen, der Weg in den Salon von einem Gewirr von Wrackteilen versperrt.

«Maria?» rief er aufgeregt. «Maria?» Aber er bekam keine Antwort.

Jago war der erste, der sah, wie er mit Hilfe der Handleine, die sie gezogen hatten, das Deck überquerte. Besorgt zupfte er Kapitän Berger am Ärmel. «Wo will der hin?»

«Weiß der Teufel», erwiderte Berger.

Richter zog seinen Finnendolch, ließ die Klinge herausspringen, durchschnitt die Taue, mit denen die Ladeluke festgezurrt war und die erstaunlicherweise gehalten hatten, und verschwand im vorderen Laderaum.

Die *Morag Sinclair* hatte fast den höchsten Punkt des Pfades erreicht, der von der Seerettungsstation heraufführte. Sie lag auf einem Bootswagen mit überbreiten Eisenrädern, der seit ewigen Zeiten nicht mehr benutzt worden war. Gericke hatte es nicht für möglich gehalten, das Boot auf den Wagen zu schaffen, aber die Lösung war denkbar einfach gewesen. Die Leute hatten es in die Brandung zurückgeschoben, vom Wasser auf den Wagen heben lassen und beides dann wieder an Land gezogen.

Jetzt, dicht unterhalb des Hügelkamms, wurde der Wagen von elf Ackergäulen, einundvierzig Frauen, achtzehn Kindern und elf Männern gezogen.

Gericke und Lachlan bildeten den Schluß und blockierten die Räder alle paar Meter mit Holzbalken. Der mit Graupeln vermischte Regen peitschte ihnen schmerzhaft die Haut.

Ein oder zwei Meter vor Janet stürzte eine Gestalt in langem Ölzeugmantel zu Boden. Sofort verließ sie ihren Platz am Zugseil und eilte hin. Zu ihrem Schrecken entdeckte sie, daß es sich um eine zierliche, weißhaarige Frau von mindestens siebzig Jahren handelte. Ihre Handflächen waren blutverschmiert. Benommen starrte sie auf das Blut, dann hob sie ihren langen Rock an und riß Stoffstreifen vom Saum ihres Unterrocks.

Als sie sich die Streifen um die Hände wickeln wollte, versuchte Janet sie an den Wegrand zu ziehen. «Sie müssen sich hinsetzen.»

Die alte Frau stieß sie unwirsch von sich. «Lassen Sie mich in Ruhe, Mädchen!» Auf unsicheren Füßen lief sie weiter und nahm ihren früheren Platz wieder ein.

«Mein Gott, das ist ja Wahnsinn!» dachte Janet.

Auf einmal stand Murdoch neben ihr und zog sie energisch hoch. «Fehlt Ihnen was, Janet?»

«Nein, nein – danke. Alles in Ordnung.»

«Warum haben Sie dann Ihren Platz verlassen?»

Er funkelte sie böse an wie ein alttestamentlicher Prophet, der den Zorn Gottes auf einen Sünder herabruft. Sie zuckte vor seinem Unwillen zurück und rannte, ständig ausrutschend und stolpernd, an der Kolonne entlang nach vorn, zu ihrem Platz neben Jean Sinclair.

Die Zeit hatte jede Bedeutung verloren; Janet lebte wie in einer endlosen Agonie, während sie mit aller Kraft zog und rings um sie her die Stimmen anstiegen, als sich die Frauen gegenseitig anspornten, weit über den Punkt hinaus, da sie noch Schmerz verspüren konnten. Und dann hatte der Wagen unter heiserem Jubelgeschrei den Kamm erreicht und bewegte sich, allmählich immer schneller werdend, den Pfad neben dem Schmalspurgleis hinunter.

Im vorderen Laderaum stand das Wasser zwischen zwei und drei Metern hoch – je nachdem, wo man sich befand, denn der Boden neigte sich steil nach Steuerbord. An einem Haken im Schott hing die Sturmlaterne; ihr Licht spielte auf dem dunklen Wasser.

Aber es gab keinen Durchgang hier. Die Öffnung der Verbindungsluke war hoffnungslos blockiert. Und selbst wenn sie passierbar gewesen wäre, war es noch zweifelhaft, ob Richter den Atem lange genug anhalten konnte, um sich unter Wasser einen Weg durch die Trümmer zu bahnen.

Also blieb nur eine Möglichkeit. Er klopfte das Schott sorgfältig ab. Es würde einige Zeit kosten. Aber ihm blieb schließlich nichts anderes übrig. Er packte die Feueraxt und holte aus.

Die *Morag Sinclair* befand sich auf halber Strecke neben dem Bahngleis, hoch oben auf dem Inselrücken, und wurde, als ihr der Orkan voll entgegenblies, ein wenig langsamer.

Die Szene hinter ihr glich einem Schlachtfeld; überall am Wegrand hockten total erschöpfte Menschen. Es war ein Alptraum, den man unbedingt stoppen mußte, schien es Janet; aber dennoch legte sie sich neben Jean ins Geschirr, daß das Seil schmerzhaft in ihre Schulter schnitt und ihre Handflächen zu bluten begannen.

Als sie auf das Meer hinausblickte, kam es ihr vor, als sei es aufgewühlter denn je, eine weite Fläche tosender Gischt, ein Himmel von jagenden, schwarzen Wolken, die sich immer tiefer herabsenkten, als wollten sie die Erde verschlingen.

Vor ihr löste sich Dougal Sinclair aus der Reihe, stolperte über das Bahngleis und brach im hohen Heidekraut zusammen. Janet ließ das Seil fahren und wankte ausgepumpt zu ihm hinüber. Er wirkte sehr friedlich, wie er da auf dem Rücken lag und mit den blauen Augen in den dunklen Himmel starrte. Und so dauerte es ein paar Sekunden, ehe sie merkte, wie starr dieser Blick war. Hastig öffnete sie seine Kleider, um nach seinem Herzschlag zu tasten.

Neben ihr tauchte Gericke auf. «Was ist los?» wollte er wissen. «Alles in Ordnung?»

«Er ist tot», antwortete sie voll Bitterkeit. «Sind Sie jetzt endlich zufrieden?»

Reeve duckte sich an die Achterdecksreling der *Deutschland*, nahm sein Taschenfernrohr ans Auge und starrte suchend nach Fhada hinüber. «Sinnlos», schrie er Jago zu. «Die können uns von Feith na Falla aus vielleicht sehen, aber ich kann nicht mal die Insel selbst ausmachen.»

«Sie kommen ja doch nicht, Admiral. Niemand kommt. Mit uns ist es aus.»

Bei den Salomonen in der Südsee war es wenigstens warm gewesen. Als er sekundenlang die Augen schloß, brach eine See über sie herein, hob die *Deutschland* spürbar an und ließ sie wieder herabkrachen.

«Allmächtiger, jetzt hab' ich wirklich geglaubt, wir würden vom Riff gerissen», sagte Reeve.

Berger schrie ihm laut ins Ohr: «Sie bricht auseinander! Bei der nächsten oder übernächsten See geht sie baden.»

Reeves Gesicht war von dem ständigen Salzwasser ausgelaugt, die Haut grauweiß wie ein Fischbauch, und er sah aus, als wäre er hundert Jahre alt. Jago beugte sich dicht zu ihm. «Sie wollten doch mitten drin sein im Geschehen, Admiral. Jetzt stecken Sie drin – bis über die Ohren. Ein schöner Tod!»

Richter hatte sich gerade den Weg durch das Schott des vorderen Laderaums freigeschlagen, als die *Deutschland* angehoben wurde und zu rollen begann. *O Gott, jetzt ist es soweit*, dachte er.

Mit dem scheußlich knirschenden Geräusch berstender Planken sackte das Schiff auf die Felsen zurück. Richter wartete, bis sich das wirbelnde Wasser beruhigt hatte. Seltsamerweise hatte er keine Angst, war nur von dem leidenschaftlichen Wunsch beseelt, zu erfahren, wo Maria war.

Er schob sich an der Verankerung des Großmastes und an der Lenzpumpe vorbei, fand einen Nagel, an dem er die Sturmlaterne aufhängen konnte, und begann das Schott zu bearbeiten, durch das er in den achteren Laderaum gelangen konnte.

Die *Morag Sinclair* rollte jetzt immer schneller den Pfad hinab, der kurz vor Mary's Town die Bahnlinie überquerte, und auf einmal war die Situation genau umgekehrt. Die etwa vierzig Leute mußten sich jetzt kräftig gegenstemmen, um zu verhindern, daß ihnen das Boot auf dem Wagen einfach davonfuhr.

Murdoch hastete neben der Kolonne her und schrie Gericke und Lachlan, die mit Hilfe derselben Holzbalken, mit denen sie am South Inlet ein Zurückrollen verhindert hatten, die Geschwindigkeit zu bremsen suchten, seine Anweisungen zu.

Die *Morag* war jetzt wirklich in Fahrt; sie schwankte auf ihrem Wagen beängstigend von einer Seite zur anderen. Mit geradezu gefährlichem Tempo sauste sie auf die Pier zu, während Gericke und Lachlan neben ihr herliefen und immer wieder die Räder mit den Holzbalken blockierten, bis sie allmählich zum Stehen kam.

Murdoch hievte sich mühsam die Leiter hinauf und über die Reling, dann nickte er Paul Gericke zu. «Kommen Sie rauf, Commander», sagte er.

Gericke stellte zu seinem Erstaunen fest, daß seine Arme kaum das Gewicht seines Körpers zu tragen vermochten.

Murdoch rief den völlig ausgepumpten Leuten zu: «He, was ist los mit euch? Sie wiegt doch höchstens fünfzehn Tonnen. Nur noch einen kräftigen Ruck.»

Niemand gab einen Laut von sich; dann jedoch rappelten sich die Frauen noch einmal auf und griffen nach den Seilen. Sie schleppten das Rettungsboot bis an die Helling am Ende der Pier und ließen die *Morag* ins Wasser gleiten.

Als sie das Boot da liegen sah, wie es knirschend gegen die Pier stieß, konnte Janet es zunächst nicht fassen. Sie merkte, daß Jean Sinclair neben ihr hilflos weinte, sah, daß ihr die Tränen übers Gesicht strömten, und hörte Gericke aufgeregt schreien: «Schnell, Treibstoffässer her!» Denn sie hatten am South Inlet die Tanks geleert, um das Boot leichter zu machen.

Murdoch, in der achteren Plicht, rief nach oben zur Pier hinauf: «Lachlan, bist du da? Auf deinen Magen können wir jetzt keine Rücksicht mehr nehmen. Ich brauche dich – und dich, Hamish, und Francis Patterson. Macht ihr noch mit?»

Und sie kamen, die alten Männer – alle, sogar James Sinclair, dessen Bruder weiter hinten tot am Wegrand liegengeblieben war. Janet machte kehrt; automatisch begann sie zu laufen, wie von neuer Kraft beseelt. Sie lief die High Street hinauf, ohne anzuhalten, bis sie Admiral Reeves Haus erreichte. Sie stürzte hinein, griff sich die Arzttasche und hastete wieder zum Hafen hinunter.

Energisch bahnte sie sich den Weg durch die Menge bis zur Pier. Die Männer standen bereits auf Deck und legten ihre Schwimmwesten an. Alle, sogar Gericke, trugen gelbes Ölzeug. Janet stieg die Steintreppe zur Anlegestelle hinab und kletterte über die Bootsreling.

Murdoch wandte sich zu ihr um. «Was wollen Sie denn hier, Mädchen?» fragte er argwöhnisch.

«Ihr seid nur sechs, Murdoch. Fünfeinhalb, wenn man Ihren Arm berücksichtigt. Ihr müßtet acht sein.»

Gericke legte ihr beide Hände auf die Schultern. «Dies hier ist nichts für Frauen, Janet. Das müssen Sie einsehen.»

«Und wer hat euer verdammtes Boot hergeschleppt?» Sie hielt ihre Arzttasche empor. «Ich will ja nicht als Frau mitkommen, sondern als Arzt. Und ihr werdet noch verdammt froh sein, daß ich dabei bin.»

Gericke wollte etwas erwidern, aber Murdoch zog ihn beiseite. «Keine Zeit für Auseinandersetzungen. Von mir aus kannst du zum Teufel fahren, Mädchen. Aber runter in die Plicht.» Er versetzte ihr einen Stoß. «Unten findest du Ölzeug und Schwimmwesten. Zieh das an und stör uns nicht.»

Gericke war totenblaß. Er zögerte, dann ging er ans Ruder. Eine Minute später warf Lachlan die Leinen los, sie legten ab und steuerten in den Hafen hinaus.

An der Achterdecksreling hockten Jago, Reeve und Berger

immer noch dicht beieinander. Die *Deutschland* hatte sich ein bißchen weiter nach Steuerbord übergelegt und schien sich nun mit jeder Welle steiler zu heben.

Es war Admiral Reeve, der als erster die *Morag Sinclair* sah. Sie war etwa eine Meile entfernt.

«Sie kommt!» schrie er aufgeregt und packte Lieutenant Jagos Arm. «Ich kann sie sehen!»

Jago stemmte sich langsam hoch, hielt sich an der Reling fest und spähte unter geschwollenen Lidern durch den Regen. «Nein», antwortete er heiser. «Das bilden Sie sich nur ein.»

Doch Admiral Reeve hörte nicht auf zu rufen und zerrte jetzt Kapitän Berger am Arm. Nun war das Boot deutlich zu sehen, und die Männer auf dem Achterdeck brachen in lautes Jubelgeschrei aus.

Berger gab Leutnant Sturm ein Zeichen. «Gehen Sie runter in meine Kajüte und holen Sie die Schwestern rauf.»

Völlig erschöpft kroch Sturm davon. In diesem Moment rannte donnernd eine neue Woge gegen die *Deutschland* an und schob sie ein Stück weit über das Riff. Ein Teil des Vorschiffs brach unter dem Druck ab, und das Sturm-Stagsegel, das bis jetzt heil geblieben war, flatterte wie ein grauer Vogel davon.

«Die sollten sich ein bißchen beeilen», meinte Jago. «Wir haben nicht mehr viel Zeit.»

Richter hatte sich den Weg durch drei Schotte freigehauen und kletterte gerade in den achteren Laderaum, als die Männer auf Deck zu jubeln begannen. Er zögerte kurz, legte die Axt hin, machte kehrt und kroch durch das Loch zurück, das er zuletzt geschlagen hatte. Als sich das Schiff auf dem Riff bewegte, klammerte er sich an die Großmasthalterung, tauchte aber wenige Sekunden später gerade noch rechtzeitig aus der vorderen Ladeluke auf, um in einiger Entfernung auf dem Kamm einer Woge die *Morag Sinclair* zu entdecken.

Wieviel Zeit blieb ihm? Er sprang wieder hinunter und

arbeitete sich im Wasser durch die Löcher in den Schotten zurück, bis er wieder im achteren Laderaum stand.

Irgendwann in der langen Geschichte der *Deutschland* war dieser Laderaum halbiert worden, um Platz für zusätzliche Kabinen zu schaffen. Da man dieses Trennschott aber erst später eingezogen hatte, war es weit weniger dick als die anderen, die er bereits hinter sich hatte. Er nahm die Axt, watete hinüber und bearbeitete es mit kraftvollen Schlägen.

Die *Morag Sinclair* nahm unablässig Wasser über; grüne Wellenberge rollten vom Bug bis zum Heck über sie hinweg und schlugen mit unvorstellbarer Kraft in die achtere Plicht. Janet ängstigte sich zu Tode. Die Wellen wirkten so gigantisch, daß es ihr jedesmal, wenn die *Morag* im Zeitlupentempo emporkletterte, unmöglich erschien, diese Berge zu überwinden. Und wenn sie auf der anderen Seite ins Wellental absackte, sah es so aus, als werde sie nie wieder hochkommen.

Aber Gericke schien das nicht zu stören; er konzentrierte sich ausschließlich auf den Kampf mit dem Ruder.

Die Besatzungsmitglieder eines Seerettungsbootes leinen sich selten an, weil sie sich im Notfall behindert fühlen. So kam es, daß im selben Augenblick, als Lachlan sich von ihr abwandte, nach der Reling griff und ausrutschte, eine See hereinschlug und ihn über die Steuerbordreling riß. Janet schrie auf, als Gericke sich jedoch erschrocken umdrehte, tauchte die Steuerbordreling tief ins Wasser, und der junge Mann wurde auf wunderbare Weise wieder an Bord geworfen.

Murdoch packte ihn und schüttelte ihn wie eine Ratte. «Manntaue anlegen!» rief er laut. «Sofort Manntaue anlegen!» Er wandte sich an Hamish MacDonald. «Manntaue für alle. Das ist ein Befehl, ob es euch paßt oder nicht.» Er beugte sich zu Janet hinab. «Sie auch, Mädchen.»

Sie griff nach einer Leine und hatte sie gerade befestigt, als die Katastrophe hereinbrach. Die *Morag*, die auf einem

Wellenkamm tanzte, tauchte gleich darauf ins Wellental und schlug quer. Im selben Moment wurde sie von einer Sturmbö gepackt, die sie vorn am Steuerbordbug traf. Sie kenterte.

Janet versank in einer Welt aus stinkendem, grünem Wasser, das sie aufsog, während sie, in dem verzweifelten Wunsch, am Leben zu bleiben, blind um sich schlug. Die *Morag* schob sich immer noch weiter, ihre Schrauben drehten sich noch.

Ganz allmählich richtete sie sich wieder auf. Janet sah, daß Gericke, mit einer Hand ans Ruder geklammert, nach ihr griff, daß Murdoch sich gleich neben ihm aufrappelte. Lachlan war in Sicherheit, Hamish MacDonald und Sinclair auch. Nur Francis Patterson war verschwunden.

Von nun an war das Wetter so schlimm, war der Vorhang aus Regen, Graupeln und fliegender Gischt so dicht, daß sie das Wrack erst wieder für einen Augenblick sahen, als sie auf einer riesigen Woge ritten. Die *Deutschland* lag etwa einhundertfünfzig Meter entfernt, die Überlebenden drängten sich auf dem Achterdeck und winkten.

«Was jetzt?» fragte Gericke.

«Nur Geduld, Junge», beschwichtigte ihn Murdoch. «Mir wird schon was einfallen.»

Richter durchbrach das letzte Schott. Er kroch in den Salon hinüber. Hier war es dunkel; nur das Gurgeln des Wassers, das Heulen des Sturms draußen waren zu hören. Der Fußboden hatte inzwischen so starke Schlagseite, daß die Steuerbordkabinen völlig unter Wasser standen.

«Maria!» rief er.

Keine Antwort. Es war töricht von ihm gewesen, etwas anderes zu erhoffen. Er watete durchs Wasser, kroch die Schräge hinauf zur Tür ihrer Kabine, die offen hing und hin und her pendelte. Er stützte sich gegen den Türrahmen und hob die Lampe.

Sie lag quer über ihrer Koje, die untere Körperhälfte unter einem Gewirr von Wrackteilen begraben. Ihr Gesicht war totenbleich, die Augen geschlossen. Jetzt aber hob sie ganz langsam die Lider.

«Helmut», flüsterte sie. «Ich wußte, daß du kommen würdest.»

«Was ist passiert? Warum bist du umgekehrt?»

«Dein Ring, Helmut. Ich hatte ihn hier in der Koje versteckt. Unter meiner Matratze. Und als wir an Deck geholt wurden, habe ich ihn vergessen.»

Er stemmte sich mit aller Kraft gegen den schweren Balken, doch er bewegte sich nicht von der Stelle. «Seltsam», sprach sie weiter, «ich habe seit Tagen immer nur gefroren, furchtbar gefroren. Aber jetzt spüre ich gar nichts mehr.»

Die *Deutschland* erzitterte; sie mußte jeden Augenblick vom Riff gleiten. Noch einmal zerrte er verzweifelt an dem Balken, dann sagte er: «Maria, ich muß Hilfe holen. Ich bin gleich wieder zurück. Hab' keine Angst!»

«Wirst du mich nicht verlassen?»

«Niemals, Maria. Hast du mein Versprechen vergessen?»

Er arbeitete sich durch das Wasser zurück, von einem Schott zum anderen. Die *Deutschland* war jetzt in ständiger Bewegung, glitt immer weiter vom Washington Reef herab, bis ihr Bug unter Wasser war.

Als Richter die Leiter emporkletterte, sah er, wie die *Morag* näherkam. Die Nonnen hatten den Schutz der Kapitänskajüte bereits verlassen, die Männer auf dem Achterdeck drängten sich an der Leiter.

Angstvolle Rufe ertönten, und eine der Schwestern schrie hoch und schrill, als sich die *Deutschland* abermals mit einem grauenhaften knirschenden Geräusch bewegte.

Richter mußte sich sekundenlang an die Leiter klammern. Er sprang hinunter, hüfttief im Wasser, watete auf das Loch im Schott zu und kletterte hindurch. Die *Deutschland* rollte jetzt ununterbrochen; um ihn herum wirbelte das Wasser. Doch als er den Salon erreichte, herrschte dort unheimliche Stille. Er betrat die Kabine und hängte die Laterne auf;

dann setzte er sich zu ihr auf die Koje.

«Du bist wiedergekommen, Helmut!»

«Natürlich.»

«Was soll jetzt werden?»

«Sie kommen uns holen, Maria. Sie sind schon da.» Er nahm ihre Hand und hielt sie fest.

Für Murdoch, der noch überlegte, wie er am besten an das Wrack herankäme, war dieses letzte Zittern, mit dem die *Deutschland* über das Riff rutschte, ausschlaggebend.

«Sie wird gleich sinken, Junge – jeden Moment!» Er schlug Gericke auf die Schulter. «Geben Sie alles rein, was rein geht. Volle Kraft voraus, und geradewegs über die Reling aufs Deck. Zwei Minuten, mehr haben wir nicht.»

Gericke gab sofort Gas; die *Morag* machte einen Satz nach vorn, der sogar die Männer auf dem Achterdeck überraschte, durchbrach die Reling und kam mit dem Bug auf dem Deck der *Deutschland* zu liegen.

Niemand brauchte ein Wort zu sagen: Sturm führte die Nonnen, während Prager, Reeve, Jago und die übrigen vom Achterdeck stiegen, so schnell sie konnten.

Die *Deutschland* schüttelte sich noch einmal, und die Männer schrien. Schwester Regina stürzte quer über die Schiffsreling. Janet packte sie, zog sie an Deck und stieß sie hinab in die Plicht.

«Sie wird uns mitreißen, Junge!» rief Murdoch erregt. «Maschinen zurück! Achtung!» Er schrie verzweifelt: «Nun kommt schon, verdammt noch mal, sie sinkt!»

Es gab ein letztes Durcheinander, als die Männer in ihrer Panik über die Reling sprangen, Kapitän Berger als letzter, das Logbuch und sein persönliches Tagebuch in Ölzeug verpackt unter dem Arm. Dann rutschte die *Deutschland* wieder ein Stück tiefer, Gericke ging mit den Maschinen zurück, und die *Morag* löste sich.

Schwester Angela hockte in einer Ecke der kleinen Kajüte. Tapfer versuchte sie aufzustehen, musterte die Gesichter um sich herum. «Maria?» fragte sie entsetzt. «Wo ist Maria?»

Keine Antwort. Sie fuhr herum, packte Janets Arm und sagte auf englisch: «Maria ist nicht da, und Richter auch nicht. Die beiden müssen noch an Bord sein.»

Janet arbeitete sich aus der Kajüte in die Plicht hinüber. Dort waren Jago, Reeve, Gericke und Murdoch. Heftig zerrte sie an Jagos Arm. «Da sind noch Menschen an Bord.»

Jago schien das Reagieren schwerzufallen. «Unmöglich», sagte er.

Sie langte hinauf und packte Gerickes Ölzeug. «Paul, es sind noch Menschen an Bord!»

Voll Entsetzen starrte er sie an. Im selben Augenblick glitt die *Deutschland* vom Riff.

Berger hatte Tränen in den Augen. Während rings um das Wrack das Wasser brodelte, hob er die Hand zum letzten Gruß. Sekundenlang war noch die Großstenge zu sehen, dann verschwand auch sie im Wasser, und da war nichts mehr – nur noch Trümmer, die die mörderische See hinterließ: ein paar Planken, ein Stück Tau, ein langsam rotierendes Faß.

Gericke steuerte die *Morag* in weitem Bogen vom Washington Reef fort und begann die lange, mühselige Rückfahrt durch die tobende See nach Fhada.

16

Schonerbark DEUTSCHLAND, *25. September 1944. Um drei Glasen der Nachmittagswache, als die* DEUTSCHLAND *unter unseren Füßen sank, wurden sechzehn Überlebende vom Rettungsboot* MORAG SINCLAIR *unter dem Bootsführer Murdoch Macleod und Korvettenkapitän Paul Gericke von der deutschen Kriegsmarine in hervorragender Zusammenarbeit durch ein bewundernswertes seemännisches Manöver vom Washington Reef gerettet. Anschließend brachte man uns trotz schwerer, fast unüberwindlicher See auf die nahe gelegene Insel Fhada. Zutiefst erschüttert hörte ich, daß sieben Menschen ihr Leben gaben, um uns zu retten. In tiefer Dankbarkeit beende ich dieses Logbuch.*

Erich Berger, Kapitän

Reeve schenkte sich einen großen Scotch ein und trank ihn langsam. Er war unendlich müde und spürte sein Alter mehr denn je. Der Wind rüttelte am Dach seines Hauses; unwillkürlich zuckte er zusammen.

«Nicht mehr, bitte!» flüsterte er. «Es ist genug.»

Unter Schmerzen humpelte er zum Schreibtisch. Was er jetzt brauchte, war vor allem ausgiebiger Schlaf, zuerst aber mußte noch etwas erledigt werden. Er griff zum Füllhalter und schlug sein Tagebuch auf. Doch da klopfte es, und Harry Jago kam herein; er hatte Mühe, die Tür gegen den Wind wieder zu schließen. Sein Gesicht war angeschwollen, die Haut an zahllosen Stellen geplatzt. Genau wie Reeve schien auch er beim Gehen Schmerzen zu haben.

«Na, Harry, blendend sehen Sie nicht gerade aus.» Der Admiral schob ihm die Flasche Scotch über den Schreibtisch zu. «Bedienen Sie sich.»

Jago ging in die Küche und holte sich ein Glas. Dann erst sagte er sehr langsam: «Ich fühle mich wie ein wandelnder Leichnam.»

«Das kenne ich. Wie geht's Janet?»

«Nicht kleinzukriegen. In Fhada House herrschen Zustände wie in einem Feldlazarett, und sie hat, seit wir zurück sind, nicht eine einzige Minute Pause gemacht.»

«Ja, sie hat Übung. Der Krieg dauert ja schon lange genug», antwortete der Admiral. «Ist es immer noch so schlimm draußen?»

«Nicht mehr ganz so wie bisher. Windstärke sieben bis acht würde ich sagen, und nachlassend. Bis morgen früh hat sich der Sturm wahrscheinlich gelegt.»

Er leerte sein Glas, das Reeve sofort wieder füllte. «Ich habe Funkverbindung mit Murray gehabt. Da drüben herrscht anscheinend Chaos, aber er will morgen ein Boot schicken. Er will sogar versuchen, selbst mitzukommen.»

«Was wird eigentlich aus den Überlebenden? Wissen Sie das?»

«Nein. Die Nonnen werden wahrscheinlich interniert, Berger und seine Männer kommen sicher in ein Kriegsgefangenenlager.» Eine längere Pause entstand; Jago starrte in sein Glas. «Das gefällt Ihnen wohl nicht, wie?»

«Ach, wissen Sie, das hat für mich jede Bedeutung verloren.»

Der Scotch dämpfte seine Schmerzen ein wenig. «Und Gericke?» fragte Jago.

«Was soll schon aus ihm werden? Wir haben schließlich immer noch Krieg, Harry.»

«Ich weiß», antwortete Jago. «Irgendwo ist immer Krieg. Muß er in die Zelle zurück?»

«Das zu entscheiden, ist nicht meine Sache. Der Gesetzesvertreter hier ist Jean, wie Sie wissen.»

Jago leerte sein Glas mit einem Schluck. «Na ja, ich glaube, ich gehe wieder zum Haus zurück und sehe nach, wie's meinen Jungens geht.»

«Und dann, marsch ins Bett, Harry. Wirklich, legen Sie sich hin.» Reeve brachte tatsächlich ein Lächeln zustande. «Das ist ein Befehl, Lieutenant!»

«Admiral!» Jago stand auf und salutierte mühsam.

Er hatte fast die Tür erreicht, hatte die Hand schon ausgestreckt, da sagte Reeve noch einmal leise: «Harry?»

Jago wandte sich fragend um. «Ja, Sir?»

«Ich fühle mich auf einmal alt, Harry. Zu alt. Das wollte ich irgend jemandem sagen.»

Im Hafen lief noch immer eine heftige Dünung, als Gericke, den Kopf gegen den strömenden Regen gesenkt, die Pier entlangschritt. Die *Morag Sinclair* tanzte an ihrer Vertäuung – ein stolzer Anblick mit ihrem schönen blau-weißen Anstrich. Erst bei näherem Hinsehen sah man, wie angeschlagen sie von der Sturmfahrt war.

Als er da stand, die Hände tief in die Taschen der Seemannsjacke versenkt, hörte er plötzlich seinen Namen. Er drehte sich um und sah unten auf der Anlegestelle Murdoch neben der *Katrina* stehen.

Als Gericke die Steintreppe hinunterstieg, kam Lachlan aus dem Ruderhaus. Er nahm ein auf Deck stehendes Ölfaß und stellte es auf die Anlegeplattform.

«Was ist denn das?» erkundigte sich Gericke.

«Lachlan und ich haben die Tanks der *Katrina* gefüllt», antwortete der Alte. «Damit sie klar zum Auslaufen ist, falls jemand sie benötigen sollte.»

Der junge Soldat nickte Gericke zu. «Commander.»

«Ich hatte noch keine Gelegenheit, es Ihnen zu sagen, aber Sie waren großartig da draußen, Lachlan.» Gericke reichte ihm die Hand. «Ich bin stolz darauf, Sie kennengelernt zu haben.»

Lachlan wurde puterrot; sekundenlang starrte er auf Gerickes Hand, dann ergriff er sie mit kurzem Druck, wandte sich ab und lief davon.

«In dem steckt was», sagte Murdoch nachdenklich. «Viel

zu schade, um in ein paar Tagen wieder in diesen verdammten Krieg zu müssen.» Er begann sich seine Pfeife zu stopfen – ein wenig ungeschickt, wegen des gebrochenen Arms. «Haben Sie nach unserer Rückkehr schon mit Janet gesprochen?»

«Sie hatte alle Hände voll zu tun.»

«Inzwischen wird wohl das Schlimmste vorbei sein.» Der Alte drehte sich um und sah aufs Meer hinaus. «Immer noch ziemlich unruhig, aber nicht zu unruhig.»

«Wahrscheinlich nicht.»

Murdoch nickte. «Gehen Sie jetzt zu ihr.»

«Ja, ich glaube, das werde ich tun.»

Er wollte davongehen, doch Murdoch rief noch einmal: «Commander!»

«Ja?»

«Viel Glück!»

Einen langen Augenblick sahen die beiden Männer einander an; dann machte Gericke kehrt und schritt die Pier entlang an Land.

Als er in die Küche von Fhada House kam, nahm Jean Sinclair gerade eine Schüssel mit heißem Wasser vom Herd. «Hallo!» begrüßte sie ihn. «Suchen Sie Janet?»

«Ja. Ist sie zu sprechen?»

«Als ich sie das letztemal sah, hatte sie ziemlich viel zu tun. Im Moment verarztet sie auf dem Eßzimmertisch einen Matrosen von der *Deutschland*. Armbruch.»

«Und die anderen?»

«Die schlafen fast alle. Jedes Bett hier im Haus ist belegt.» Sie hob die Schüssel. «Tut mir leid, aber ich muß weiter. Janet braucht dringend heißes Wasser.»

Höflich öffnete er ihr die Tür. «Und Captain Berger – wo ist der?»

«Erstes Zimmer rechts, im ersten Stock.»

Eilig hastete sie davon, während Gericke die Treppe hinaufstieg. An der bezeichneten Tür blieb er stehen, klopfte an und trat ein. Auf dem Bett lagen nebeneinander Leutnant

Sturm und Vollmatrose Petersen, beide in tiefem Schlaf. Erich Berger saß an einem Tischchen beim Fenster, den Kopf auf beide Arme gelegt.

Vor ihm lag das Logbuch der *Deutschland* aufgeschlagen. Gericke blieb neben ihm stehen und las die letzte Eintragung; dann schlich er auf Zehenspitzen hinaus.

Als die Tür hinter ihm ins Schloß fiel, fuhr Berger hoch und sah sich unter geschwollenen Lidern im Zimmer um. «Wer ist da?» fragte er mit heiserer Stimme.

Aber es war niemand da. Er ließ den Kopf wieder auf die Arme sinken und schlief weiter.

Reeve schrieb in seinem Tagebuch – langsam, merkwürdig bedächtig, übergenau, denn er war mehr als nur ein bißchen betrunken. Dann wurde die Tür stürmisch aufgestoßen, und Janet kam mit Jago herein.

«Ist Paul hier?»

Er legte den Füllhalter beiseite und musterte sie mit leicht glasigen, aber aufmerksamen Augen. «Ach so, Gericke meinst du! Ich wußte nicht, daß ihr euch beim Vornamen nennt.»

Er machte sich lustig über sie! Aufgebracht fuhr sie ihn an: «Na, was ist? War er nun hier?»

«Vor einer halben Stunde, vielleicht auch später. Wir haben etwas zusammen getrunken, und dann hat er mich gefragt, ob er dir etwas hierlassen dürfe.»

«Was denn?» fragte sie neugierig.

«Er sagte, das sei eine Privatangelegenheit. Du findest es in deinem Schlafzimmer.»

Sofort lief sie wieder hinaus und öffnete ihre Schlafzimmertür. Auf ihrem Kopfkissen lag, sauber ausgebreitet, das Ritterkreuz mit dem Eichenlaub. Verblüfft starrte sie den Orden an, dann nahm sie ihn und kehrte ins Wohnzimmer zurück.

«Onkel Carey!» sagte sie mit erstickter Stimme und zeigte ihm, was sie gefunden hatte.

Reeve nickte. «Jetzt verstehe ich, was er meinte. Als er hinausging, bat er mich, dir zu sagen, du hättest es dir verdient.»

Es klopfte, und der alte Murdoch trat ein. «Da sind Sie ja, Admiral!»

«Was kann ich für Sie tun, Murdoch?»

«Ach, eine dienstliche Angelegenheit. Die *Katrina* ist verschwunden.»

«Na, so was!» entgegnete Reeve gelassen. «Gut, daß ich versichert bin.»

Janet stürzte sofort hinaus. Jago wandte sich an Reeve, beide Hände auf den Schreibtisch gestützt. «Werden Sie jetzt Mallaig benachrichtigen? Die werden ihn sicher sofort schnappen, drüben im Minch.»

«Tja, lieber Harry, leider funktioniert seit meinem letzten Gespräch mit Murray das Funkgerät nicht mehr. Wahrscheinlich eine Röhre kaputt, und ich habe keine Ersatzteile. Also werde ich wohl warten müssen, bis sie morgen mit dem Boot kommen. Vorher kann man nichts unternehmen.»

Jago atmete ganz tief durch; dann machte er kehrt und ging hinaus. Murdoch fragte würdevoll: «Ist das ein guter Scotch, den Sie da in der Flasche haben, Carey Reeve?»

«Und eine zweite ist noch im Schrank, wenn wir diese geleert haben. Ich muß gestehen, ich habe sie Ihnen vorenthalten.»

«Dann werde ich später noch einmal zurückkommen. Jetzt muß ich mich um meine Leute kümmern.»

Er ging hinaus. Reeve schenkte sich noch einen Whisky ein und begann wieder zu schreiben.

> ... und so muß ich im Grunde einsehen, daß dies eine uralte Geschichte ist. Murdoch, Harry Jago und Gericke – der Mensch gegen die See, und diesmal hat der Mensch gewonnen. Doch was haben sie letztlich damit erreicht? ...

Mein Gott, wie müde er doch war! Müder als jemals zuvor. Der Wind rüttelte an den Fensterscheiben, als begehre er

Einlaß, aber das konnte ihn jetzt nicht mehr berühren. Er bettete den Kopf auf den Arm – nur für einen Moment –, war aber sofort eingeschlafen, den Füllhalter fest in der gesunden Hand, die auf der letzten Eintragung ruhte.